LE SABRE ET LA DAGUE

Laura Joh Rowland

LE SABRE ET LA DAGUE

Roman

PRESSES DE LA CITÉ

Titre original : *Shinjū*

Traduit de l'anglais par Alexis Champon

ISBN 2-258-03981-9

À mes parents,
Lena et Raymond Joh.

EDO

ÈRE GENROKU, AN 1, 12e MOIS

(TOKYO, JANVIER 1689)

Prologue

Le cavalier arrêta sa monture. Il tendit l'oreille pour écouter la nuit. Était-il suivi ? La peur lui fit battre le cœur. L'étroit sentier qui menait à la rivière Sumida traversait maintenant la partie la plus épaisse de la forêt.

Il n'entendit que le vent glacé siffler au faîte des arbres nus, et le halètement de sa jument qui s'agitait, nerveuse. Haut dans le ciel, la pleine lune de la vieille année baignait le paysage d'une froide lueur argentée. Le cavalier scruta l'obscurité, mais ne vit personne.

Il sourit de son inquiétude : la culpabilité lui jouait des tours. Ce sentier écarté des faubourgs d'Edo était déjà bien solitaire en plein jour. Passé minuit, il était désert.

Comme il l'avait prévu.

Il se remit en route. Des fourrés d'épineux obstruaient le passage. Des branches s'accrochèrent à sa pèlerine et à l'encombrant fardeau jeté en travers de la croupe de sa jument. Celle-ci hésita, hennit doucement, dérangée par sa charge inhabituelle. Il essaya de la calmer, mais elle refusa d'avancer, et frappa du devant. Le paquet oblong oscilla dangereusement. Le cavalier l'agrippa d'une main. Une sueur froide lui coula dans le dos. Il avait beau être costaud, si le chargement tombait il ne pourrait jamais le hisser tout seul sur le dos de la jument. Et il ne pourrait pas davantage le traîner jusqu'à la rivière qui se trouvait à une heure de marche. En outre, les nattes en paille de riz qui servaient d'emballage risquaient de se déchirer, endommageant le contenu.

Après avoir gratté une dernière fois le sol du sabot, la

jument repartit soudain. Le cavalier sentit sa peur s'apaiser. Il était transi de froid. Ses yeux larmoyaient, il ne sentait plus son visage. Ses mains gantées se crispaient sur les rênes. Seule, la certitude que chaque pas le rapprochait de l'achèvement de sa mission soutenait son effort.

Enfin, la forêt s'éclaircit, et le sentier s'arrêta. L'homme sentit l'odeur de l'eau et entendit le clapotis contre la berge. Il mit pied à terre, attacha sa monture à un arbre, et s'avança.

La barque était là où il l'avait laissée la veille, dissimulée sous les branches basses d'un gigantesque sapin. Il saisit la proue de ses mains engourdies, puis, lentement, afin que le sol rocailleux n'endommage pas le fond plat, il tira l'embarcation à sec près du cheval. Il dénoua l'un après l'autre les liens qui attachaient le chargement sur le dos de la jument. Lorsque le dernier nœud fut défait, l'étrange bagage bascula dans la barque avec un bruit mat.

Alors, l'homme s'arc-bouta et entreprit de pousser le canot. Il n'était qu'à une quarantaine de pas de la rivière mais la pente était trop douce pour lui faciliter la tâche. S'arrêtant à maintes reprises pour reprendre son souffle, il poussa, souleva, traîna la barque jusqu'à la rivière. Quand enfin il atteignit la berge, il donna une dernière poussée et l'embarcation fouetta l'eau. L'homme entra dans la rivière glacée pour tirer la barque hors des joncs. Lorsqu'elle flotta librement, il se hissa à bord.

Déséquilibré, le canot vacilla brusquement et embarqua de l'eau. L'espace d'un instant, l'inconnu se vit chavirer, mais le bateau se stabilisa au ras des flots. Soulagé, l'homme empoigna l'aviron, et, debout à l'avant, rama vers la ville.

Devant lui, la rivière étendait ses eaux d'un noir soyeux et piquetées d'éclats de lune. Le mugissement du vent étouffait le clapotis de l'aviron. Sur sa droite, de petites flammes clignotaient à flanc de colline : les lanternes du Yoshiwara, le quartier des plaisirs ; des torches brûlaient dans les jardins du temple d'Asakusa. De l'autre côté, on ne distinguait pas encore les marais d'Honjo. L'été, les petits bateaux d'agrément sortaient tard dans la nuit, mais ce soir, la rivière était déserte. L'homme goûta malgré lui la solitude et la beauté irréelle du moment.

Il était presque à bout de forces. Haletant, trempé de sueur, transpercé par le vent glacé, il faillit se laisser dériver vers la baie d'Edo et vers la mer. Or il devait agir vite. Il ne restait que peu de temps avant l'aube, et il avait besoin du couvert de la nuit. Ah, s'il avait pu faire le voyage à cheval ! Mais les portes d'Edo fermaient avant minuit, chaque quartier était bouclé ; on ne pouvait ni entrer ni sortir. Sauf par la rivière.

Avec soulagement, il aperçut les lumières familières de la ville. D'abord les pavillons des *daïmio,* puissants seigneurs provinciaux qui possédaient la plupart des terres le long de la rivière, et une grande partie du Japon. Puis, les murs blanchis des entrepôts de riz. Une multitude de bateaux étaient amarrés le long des quais et des jetées qui s'avançaient sur l'eau rendue putride par les immondices que l'on y déversait jour après jour. L'arc du pont Ryogoku se dressa enfin devant lui ; son enchevêtrement de pilotis, de chevalets, de solives se découpait sur le ciel sombre.

Épuisé, il s'arrêta au bout d'une jetée, à moins d'une encablure en aval du pont.

Il remisa l'aviron et amarra la barque à un pilier. La peur le reprit, tenace. La ville d'Edo s'étendait derrière les façades nues des entrepôts. C'était comme si son million d'âmes étaient restées éveillées, et l'épiaient. Ignorant sa frayeur, il s'agenouilla près de sa cargaison. Avec précaution, pour ne pas déséquilibrer l'embarcation, il dénoua les liens de paille durcis. La lune s'était couchée depuis longtemps ; les premières lueurs de l'aube teintaient l'horizon de rose. On commençait à distinguer les chantiers navals de Fukagawa, sur la rive opposée.

Dans sa hâte, il faillit arracher la dernière natte, se ravisa, et la roula soigneusement.

Les deux corps, unis par la mort, et par les liens qui attachaient ensemble leurs poignets et leurs chevilles, reposaient joue contre joue. L'homme portait le kimono court et le pantalon de coton des roturiers. Ses cheveux ras encadraient un visage carré et grossier. Ses yeux bouffis et sa bouche sensuelle reflétaient sa vie dissolue, son goût du lucre et sa vénalité. Il méritait la mort. Ah, comme il avait été facile de précipiter son trépas en lui promettant la fortune ! Mais la femme...

Son visage innocent, couvert de poudre de riz, luisait d'un blanc étincelant. Haut sur son front, deux minces traits noirs dessinaient des ailes au-dessus des croissants de ses paupières closes ornées de longs cils. Ses lèvres légèrement entrouvertes révélaient deux rangées de dents parfaites. Noircies à l'encre selon la tradition des femmes de haute lignée, elles brillaient comme des perles noires. Sur son kimono de soie drapé autour de son jeune corps svelte, ses longs cheveux de jais la recouvraient presque jusqu'aux pieds.

En soupirant, l'homme se souvint que sa mort était aussi nécessaire que celle du roturier. Mais la beauté de la jeune femme lui donnait quelques remords...

Un claquement sec le fit sursauter. Quelqu'un s'approchait-il sur la jetée ? Puis il entendit de nouveaux claquements : deux coups longs suivis de trois brefs. Il se détendit. Ce n'était qu'un veilleur de nuit qui agitait ses claquettes en bois pour marquer l'heure. L'eau avait porté le bruit.

Il sortit un petit coffret laqué de sa pèlerine et le glissa sous la large ceinture de la femme. Puis il souleva les deux corps et les bascula par-dessus bord. Ils plongèrent dans l'eau noire avec un bruit étouffé. Avant qu'ils ne coulent, l'homme saisit la corde qui liait leurs poignets, l'enroula autour d'un pilier et l'engagea dans une fissure du bois visqueux. Il jeta un dernier regard aux deux corps qui flottaient sous la surface de l'eau, enveloppés dans les cheveux ondoyants de la femme. Puis il regarda vers le pont.

Parfait. Quand on les retrouverait — ce qui ne saurait tarder — on supposerait qu'ils avaient sauté ensemble du pont et que, emportés par le courant, ils avaient échoué contre le pilier. La lettre scellée que renfermait le coffret confirmerait cette thèse. L'homme s'assura que la corde était solidement arrimée, puis il détacha la barque et commença le long périple à contre-courant.

1

Le *yoriki* Sano Ichiro, le commissaire le plus récemment nommé de la police d'Edo, traversait sans hâte le pont Nihonbashi. C'était une belle matinée d'hiver, claire et ensoleillée, et il y avait foule : porteurs chargés de paniers de légumes, marchands d'eau, une perche en travers des épaules ployant sous le poids des seaux, boutiquiers et commerçants, courbés sous leurs fardeaux. Les semelles de bois martelaient les planches ; l'air résonnait de cris, de rires et d'invectives. Même sa tenue de samouraï ne lui ouvrait pas le passage. Sa jument grise le haussait à peine au-dessus d'une marée de têtes. Ses deux épées — un long sabre incurvé et une courte dague — ne lui valaient que de rares « mille pardons, honorable maître ».

Sano n'était pas pressé, et il appréciait sa liberté maintenant que l'ennui qui avait marqué son premier mois de yoriki avait disparu. Après ses fonctions de précepteur et d'historien, l'administration de son petit commissariat lui avait d'abord semblé beaucoup moins attrayante que l'enseignement à de jeunes élèves ou l'étude de textes anciens; l'idée de ne plus jamais se pencher sur des faits obscurs, oubliés de tous, lui laissait un goût amer et triste. Cependant, depuis que des circonstances familiales, plutôt qu'un choix personnel ou un talent particulier, l'avaient jeté dans le monde inconnu du maintien de l'ordre, il s'était juré de remplir sa tâche de son mieux. Ce jour-là, il avait décidé d'explorer son nouveau domaine plutôt que de rester dans son bureau à signer de son sceau les rapports de ses subordonnés. Il contempla avec ravissement le panorama d'Edo qui s'étendait devant lui.

Des barges et des bateaux de pêche encombraient le large canal bordé d'entrepôts aux murs blanchis à la chaux. La fumée qui s'élevait des braseros et des fours enveloppait la ville d'un brouillard au travers duquel on devinait le château d'Edo, perché sur une colline à l'extrémité du canal. Ieyasu, le premier des shoguns Tokugawa, y avait établi le siège de sa dictature militaire soixante-quatorze ans auparavant, après avoir vaincu ses rivaux à la bataille de Sekigahara. Les toits en pagodes superposés du donjon lui donnaient l'air d'une pyramide d'oiseaux blancs prêts à s'envoler : juste symbole de la paix la plus longue que le Japon ait connue depuis cinq siècles. À l'occident, au-delà du château, les collines dessinaient une ombre à peine moins bleue que le ciel. Dans le lointain, s'élevait la cime neigeuse du mont Fuji. Le tintement cristallin des cloches des temples se mêlait à la cacophonie.

Sorti du pont, Sano dépassa le marché aux poissons plein de bruit et de lourdes odeurs. Il conduisit sa jument à travers les rues étroites qui serpentaient dans le Nihonbashi, le quartier des vilains et des marchands auquel le pont avait donné son nom. Il longea une rue bordée d'échoppes à ciel ouvert où des marchands de saké se livraient à leur commerce avec des clients pressés. Dans une autre, des hommes s'activaient autour des cuves fumantes des teintureries. Des bruits désagréables de succion signalaient la boue et les détritus collant aux semelles des piétons et aux sabots des chevaux. Sano préféra éviter cette rue-là.

Il bifurqua et se retrouva dans un vaste îlot où trois pâtés de maisons avaient été arasés par l'incendie de la veille. Les restes carbonisés d'une cinquantaine de maisons — cendres, poutres et chevrons noircis, tuiles — jonchaient le sol. L'odeur âpre de cyprès brûlé flottait dans l'air. Des habitants désespérés fouillaient les décombres pour sauver ce qui pouvait l'être.

— *Aiiya !* gémit une vieille femme. Ma maison, mes biens, tout est parti en fumée ! Ah, que vais-je devenir ?

Ses cris furent repris par d'autres.

Sano soupira d'un air triste. Trente-deux ans plus tôt — deux ans avant sa naissance — le Grand Incendie avait détruit la majeure partie de la ville et emporté une centaine de milliers de vies. Et les fleurs d'Edo, comme on appelait les incendies, continuaient à éclore presque chaque semaine parmi les bâtiments de bois. Le vent violent transformait la moindre étincelle en foyer féroce. Perchés sur leurs tours branlantes, au-dessus des toits, les guetteurs faisaient résonner leur gong à la moindre flamme. Les habitants d'Edo ne dormaient que d'un œil. La plupart des feux étaient accidentels, dus à d'innocentes maladresses — une lampe trop près d'une cloison de papier — mais les incendies criminels n'étaient pas rares.

Sano s'était rendu sur place pour mener son enquête sur l'origine du sinistre. Un coup d'œil sur les ruines lui apprit qu'il ne trouverait aucune preuve. Il devrait se fier aux récits des témoins. Il descendit de cheval et s'approcha d'un homme qui extirpait un coffre métallique des décombres.

— Avez-vous vu l'incendie se déclarer ? questionna-t-il.

Il n'entendit jamais la réponse. Au même moment, une cavalcade et des cris « Arrêtez-le ! Arrêtez-le ! » résonnèrent derrière lui. Sano se retourna. Un homme maigre en haillons le dépassa en courant. Il haletait et sanglotait. Des brutes le poursuivaient, cannes brandies. Pieds nus, l'homme glissa dans la boue et s'étala de tout son long à dix pas de Sano. Aussitôt, ses poursuivants s'abattirent sur leur proie, et le rouèrent de coups.

— Misérable vermine, tu le paieras ! cria l'un d'eux.

Les sanglots du malheureux se muèrent en cris de terreur et de douleur ; il tenta vainement de se protéger la tête de la grêle de coups qui s'abattait sur lui.

Sano se précipita et tira l'un des assaillants en arrière.

— Arrêtez, vous allez le tuer ! Qu'est-ce qui vous prend ?

— Qui ose ?

Sano se retourna pour voir d'où venait cette voix bourrue. Un grand gaillard le dévisageait d'un œil mauvais. Il portait un kimono court sur un pantalon de coton ; ses cheveux ras et la courte lame ajustée à la ceinture de sa houppelande grise dénotaient le samouraï de rang inférieur. Alors, Sano aperçut l'objet dans sa main droite : un bâton métallique muni de deux pointes recourbées au-dessus de la garde qui permettaient de bloquer l'épée de son adversaire. C'était le *jitte,* l'arme de parade des *doshin,* les officiers de police qui patrouillaient la ville et assuraient le maintien de l'ordre.

Alors, Sano comprit. Cet homme était l'un de ses cent et

quelques subordonnés, l'un de ceux dont il n'avait vu que la tête courbée lorsqu'il avait passé ses troupes en revue le jour de son intronisation. Les brutes armées, qui avaient cessé de rouer de coups le pauvre malheureux pour toiser l'importun, étaient donc les assistants civils du doshin. Recrutés par celui-ci, et ne relevant que de lui, ils exécutaient les basses œuvres de la police, telle la capture des criminels. Trois d'entre eux s'avancèrent vers Sano, menaçants.

— Qui ose ? répéta le doshin.

— Je suis le yoriki Sano Ichiro. Maintenant, expliquez-moi pourquoi vos hommes bastonnent cet individu.

Il avait parlé d'une voix calme et sévère, malgré son trac. Il n'avait pas encore eu l'occasion d'exercer son autorité.

— Ah, yoriki Sano-san, bredouilla le doshin. Je ne vous avais pas reconnu.

D'un signe de tête, il ordonna à ses sbires de saluer le yoriki ; les brutes s'alignèrent hâtivement, et s'inclinèrent, les mains sur les genoux.

— Je vous présente mes excuses les plus sincères, dit leur chef.

Sano perçut un mépris voilé dans le ton maussade du doshin. Les petits yeux mauvais de l'homme se rétrécirent quand il contempla la tonsure récente au-dessus du front et les cheveux huilés noués sur la nuque. Ils brillèrent de dégoût à la vue des vêtements luxueux de Sano, le *haori* noir aux rayures marron, le *hakama* neuf qui recouvrait le large pantalon. Sano frémit devant cette grossièreté affichée, mais il comprenait le mépris de son subordonné. Il avait lui-même peu de goût pour l'apparat, mais son supérieur, le magistrat Ogyu, avait insisté sur l'importance de la tenue vestimentaire.

— J'accepte vos excuses, dit-il, davantage préoccupé par l'affaire que par le manque de respect de son subordonné. À présent, répondez à ma question : qu'a fait cet individu pour mériter ces coups ?

Le doshin le regardait d'un air ahuri. D'ordinaire, un yoriki ne s'aventurait guère dans les rues ; il préférait ne pas se mêler aux échauffourées quotidiennes occasionnées par le maintien de l'ordre. Il ne se déplaçait que pour les affaires graves, vêtu de son armure, casqué et armé de sa lance.

Sano était assurément le premier commissaire de police à enquêter sur place pour un banal incendie.

— Voilà ce qu'il a fait ! répondit le doshin avec un geste vers les ruines fumantes. Il a mis le feu. Il a tué quinze personnes.

Il cracha sur l'homme, aplati dans la boue, la face contre terre, les épaules secouées par les sanglots.

— Qu'en savez-vous ?

La lourde mâchoire du doshin se crispa de colère et de ressentiment.

— Les gens l'ont vu s'enfuir après le début de l'incendie, yoriki Sano-san. Et il a avoué.

Sano repoussa les gardes et s'approcha du misérable.

— Calme-toi, dit-il. Et relève-toi.

L'homme se mit maladroitement à genoux, puis s'assit sur les talons ; il essuya sa figure couverte de boue, et contre toute attente, grimaça un sourire édenté vers Sano.

— Oui, maître, fit-il en se prosternant, l'air ravi.

Malgré les rides qui sillonnaient son front et ses joues, il paraissait aussi innocent qu'un enfant.

— Comment t'appelles-tu ?

— Oui, maître.

Sano répéta sa question. Obtenant la même réponse, il essaya autre chose.

— Allons, où habites-tu ?

— Oui, maître.

— C'est toi qui as mis le feu ? demanda Sano qui commençait à comprendre.

— Oui, maître, oui, maître !

Sous le regard courroucé de Sano, il perdit soudain son sourire. Il se releva, mais retomba aussitôt à genoux en voyant les sbires du doshin l'entourer.

— Pas frapper, maître ! implora-t-il.

— On ne te fera pas de mal, assura Sano.

Furieux, il se tourna vers le doshin.

— Cet homme est un simple d'esprit. Il ne comprend pas ce que vous lui demandez, et il ne sait pas ce qu'il dit. Ses aveux ne valent rien.

Le doshin s'empourpra. Le jitte trembla dans son poing crispé.

— Je lui ai demandé s'il avait allumé l'incendie, et il m'a dit oui. Comment pouvais-je savoir que c'était un idiot ?

Dans la foule, une voix s'éleva pour lui répondre :

— Tu l'aurais compris, si tu avais pris la peine de lui parler !

— Ce n'est qu'un pauvre mendiant ! lança une autre, suivie par des murmures d'approbation.

— Silence ! tonna le doshin, et les murmures cessèrent aussitôt. L'incendie criminel est un crime grave, déclara-t-il à Sano avec suffisance. Quelqu'un doit payer.

Sano resta un instant interdit. Ce policier — comme bien d'autres, à en croire les rumeurs — préférait s'acharner sur un bouc émissaire plutôt que de découvrir la vérité. Il n'hésitait pas à châtier un innocent, et allait ainsi à l'encontre de son devoir. Sano remarqua le geste du doshin vers sa courte dague. Il savait que son rang seul retenait celui-ci de le défier sur-le-champ. Il lui avait fait perdre la face en public. Dès sa première sortie sur le terrain, il s'était fait un ennemi.

Soucieux d'apaiser le doshin, Sano déclara :

— Dans ce cas, trouvons le véritable coupable. Interrogeons donc les témoins.

Bercé par une étrange euphorie, il regarda le doshin et ses hommes se mêler à la foule. Il venait de corriger une injustice et de sauver la vie d'un homme. Ainsi, découvrait-il, la charge de yoriki pouvait l'amener à rechercher la vérité. Cela offrait sans conteste de grandes satisfactions, à condition de découvrir cette vérité, bien sûr. Davantage, peut-être, que son travail d'érudit avec ses fastidieuses plongées dans les documents anciens. Toutefois, il s'inquiéta de la facilité avec laquelle il pouvait se faire des ennemis à cette occasion.

L'après-midi était déjà entamé quand Sano retourna dans le quartier administratif d'Hibiya, au sud-est du château d'Edo. C'était là que les hauts fonctionnaires de la ville travaillaient dans leur résidence officielle. Sano chevauchait le long des voies étroites qui serpentaient entre les enceintes de pierre derrière lesquelles se dressaient les maisons de bois coiffées de leurs toits en tuile. Il croisa des messagers chargés de rouleaux de parchemin, des dignitaires aux habits chatoyants déambulant par deux ou en groupe dans un tourbillon de soieries ; il surprit des bribes de conversation où se mêlaient affaires d'État et ragots politiques les plus récents. Des serviteurs entraient et sortaient d'un pas vif, tenant à bout de bras des plateaux encombrés des coffrets laqués qui contenaient les repas cuisinés. L'odeur de ces mets délicats lui faisait reproche des nouilles graisseuses qu'il avait avalées devant le comptoir d'une minable cantine. L'enquête sur l'incendie avait été plus longue que prévu, et il s'était restauré à la va-vite afin de retourner à son bureau sans délai. Il se dirigeait vers le quartier général de la police quand un appel l'arrêta.

— Yoriki Sano-san !

Un messager hors d'haleine le rattrapa, puis s'inclina humblement.

— Maître ? Le magistrat Ogyu vous prie de le retrouver immédiatement au palais de justice.

L'homme se releva et, sourcils levés, il attendit la réponse de Sano.

— C'est bon, tu peux t'en aller.

On n'avait pas le droit d'ignorer une convocation du magistrat. Sano changea de direction.

Le palais du magistrat Ogyu était l'un des plus vastes du district. Devant le portique au toit de tuile, Sano déclina son identité aux deux gardes en armure et casque de cuir. Il leur confia son cheval, puis pénétra dans l'enceinte et se fraya un chemin parmi la petite foule de citadins rassemblée dans la cour. Certains attendaient de porter leur litige devant le juge ; d'autres, les mains liées et accompagnés par des doshin, étaient à l'évidence des prisonniers en instance de jugement.

Sano fit une halte devant l'entrée principale du long bâtiment. Les fenêtres étaient protégées par des treillis de bois hérissés de pointes. Les avancées du toit projetaient des ombres sur la véranda. Quand il avait vu le palais pour la première fois, Sano avait imaginé que son apparence menaçante symbolisait la sévérité des sentences qu'on y prononçait. Le jardin qui l'entourait, avec ses lanternes de pierre et ses arbres décharnés par l'hiver, évoquait un cimetière. Sano chassa cette image troublante et gravit les marches de bois. Sur un signe des gardes en faction devant la massive porte ouvragée, il entra.

— Maréchal-ferrant Goro.

La voix flûtée du magistrat Ogyu résonnait dans la longue salle.

— J'ai étudié les détails du crime dont on vous accuse.

Sano alla attendre au fond de la salle, avec les assistants samouraïs. À l'autre extrémité, le magistrat Ogyu était agenouillé sur une estrade. Maigre, les épaules voûtées, il disparaissait presque dans ses volumineuses robes de soie rouges et noires. De chaque côté de son secrétaire laqué noir, des lampes l'éclairaient, tel un personnage de théâtre. Le reste de la salle n'était éclairé que par les maigres rayons de soleil qui parvenaient à filtrer à travers le papier de riz des fenêtres. Juste en face de l'estrade se trouvait le *shirasu* : un espace recouvert de sable blanc, symbole de vérité. L'accusé, chevilles et poignets entravés, était agenouillé là, sur une natte. Deux doshin l'entouraient, pareillement agenouillés, un de chaque côté du shirasu. Une maigre audience — les témoins, la famille de l'accusé, et le responsable de son quartier — était alignée au fond de la salle.

— Les preuves indiquent sans l'ombre d'un doute que vous êtes coupable du meurtre de votre beau-père, poursuivit Ogyu.

— Non ! hurla l'accusé, qui s'agita en tirant sur ses liens.

Quelques cris s'élevèrent dans l'assistance ; une femme s'effondra, en larmes.

Ogyu haussa la voix pour couvrir le tumulte :

— Je vous condamne à la peine capitale. Afin que votre famille partage votre disgrâce, elle sera bannie de la province.

Il fit un signe aux doshin ; ils se relevèrent d'un bond, empoignèrent le condamné qui se débattait, et l'emmenèrent. Les assistants se précipitèrent pour escorter les spectateurs hors de la salle. Il fallut quasiment traîner dehors la femme en pleurs. Puis Ogyu appela :

— Sano Ichiro. Approchez.

Un peu troublé par la scène qu'il venait de voir, Sano s'avança, et s'agenouilla derrière le shirasu. Ogyu avait condamné un homme à mort et sa famille à l'exil, mais il était resté d'un calme imperturbable. Le juge était depuis trente ans l'un des deux magistrats d'Edo. Il avait siégé tant de fois que plus rien ne semblait l'émouvoir. Sano se courba profondément devant Ogyu et déclara :

— Je suis votre dévoué serviteur, Honorable Magistrat.

Les mains d'Ogyu, fines et pâles — on aurait dit des araignées —, jouaient avec son sceau de magistrat, un morceau d'albâtre oblong sur lequel étaient gravés son nom et son rang. Son visage pincé, aux paupières lourdes, luisait d'un éclat cireux et maladif sous la lumière vacillante des lampes. Son crâne chauve tavelé ressemblait à un melon gâté.

— L'incendie criminel est un délit sérieux, murmura Ogyu en étudiant le sceau avec minutie. Et cependant, très ordinaire.

— Oui, Honorable Magistrat, répondit Sano, qui se demandait pourquoi le juge l'avait convoqué.

Certainement pas pour échanger des banalités. Mais Ogyu, comme ses semblables des castes supérieures raffinées, n'allait jamais droit au but. Agenouillé dans la salle du palais de justice, Sano avait l'impression de passer en jugement — ou plutôt que l'on évaluait la qualité de son entendement.

— Des affaires de cette gravité, mais vulgaires, sont mieux à leur place dans les mains du commun. Certaines actions peuvent influencer funestement la population.

Ogyu se plongea dans la contemplation du château qu'on apercevait par la fenêtre septentrionale.

Alors, Sano comprit. Edo ne manquait ni d'indicateurs ni de délateurs ; ils appartenaient au réseau d'espionnage qui aidait le shogun à maintenir le contrôle sans partage des Tokugawa sur le pays. Quelqu'un avait sans doute rapporté à Ogyu son intervention de la matinée. Quelqu'un qui avait dû se trouver parmi la foule rassemblée sur les lieux de l'incendie. Et Ogyu signifiait à Sano qu'un homme de son rang qui faisait le travail d'un doshin jetait l'opprobre sur tout le gouvernement, et flétrissait jusqu'au shogun lui-même. Sans vouloir contredire son supérieur, Sano éprouva le besoin de se défendre.

— Honorable Magistrat, sans mon intervention, le doshin et ses hommes auraient arrêté un innocent. En interrogeant les témoins, nous avons obtenu la description du véritable coupable, et...

Ogyu fit taire Sano d'un doigt. Venant du magistrat, ce geste prenait des allures de blâme. Néanmoins, plutôt que de parler de l'enquête, Ogyu changea de sujet.

— J'ai eu hier le privilège de prendre le thé avec Katsuragawa Shundaï.

Le nom tomba sur Sano comme une chape de plomb. Ses protestations moururent sur ses lèvres. Katsuragawa Shundaï était son protecteur ; l'homme qui lui avait obtenu son poste.

Au cours des guerres civiles du siècle précédent, l'arrière-grand-père de Sano, vassal du seigneur Kii, avait sauvé la vie d'un militaire qui se trouvait être le chef de la famille Katsuragawa. La fortune avait souri aux Katsuragawa pendant que les Sano connaissaient le déclin, mais l'acte de bravoure avait lié inextricablement les deux familles. Sano se souvenait encore du jour où son père avait réclamé le paiement de l'ancienne dette.

Son père l'avait emmené voir Katsuragawa Shundaï au Trésor. Agenouillés dans le somptueux bureau de Katsuragawa, ils avaient bu le thé.

— Il me reste peu à vivre, Katsuragawa-san, avait dit son père. C'est pourquoi je vous demande votre aide pour mon fils. Je n'ai pas de fortune à lui laisser, et il n'est qu'un simple précepteur sans avenir et sans talent particulier. Mais je ne doute pas qu'avec votre influence...

Katsuragawa n'avait pas immédiatement répondu à la question non formulée. Il avait allumé sa pipe, puis avait toisé Sano avant de déclarer :

— Je vais voir ce que je peux faire.

Sano avait gardé ses yeux rivés sur son bol de thé. Il avait espéré que Katsuragawa n'interviendrait pas, car il savait que son devoir filial lui imposait d'accepter l'offre qu'on lui proposerait. Il devrait alors vivre en sachant qu'il bénéficiait du patronage de Katsuragawa. En temps de paix, un samouraï ne gagnait plus sa vie par l'épée. Il plaçait ses espoirs de succès dans l'administration, grâce à son habileté ou à son entregent. Toutefois, Sano détestait l'idée de rompre avec son métier, qu'il aimait, pour embrasser une profession aussi peu faite pour lui que lui pour elle.

La voix d'Ogyu le tira de sa rêverie.

— J'espère que nous nous comprenons.

— Oui, Honorable Magistrat, acquiesça lourdement Sano.

Ogyu lui avait rappelé son obligation envers son pere et envers Katsuragawa. Afin de remplir cette obligation, Sano avait accepté le poste de commissaire de police qu'Ogyu lui avait offert, à la demande de Katsuragawa. Il n'avait donc plus le choix d'argumenter, ni d'agir à sa guise, encore moins de se lancer dans des actes inconsidérés. Le devoir, la loyauté et la piété filiale étaient les principes cardinaux du *bushido* — la voie du guerrier —, le code strict qui gouvernait la conduite du samouraï. Son honneur, la plus élevée et la plus importante des vertus, dépendait de son adhésion au code. Et le gouvernement militaire que Sano servait attachait davantage d'importance au conformisme et à l'obéissance qu'à la poursuite de la vérité et de la justice, sujettes à variations et interprétations. Sano devait se plier au désir de son supérieur, aux dépens du sien. Il était, en outre, profondément vexé par la critique implicite d'Ogyu. Il n'était pas près de s'aventurer de nouveau hors du district administratif pour enquêter en personne sur les affaires qui parvenaient à son bureau. Dorénavant, ces affaires resteraient des phrases couchées sur du papier. Il s'inclina, attendant qu'Ogyu le congédie.

Mais le magistrat n'avait pas terminé.

— On m'a parlé d'une affaire sans importance, mais qui réclame la plus grande discrétion.

Puis il ajouta avec une moue de dégoût :

— Un *shinju.*

Le mot piqua la curiosité de Sano. Les doubles suicides d'amoureux étaient aussi fréquents mais certainement de plus mauvais goût que les incendies qu'Ogyu lui avait conseillé de laisser aux doshin. Souvent, les amants qui ne pouvaient se marier à cause de l'opposition des familles choisissaient de périr ensemble avec l'espoir de passer l'éternité l'un près de l'autre dans le paradis bouddhiste. Pourquoi Ogyu voudrait-il l'intéresser à un vulgaire shinju ?

Ogyu répondit à sa question muette.

— On a trouvé ceci sur le corps de la femme, dit-il en tendant une lettre à Sano.

Sano se leva, traversa le shirasu, et prit la missive. Le délicat papier de riz craqua sous ses doigts lorsqu'il déplia la lettre pour lire les caractères tracés avec finesse par une main féminine.

Adieu à ce monde, à la nuit adieu
Nous, qui posons le pied sur le sentier menant à la mort —

À quoi devrions-nous le comparer ?
Au givre sur le chemin menant au tombeau
Qui s'évanouit à chacun de nos pas ;
Oh, comme est triste ce rêve d'un rêve !

NORIYOSHI (artiste)
NIU YUKIKO

Sano reconnut le passage d'un *kabuki* populaire sur deux amants maudits. C'était le chant final précédant leur mort. Et il comprit pourquoi Ogyu voulait qu'il s'occupe de l'affaire avec discrétion. L'homme, Noriyoshi, était un roturier, ainsi que l'indiquait clairement l'absence de prénom et la précision de sa profession. Un moins que rien. D'un autre côté, Yukiko était la fille de Niu Masamune, seigneur de Satsuma et des provinces Osumi ; l'un des daïmio les plus riches et les plus puissants.

— Je vois que vous appréciez la délicatesse de la situation, dit Ogyu. La cause de la mort étant connue, vous serez aimable de diligenter cette affaire. Vous rendrez le corps de Niu Yukiko à sa famille, et vous informerez votre personnel que quiconque dévoilera son nom ou les circonstances de sa mort connaîtra le plus sévère des châtiments. Le dénommé Noriyoshi, cependant...

Ogyu prit un pinceau qu'il trempa dans l'encre.

— Noriyoshi subira la punition dictée par les lois de ce pays. Ce sera tout, yoriki Sano.

Sano était la proie d'émotions contradictoires. Ogyu voulait qu'il close l'affaire sans enquête. Qu'il garde l'identité de Yukiko secrète et qu'il disgracie la famille de Noriyoshi en exposant son cadavre en public — le traitement ordinaire des amants suicidés. Mais l'insistance d'Ogyu sur la discrétion nécessaire avait éveillé la curiosité de Sano. Son instinct lui dictait de rechercher la vérité. Or il avait promis de se comporter correctement et de respecter les règles.

— Oui, Honorable Magistrat, dit-il en s'inclinant. Vos ordres seront exécutés.

Le quartier général de la police était situé à l'extrémité méridionale du district administratif, à l'écart des bureaux-résidences et le plus loin possible du château. D'après les principes de la religion shintô, tout contact avec la mort entraînait une impureté rituelle, une pollution spirituelle. Bien que la police ne se chargeât qu'indirectement des exécutions, les autres fonctionnaires la fuyaient. L'aspect extérieur du quartier général reflétait cet isolement : il était entouré d'une haute muraille qui en cachait même les toits.

Les gardes de faction au portique laissèrent entrer Sano qui confia son cheval à un garçon d'écurie. Il emprunta une cour que bordaient les baraquements des doshin, et pénétra dans le bâtiment principal, une construction en bois sans architecture définie. Il traversa ensuite une vaste salle d'attente plantée de piliers carrés. Le chaos y régnait. Assis derrière des bureaux sur une plate-forme qui occupait le centre de la pièce, quatre employés réglaient le ballet des messagers et s'occupaient des nombreux visiteurs alignés en face de l'estrade. Des doshin attendaient de signer leur feuille de route ou de remettre leur rapport. Des serviteurs entraient et sortaient, chargés de plateaux de thé destinés aux yoriki dont les bureaux se trouvaient dans les pièces attenantes. Les hautes fenêtres laissaient filtrer des fontaines de lumière obscurcies par la fumée des pipes. De temps à autre, un éclat de voix isolé venait troubler le bourdonnement civilisé des conversations. Dans le vestibule, Sano vit venir à lui deux hommes. Ils étaient vêtus d'un pantalon de soie bouffant et d'une tunique aux épaulettes impressionnantes, barrée par le nœud d'une large ceinture, le tout d'excellente coupe et agrémenté de motifs à la mode. Leurs cheveux méticuleusement lissés embaumaient l'essence de wintergreen. C'était la quintessence des yoriki, fiers et imbus d'eux-mêmes.

— Yamaga-san, Hayashi-san, dit Sano en s'inclinant. Bonjour à vous.

Yamaga, le plus grand et le plus âgé, fit un bref signe de tête. Hostile, il ne daigna pas répondre au salut de Sano. Hayashi, un homme de l'âge de Sano, tordit ses minces lèvres en un rictus sarcastique.

— Bonjour, le nouveau, fit-il. J'espère que vous ne rencontrez pas de problème à remplir votre fonction. Ce n'est pas évident, pour quelqu'un que la naissance n'a pas prédisposé à cette responsabilité.

Son air moqueur démentait la sollicitude, et rendait le propos injurieux.

Attristé, Sano les regarda partir. Il avait tout de suite vu qu'il ne se ferait pas facilement des amis avec ces deux-là, pas plus qu'avec ses quarante-sept autres collègues. Contrairement à lui, c'étaient de véritables yoriki qui avaient hérité leur position de leur père. Qu'un étranger sans qualification pût se glisser si aisément dans leurs rangs était un affront à leur famille, et à leur fierté professionnelle. Suivi de leur désapprobation glacée, Sano traversa le long couloir et entra dans sa propre suite de bureaux, saluant au passage les employés sous ses ordres.

Lorsqu'il fit coulisser la porte de son bureau privé, il trouva une autre source de mécontentement. Affalé sur les nattes près du brasero qui réchauffait la pièce, Hamada Tsunehiko, son secrétaire personnel, un jeune homme de seize ans, lisait un livre illustré. Les rapports que Sano lui avait donnés à ranger traînaient en désordre sur le bureau. Le corps potelé du jeune homme tendait les coutures de son kimono de coton noir orné de volutes blanches et bordé de carreaux rouges. Sa couronne tondue lui donnait davantage l'air d'un enfant monstrueux que d'un samouraï aguerri. Lorsqu'il vit Sano, sa face ronde prit une expression horrifiée, presque risible.

— Yoriki Sano-san ! s'exclama-t-il. Vous êtes revenu !

Il se releva vivement, s'inclina, cachant précipitamment son livre d'images derrière son dos.

— Je suis à vos ordres, maître !

Sano toisa Tsunehiko avec une exaspération affectueuse. Le père de son secrétaire, un puissant fonctionnaire qui désirait une occupation pour son fils oisif, et assez peu brillant, avait exhorté Ogyu à lui trouver un emploi. Jusqu'à présent, Tsunehiko s'était montré paresseux et incapable de mener à bien les tâches les plus simples. Pour ne rien arranger, son nez chroniquement bouché l'obligeait à respirer bruyamment, ce qui agaçait Sano au plus haut point. Et cependant, il avait du mal à le détester. Le garçon était enjoué, facile à vivre... et aussi peu à sa place dans la police que Sano.

— Très bien, Tsunehiko, alors écris ce rapport.

Il s'agenouilla devant son bureau pendant que Tsunehiko prenait du papier et du matériel d'écriture dans le secrétaire. Sano attendit qu'il ait broyé l'encre et qu'il s'installe à son petit bureau, puis il dicta :

— Le seizième jour du douzième mois, première année

de l'ère Genroku. Concernant les suicides de l'artiste Noriyoshi et de Damoiselle Niu Yukiko...

Il s'arrêta lorsqu'il vit Tsunehiko regarder avec effroi les deux caractères qu'il venait de tracer, puis froisser la feuille. Une faute, déjà : les talents de calligraphe du pauvre garçon et sa capacité à écrire sous la dictée étaient d'une insigne nullité. Sano aurait préféré rédiger les rapports lui-même plutôt que d'utiliser le secrétaire incompétent qu'on lui avait attribué. Mais il devait se soumettre aux traditions, y compris pour ce genre de détails. Il lui fallait établir un rapport en conformité avec les ordres d'Ogyu, bien qu'il les désapprouvât. Il attendit que Tsunehiko eût pris une nouvelle feuille neuve dans le secrétaire. Puis, ensemble, ils complétèrent lentement le rapport, ponctué par la respiration laborieuse du garçon. Sano relut le quatrième et dernier jet, nota avec soulagement qu'il était dépourvu de faute, et y apposa son sceau.

— Remets-le au premier clerc et demande-lui de transmettre l'ordre aux services concernés.

— Tout de suite, yoriki Sano-san !

Tsunehiko s'empara du rapport, le roula, le noua avec un ruban de soie, puis, haletant et soufflant, il se leva et ouvrit la porte coulissante.

Des rires résonnèrent dans le couloir. Les yoriki Yamaga et Hayashi passèrent devant le bureau de Sano dans un froufrou de soieries.

— Ce soir, nous irons au Yoshiwara, entendit-il Yamaga susurrer. Les femmes obéiront à nos moindres désirs.

— Dans ce cas, dépêchons-nous ! répondit Hayashi.

Leurs rires redoublèrent, puis les deux hommes s'éloignèrent, mais leurs propos grivois parvinrent aux oreilles de Sano : « ... croupes voluptueuses... reins parfumés... » Soudain, une image de son avenir lui traversa l'esprit. Il vit ce qui arriverait s'il suivait la voie qu'Ogyu lui avait tracée. Il perdrait le sens de ses principes, et finirait comme Yamaga et Hayashi, pour qui la mode et le respect des traditions comptaient plus que leur travail. Il laisserait ses laquais diriger son service pour folâtrer avec les prostituées du quartier des plaisirs. Il sacrifierait la vérité à la sécurité, la justice au confort.

— Attends ! ordonna-t-il à Tsunehiko.

Il arracha le rapport des mains de son secrétaire ébahi,

et le déchira. Il en rédigea prestement un autre dans lequel il précisait que les décès de Noriyoshi et de Damoiselle Yukiko lui paraissaient suspects et nécessitaient un complément d'enquête. Il remit le rapport à Tsunehiko, qui sortit en trottinant. Sano n'était plus disposé à faire son trou dans l'administration, à cueillir les fruits d'une obéissance aveugle. Il préférait l'excitation que lui procurait la recherche de la vérité — qu'il avait ressentie lorsqu'il était encore un lettré, et ce matin même, en enquêtant sur l'incendie criminel — et la satisfaction qu'en découvrant la vérité il ferait le bien. Il lui fallait réconcilier son désir personnel avec la voie du guerrier et ses obligations à l'égard de sa famille et de son maître.

Oui, il fallait qu'il sache la vérité sur le shinju.

2

La prison d'Edo était un lieu de mort et de profanation où personne n'allait de son plein gré. Sano ne la connaissait pas et n'y serait sans doute jamais venu s'il n'avait su que les corps de Noriyoshi et de Yukiko y étaient déposés à la morgue. Planté devant la prison, il contemplait le bâtiment avec un mélange de curiosité et de malaise.

La prison des Tokugawa s'étendait le long d'un étroit canal qui formait une douve devant l'entrée. Des miradors se dressaient à chaque coin de sa haute muraille de pierre qui tombait à pic dans l'eau stagnante. Un liquide sombre et innommable ruisselait des orifices percés à la base des murs et s'écoulait dans le canal. Des combles en surplomb dominaient la muraille. De nombreux signes d'incurie témoignaient de la répugnance de la ville envers la prison et ses habitants : l'herbe et la mousse poussaient entre les pierres, des tuiles manquaient au toit et le plâtre pelait par plaques. Un pont de bois bancal enjambait le canal, et menait à la salle de garde et au portique dont la porte en bois massif était renforcée de barres métalliques. Tout autour de la prison s'étendaient les misérables cahutes et les ruelles sinistres de Kodemma-cho. Situé près de la rivière, dans le secteur nord-est du Nihonbashi, Kodemma-cho était l'endroit idéal pour une prison — aussi loin du château et du district administratif que possible.

Les cris des enfants qui jouaient dans les ruelles et l'odeur de friture qui sortait des cuisines réchauffèrent le cœur de Sano. Ils masquaient les bruits ou les odeurs qui devaient émaner de la prison. Il frissonna au souvenir des histoires qu'on racontait sur ce qui se passait à l'intérieur. Il prit une profonde inspiration, puis fit traverser le pont à son cheval.

L'arrivée de Sano provoqua un désordre dans la salle de garde. Lorsqu'il mit pied à terre et attacha sa monture à un poteau, les trois gardes se bousculèrent vers la porte. Sano les vit échanger des regards hébétés, puis se lancer dans de grandes courbettes.

— Nous sommes à vos ordres, maître, proclamèrent-ils en chœur.

Sano nota les tenues négligées, les cheveux ras, les armures de cuir rapiécées, et l'unique épée que chacun portait. C'étaient des manants — peut-être même d'anciens criminels — à qui on avait permis de porter des armes pour éviter aux samouraïs des tâches dégradantes.

— Je suis le yoriki Sano Ichiro. Je désire interroger les hommes qui ont transporté ce matin les corps des victimes du double suicide.

Les gardes le dévisagèrent, pantois. Ils n'avaient sans doute jamais vu un yoriki s'aventurer jusqu'à la prison, encore moins formuler une requête aussi inhabituelle. Sano était sûr que ses collègues n'avaient jamais mis les pieds dans ce lieu maudit. Un garde laissa échapper un gloussement nerveux. Son voisin, le chef probablement, un grand gaillard, lui retourna une gifle cinglante.

— Qu'est-ce que tu attends ? gronda-t-il. Conduis-le au gouverneur, et que ça saute !

Le garde tira les lourdes poutres de bois qui barraient l'entrée, et Sano pénétra dans la prison, prêt au pire.

Sa première impression le rassura. Dans une cour de terre battue, cinq autres gardes patrouillaient. L'odeur d'urine empestait l'air, mais pas plus qu'aux abords des latrines de certaines ruelles d'Edo. À trente pas se dressait un bâtiment en bois délabré dont les fenêtres étaient munies de lourds barreaux. En entrant dans le bâtiment, Sano aperçut une pièce qui aurait ressemblé à un bureau du district administratif, n'eût été l'aspect miteux du mobilier comme des occupants. Le garde le conduisit dans un couloir, et frappa à une porte.

— Entrez !

Le garde s'inclina, puis déclara :

— Honorable Gouverneur, je vous amène un distingué visiteur.

Et il s'effaça pour laisser entrer Sano.

Le gouverneur de la prison, un homme corpulent assis derrière un bureau encombré de liasses de papiers, accueillit la requête de Sano avec incrédulité. Puis il haussa les épaules et ordonna au garde :

— Fais venir les *eta*.

Il se tourna vers Sano, et il ajouta d'un ton d'excuse :

— Je dois vous demander de les voir dehors, yoriki. Ils n'ont pas le droit de pénétrer dans ce bâtiment.

Surpris par les règles protocolaires de la prison, Sano retourna dans la cour avec le garde. Les eta étaient des parias. Leur lien héréditaire avec des métiers aussi morbides que la boucherie et la tannerie les rendait spirituellement impurs. Ils vivaient à l'écart de la population, dans les taudis des faubourgs. Ils ne pouvaient se marier en dehors de leur classe, ni s'en échapper. Ils exécutaient les tâches les plus sales et les plus serviles — vidange des fosses d'aisances, ramassage des ordures, déblaiement des cadavres après les inondations, les incendies et les tremblements de terre. On les employait aussi à la prison et à la morgue. Sano savait que les eta manipulaient les cadavres, mais il s'étonnait que même à l'intérieur de la prison on leur refusât l'accès de certains lieux.

— Attendez ici, je vous prie.

Le garde disparut derrière un coin du bâtiment. Il revint avec trois hommes, vêtus de kimonos courts de couleur écrue.

Les deux premiers étaient encore des adolescents, le troisième, un quinquagénaire. Le regard furtif, telles des bêtes traquées, ils se prosternèrent vivement devant Sano, front contre le sol, bras étendus. Les deux plus jeunes tremblaient, et Sano comprit pourquoi : un samouraï pouvait les tuer par simple caprice — pour tester une nouvelle épée, par exemple — sans crainte de représailles. Mais il avait aussi entendu des histoires terrifiantes sur les supplices que les eta infligeaient aux prisonniers. Il s'adressa à eux avec un mélange de pitié et de répulsion.

— Vous avez rapporté les corps du shinju, ce matin, n'est-ce pas ?

Silence. Puis le plus âgé prit la parole.

— Oui, maître.

Les deux autres acquiescèrent faiblement en écho.

— Avez-vous remarqué des signes qu'il ne s'agit pas d'un suicide ? Des blessures ? Des bleus ?

— Non, maître, dit le plus vieux.

Agités de violents tremblements, les deux autres gardèrent un silence peureux.

— Ne craignez rien. Réfléchissez bien. À quoi ressemblaient les corps ?

— Je suis désolé, maître, je l'ignore.

Après plusieurs tentatives, Sano comprit qu'il n'obtiendrait pas d'informations utiles de ces analphabètes terrorisés.

— Vous pouvez partir, dit-il, déçu.

Les deux jeunes se reculèrent vivement, toujours à genoux, puis se relevèrent et décampèrent. Le plus âgé ne bougea pas.

— Je demande la permission d'essayer d'aider l'Honorable Maître.

Sano reprit espoir.

— Relève-toi, ordonna-t-il, désireux d'examiner cet eta qui avait le courage de s'affirmer. Que veux-tu me dire ?

L'eta se redressa. Il avait des cheveux gris, des yeux intelligents creusés dans un visage carré, la mine sévère, et un port digne.

— Je ne peux rien dire moi-même, fit-il en regardant Sano droit dans les yeux, mais je peux vous présenter quelqu'un qui sait tout ce qu'il y a à savoir.

— Eh bien, allons-y, décida Sano, intrigué.

Il suivit l'eta qui prit le même chemin que le garde avait emprunté, contourna le bâtiment, puis traversa une autre cour. Là, sur une haute fondation en pierre, se dressait une immense bâtisse de plâtre nu : la prison proprement dite. De minuscules fenêtres percées en haut des murs lui donnaient des allures de forteresse. Cinq gardes leur ouvrirent une porte encore plus épaisse et plus lourdement renforcée que celle de l'entrée principale.

Le bruit et l'odeur heurtèrent simultanément les sens de Sano. Des gémissements et des sanglots filtraient sous les portes massives qui bordaient le couloir. Deux geôliers dépassèrent Sano. L'un d'eux frappait violemment sur chaque porte, ajoutant au vacarme.

— On vous a à l'œil, fils de porcs puants ! cria-t-il. Tâchez de vous tenir !

L'autre poussait des plateaux par les trous creusés au bas des portes. Dans la faible lumière qui parvenait des fenêtres, à chaque extrémité du couloir, Sano vit ce qu'étaient les rations : des légumes pourris et du riz moisi. Des mouches se posaient sur son visage et ses mains en bourdonnant. Il les chassa d'un geste furieux. Une horrible pestilence d'urine, de fèces et de vomi assaillit ses narines ; il s'efforça de ne pas respirer. Des ruisseaux d'eau putride s'écoulaient des cellules et inondaient le sol de pierre. Sano étouffa un cri quand un gros rat lui fila entre les jambes. L'eta le guida prestement vers un autre couloir. Là, le bruit diminua, mais l'odeur était toujours aussi tenace. Sano commençait à se détendre, quand, soudain, une porte s'ouvrit à la volée. Deux geôliers surgirent, traînant un homme nu et inconscient. Le sang coulait de son nez, et de longues entailles vives zébraient son torse. Les geôliers ouvrirent une cellule et y jetèrent le malheureux. En passant, Sano entr'aperçut cinq hommes d'une maigreur effrayante gisant au milieu d'immondices dans un étroit réduit. Il détourna vivement les yeux, horrifié. Qui méritait de vivre dans de telles conditions ? Le gouvernement ne pouvait-il donc contrôler ses sujets autrement qu'en torturant et en affamant ceux qui transgressaient ses lois ? La rapidité des jugements était une bénédiction trompeuse : nombre de prisonniers étaient exécutés aussitôt après que la sentence était rendue. Sano était scandalisé que le gouvernement qu'il servait utilisât de telles méthodes. Il s'efforça de ne point trop y penser.

L'eta le conduisit à l'air libre, dans une cour entourée d'une haute clôture en bambou. Soulagé, Sano respira à pleins poumons.

— La morgue, maître.

L'eta ouvrit la porte d'un bâtiment au toit de chaume, et lui fit signe d'entrer.

Sano hésita. Il craignait que la morgue ne lui offrît un spectacle plus épouvantable que ce qu'il avait déjà vu. Mais à l'intérieur, il n'y avait qu'une pièce revêtue d'un plancher en bois, et garnie d'armoires ; des auges en pierre tapissaient un mur, et deux tables, hautes d'un mètre, aux bords incurvés en gouttière vers le milieu, occupaient le centre de la pièce. Près d'une fenêtre ouverte, de profil, un homme lisait un livre à la lumière du jour déclinant. Il portait un long manteau bleu foncé, la tenue traditionnelle des médecins, et une courtepointe grise jetée sur ses épaules le protégeait de l'humidité froide qui régnait dans la morgue. Lorsqu'il se retourna, Sano eut l'impression fugitive de l'avoir déjà rencontré.

Il avait peut-être soixante-dix ans, le front haut et osseux, les pommettes saillantes. Deux profondes rides couraient de chaque côté de son long nez d'ascète jusqu'à sa bouche aux lèvres minces. Ses cheveux blancs et courts se dégarnissaient sur les tempes, mais poussaient abondamment sur le reste du crâne. Il posa un regard aigu sur Sano, puis reporta son attention sur son livre, comme fâché d'être interrompu dans sa lecture. Sano suivit son regard, et s'intéressa lui aussi au livre. En s'approchant, il remarqua le dessin d'un corps humain recouvert de caractères étrangers.

Le livre, les traits singuliers de l'homme et son costume permirent à Sano de l'identifier avec certitude. Dix ans auparavant, il l'avait vu exhibé en disgrâce dans les rues d'Edo. Il avait aussi vu son visage sur les panneaux de la ville et dans les feuilles que distribuaient les marchands de gazettes.

— Docteur Ito Genboku ! s'exclama-t-il. Mais, je croyais que...

Il s'arrêta aussitôt, de crainte d'offenser le médecin.

Cinquante ans plus tôt, le gouvernement avait prôné une politique isolationniste. Iemitsu, le troisième shogun Tokugawa, avait voulu pacifier le pays après des années de guerre civile. Craignant que les armes et l'aide militaire étrangères ne permettent aux daïmio de renverser le régime, il avait expulsé du Japon les marchands portugais, les missionnaires et autres intrus, et purgé le pays de l'influence étrangère. Seuls les Hollandais avaient vu leur commerce maintenu. Confinés sur l'île de Deshima, dans la baie de Nagasaki, les marchands hollandais étaient gardés jour et nuit, leurs contacts avec les Japonais limités aux affaires qu'ils traitaient avec les commerçants les plus fidèles au shogun. Les livres étrangers étaient encore bannis à ce jour ; quiconque était pris à pratiquer une science étrangère risquait un terrible châtiment.

Mais un mouvement clandestin avait vu le jour chez les

intellectuels. Les *rangakusha* japonais — des érudits qui avaient appris le hollandais — faisaient circuler sous le manteau des livres de médecine, d'astronomie, de mathématique, de physique, de botanique, de géographie et de science militaire. Sano s'émerveilla de se retrouver en présence du plus célèbre des rangakusha, un homme dont il avait secrètement admiré le courage, le Dr Ito Genboku, autrefois médecin de la famille impériale. Il avait été exilé à Enoshima pour avoir pratiqué la médecine hollandaise et s'être livré à des expérimentations scientifiques. Que faisait-il donc là ?

— Oui, je suis Ito Genboku. Mais je ne suis jamais allé à Enoshima, dit le médecin, répondant à la question muette de Sano.

Il avait une voix sèche, mais plaisante. Il ajouta, avec une pointe d'humour et d'ironie :

— Toutefois, d'aucuns considéreraient ma position de conservateur de la morgue d'Edo comme une punition pire que l'exil. Nul doute que les Tokugawa y ont songé en commuant ma peine. Néanmoins, il y a des compensations. Je peux ainsi poursuivre mes études en paix, expliqua-t-il en montrant son livre. Tout le monde s'en moque, tant que la morgue fonctionne sans heurt.

Puis, d'un ton abrupt, il interrogea Sano.

— Qui êtes-vous ? Que voulez-vous ?

Tandis qu'il se présentait et qu'il expliquait les raisons de sa présence, Sano s'aperçut qu'il avait omis de saluer convenablement le Dr Ito. Quelque chose chez le médecin rendait les formalités superflues. Était-ce sa franchise inhabituelle, ou son statut de médecin qui le plaçait en dehors du système rigide des relations entre les autres hommes ?

— Les eta n'ont rien pu me dire, mais celui-ci m'a amené jusqu'à vous, conclut Sano. Avez-vous noté un détail qui indiquerait qu'il ne s'agissait pas d'un double suicide ?

— Je n'ai pas vu les corps. J'ai été, hélas, trop occupé avec ceux qui ont péri dans l'incendie de la nuit dernière.

Le Dr Ito toisa Sano avec défi.

— Le mieux serait que vous utilisiez vos propres pouvoirs d'observation plutôt que de vous en remettre aux miens. Toutefois, Niu Yukiko a déjà été rendue à sa famille pour les funérailles.

Ainsi, le magistrat Ogyu ne m'a pas fait entièrement

confiance, songea Sano. Il a transmis l'ordre lui-même afin de se prémunir contre une négligence ou une quelconque erreur.

— Mais il nous reste le corps de Noriyoshi, reprit Ito. Aimeriez-vous l'examiner avec moi ?

Sano se sentit piégé. La tradition shintoïste dans laquelle il avait été élevé enseignait qu'un contact avec un mort entraînait une pollution spirituelle. Mais admettre sa peur de la profanation au Dr Ito le couvrirait de honte. Sa propre quête de la vérité et du savoir lui paraissait insignifiante en regard du sacrifice d'Ito.

— Volontiers, Ito-san, dit-il.

Le Dr Ito s'adressa à l'eta :

— Mura-san, dit-il, utilisant la forme respectueuse comme il l'aurait fait avec un homme ordinaire, allez chercher le corps de Noriyoshi, je vous prie.

Mura s'exécuta. Il revint avec les deux eta que Sano avait déjà rencontrés. Il portait un paquet de linge qu'il remit au Dr Ito. Les deux autres portaient une longue forme enveloppée dans un linceul de coton blanc ; ils déposèrent leur fardeau sur une table et commencèrent à le découvrir.

— Les effets de Noriyoshi, dit Ito en remettant le paquet de linge à Sano.

Sano étala le contenu sur la deuxième table. Cela retardait d'autant le moment où il lui faudrait regarder le cadavre qui émergeait du linceul. Enveloppée dans un pantalon bleu apparut une sandale en paille.

— L'homme était pauvre, remarqua Sano en désignant le tissu grossier des vêtements.

La sandale, dont le talon montrait des signes d'usure, aurait pu appartenir à n'importe quel manant.

— Cela aurait suffi pour que les Niu s'opposent à son mariage avec Yukiko, soupira Sano.

Avait-il risqué les foudres d'Ogyu et bravé les horreurs de la prison pour rien ?

— Finalement, c'était probablement un shinju.

— Noriyoshi va peut-être nous le dire, rétorqua Ito.

Il posa son livre, et s'avança vers le corps que les eta avaient fini de découvrir.

Malgré son maintien altier et autoritaire, il se déplaçait avec des gestes souples.

— Vous pouvez disposer, dit-il aux deux eta avec une

grimace douloureuse. Mura-san, j'aimerais que vous restiez.

Impossible de tergiverser plus longtemps ; Sano dut regarder vers la table. Il fut d'abord soulagé. La rigidité du corps, les doigts de pieds pointés vers le plafond, la bouche béante, donnaient à Noriyoshi des allures de pantin grotesque. Il ne ressemblait en rien aux cadavres mutilés que Sano avait vus sur les lieux d'exécution publique, ni aux carcasses boursouflées qu'on retirait des canaux après une inondation. De la boue et des brins d'algue collaient à sa peau et à son pagne, mais il n'y avait aucune trace de sang ni de signe de décomposition. Piqué par la curiosité, Sano s'approcha de la table. Les marques rougeâtres qui cerclaient les poignets de Noriyoshi retinrent son attention.

— Les brûlures provoquées par les cordes qui l'attachaient à Yukiko, expliqua le Dr Ito.

Noriyoshi ne présentait pas d'autres traces. Le ventre était dilaté, la face bouffie, mais les bras et les jambes étaient maigres et noueux, et il avait encore presque toutes ses dents. Avant sa mort, il avait apparemment joui d'une santé correcte pour un homme d'une quarantaine d'années. Rien n'indiquait que la noyade n'était pas la cause de sa mort.

— J'en ai assez vu, dit Sano. Je vous remercie de...

Mais le Dr Ito ne parut pas l'entendre. Il observait Noriyoshi d'un air absorbé.

— Retournez-le, Mura-san, ordonna-t-il.

L'eta roula le corps sur le flanc. Ito se pencha, scruta le cou, puis le crâne.

Sano s'approcha. L'odeur du corps lui fouetta le visage : suave, écœurante, comme celle qui se dégage d'un étal de boucher, mêlée aux effluves de poisson de la rivière. Il se recula vers la fenêtre ouverte. Ito fit signe à l'eta de tourner Noriyoshi sur le ventre.

— Qu'est-ce qui a provoqué ça ? demanda Sano en montrant une large tache rougeâtre qui colorait le dos, les fesses, les bras et les jambes de Noriyoshi.

— La coagulation du sang après la mort.

Ito sortit un linge de son manteau, et s'en recouvrit la main. Puis, il se mit à palper le crâne de Noriyoshi. Malgré son ouverture d'esprit, il ne semblait pas avoir surmonté son aversion pour la mort.

— Mura-san, couteau, rasoir, ordonna-t-il. (Puis, à

Sano :) Il y a un endroit aplati à la base du crâne. Nous allons voir cela de plus près.

Sano regarda, mais ne vit rien. Il ne voulait pas toucher la tête lui-même. Il attendit que Mura coupe une mèche de cheveux, et rase le crâne à l'endroit qu'Ito lui avait indiqué. Alors, Sano vit la marque violacée. Perplexe, il dévisagea Ito.

— Qu'est-ce... Aurait-il reçu un coup avant d'être jeté à l'eau ?

— À moins qu'il ne se soit cogné contre une pierre ou contre un pilier en sautant dans la rivière, rectifia le Dr Ito, qui insista sur les derniers mots. Un coup reçu une heure après sa mort aurait produit le même effet. Je ne peux me prononcer. Cependant, il y a un moyen simple de s'assurer qu'il est bien mort noyé.

Le cœur de Sano se mit à battre. L'instinct lui disait qu'un meurtrier avait infligé la blessure de Noriyoshi. Mais il lui fallait une certitude.

— Lequel ? demanda-t-il vivement.

— S'il s'est noyé, son corps sera plein d'eau. Mais pour le vérifier, nous devrons l'ouvrir.

Sano dévisagea le médecin, bouche bée. La dissection d'un corps humain, de même que tout autre procédé associé à une science étrangère, était aussi illégale qu'à l'époque de l'arrestation d'Ito. Les autorités ne se formalisaient peut-être plus des infractions à la loi commises par Ito, mais nul doute qu'elles se montreraient plus sévères avec Sano. S'il était découvert, non seulement il perdrait sa position, mais il serait banni, et ne pourrait plus revoir sa famille. Il voulut protester, mais le regard du Dr Ito le glaça : *J'ai risqué ma vie à rechercher les vérités interdites,* semblait-il dire, *jusqu'où êtes-vous prêt à aller ?* Sano hésita. Il essaya d'invoquer les images de son père, du magistrat Ogyu. Il se remémora ses obligations envers eux. Mais l'image qui lui vint à l'esprit fut celle des assistants du doshin, le bras levé sur un malheureux mendiant. Il ressentit de nouveau l'exaltation qu'il avait éprouvée à corriger l'injustice et à relancer l'enquête sur la voie de la vérité.

— Entendu, déclara-t-il, allons-y.

À peine avait-il parlé qu'il comprit qu'il s'était déjà engagé en acceptant de voir le cadavre. Le premier pas franchi, il ne pouvait se dérober devant le second.

Sur un signe d'Ito, Mura alla prendre dans une armoire un plateau d'outils — des scies métalliques, de longs rasoirs, et une collection de couteaux et d'instruments que Sano n'avait jamais vus auparavant. Ils étaient sans doute d'origine hollandaise. Mura posa le plateau sur la table, à côté du corps, puis il retourna vers l'armoire et en sortit un linge blanc qu'il noua sur le bas de son visage.

Ses gestes précis trahissaient une longue pratique des dissections. De même que le tuyau de bambou qui courait depuis un trou creusé dans la table jusqu'à une canalisation. La pièce avait été équipée pour les expérimentations du Dr Ito.

Mura retourna le corps de Noriyoshi sur le dos. Il prit une lame fine et l'appuya sur la poitrine du cadavre. Apparemment, il allait pratiquer lui-même, à la place d'Ito. Malgré ses idées originales, Ito suivait la tradition et laissait l'eta manipuler les morts.

Avec une fascination horrifiée, Sano regarda la lame s'enfoncer dans la peau de Noriyoshi et descendre de la trachée jusqu'au nombril.

— Pas de sang ? interrogea-t-il, soulagé d'être épargné de cette vision pénible.

La vue des bords roses de la plaie lui suffisait amplement. Son pouls s'emballa ; ses mains devinrent froides et moites.

— Les morts ne saignent pas, commenta le Dr Ito.

Ensuite, Mura pratiqua plusieurs incisions perpendiculaires à la première, et il inséra un instrument à lame plate dans l'une d'elles.

Atterré, Sano vit Mura écarter la peau de la cage thoracique de Noriyoshi, dévoilant des tissus d'un rouge luisant, puis découper les lamelles de peau. Les mains de l'eta étaient gluantes. Sano avala péniblement sa salive. Des gouttes de sueur perlaient sur son front malgré l'air froid qui s'engouffrait par la fenêtre ouverte. Le spectacle lui donnait la chair de poule. Il s'efforça de se concentrer sur autre chose pour vaincre la nausée qui le guettait. Il ne pourrait plus faire exposer le corps de Noriyoshi sur la place publique ; on verrait les traces de dissection. En rentrant à son bureau, il devrait rédiger un ordre de crémation. Mais il ne réussit pas à suivre le fil de ses pensées. Il ne voulait surtout pas regarder, mais il ne put s'en empêcher. Il vit les entrailles de Noriyoshi apparaître. Les pâles côtes luisantes avec deux lobes spongieux gris-rose, sortes d'amas de viande. À l'extrémité inférieure de la plaie, il vit les boyaux entortillés. *On dirait une bête écorchée*, songea-t-il avec dégoût. Et l'odeur qui s'élevait de la cavité béante était toujours la même : douceâtre, forte, et putride.

Comme les hommes de son âge, Sano n'avait pas été à la guerre. Il connaissait ses atrocités, bien sûr : des hommes décapités d'un seul coup d'épée, déchiquetés par les fusils achetés aux barbares étrangers. Les membres coupés. Les corps hachés en morceaux. Il avait lu des comptes rendus dans les livres d'histoire et entendu les récits qui se transmettaient de génération en génération. D'une certaine manière, il avait imaginé le carnage des batailles comme une chose noble, nécessaire, et faisant partie de la vie d'un samouraï. Mais cette mutilation, froide, délibérée, d'un corps humain, cela lui semblait obscène. C'était la profanation dans toute son horreur. Il sentit le méphitisme maculer sa peau, s'introduire dans ses narines, lui sceller les paupières. Son estomac se révulsa. Même sa sueur semblait contaminée ; il n'osait plus s'essuyer. Il crispa les lèvres pour l'empêcher de ruisseler dans sa bouche.

— Mura-san, dit Ito, les deux côtes inférieures du flanc droit.

Sano regarda Mura prendre une côte entre les mâchoires d'une robuste paire de tenailles. Il ferma les yeux en entendant l'os craquer avec un bruit atroce... une fois, deux fois. Lorsqu'il les rouvrit, il vit pourquoi Mura avait couvert le bas de son visage. Des fragments de chair rougeâtre maculaient le linge blanc, juste devant la bouche de l'eta.

— Très bien, approuva Ito. Maintenant, coupez... là.

Il traça une ligne dans l'air, au-dessus de l'endroit que les côtes avaient occupé, au-dessus du lobe spongieux mis à nu. Puis il expliqua à Sano :

— S'il doit y avoir de l'eau, elle se trouvera dans les poches respiratoires.

Sano acquiesça en silence, par crainte de vomir s'il ouvrait la bouche. Il regarda le couteau découper la poche respiratoire ; il se prépara à voir déferler le liquide.

Mais d'eau, il n'y en eut point. La poche se rétrécit légèrement, comme la vessie natatoire crevée d'un poisson.

— Pas d'eau, remarqua le Dr Ito avec une joie macabre.

Cet homme ne s'est pas noyé. Il est mort avant de toucher l'eau. On l'a assassiné avant de le jeter dans la rivière.

La vue de Sano s'assombrit, ses jambes flageolèrent. Il fut pris de haut-le-cœur.

— Yoriki Sano-san ! Vous ne vous sentez pas bien ?

Sano voulut répondre, mais la bile reflua dans sa gorge. Oubliant les convenances, il se précipita d'un pas chancelant vers la porte, sans avoir fait le salut d'usage. Il fallait qu'il sorte. Et vite.

Les couloirs de la prison lui parurent interminables ; les cris des prisonniers retentissaient comme le vacarme des démons en enfer. Sano rejoignit la sortie sans savoir comment. Il réussit à grimper sur son cheval et arriva au milieu du pont. Là, la nausée le reprit. Il descendit de monture, et vomit dans le canal. Mais il n'en reçut pas le soulagement espéré. Il se sentait affreusement souillé. Anxieux de mettre la plus grande distance possible entre la prison d'Edo et lui, il s'enfuit au triple galop, à l'aveuglette, et s'enfonça dans la pénombre crépusculaire.

Alors, telle une bénédiction des dieux, surgit devant lui une bâtisse d'où pendait une enseigne bleu foncé ornée du caractère *yu* : eau chaude. Un pavillon de bains. Sano tira sur les rênes et sauta de cheval. Il entra en coup de vent, et jeta des pièces sur le comptoir.

— Messire ! s'écria l'employé en brandissant la monnaie. Cela ne coûte que huit *zeni* !

Sano l'ignora. Il empoigna un sac de savon de riz sur le comptoir et confia ses épées à l'employé. Puis il se précipita vers l'aire des bains. Dans la salle obscure que la vapeur assombrissait encore, des hommes en pagne et des femmes en dessous de kimono se frottaient vigoureusement ou trempaient dans une profonde cuve. Sans se soucier des regards curieux, Sano arracha ses vêtements, les lança en boule sur le plancher, et se frictionna la peau jusqu'au sang. Puis, il plongea dans la cuve où il s'immergea entièrement, encore et encore. L'eau était bouillante, et souillée de résidus savonneux, mais il se força à garder la bouche et les yeux ouverts afin de nettoyer le dedans comme le dehors.

Il finit par éprouver une agréable sensation d'apaisement. Il ne se sentait plus contaminé. Le souffle haletant, il sortit de la cuve, et alla s'asseoir sur un banc dans l'étuve. Là, il ferma les yeux et poussa un bref grognement en comprenant soudain l'impasse dans laquelle il s'était enfoncé.

Noriyoshi avait été assassiné. La logique lui disait que Yukiko avait subi le même sort. Mais, obligé de taire la dissection illégale, il lui fallait trouver un autre moyen de prouver ce que personne n'était censé savoir.

3

Les bruits de pas qui résonnaient dans les quartiers des yoriki réveillèrent Sano. Il s'agita sous ses épaisses courtepointes, et releva sa tête de l'oreiller en bois. Le rai de lumière s'agrandit quand la servante entra à genoux, portant une bassine de charbons ardents.

— Bon matin, yoriki-san, lança-t-elle gaiement, puis elle se courba pour déposer des charbons dans le brasero, près de la couche.

D'autres bruits matinaux traversaient les fines cloisons des quartiers. Des pas précipités faisaient craquer et trembler la véranda qui courait devant ses appartements et ceux de dix autres yoriki. Les collègues de Sano se lançaient des saluts sonores. Il avait mis du temps à s'habituer à ces quartiers bruyants, qui le changeaient tellement du calme de la maison où il avait vécu avec ses seuls parents et une unique servante. Un violent craquement provenant de l'autre côté de la cloison le fit grimacer. Il se leva avec précaution.

Soulagé, il s'aperçut que la nausée l'avait enfin quitté. Revigoré, affamé, il ne doutait même plus de découvrir les assassins de Noriyoshi et de Yukiko. Seule la crainte de désobéir au magistrat Ogyu et de perdre sa réputation assombrissait ses pensées.

Il enfila vivement sa lourde robe d'hiver et alla prendre ses chaussures dans l'entrée. Frissonnant dans la fraîcheur du matin gris, il emprunta la véranda pour se rendre aux lieux d'aisances adjacents au bâtiment. À son grand soulagement, il ne croisa aucun de ses collègues : la camaraderie qu'ils partageaient n'était pas pour lui.

De retour dans ses appartements, il se lava avec l'aide d'un serviteur, puis revêtit un hakama propre de couleur noire, une sous-robe blanche, un kimono bleu foncé à damier noir, et une ceinture noire. La servante avait rangé sa literie dans l'armoire, emporté les vêtements de la veille pour les laver, et nettoyé les nattes. Pendant que le serviteur arrangeait ses cheveux et les huilait, Sano se dit que sa position offrait des avantages. Ses appartements, situés dans l'enceinte du commissariat, étaient plus spacieux et plus confortables qu'il ne l'aurait cru. Une famille entière pouvait dormir dans sa chambre à coucher. Tout aussi vaste, le salon possédait un bureau dans une alcôve tapissée d'étagères, comme dans les riches demeures. Ses revenus annuels atteignaient les deux cents *koku,* de quoi acheter assez de riz pour nourrir deux cents personnes pendant un an. Même après déduction des frais de loyer, d'écurie, et des gages des serviteurs, il gagnait plusieurs fois le salaire d'un précepteur.

Sano soupira intérieurement, congédia son serviteur et se dirigea vers la salle à manger commune. Le manque de chaleur de ses pairs l'empêchait d'apprécier pleinement le plaisir des repas.

Malgré l'heure tardive, six hommes, agenouillés, finissaient leur petit déjeuner : Yamaga, Hayashi, et quatre autres, tous impeccablement soignés et vêtus, les mains manucurées. Lorsque Sano entra, toutes les têtes se tournèrent vers lui. Les conversations cessèrent. Puis, Hachiya Akira, le yoriki principal, prit la parole :

— Nous pensions que vous ne viendriez plus.

Quinquagénaire corpulent au visage mou, il but une lampée de thé, puis ajouta avec une pointe de désapprobation :

— Nous vous sommes infiniment reconnaissants de nous faire l'honneur de votre compagnie.

Des murmures ironiques accueillirent le sarcasme.

— Je vous présente mes excuses, dit Sano en s'asseyant à côté d'Hayashi.

Bien que ne goûtant pas sa compagnie, les autres yoriki exigeaient sa présence aux repas et dans les salons où ils se rassemblaient le soir pour boire et bavarder. Sinon, Sano aurait mangé dans ses appartements, et passé ses heures de loisirs à lire ou en compagnie d'anciens camarades.

C'étaient, hélas, des épreuves d'humiliation, de tourments et de solitude qu'il ne pouvait esquiver.

— Soit, maugréa Hachiya.

Puis il se tourna vers ses collègues et reprit la conversation, dont le sujet, comme de coutume, était encore la politique.

— Quoi qu'on pense du gouvernement, commença-t-il, il maintient tout de même l'ordre dans ce pays. Il n'y a pas eu de troubles importants depuis que le soulèvement des paysans de Shimabara a été réprimé, voilà plus de cinquante ans. Comme la puissance militaire des Tokugawa dépasse de loin celle de n'importe quel daïmio susceptible de défier le régime, toute menace de guerre est éloignée.

Pourtant, se souvint Sano, l'histoire prouvait que les ambitieux ne craignaient pas de relever des défis prodigieux, souvent avec succès, afin de s'emparer du pouvoir. Cinq siècles plus tôt, Minamoto Yoritomo — ancêtre des Tokugawa — était devenu shogun après avoir défait les forces impériales. Plus tard, le clan Ashikaga avait supplanté les Minamoto. Plus récemment, de puissants seigneurs, avides de domination, avaient plongé le pays dans cent ans de guerre civile. Que le gouvernement s'efforçât de prévenir et d'écraser toute velléité d'insurrection démontrait assez qu'il avait retenu les leçons de l'histoire. Néanmoins, une majorité de samouraïs croyaient à l'invincibilité des Tokugawa et jugeaient les précautions superflues.

— Toutefois, poursuivit Hachiya, je dois admettre que les choses ont changé depuis l'assassinat du grand Hotta Masatoshi l'Ancien, cet admirable homme d'État. Sans ses conseils, le shogun Tokugawa Tsunayoshi semble avoir perdu le goût des affaires. Enfin, je me rappelle comment il conduisit la lutte contre la corruption à Takata, voilà seulement huit ans. Le daïmio dépossédé de son fief, son second obligé de se faire *seppuku,* et le reste de ses partisans bannis. Depuis, Tsunayoshi poursuit d'autres objectifs. Il pousse ses fonctionnaires à étudier la philosophie chinoise et les classiques. Il relance les anciennes fêtes shintoïstes, fonde des académies confucianistes.

Le ton neutre de Hachiya masquait habilement sa réprobation. Face à la multitude d'espions, personne n'osait critiquer ouvertement le shogun. Mais Sano avait compris le message, et il n'était pas le seul. Tokugawa Tsunayoshi avait ses détracteurs, aussi bien dans cette salle que dans toutes les couches de la société.

— Son Excellence le Grand Chambellan, dit Yamaga avec une moue de dégoût, le rusé et charmant Yanagisawa, détient dorénavant un pouvoir excessif.

Il reposa son bol de thé, puis reprit d'un ton enjoué, comme s'il changeait de sujet :

— L'incidence de certaines pratiques physiques semble en augmentation. Chacun peut en constater les conséquences. Son Excellence... et bien d'autres... le Trésor... susurra-t-il, laissant sa phrase en suspens.

— Aaah !

Ses collègues émirent des bruits divers et baissèrent les yeux.

Sano réprima un sourire en acceptant un *ozen* — le plateau-repas individuel — que lui apporta la servante. Il contenait du riz, du poisson, des radis marinés, et du thé. Comme Ogyu, Yamaga possédait l'art de la circonspection. En fait, il venait d'expliquer, mais sans le dire, que les mauvaises langues accusaient le chambellan Yanagisawa de préférer les hommes aux femmes et qu'il avait eu une liaison avec le shogun, qui en avait fait son protégé depuis sa jeunesse. L'influence de Yanagisawa sur le pays provenait de cette liaison. Mais les appétits du shogun pour les hommes ne s'arrêtaient pas à Yanagisawa. Il piochait dans les caisses de l'État pour offrir des cadeaux somptueux à ses nombreux amants, parmi lesquels un harem de garçons. C'était une source de ressentiment parmi les féaux du shogun, et chez de nombreux daïmio. Non qu'ils désapprouvassent ses goûts ; les amitiés particulières étaient fréquentes chez les samouraïs, on les considérait comme une expression de la voie du guerrier. C'était surtout le favoritisme affiché du shogun qui était en cause.

La conversation obliqua sur des sujets généraux. Il était grossier de parler pendant les repas, mais les autres yoriki avaient fini de manger et ne se gênaient pas pour cancaner pendant que Sano avalait son petit déjeuner. Exclu de la conversation, comme chaque matin, il se retrancha dans la méditation. Ah, comme ses compagnons étaient différents des guerriers d'antan ! Plutôt que de se réunir en plein air pour discuter de stratégie et dresser des plans de bataille, ils festoyaient bien au chaud tout en commérant. Hachiya, qui pérorait maintenant sur ses problèmes avec un certain officiel du Trésor, n'était certes pas le général Hojo Masamura, lequel avait défendu avec succès le pays contre l'invasion des Mongols quatre siècles auparavant. Bien qu'approuvant la paix qui avait apporté au pays prospérité et stabilité, Sano regrettait la simplicité des jours anciens.

Avec le temps, la voie du guerrier avait subi une altération subtile. Les samouraïs tenaient toujours l'honneur, la bravoure et la loyauté pour les plus hautes vertus ; ils portaient encore le sabre et devaient cultiver leur adresse au combat en prévision d'une guerre éventuelle. Ils devaient toujours allégeance à un seigneur, mais leur fidélité s'opposait aux liens qu'ils établissaient avec un réseau complexe de supérieurs, d'alliés, de protecteurs, sans oublier le shogun et l'empereur. Et même si la plupart des samouraïs pratiquaient encore les arts martiaux dans des académies comme celle que dirigeait le père de Sano, d'autres n'hésitaient pas à s'en abstenir. Comme Yamaga et Hayashi, ils s'étaient ramollis. Certes, les ordonnances de Tokugawa Ieyasu sur les maisons militaires obligeaient les samouraïs à suivre des études classiques en plus de l'entraînement militaire. En temps de paix, leur énergie devait être canalisée dans des opérations civiles ; leur éducation et l'affaiblissement de leur solde en faisaient des candidats idéaux pour servir dans la bureaucratie. Mais Sano ne pouvait s'empêcher de penser que les samouraïs avaient perdu beaucoup de leur trempe. Et du même coup, la certitude innée que leur destin était de se battre jusqu'à la mort pour leur seigneur.

Rien n'avait préparé Sano à enquêter sur un meurtre ni à poursuivre un assassin. Comment devait-il s'y prendre ?

Préoccupé par ce dilemme, Sano s'aperçut soudain que Hayashi lui posait une question avec un ton impatient indiquant qu'il n'en était pas à son premier essai.

— Oh, je suis navré, Hayashi-san, je n'écoutais pas. Que disiez-vous ?

— Il est de notoriété publique, susurra Hayashi en regardant Sano dans les yeux, que ceux qui enseignent ne le font que parce qu'ils ne savent rien faire d'autre. C'est pourquoi il est bon que le gouvernement soit organisé pour fonctionner de façon quasi automatique. Ainsi, peu importe comment les postes sont attribués, et les qualifications de ceux qui les occupent. Quelle est votre opinion ?

La perfidie plana, menaçante. Les autres guettaient la réaction de Sano en silence. Il se sentit rougir en observant les coups de coude discrets et les sourires réprimés. Il avait eu son compte d'humiliations et d'insultes voilées. Peut-être parce qu'il partageait la mauvaise opinion de Hayashi sur ses propres qualifications, une fureur soudaine l'emporta. La frustration des mois précédents éclata. Une réplique amère lui vint aux lèvres, aussitôt ravalée par la certitude qu'une querelle ouverte avec Hayashi lui vaudrait les remontrances d'Ogyu. Le magistrat tenait à ce que la police fonctionne sans heurt.

— C'est une opinion partagée par certains, rétorqua Sano, en s'efforçant au calme, mais non par d'autres.

Le sourire narquois de Hayashi décupla sa fureur. Mais dans cette rage, il puisa son inspiration. *Peu importe ce que pensent ces hommes, un précepteur et un historien n'est pas dépourvu de talents ! Mieux, il possède précisément les qualités nécessaires à l'investigation d'un crime.* Quand il se penchait sur un événement ou sur un personnage historique, il questionnait ceux qui avaient assisté à cet événement ou connu ce personnage. Pour l'instant, il n'avait aucun témoin des meurtres, mais en parlant aux proches de Yukiko et de Noriyoshi, il découvrirait peut-être le mobile et l'identité des coupables. Il jeta ses baguettes, se leva, puis s'inclina devant les yoriki.

— Vous nous quittez déjà ? fit Hachiya, fâché.

Sano contempla les six visages tournés vers lui. Leur hostilité l'attrista et l'inquiéta. Son incapacité à se lier d'amitié avec ses pairs ne présageait rien de bon. Mais il s'efforça de penser que leur inimitié ne comptait pas. L'important était de découvrir la vérité et de remettre le coupable entre les mains de la justice.

— Oui, je dois aller au bureau laisser des ordres au personnel. Ensuite, j'irai présenter mes condoléances aux familles des morts.

Les *yashiki* — vastes propriétés fortifiées des daïmio — occupaient de larges étendues au sud et à l'est du château d'Edo. Chacun était entouré d'une ligne continue de baraquements, où vivaient jusqu'à deux mille serviteurs. Sur les toits, des tuiles noires dessinaient des figures géométriques, et les murs de plâtre blanc étaient percés de lourdes portes gardées. Les propriétés étaient partagées par des allées, assez larges pour permettre d'imposantes processions militaires, et où circulaient, à pied ou à cheval, une multitude de samouraïs.

Sano parcourut les allées d'un pas vif, cherchant sur les portiques les armoiries qui lui auraient permis d'identifier le yashiki des Niu. Le temps s'était refroidi ; un ciel nuageux oppressait la ville, et la neige menaçait. Sano enfouit ses mains gantées dans les manches de son manteau pour se réchauffer. Il portait sous son bras le cadeau funéraire de rigueur : un luxueux paquet de gâteaux, enveloppé dans un papier blanc, attaché avec un ruban blanc et noir. Le château se dessinait à l'horizon, imposante conglomération de murailles et de toits en tuile perchée sur une colline boisée.

Sano s'arrêta. La vue du château d'Edo, des forteresses qui l'entouraient, et les hommes en armes lui rappelèrent que la ville était d'abord et avant tout une base militaire. Les milliers de citadins qui s'entassaient sur l'espace restant entre les yashiki et la rivière n'étaient là que pour la servir. Edo appartenait au shogun et aux daïmio.

En reprenant sa marche, Sano se dit que Niu Masamune devait posséder l'une des propriétés proches du château, comme il convenait à son rang et à sa fortune. Ah, il y était ! Le symbole du clan, une libellule dans un cercle, rouge sur une bannière blanche. Des draps noirs pendaient au-dessus du portail. Sano trouva bizarre que les Niu aient choisi comme armoiries la libellule, symbolc de victoire. Après tout, la faction Tokugawa avait infligé aux Niu et à leurs alliés une défaite sanglante à Sekigahara. Ils avaient été dépouillés de leur fief après la bataille. Mais Ieyasu, le premier shogun Tokugawa, avait compris que s'il ne pacifiait pas ses ennemis vaincus, ils reprendraient la lutte. Il leur avait donc accordé de nouveaux fiefs — ceux des Niu à Satsuma, loin de leur base traditionnelle. Le shogun et ses descendants avaient exigé de ces daïmio des tributs considérables, mais leur avaient laissé une grande partie de leur fortune et le droit d'administrer leurs provinces librement. Niu Masamune avait donc conservé son statut de seigneur extérieur de haut rang — ainsi qu'on appelait ceux qui avaient juré allégeance à Tokugawa Ieyasu après la bataille de Sekigahara. Le portique sophistiqué, avec ses poutres rouges, ses deux salles de garde, sa porte massive à double battant, et son lourd toit de tuile, proclamait sa suprématie sur ceux, plus simples, des daïmio de moindre rang.

Sano s'arrêta à quelques pas du portique. Rendre visite à un daïmio l'impressionnait. Il se demanda s'il aurait l'audace de demander des détails sur la vie de Yukiko en prétextant une visite officielle de condoléances. Seuls sa soif de vérité et son ardent désir de trouver l'assassin de Yukiko lui donnèrent le courage qui lui manquait.

Il se présenta à l'un des gardes.

— J'aimerais présenter mes respects à la famille Niu, expliqua-t-il. (Puis, incapable de mentir sur les raisons de sa visite, il ajouta :) Et éclaircir certains sujets concernant la mort de Damoiselle Yukiko.

Le garde lui dit de patienter. Contrairement à ceux de la prison d'Edo, il ne parut pas surpris et ne se répandit pas en courbettes. Serviteur d'un puissant seigneur, il avait sans doute l'habitude de recevoir des visiteurs d'un rang autrement plus élevé que celui de yoriki. Il traversa le portique pour parlementer avec son collègue, puis ouvrit la porte, parla à quelqu'un, et la referma.

— Veuillez patienter, répéta-t-il.

Sano attendit. Sentant le froid humide le transpercer, il fit les cent pas devant la salle de garde pour se réchauffer. Il commençait à penser qu'on ne le laisserait jamais entrer quand la porte s'ouvrit.

Un nouveau garde s'avança, et dit en s'inclinant :

— Monseigneur, le seigneur Niu est absent, mais si vous avez l'obligeance de me suivre, Dame Niu va vous recevoir.

Sano ne fut pas plus surpris d'apprendre l'absence de Niu que la présence de Dame Niu. D'après la loi de l'alternance, les daïmio passaient quatre mois par an dans la capitale, et le reste dans leur province. Lorsqu'ils repartaient dans leur fief, le shogun obligeait leurs femmes et leurs familles à rester à Edo en otages. Les daïmio se divisaient en deux groupes ; l'un restait à Edo pendant que l'autre rentrait dans ses provinces. Ces restrictions, qui humiliaient sans fin les fiers daïmio, les empêchaient néanmoins de comploter et de fomenter une rébellion. Elles les obligeaient aussi à maintenir des effectifs doubles, ce qui grevait d'autant les ressources qu'ils auraient pu destiner aux dépenses militaires. La paix avait un prix, et les daïmio l'avaient payé de leur argent, leur fierté et leur liberté. Néanmoins, Sano ne s'était pas attendu à être reçu par Dame Niu. La plupart des dames passaient leurs journées confinées dans leurs appartements, laissant aux serviteurs le soin de régir la propriété et les affaires officielles. Elles recevaient rarement des étrangers du sexe opposé. Encore plus curieux — et de plus en plus incertain sur la conduite à tenir —, Sano suivit le garde dans la propriété.

Il s'aperçut aussitôt que le yashiki était disposé comme un camp militaire : les tentes des soldats entourant celle du général. Les quartiers bordaient une vaste cour où des dizaines de samouraïs patrouillaient pour protéger le centre du domaine où vivait la famille Niu. Certains aiguisaient des armes dans les salles de garde, et d'autres paressaient çà et là. Des quartiers plus vastes — résidences des officiers supérieurs — formaient un mur intérieur. Une allée pavée conduisit Sano et son escorte à travers ce second rempart. Ils débouchèrent dans un jardin soigneusement agencé. De l'autre côté se dressait la demeure du daïmio, une grande bâtisse, d'une apparente simplicité, aux murs en partie en bois, au toit de tuile, plantée sur un podium en granit. Sano n'ignorait pas que ces résidences se composaient de bâtiments multiples, reliés entre eux par de longs corridors, des enchevêtrements de toits, et qu'elles abritaient des centaines de personnes. Une crainte révérencieuse, mêlée du sentiment de sa propre infériorité, mina la détermination de Sano. Quelle folie d'oser affronter une famille aussi riche et puissante !

Juste devant la maison s'ouvrait un appentis où étaient remisés plusieurs palanquins décorés de bois laqué richement sculpté. Sano suivit le garde sous le porche couvert, puis dans un vaste vestibule où il échangea ses chaussures contre des chaussons. Il déposa ses épées sur une étagère, à côté d'une impressionnante collection d'arcs, d'épées et de lances ; l'étiquette exigeait qu'un samouraï entrât sans arme dans une maison privée. Il suivit alors son guide dans la résidence proprement dite.

Le pas pressé du garde ne lui permit qu'un aperçu fugitif sur une immense salle de réception au plafond lambrissé, les peintures murales représentant des îles verdoyantes dans une mer bleue agitée, et une grande estrade où le daïmio recevait pendant les cérémonies. Une servante aérait la pièce ; par les fenêtres ouvertes, Sano vit le théâtre de plein air où avaient lieu les nôs en été. Le luxe et l'élégance n'étaient jamais ostentatoires. Les lois somptuaires des Tokugawa interdisaient les excès dans la décoration des maisons, et aucun daïmio n'aurait risqué de voir ses biens saisis.

Un couloir menait à une autre salle de réception d'où parvenaient des bruits de voix. Lorsqu'ils entrèrent, le garde s'agenouilla puis se prosterna.

— Le yoriki Sano Ichiro, du bureau du magistrat du Nord, annonça-t-il, puis il se releva et alla se planter à côté de la porte.

Sano s'agenouilla et se prosterna à son tour. Lorsqu'il releva la tête, ses yeux se dirigèrent aussitôt vers la femme agenouillée sur l'estrade, qui dominait la pièce et ses occupants.

La toile de fond représentait des montagnes noyées dans la brume. Dans son kimono bleu pâle orné de paysages multicolores, Dame Niu avait fière allure. Les épaules larges, droite comme un homme, un cou blanc qui sortait du décolleté de son kimono comme une colonne. Son visage était pourtant d'une surprenante beauté classique : d'un ovale allongé, avec une peau douce et lisse, un nez fin, de longs yeux en amandes et des lèvres délicates rehaussées de vermillon. Ses cheveux noirs, tirés en arrière et attachés en chignon sophistiqué avec des peignes laqués, ne montraient pas la moindre trace de gris. Cependant, sa stature et son air altier suggéraient une grande maturité. Ses mains jointes, petites et fragiles, démentaient l'aura de puissance qu'elle dégageait. Dame Niu n'était que contrastes : une femme qui alliait la beauté et la force, qui irradiait de féminité mais ne laissait pas les conventions lui interdire l'accès au monde. Sano voulut aussitôt en savoir plus sur son compte.

Après une autre courbette, il récita les mots appropriés :

— Je vous offre ce modeste présent en signe de respect.

Et les deux bras tendus, il présenta la boîte. La coutume funéraire lui interdisait de mentionner directement la mort durant une visite de condoléances. Il devrait attendre la fin des formalités avant d'introduire le sujet.

— Votre tribut est hautement apprécié.

La voix de Dame Niu était rauque mais mélodieuse. Si

la mort de Yukiko lui avait procuré du chagrin, elle le cachait derrière un calme approprié. Elle inclina la tête, puis se tourna vers le mur, à sa gauche.

— Eii-chan ?

Alors seulement, Sano remarqua les autres occupants de la pièce. Celui qui s'approcha n'était pas un enfant, comme le diminutif *chan* l'avait laissé entendre, mais un gros lourdaud au visage bosselé, grêlé de petite vérole. Son air hagard fit d'abord croire à Sano qu'il s'agissait d'un faible d'esprit que l'on gardait par obligation ou pour des raisons sentimentales. Toutefois, les riches soieries de ses robes noires et ses deux épées ouvragées identifiaient Eii-chan comme un vassal de haut rang au service du daïmio. Et Sano surprit une incontestable lueur d'intelligence — prudence, sagesse — dans les yeux minuscules qu'il croisa. Sans un mot, Eii-chan tendit un plateau pour recevoir le présent de Sano, et offrit en retour le traditionnel cadeau, une boîte d'allumettes ouvragée. Puis il apporta le plateau près de la porte, rangea le présent avec les autres, et reprit sa place aux côtés de Dame Niu.

— Les filles du seigneur Niu, dit cette dernière, en désignant le paravent qui se dressait dans un coin de la salle, à mi-distance entre Sano et elle.

À travers le treillis serré, Sano discerna deux silhouettes. Sinon, il ne vit rien des femmes, à part le pli d'un kimono rouge qui dépassait du paravent. À peine l'avait-il aperçu qu'une main l'ôta à sa vue. Il nota que Dame Niu avait dit « les filles du seigneur Niu » et non « mes filles ». C'étaient sans doute celles d'une concubine ou d'une épouse précédente, confiées à la garde de Dame Niu.

— On m'a dit que vous étiez venu pour une affaire officielle en rapport avec Yukiko, déclara Dame Niu.

— En effet, admit Sano, soulagé qu'elle ait abordé le sujet la première. À mon grand regret, je dois vous importuner avec quelques questions.

Dame Niu baissa les yeux en signe d'acquiescement. Elle affichait une sérénité royale, telle une princesse dans un tableau ancien.

Sano avait soigneusement préparé ses questions. Il devait éviter de montrer qu'il enquêtait sur un meurtre, et éviter d'offenser les Niu. Et il était conscient de la présence des deux sœurs, derrière le paravent, aux aguets, nul doute, du moindre secret dévoilé. Ainsi, plutôt que de demander à Dame Niu si elle croyait au double suicide, il interrogea :

— La façon dont Damoiselle Yukiko est décédée vous a-t-elle surprise ?

— Oui, bien sûr, répondit Dame Niu, puis elle sembla réfléchir. Cependant, avec le recul, je suis obligée d'admettre que c'était bien dans le caractère de Yukiko.

Un soupir étouffé résonna derrière le paravent, si léger que Sano l'entendit à peine.

Il avait apparemment échappé à Dame Niu.

— Les jeunes filles sont trop influencées par le théâtre, yoriki Sano, dit-elle. Comme vous l'avez certainement noté sur le mot que vous a montré le magistrat Ogyu. Vous êtes nouveau dans la police, n'est-ce pas ?

— Oui, en effet.

La remarque de Dame Niu l'avait pris de court. Il se doutait que ceux qui étaient intéressés à cette affaire le connaissaient et savaient qu'il avait été désigné pour s'occuper du shinju, mais il n'avait pas imaginé que Dame Niu en fît partie. En général, les femmes ne se souciaient guère des affaires d'administration. Une fois encore, il se demanda ce qui rendait Dame Niu si singulière.

Au même moment, une porte coulissa. Une domestique entra à genoux, portant un plateau garni d'un service à thé et de gâteaux de riz. Elle se releva pour traverser la pièce. Elle posa le plateau devant Sano. En lui remplissant un bol de thé vert, ses mains tremblèrent et elle renversa le liquide brûlant sur le plateau. Sano remarqua sa pâleur, et ses yeux rouges et bouffis.

— O-hisa ! Emporte ce plateau et rapportes-en un autre ! gronda Dame Niu avec une irritation non dissimulée.

La domestique éclata en sanglots. Ses larmes brisèrent la sérénité de la pièce. Elle ramassa le plateau, mais, tremblante, éparpilla les gâteaux sur le sol. Sano s'avança pour l'aider, surpris par sa réaction émotive devant l'impatience de Dame Niu. Se pouvait-il qu'il y eût une autre cause à ses larmes ? Le chagrin pour la mort de Yukiko, par exemple ?

— Eii-chan, occupe-toi d'elle, ordonna Dame Niu.

Pour un homme de sa corpulence, Eii-chan était doué d'une vivacité surprenante. Il avait déjà bondi avant l'intervention de Dame Niu, comme s'il avait anticipé son ordre.

En un éclair, il fut près de Sano. Il remit les gâteaux sur le plateau, le ramassa, et empoigna la domestique par le bras d'un geste fluide. Il déposa le plateau et la femme derrière la porte coulissante, puis retourna à sa place avant que Sano n'ait eu le temps de ciller, le visage aussi impassible qu'un masque de nô. En dépit de son apparence empotée, c'était un serviteur vif, sans doute plus perspicace et doté d'une indépendance d'esprit plus grande que ses maîtres ne le soupçonnaient.

— Je suis navrée des désagréments que vous a causés mon indigne servante, déclara Dame Niu.

Puis elle pencha la tête sur le côté, et fronça les sourcils, comme si elle avait entendu quelque chose qui lui avait déplu.

Sano surprit des sanglots étouffés. Ils provenaient des deux filles, derrière le paravent. Pleuraient-elles aussi la mort de Yukiko ? La maison tout entière était chargée d'une émotion intense. De quelle nature ? Était-ce de la peur ? Du désespoir ? Sano se laissait-il influencer parce qu'il savait que Yukiko avait été assassinée ?

— Midori, Keiko, laissez-nous.

À peine Dame Niu avait-elle prononcé ces mots que les sanglots cessèrent. Des bruits de pas, des froissements d'étoffes. Derrière le paravent, une porte s'ouvrit puis se referma. Les deux filles étaient parties sans que Sano ait pu les voir.

— Il est préférable de ne pas discuter de ces choses en présence d'innocentes jeunes filles, décréta Dame Niu. Bon, à présent, que voulez-vous savoir d'autre ?

À ce moment-là, la porte par où O-hisa était entrée coulissa de nouveau. Content d'avoir l'occasion de reprendre ses esprits, Sano se retourna pour observer le jeune homme qui se tenait dans l'encadrement de la porte.

— Pardonnez mon interruption, mère, dit l'homme, mais le prêtre voudrait vous voir pour parler des funérailles de Yukiko.

Pour la première fois, Dame Niu parut mal à l'aise. Elle esquissa un geste pour chasser le jeune homme, puis reposa ses mains jointes sur ses genoux et dit, impassible :

— Yoriki Sano, permettez-moi de vous présenter mon fils, Niu Masahito, le benjamin du seigneur Niu.

Sano s'inclina. La ressemblance entre Dame Niu et le

jeune homme le frappa. Le fils et la mère partageaient la même beauté, et la même force physique émanait d'eux. Le torse du jeune seigneur Niu montrait des signes d'entraînement physique intense : larges épaules, muscles du cou bien ciselés, même chose pour les bras et la partie de la poitrine que le kimono gris foncé ne cachait pas. Mais les yeux brûlants de fièvre du jeune seigneur Niu donnaient à son visage une intensité que celui de sa mère n'avait pas. En outre, là où la mère paraissait grande, même agenouillée, le fils semblait trapu. Bien que son allure et le son de sa voix soient ceux d'un homme d'une vingtaine d'années, il avait la taille d'un jeune adolescent. Sano avait entendu dire qu'on appelait le seigneur Niu Masamune le Petit Daïmio, surnom qui contredisait son statut. Le fils tenait du père.

— Masahito, tu aimerais peut-être parler au prêtre toi-même, proposa Dame Niu, une pointe d'avertissement dans la voix.

Mais le seigneur Niu ne releva pas. Il traversa la pièce et vint s'agenouiller sur l'estrade, face à Sano. Il boitait légèrement, et il dut maintenir sa jambe droite à deux mains pour s'agenouiller convenablement.

— Le yoriki Sano est là pour discuter de sujets administratifs à propos de la mort de Yukiko, annonça Dame Niu. Tu n'es pas obligé de les entendre.

— Au contraire, mère. Rien ne m'intéresserait davantage. Poursuivez, je vous prie, lança-t-il à Sano d'un geste impératif.

La présence du jeune seigneur gênait Sano. Elle risquait de rendre Dame Niu moins coopérante, et de pousser Sano à commettre un faux pas. Néanmoins, elle lui donnait l'occasion de rencontrer un autre membre de la famille de Yukiko.

— Parlez-moi de Yukiko, fit-il.

Il brûlait de demander si elle avait des ennemis, mais se força à masquer sa curiosité derrière une question polie.

— S'entendait-elle bien avec tout le monde ?

Dame Niu répondit vivement, comme pour devancer son fils.

— Yukiko était très secrète. On ne savait jamais ce qu'elle pensait. Cependant, c'était une fille très douce et très douée. Tout le monde l'admirait.

— Tout le monde, mère ? s'étonna le seigneur Niu, en appuyant sur les premiers mots.

Il semblait s'amuser à titiller sa mère, mais à part un coup d'œil implorant, elle ne réagit pas. À l'évidence, elle était indulgente avec lui, et tolérait de son fils une conduite qui aurait valu une punition sévère à une de ses filles. Sano s'aperçut que la présence du jeune seigneur Niu présentait un avantage, après tout. Son intervention avait clairement contredit le portrait que sa mère avait brossé de Yukiko.

— Qui ne l'aimait pas ? demanda Sano.

Dame Niu intercepta la question.

— Masahito plaisante. Je ne connais personne qui ne tenait Yukiko en haute estime.

Cette fois, le seigneur Niu n'objecta pas. Il observait Sano, un sourire aux coins des lèvres.

Sano essaya de changer de sujet. Voulant savoir comment le meurtrier de Yukiko avait pu la tuer, il demanda :

— Damoiselle Yukiko pouvait-elle quitter la maison sans que personne le sache ?

Laissons-les s'imaginer que je cherche simplement à savoir comment une jeune fille surveillée a pu rencontrer son amant en cachette, se dit-il.

— La maison est vaste, yoriki Sano, répondit Dame Niu. Trop de gens y vivent, il est difficile de surveiller tout le monde. De plus, nous avons appris que Yukiko avait soudoyé au moins une fois un garde pour qu'il la laisse sortir. Nous l'avons renvoyé depuis, ajouta-t-elle, pincée.

La curiosité de Sano s'éveilla.

— L'a-t-on vue sortir la nuit de sa mort ? Quelqu'un a-t-il appris où elle allait ?

— Non, soupira Dame Niu. Malheureusement, nous assistions à un spectacle donné par le seigneur Kuroda, expliqua-t-elle. Personne n'a remarqué son absence. Et le spectacle s'est terminé assez tard.

Le seigneur Niu émit un rire bref et sonore.

— Assez tard ? C'est un euphémisme, mère. Nous sommes rentrés à l'aube, ajouta-t-il à l'adresse de Sano. Il n'est donc pas étonnant que personne ne se soit soucié de savoir qui était là et qui ne l'était pas. Vous ne trouvez pas ?

— Sans doute, maugréa Sano, déçu.

Les Niu ne lui avaient rien dit qu'il puisse apporter au

magistrat Ogyu comme la preuve qu'un meurtre avait été commis. Et il était à court de questions.

Le seigneur Niu se pencha vers lui, une lueur interrogative dans son regard fiévreux.

— D'après vos questions, on croirait presque que Yukiko a été assassinée. On dirait que vous essayez de découvrir si quelqu'un l'a tuée, ou aurait pu la tuer, et si nous connaissons l'assassin. Je me trompe ? ajouta-t-il, le sourcil froncé. Oui ? Non ?

Surpris que le seigneur Niu ait éventé son manège avec tant de facilité, Sano ne répondit pas. En revanche, il se força à soutenir le regard pénétrant du jeune homme. Du coin de l'œil, il vit Dame Niu s'agiter nerveusement, mais elle n'intervint pas.

— Yukiko s'est suicidée, reprit le seigneur Niu, dont le sourire s'agrandit sur une dentition parfaite. Il n'y a donc pas lieu de poursuivre les questions, n'est-ce pas ?

Le ton signifiait qu'il congédiait Sano, qui n'eut d'autre choix que de faire ses adieux et de suivre le garde. Ils traversèrent le couloir, puis la salle de réception principale. La déception pesait sur les épaules de Sano quand il réclama ses chaussures et ses épées à l'entrée. Il n'avait rien appris de grande valeur, sinon que Dame Niu et son fils acceptaient la thèse du suicide. Peut-être trop rapidement ? Ne devraient-ils pas envisager la possibilité d'un meurtre, qui mettrait en danger toute la famille ? Bien que la jalousie et la rivalité pussent provoquer un meurtre dans les meilleures familles, Sano n'avait aucune raison de croire qu'un parent de Yukiko fût impliqué dans sa mort.

L'atmosphère tendue qu'il avait remarquée dans la demeure du daïmio avait sans doute une autre cause. Les larmes de la domestique, le soupir de la fille, et l'allusion du seigneur Niu à un ennemi de Yukiko ne constituaient pas la preuve qu'un crime avait été commis.

Dehors, le garde s'arrêta pour discuter avec un collègue qu'il croisa dans le jardin. Sano attendit. Il se demandait s'il aurait plus de chance avec la famille de Noriyoshi quand un léger sifflement lui fit tourner la tête. Ce n'était pas un oiseau, mais les premières notes d'une mélodie classique.

Sano regarda autour de lui. À part les deux gardes, le jardin était désert. Les fenêtres aux volets fermés des quartiers environnants semblaient l'observer avec des yeux d'aveugle.

— Messire ! murmura une voix fébrile. Messire !

Alors il vit un visage pointer dans l'encadrement d'une porte, non loin de l'entrée principale. Le visage d'une jeune fille, caché par de longs cheveux qui ondulaient sous le vent.

— J'ai quelque chose à vous dire, souffla-t-elle. Suivez-moi. Vite !

Elle lui fit signe d'approcher, et Sano entr'aperçut son kimono. Rouge, comme le pli de celui qu'il avait vu dépasser du paravent tressé. Puis la jeune fille disparut.

Sano hésita. Qu'arriverait-il s'il la suivait ? Des hommes avaient été dégradés, mutilés, exilés pour avoir esquissé un simple geste inconvenant à l'égard de la fille d'un seigneur. Sano jeta un œil vers les deux gardes. Plongés dans leur conversation, ils s'éloignaient, le dos tourné. Sano avait bien trop envie d'attraper l'assassin. Incapable d'échapper à son destin, il risqua le tout pour le tout.

Il franchit la porte par où la jeune fille avait disparu, tomba sur un long passage étroit qui courait entre une haute clôture de bambou et le mur d'une aile de la propriété. Il ne vit aucun signe de la fille, ni de personne d'ailleurs, mais des voix lui parvenaient de la maison. Il hâta le pas, jetant des coups d'œil inquiets par-dessus son épaule, comme s'il s'attendait à être accosté à tout moment.

Le passage bifurqua sur la gauche, et déboucha sur une porte ouverte. Sano risqua un regard avec prudence. Rien en vue. Il franchit la porte sur la pointe des pieds, et se retrouva dans un jardin. Les branches noueuses d'un grand pin bouchaient le ciel et assombrissaient la grisaille du jour d'hiver. Un pont fait d'une simple dalle de pierre enjambait une mare parsemée de feuilles mortes et d'aiguilles de pin. Plusieurs rochers, brunis par la mousse et les lichens, se dressaient sur le bord de la mare.

Elle apparut si soudainement derrière le plus gros rocher qu'il poussa un cri d'effroi.

— Chut !

Elle posa un doigt sur ses lèvres et coula un regard furtif vers la véranda, à l'angle du jardin.

Maintenant qu'elle était devant lui, Sano s'aperçut qu'elle n'avait pas plus de douze ou treize ans, les joues potelées, les lèvres pleines et le menton rond. Ses yeux, qui devaient d'habitude pétiller de gaieté, l'observaient avec une gravité solennelle.

— Puis-je vous faire confiance ? demanda-t-elle.

Surpris par son audace, Sano lui répondit comme il l'aurait fait avec ses élèves.

— Je ne puis vous dire à qui vous fier, ni de qui vous défier, Damoiselle... Midori ?

Sa franchise parut la satisfaire, et il avait bien deviné son nom. Elle acquiesça, coula un dernier regard vers la véranda, et murmura :

— Yukiko ne s'est pas suicidée !

— C'est pourtant ce que croit votre mère, rétorqua Sano, que l'exaltation de l'enfant incitait à davantage d'objectivité. De même que votre frère.

Et le magistrat, et tout le monde, sauf le Dr Ito et moi.

Midori tapa du pied, et serra ses petits poings.

— Ce n'est pas ma mère ! s'écria-t-elle. Ne l'appelez plus jamais comme ça.

Elle plaqua sa main contre sa bouche, puis murmura d'une voix presque aussi forte :

— C'est la deuxième épouse de mon père. Ma mère — la mère de Yukiko — était sa concubine. Elle est morte. Et je me moque de ce que croient les autres. Yukiko ne se serait jamais suicidée. Surtout pas comme ça, avec un homme. Elle ne connaissait pas d'homme. Du moins, pas...

Elle baissa la tête en rougissant, et se cacha derrière le rideau de ses longs cheveux soyeux.

Pas comme amant, songea Sano, complétant la phrase que Midori était trop embarrassée pour terminer.

— Comment le savez-vous ? demanda-t-il.

Il se souvint qu'elle n'était qu'une enfant et, comme une enfant têtue, elle refusait de voir souillée la sœur aînée qu'elle adulait.

Son scepticisme avait dû déteindre dans sa question, car Midori rejeta la tête en arrière, et le foudroya d'un regard furieux.

— Je le sais ! décréta-t-elle. Et je peux le prouver.

Elle agrippa la manche de Sano avec tant d'ardeur qu'il crut qu'elle allait la déchirer.

— Yukiko a été assassinée. Je vous en supplie, il faut me croire. Vous devez...

— Midori ! Que signifie ?

La dureté de la voix fit sursauter Sano. Il se retourna et vit Dame Niu dans l'encadrement de la porte de la véranda. La rage déformait la grâce de son beau visage. À côté de Sano, Midori laissa échapper un petit cri. Tous trois se figèrent dans un silence pesant.

Puis Dame Niu lança :

— File dans ta chambre, Midori.

Un calme glacial avait remplacé sa fureur, mais son expression n'avait pas changé.

Sans regarder Sano, Midori s'éloigna le long du sentier, tête basse, et disparut au fond du jardin.

— Quant à vous, yoriki Sano, poursuivit Dame Niu, je vous conseille de partir sur-le-champ. Et ne vous avisez pas de revenir.

Sano entendit des bruits de pas derrière lui. Son garde arriva, et le toisa avec un air de reproche.

— Raccompagne-le ! ordonna Dame Niu.

Sano se laissa reconduire jusqu'au portail, soulagé mais penaud. Quelle ironie, si, après avoir pris de tels risques, il avait ruiné sa carrière pour avoir cédé aux caprices d'une enfant !

De retour dans la rue, il regretta de ne pas avoir entendu l'histoire de Midori. Elle lui aurait peut-être fourni les preuves pour convaincre Ogyu qu'une enquête supplémentaire s'imposait. Peut-être se risquerait-il à questionner de nouveau Midori, après avoir vu la famille de Noriyoshi.

4

Midori traversa en courant le jardin intérieur, gravit quatre à quatre les marches qui menaient à la porte des appartements des femmes où se trouvait sa chambre. Mais au lieu d'entrer, elle hésita. Le vent coupant lui arracha un frisson. Alors, prise d'une impulsion, elle ôta ses claquettes en bois, les saisit par la bride et courut silencieusement le long de la véranda sur la pointe de ses chaussettes fendues. Elle dépassa une rangée de portes, sous les avant-toits.

Une fenêtre ouverte l'arrêta. Elle entendit le bavardage des domestiques qui lavaient le couloir. Courbée en deux pour qu'on ne la voie pas, elle franchit l'obstacle, tourna l'angle et entendit d'autres voix féminines à travers les fenêtres en papier : les concubines de son père cancanaient avec leurs servantes tout en se peignant ou en cousant. Un bébé cria. Quelqu'un entama un morceau sur le *samisen,* puis s'arrêta brusquement.

— Non ! Non ! gronda le maître de musique de ses jeunes sœurs. C'est trop rapide !

La mélodie reprit sur un rythme plus lent. Midori se faufila devant la salle de musique, rassurée. Les enfants étaient trop occupés pour lui emboîter le pas.

Elle atteignit enfin sa destination : une porte, à l'extrémité des appartements des femmes. Elle la fit coulisser, jeta un regard à l'intérieur. Le couloir était désert. Elle le traversa en coup de vent, et se rua dans la chambre à coucher de Yukiko que Dame Niu avait interdite à tout le monde.

Midori referma la porte derrière elle, et examina la chambre. Les fenêtres fermées ne laissaient entrer qu'une faible lumière. Midori devinait à peine le dessin des feuilles d'argent sur le papier blanc qui recouvrait les intervalles entre les portes de bois pleines ouvrant sur les chambres adjacentes. Les braseros étaient éteints. Midori frissonna, mais ce n'était pas seulement de froid.

On avait enlevé toutes les affaires de Yukiko — sa literie, ses vêtements, ses coussins, son écritoire, son matériel de calligraphie et son nécessaire de toilette. On avait nettoyé les nattes, et fermé les placards qui tapissaient l'un des murs. La chambre était vide, rien n'indiquait que Yukiko y avait vécu, ni même qu'elle avait existé.

Midori étouffa un sanglot. L'aspect impersonnel de la pièce venait de lui faire comprendre que Yukiko était partie pour de bon. Même la vue du corps de sa sœur qui reposait dans la chapelle familiale au milieu de la fumée d'encens, entouré de moines psalmodiant, n'avait pas réussi à la convaincre. Des larmes ruisselèrent sur ses joues quand elle se rendit compte que la mort de Yukiko n'était pas, après tout, un cauchemar dont elle allait se réveiller.

Elle lâcha ses chaussures pour s'essuyer les yeux d'un revers de manche. Les pleurs attendraient. Elle avait autre chose à faire, une chose qu'elle avait envisagée depuis longtemps. Maintenant que Yukiko était morte, cela n'en était que plus urgent. Midori se précipita vers les placards, et ouvrit les portes à la volée. Puis, dans sa hâte d'en finir et de fuir avant qu'on ne la trouve dans la chambre interdite, elle entreprit une fouille sauvage parmi les étagères de vêtements soigneusement rangés.

Sa farouche détermination faillit s'effondrer. En caressant les kimonos de Yukiko, elle pouvait sentir sa présence, le léger parfum fleuri de son huile de bain. Les larmes lui brûlèrent de nouveau les yeux, et l'une d'elles tomba sur le tissu. Midori se força à ouvrir le grand coffre qui reposait entre les étagères. Là, sous une pile de kimonos d'été, elle trouva ce qu'elle cherchait. Des volumes d'épaisses feuilles couleur crème de mûre, noués d'une ficelle de soie noire.

Le journal de Yukiko.

Midori empoigna le premier volume, l'emporta près de la fenêtre où la lumière lui permettrait de le lire, et l'ouvrit, le cœur battant. Elle allait enfin savoir — du moins l'espérait-elle — pourquoi Yukiko était morte. Malgré ce qu'elle avait assuré avec aplomb au beau yoriki, Midori n'était pas entièrement sûre que sa sœur ne se fût pas suicidée. Ces derniers temps, Yukiko, si gaie et si calme, paraissait sombre et distante. Mais Midori savait qu'elle consignait ses pensées ainsi que tous ses faits et gestes dans un journal. Ce journal qui allait lui dire si Yukiko avait réellement eu un amant et si l'amour impossible l'avait conduite à commettre l'irréparable. Ou si un autre événement avait précipité sa mort. Midori éplucha fébrilement les feuilles satinées, cherchant le dernier paragraphe. Un passage attira son attention. Tirant la langue, elle commença sa lecture.

Hier, nous sommes allées attraper des vers luisants dans la propriété du seigneur Kuroda, à Ueno. Vêtues de nos kimonos de gaze, nous flottions dans la pénombre, tels des spectres, à l'affût des mystérieuses lueurs fabriquées par ces minuscules créatures. Il s'élevait du sol une douce senteur de terre et d'herbe fraîchement coupée. Le chant monotone des criquets accompagnait les cris et les rires des enfants. Nous capturâmes les lucioles dans de petites cages d'osier, où elles continuèrent à luire faiblement... telles des lanternes vivantes !

Midori sourit malgré son chagrin. Les mots de Yukiko lui rappelèrent l'enchantement singulier de cette soirée. Plongée dans sa lecture, elle avait l'impression que sa sœur aînée était encore avec elle.

Sur le chemin du retour, Midori et Keiko, emportées par leur enthousiasme, se mirent à courir et à chahuter. Elle renversèrent et piétinèrent l'une des cages à vers luisants des Kuroda. Bien que désolée par leur visage abattu, je leur ordonnai de confesser leur faute et de s'excuser auprès de Dame Kuroda. Mais je crois qu'elles acceptèrent le blâme de bon gré, car elles ne me montrèrent pas de rancune.

Comment en vouloir à Yukiko ? songea Midori avec mélancolie. En tant que sœur aînée, elle avait discipliné Midori et les sept autres filles, mais avec une douceur et une gentillesse jamais démenties si bien que les filles ne demandaient qu'à obéir, juste pour lui faire plaisir...

Des bruits de pas effleurèrent le couloir : des pieds déchaussés faisaient craquer le plancher. Midori dressa la tête, referma le journal et chercha un lieu sûr où le cacher. Si on la trouvait dans cette chambre, sa belle-mère la punirait. Les bruits de pas s'éloignèrent. Midori rouvrit le journal à une autre page, presque à la fin. Elle reprit sa lecture, résista, cette fois, à la tentation de revivre les souvenirs heureux, et s'attacha surtout à découvrir des indices probants.

Le passage suivant la déçut. C'était la description d'un fait vieux de six ans qui ne pouvait avoir de rapport avec la mort de Yukiko. Le ton de sa sœur semblait embarrassé, sa prose hachée, comme si elle avait écrit avec réticence, et sans son plaisir habituel.

> *Le septième jour du onzième mois. Une journée sombre, pluvieuse. C'est par une telle journée que mon frère Masahito a fait son entrée dans le monde des hommes. La cérémonie a eu lieu dans la salle de réception principale. Notre père lui a donné son nouveau nom d'adulte et une coiffe particulière. Ensuite, la cérémonie* fundoshi iwai. *Toute la famille était là, et aussi des invités, richement vêtus. Les serviteurs de père étaient alignés dans le fond de la salle. Des lanternes brûlaient. J'étais tellement fière et heureuse de voir Masahito recevoir son pagne d'homme. Aujourd'hui, je repense à ce jour et je pleure. Ah, comme j'aimerais ressentir la même joie et la même fierté pour l'homme de vingt et un ans que celles que j'avais pour le garçon de quinze ans !*

Midori relut le passage avec étonnement. Yukiko et Masahito étaient très proches pour un demi-frère et une demi-sœur, mais dernièrement elle avait remarqué une certaine froideur dans leurs relations. Elle tourna la page, espérant découvrir la raison de leur différend. Mais le passage s'arrêtait. Elle ne trouva qu'une liste de courses : fil de broderie, épingles à cheveux, poudre de maquillage. Elle se hâta de feuilleter les dernières pages, cherchant le nom de Noriyoshi. Ne le trouvant pas, elle faillit pousser un rire de triomphe. Elle savait bien que Yukiko ne connaissait pas cet homme ! Elle repoussa le doute insidieux qui lui disait que Yukiko n'avait peut-être pas écrit le nom de son amant de crainte qu'on lise son journal. Et elle entama le dernier passage, écrit la veille de la mort de Yukiko.

L'heure de la décision est venue. Hélas, je ne sais que faire. Agir signifie la destruction de vies. Mais ne rien faire... pire encore ! Parler serait trahir. Se taire, un péché.

Midori relut le passage en mâchouillant son ongle. Elle laissa courir son doigt sur les caractères tremblants et irréguliers, si différents de l'élégante calligraphie des pages précédentes. L'écriture trahissait l'agitation de Yukiko. Destruction, trahison, péché. Ces mots terribles convainquirent Midori qu'on avait tué Yukiko parce qu'elle avait découvert un secret. Mais lequel ? Quelle était cette décision qui avait causé une telle angoisse le dernier jour de sa vie ? Midori feuilleta les pages précédentes, et se mit à les lire avec un mélange de consternation et de fascination. Elle était tellement absorbée qu'elle n'entendit pas la porte coulisser.

Un bruit sec lui arracha un cri. Le journal lui tomba des mains. Elle se retourna d'un coup. La surprise se mua en terreur quand elle aperçut la silhouette de sa belle-mère dans l'encadrement de la porte. La lumière du couloir laissait le visage de Dame Niu dans l'ombre. Derrière elle se dessinait la masse menaçante de Eii-chan. Son silence et sa laideur avaient toujours effrayé Midori. Elle cherchait désespérément un endroit où se cacher. Le placard ? Le coffre ? Trop tard. Dame Niu s'approchait. Midori attendit en geignant l'explosion de fureur de sa belle-mère et la brûlure cinglante des inévitables gifles.

Mais Dame Niu s'arrêta à deux pas. Son regard serein dépassa Midori et se posa sur le journal, puis sur les placards en désordre.

— Tu es entrée dans cette chambre contre mes ordres.

Sa voix douce était encore plus effrayante que les cris qu'elle avait poussés dans le jardin.

— Tu as parlé à un policier sans ma permission, et je ne doute pas que tu lui aies dit d'odieux mensonges sur notre famille. Maintenant, tu as déshonoré la mémoire de ta sœur en abusant de ses biens.

Midori se mit à trembler. Ses lèvres formulèrent une supplique muette.

— Non... je vous en supplie...

Elle devina que ce qui l'attendait serait mille fois pire

qu'une simple gifle. Reculant d'effroi, elle sentit son coude déchirer le papier et traverser la fenêtre.

— Tu seras punie, poursuivit Dame Niu du même ton égal.

Ses beaux yeux s'étrécirent. Midori pouvait presque l'entendre supputer les différentes options : privée de jeu, de compagnie, de bonne nourriture ou de ses objets préférés pendant plusieurs jours ? Elle avait déjà utilisé ce genre de punition dans le passé. Alors, Dame Niu hocha la tête ; apparemment, sa décision était prise.

— Va dans ta chambre en attendant les dispositions à venir, ordonna-t-elle.

Puis elle s'adressa à Eii-chan qui était resté à ses côtés.

— Veille à ce que Midori regagne sa chambre... et qu'elle y reste.

Midori se dirigea vers la porte, suivie de Eii-chan. La peur lui fit oublier tout ce qu'elle avait lu dans le journal de sa sœur. Mais le bruit de papier qu'on déchire lui fit tourner la tête. Elle poussa un cri de rage et d'impuissance.

Dame Niu avait ramassé le journal de Yukiko ; elle en déchirait les pages, et jetait les morceaux dans le brasero.

5

De retour à son bureau, Sano trouva un Tsunehiko étrangement morose. Le jeune secrétaire répondit à son salut en marmonnant et leva à peine la tête de son écritoire.

— Qu'est-ce qui ne va pas ? interrogea Sano.

— Rien.

Les yeux baissés, la mine boudeuse.

Sano s'agenouilla en soupirant à côté de son secrétaire. Ce dernier avait visiblement des soucis ; Sano connaissait suffisamment le caractère des jeunes garçons pour deviner que quelque chose clochait. Résigné, il se prépara à écouter et à compatir.

Tsunehiko jouait avec sa ceinture, une étoffe d'un bleu lumineux assorti aux vagues de son kimono. L'échancrure du kimono dévoilait une poitrine replète qui se soulevait au rythme d'une respiration sonore. Alors que Sano allait renoncer, Tsunehiko se décida :

— Les autres yoriki emmènent leur secrétaire avec eux quand ils ont à faire dehors, bougonna-t-il. Vous, vous ne m'emmenez jamais nulle part.

Une fois la langue déliée, les mots de Tsunehiko se suivaient au rythme d'un débit précipité, ne laissant pas à Sano l'occasion de répondre.

— Hier, vous m'avez donné des tas de consignes, et vous êtes parti. Aujourd'hui, pareil. Mon père m'assure que je suis ici pour apprendre un métier. Que puis-je apprendre si vous ne m'enseignez rien ?

Il pointa vers Sano son visage rose, rongé d'inquiétude. La gravité de son humeur le faisait loucher, et lui donnait un air ahuri du plus haut comique. Sano réprima une forte envie de sourire.

— En plus, je m'ennuie. Je n'ai pas d'amis. Ici, personne ne m'aime.

Sano faillit éclater de rire devant ce mélange de récriminations enfantines et de revendications légitimes. Mais il s'aperçut qu'il avait failli à son devoir de tuteur ; il n'avait offert que peu d'instruction à son secrétaire, et s'était montré trop tolérant pour sa paresse et ses multiples erreurs. Le précepteur en lui se sentait responsable de l'éducation de la jeune âme placée sous sa responsabilité. Il eut honte d'avoir négligé son devoir.

— Dorénavant, affirma-t-il, nous travaillerons en étroite collaboration. Je te promets de t'enseigner le peu que je sais.

Quoi qu'il m'en coûte, ajouta-t-il par-devers lui.

Tsunehiko le gratifia d'un sourire radieux.

Sano lui renvoya son sourire, à la fois amusé et irrité par le tableau qu'ils offraient : le yoriki inadapté et le geignard mélodramatique, associés dans une équipe grotesque. Changeant de sujet, il en vint à l'affaire qu'il avait en tête en entrant.

— As-tu découvert l'adresse que je t'avais demandée ?

Avant de se rendre à la propriété des Niu, il avait recommandé à Tsunehiko de rechercher dans les registres du temple et de la guilde des artistes le domicile et le lieu de travail de feu Noriyoshi. Sa quête d'informations chez les Niu ayant échoué, il devenait urgent d'interroger les collègues de Noriyoshi. Sano espérait que Tsunehiko avait réussi à s'acquitter de cette simple tâche.

— Oh, bien sûr, yoriki Sano-san ! s'écria le secrétaire qui avait retrouvé sa bonne humeur habituelle.

Il prit un morceau de papier sur son bureau et le présenta à Sano dans un geste majestueux.

Sano lut les caractères dessinés de l'écriture large et gauche du jeune homme :

Noriyoshi, artiste
Compagnie des Beaux-Arts d'Okubata
Rue des Galeries
Yoshiwara, Edo.

— Le Yoshiwara !

Sano s'attarda sur le nom. Le Yoshiwara, le quartier des

plaisirs dont les murs se dressaient près de la rivière, dans les faubourgs septentrionaux d'Edo. Là où les prostitutions de toutes sortes étaient légales. Là où, à condition d'en avoir les moyens, on trouvait en abondance boisson, nourriture, et une myriade de distractions : théâtre, musique, jeux, commerces, ainsi que d'autres, moins inoffensives. Nommé à l'origine « plaine des joncs » à cause du terrain qu'il occupait. Puis un promoteur astucieux avait modifié les caractères pour en tirer « plaine de la fortune », euphémisme. On l'appelait aussi Fuyajo, « ville sans nuit » : le Yoshiwara ne dormait jamais.

— Il vivait et travaillait au même endroit, expliqua Tsunehiko. Les deux registres signalent la même adresse. Okubata était son employeur.

— Je vois.

Fidèle aux règles qui gouvernaient les relations traditionnelles entre maître et élève, Sano s'abstint de féliciter Tsunehiko pour son travail bien fait. Toutefois, il pouvait offrir une récompense. Et la meilleure était encore de tenir sa promesse. La présence de Tsunehiko constituerait sans doute une entrave, mais Sano pensait pouvoir s'en accommoder.

— Aimerais-tu venir avec moi au Yoshiwara et m'aider à enquêter sur Noriyoshi ?

— Oh, oui ! Oh, oui ! Oh, merci beaucoup, yoriki Sano-san !

Tsunehiko bondit sur ses pieds, renversant son écritoire et l'encre, éparpillant les papiers et les pinceaux à travers la pièce.

Peu après, ils naviguaient sur un bac vers le Yoshiwara. Les deux bancs de cinq places, chacun appuyé sur un bord de l'embarcation sans toit, auraient été complets en été. Mais ce jour-là, Sano et Tsunehiko étaient les seuls passagers. Emmitouflés dans leur épais manteau, coiffés d'un large chapeau d'osier, ils se pelotonnaient sous le dais battant au vent qui leur procurait une maigre protection contre la froide et humide brise marine. Derrière eux, les deux rameurs musclés plongeaient leurs avirons au rythme d'une mélopée, qu'ils interrompaient parfois pour saluer les pêcheurs ou les marins d'un cargo qu'ils croisaient. Le ciel gris et bas ne se reflétait pas dans l'eau, qui tourbillonnait, trouble et fétide.

Tsunehiko ouvrit le coffret du déjeuner qu'ils avaient apporté pour se sustenter pendant les deux heures de la traversée.

— Vraiment, on aurait dû aller au Yoshiwara sur des chevaux blancs, déclara-t-il. Comme cela se doit. Et déguisés, afin que personne ne sache que nous sommes des samouraïs.

Il commença à avaler avec ferveur les boulettes de riz, les cornichons, le poisson salé.

Sano sourit. La loi interdisait aux samouraïs de fréquenter le quartier des plaisirs, mais comme elle était rarement appliquée, des membres de leur classe s'y rendaient ouvertement et en bande. Le déguisement était superflu, sauf pour ajouter du piment à l'affaire.

— Nous sommes en visite officielle, Tsunehiko, rappela Sano.

— Oui, en visite officielle, acquiesça le secrétaire, avec un large sourire qui dévoila une énorme bouchée à moitié mastiquée.

Sano mangea sa collation un tantinet plus lentement. Il avait choisi de voyager par bateau, sacrifiant la vitesse afin d'étudier la rivière qui avait englouti les corps de Noriyoshi et de Yukiko. Il contempla la rangée d'entrepôts qui s'étendait sur la rive gauche. On avait pu immerger les corps de n'importe quel endroit. Des jetées, des quais, des habitations flottantes amarrées au pied de l'embarcadère en pierre. Du pont Ryogoku, sous l'arche duquel le bac passait en ce moment même. S'il n'apprenait rien au Yoshiwara, Sano devrait arpenter les rives à la recherche de témoins, tâche qui risquait de lui prendre des jours et des jours.

Le bac arriva enfin à destination. Sano régla le passeur, puis, accompagné de Tsunehiko, il grimpa sur le ponton, étira ses muscles engourdis, et gravit les marches qui menaient à l'embarcadère. Ils suivirent ensuite la route vers l'intérieur des terres, dépassèrent des échoppes et des auberges fréquentées par les mariniers. Plantées devant des portes aux rideaux tirés, des servantes leur décochèrent des sourires aguichants, qui se figèrent en grimaces de mépris quand elles virent qu'ils ne s'arrêtaient pas. Passé Asakusa, en traversant les rizières et les marais, ils aperçurent le toit en tuile du temple de Senso qui se dressait à l'horizon, au-dessus des maisons et des temples de moindre importance. Un gong résonna ; le vent leur en apporta l'écho, enveloppé dans un fugace parfum d'encens. Sur le bord de la route, quelques prêtres, le crâne rasé, mendiaient en tendant leur bol d'offrandes.

Une courte marche les amena en vue des douves et des hauts remblais qui encerclaient le Yoshiwara. Deux samouraïs en armure et casqués gardaient l'entrée : ils filtraient les passants.

Interrogeant les gardes, Sano se heurta de nouveau aux difficultés d'une enquête officieuse.

— Oui, nous connaissions Noriyoshi, déclara l'un.

Mais quand Sano lui demanda s'il avait vu l'artiste le jour de sa mort, il se contenta d'ajouter :

— Il entrait et sortait tout le temps. Comment pourrais-je me rappeler ? D'ailleurs, il est mort, alors où est le problème ?

N'ayant pas de réponse à cela, Sano s'enquit :

— Avez-vous vu passer quelqu'un qui portait une grande boîte ou un gros paquet, il y a deux nuits ?

Une boîte assez grande pour contenir un cadavre, aurait-il voulu préciser. À côté de lui, Tsunehiko, ahanant comme un bœuf, buvait toutes ses paroles. Le secrétaire s'imaginait sans doute qu'il était en train d'apprendre comment travaillait un yoriki. Heureusement, il ne comprenait pas ce qui se passait... ou du moins, pas assez pour en parler ensuite à quiconque.

L'autre garde le considéra avec morgue. Contrairement à ceux de la prison d'Edo, ces deux-là, qui portaient la triple feuille de guimauve des Tokugawa à l'épaulette, n'avaient aucune raison de faire preuve de servilité devant un officiel de la ville.

— Ça se peut, lâcha-t-il d'un ton condescendant. Mais on a autre chose à faire que de surveiller les porteurs, yoriki.

Comme, par exemple, empêcher les femmes de s'échapper, songea Sano. Quasiment toutes les *yujo* — les courtisanes — avaient été vendues par des parents endettés, ou condamnées à servir dans le Yoshiwara en punition de leur crime. Certaines y régnaient en princesses, jouissaient d'un confort luxueux tant qu'elles toléraient les attentions des hommes. D'autres, maltraitées par des maîtres cruels, menaient une vie de misère. Celles-ci essayaient souvent de s'enfuir déguisées en servantes ou en garçons. Les gardes étaient moins pointilleux avec les allées et venues d'un porteur ou d'un homme qu'ils connaissaient.

— Sans vouloir vous manquer de respect, dit le garde d'un ton qui suggérait le contraire, vous bloquez la porte. Alors, vous entrez, oui ou non ?

— Je vous remercie de votre aide, dit Sano, et il entraîna Tsunehiko dans Naka-no-cho, la rue principale.

Il était souvent venu au Yoshiwara. Enfant, quand ses parents l'emmenaient voir, avec d'autres familles d'Edo, les magnifiques spectacles que donnaient l'été les yujo. Plus tard, étudiant, quand, avec ses amis, il venait admirer les courtisanes. Mais des années avaient passé depuis sa dernière visite. La nourriture, les boissons, et la compagnie des femmes étaient trop chères pour sa bourse, et la nécessité de gagner sa vie ne lui laissait plus le loisir d'entreprendre le long voyage aller et retour, ni de perdre des heures dans des bacchanales avinées. Là, il s'aperçut que si de nombreux détails correspondaient à ses souvenirs, beaucoup de choses avaient changé.

Il reconnut les rangées de bâtiments en bois, ainsi que les enseignes qui signalaient les maisons de thé — lesquelles ne servaient d'ailleurs pas de thé, mais du saké —, les échoppes, les auberges, les maisons de plaisir. Il reconnut l'odeur de vinasse et d'urine qui flottait dans l'air. Mais le quartier s'était développé. Bien que les murs limitent l'expansion du Yoshiwara, de nouveaux commerces avaient poussé sur les terrains vierges. La dernière visite de Sano avait eu lieu la nuit, quand les lanternes en papier qui pendaient des avant-toits illuminaient la rue, que les courtisanes aguichaient les passants depuis des fenêtres garnies de barreaux. telles des cages. Là, en plein jour, les lanternes étaient éteintes, les cages vides, des rideaux de bambou cachaient l'intérieur des maisons. Les bâtiments eux-mêmes montraient des signes d'usure : plâtre jauni, seuils de pierre érodés, piliers de bois noircis. En outre, la saison modifiait l'atmosphère. Les cerisiers, roses au printemps, d'un vert luxuriant en été, étendaient leurs tristes bras dénudés. Les samouraïs et les étudiants, bien que nombreux, se hâtaient, emmitouflés, au lieu de traînasser dans les rues, et même les rires semblaient en berne. Tout ce qui faisait l'attrait du Yoshiwara avait disparu.

La tristesse hivernale n'assombrit pas Tsunehiko.

— Si c'est pas merveilleux ! s'exclamait-il en roulant des yeux ronds. Je ne comprends pas pourquoi le Yoshiwara doit surgir au milieu de nulle part. Si c'était moins loin de la ville, on pourrait y venir tous les jours !

— Le gouvernement a voulu qu'il s'installe à l'écart pour protéger la moralité publique, expliqua Sano, sautant sur l'occasion d'instruire son protégé. Et cela facilite la tâche de la police. On contrôle mieux ce qui se passe dans un quartier clos que si toutes ces activités se déroulaient au hasard des rues. Cela permet de réduire le nombre de fillettes que les proxénètes enlèvent à leurs familles pour les vendre au bordel.

Il aurait pu ajouter que les *metsuke* — les espions du gouvernement — trouvaient dans le Yoshiwara un espace pratique pour garder l'œil sur les citoyens suspects. Mais Tsunehiko n'écoutait plus. Il avait disparu derrière le rideau qui fermait l'entrée d'une maison de thé. L'enseigne proclamait : « Sumo féminin à l'intérieur ! Venez voir lutter les célèbres Bien Pourvue, Gros Ballons, Crevasse Profonde, et Antre de la Moule ! » Une pancarte, plus petite, précisait : « Soirée spéciale ; course à la fleur dans les ténèbres. Lutteuses coriaces contre samouraïs aveugles ! » Des cris rauques et des encouragements sonores parvenaient de la maison de thé, prouvant que les matches, illégaux partout ailleurs, avaient déjà commencé.

Sano hocha la tête. Il avait commis une erreur en amenant Tsunehiko. Il allait perdre du temps à courir après le garçon. Souci supplémentaire, ajouté au mystère du double meurtre et aux périls inhérents à la conduite d'une enquête interdite.

— Viens, Tsunehiko, cria-t-il. Nous devons trouver la rue des Galeries.

La présence du secrétaire se révéla finalement bénéfique. Tsunehiko sortit de la maison de thé et s'exclama :

— Oh, mais je sais où c'est. Suivez-moi, je connais un raccourci.

Et il s'élança dans Naka-no-cho, entraînant Sano dans une rue où de hauts murs cachaient à la vue les jardins d'un bordel. Ils plongèrent dans un labyrinthe de ruelles étroites bordées de portes closes, de fenêtres grillagées, et de poubelles en bois débordantes d'immondices. Des chiens errants farfouillaient dans les détritus malodorants. Sano fut soulagé quand ils émergèrent dans la clarté d'une large rue à la propreté revigorante.

Tsunehiko avait dû étudier un plan pendant qu'il remâchait la veille ses récriminations contre le yoriki.

— Nous y sommes, annonça Tsunehiko avec fierté. Vous voyez ?

De chaque côté de la rue des Galeries, des échoppes ouvertes présentaient des étals et des murs recouverts d'estampes multicolores. Les amateurs foisonnaient, parmi lesquels de nombreux samouraïs bravant la loi qui leur interdisait de posséder ces prétendues œuvres d'art. Devant les galeries, des camelots entonnaient des chants pour vanter la qualité de leurs articles. À l'intérieur, propriétaires et clients marchandaient avec des voix stridentes. Sano examina les enseignes qui décoraient les échoppes. La Compagnie Okubata des Beaux-Arts se trouvait à peu près au milieu de la rue. D'abord, se débarrasser de Tsunehiko afin de conduire l'interrogatoire en privé...

Heureusement, le batifolage de Tsunehiko résolut très vite le problème. Le secrétaire s'aventura dans une boutique où il se mit à fouiller parmi les piles d'estampes. Souriant, Sano se dirigea vers le but de sa visite.

À peine avait-il atteint l'échoppe, que le camelot l'accosta :

— Bien le bonjour, messire ! Vous cherchez de belles estampes au meilleur prix ? Vous avez bien fait de venir !

C'était un homme d'une laideur ahurissante. Sa marque de fabrique, une énorme tache de vin, lui mangeait la lèvre supérieure, et s'étalait jusqu'au menton. Des poils jaillissaient de ses narines. Sa peau était grêlée de petite vérole. Des yeux protubérants lui donnaient une allure d'insecte, de mante peut-être. La ressemblance était encore accentuée par ses épaules tombantes et par sa manie de frotter l'une contre l'autre ses mains osseuses.

— Entrez, entrez donc, insista-t-il en tirant Sano par la manche.

Soulevant le rideau qui dissimulait en partie l'échoppe, Sano grimpa sur le plancher en bois. C'était une petite boutique, une seule pièce garnie d'étagères encombrées d'estampes, alors que d'autres encore recouvraient tous les murs. Elle était déserte.

— Que voulez-vous voir ? demanda l'affreux bonhomme, qui faisait office de camelot et de propriétaire. De beaux paysages ?

Il montra un jeu de gravures accrochées au mur : le mont Fuji peint à chaque saison. Sano comprit pourquoi l'échoppe n'avait pas de clients. Les peintures étaient de piètre qualité, les couleurs criardes et mal appliquées laissaient chaque tableau dans un brouillard d'inachèvement. Sano se demanda comment la boutique réussissait à faire des affaires.

— Êtes-vous Okubata ? demanda-t-il.

— Oui, oui, c'est moi. Mais tout le monde m'appelle Croque-Cerise, fit-il avec un petit rire moqueur en désignant sa tache de naissance.

Sano se dit que le sobriquet avait un autre sens, plus obscène, comme le clin d'œil du propriétaire le suggérait.

Croque-Cerise sortit une estampe d'une étagère.

— Vous préférez peut-être l'art classique ?

Sano grimaça en voyant la chose, une copie grossière du tableau ancien *He-gassen* (ou *Le Tournoi des pets*). Là, deux samouraïs à cheval, les fesses à l'air, échangeaient des pets. L'artiste avait rendu les vents par d'énormes nuages de fumée colorée.

— Un superbe tribut à nos héroïques ancêtres, susurra Croque-Cerise.

— Non, merci.

Sano, abasourdi par l'insulte à peine voilée, toisa le propriétaire d'un œil inquisiteur. Il ne rencontra ni malice ni ironie, mais un regard terne et poli.

— Je suis venu vous parler de votre employé, Noriyoshi, déclara-t-il.

Il n'eut pas le temps d'en dire plus.

— Aaah ! s'exclama Croque-Cerise. Pourquoi ne pas l'avoir dit plus tôt ? (Il poussa Sano vers un présentoir, à l'arrière de la pièce.) Hélas, notre grand artiste n'est plus de ce monde. Mais j'ai là ses œuvres les plus récentes. Les meilleures, oserai-je dire. Aimeriez-vous les voir ?

En examinant les estampes, Sano comprit aussitôt comment la Compagnie Okubata des Beaux-Arts gagnait de l'argent : en vendant des *shunga* — de l'art érotique —

à une clientèle triée sur le volet. Les autres estampes servaient de couverture. Celles que Sano avait devant les yeux représentaient des couples dans toutes les positions : dans une chambre, l'homme monté sur la femme ; dans un jardin, la femme, jambes écartées, assise dans la fourche d'un arbre et l'homme debout qui la pénétrait. Certaines scènes comportaient des tiers, des servantes qui assistaient le couple, ou des voyeurs tapis derrière une fenêtre. Noriyoshi avait dessiné les costumes, les paysages, et les appareils génitaux avec un luxe de détails extrême. Une grande estampe montrait un samouraï sur une chaise longue, ses épées à côté de lui, ses robes ouvertes, exposant une énorme érection. Il caressait d'une main le ventre d'une servante nue, allongée près de lui ; de l'autre, il attirait la main de la jeune fille vers son organe démesuré. La légende disait :

Voyez, voyez,
De tout leur cœur
Ils partagent la couche d'amour.
Il caresse le Portail des Joyaux, et donne
À la belle sa Lance de Jade à saisir.
Quelle fille ne rougirait pas ?
Ne sentirait pas son cœur accélérer ?

Les gravures étaient toutes d'une qualité technique supérieure aux œuvres qu'on trouvait dans la boutique. Les couleurs étaient claires et harmonieuses, les dessins d'une merveilleuse précision. En outre, elles possédaient une grâce sensuelle, absente des shunga ordinaires. Sano ne put s'empêcher de ressentir une excitation coupable.

— Les œuvres de Noriyoshi vous aideront peut-être dans vos aventures sentimentales, dit Croque-Cerise, prévenant.

L'allusion à ses prouesses sexuelles, intentionnelle ou non, tira Sano de sa rêverie. Le propriétaire était soit un subtil plaisantin, soit un grossier personnage incapable de comprendre que ses remarques pussent incommoder ses clients.

— Vous dépassez les bornes, dit Sano d'un ton sec. Je ne suis pas venu en client.

S'étant présenté, il vit, non sans quelque satisfaction, Croque-Cerise blêmir, ce qui fit encore ressortir la hideuse tache écarlate. Le propriétaire coula un œil inquiet vers les estampes. L'absence du sceau rouge officiel indiquait clairement qu'il s'agissait de contrebande, et que leur vente ou leur possession était illégale.

— Vos marchandises ne m'intéressent pas, le rassura Sano, qui s'empressa d'ajouter : J'aimerais vous poser quelques questions au sujet de Noriyoshi.

Le sang reflua vers le visage de Croque-Cerise.

— Demandez-moi tout ce que vous voudrez, messire, assura-t-il.

Pour mettre l'homme à l'aise, et éviter d'éveiller ses soupçons, Sano commença par des questions sans conséquence.

— Depuis combien de temps Noriyoshi travaillait-il pour vous ?

— Oh, pas assez longtemps.

Malgré le sourire innocent du marchand, Sano commença à comprendre que ses piques et ses blagues étaient en fait intentionnelles, et délivrées dans le but d'abuser son monde. Sano afficha un air menaçant.

Croque-Cerise se mit à compter sur ses doigts avec un sourire malveillant.

— Voyons... Noriyoshi travaillait pour moi depuis six... non, sept ans.

Suffisamment pour qu'ils apprennent à se connaître, songea Sano.

— Quel genre d'homme était-ce ?

— Oh, il était comme les autres. Il avait deux yeux, un nez...

L'irritation de Sano grandit. Il fusilla Croque-Cerise du regard, portant la main à son épée pour souligner sa colère.

Croque-Cerise roula ses gros yeux d'insecte ; son sourire s'évanouit. S'apercevant qu'il avait été trop loin, il corrigea vivement :

— Oh, Noriyoshi était un grand artiste. Et très prolifique, avec ça. Ses estampes se vendaient bien. Il me manquera.

— Ce n'est pas ce que je voulais dire, dit Sano avec patience. Parlez-moi de lui. Était-il amical ? Populaire ?

— Non, pas très populaire, ricana Croque-Cerise. Mais je dirais qu'il avait beaucoup d'amis. Dans tout le quartier, ajouta-t-il en désignant la rue d'un geste large.

— Leurs noms.

Hormis le malaise que lui procurait l'homme, l'enquête se déroulait mieux que Sano ne l'avait imaginé.

Croque-Cerise mentionna plusieurs personnes, des artistes ou des employés de maisons de thé et d'auberges du Yoshiwara. Sano mémorisa leurs noms.

— Pas de femmes ? interrogea-t-il.

— Non, messire, pas à ma connaissance. À part la jeune demoiselle qui est morte avec lui.

Des mouvements furtifs captèrent l'attention de Sano. Il baissa les yeux. Le visage de Croque-Cerise restait impassible, mais il se dandinait d'un pied sur l'autre. Ce tic et la réponse trop directe apprirent à Sano que le marchand mentait. Son corps le trahissait.

Pour mieux le surprendre, Sano changea de sujet.

— Noriyoshi avait-il de la famille en ville ?

Les pieds cessèrent leur gesticulation.

— Non, messire, mais de nombreux parents dans le monde des esprits. Il m'a dit qu'ils avaient péri dans le Grand Incendie.

— Qui étaient ses ennemis ?

— Oh, il n'avait pas d'ennemis, yoriki, protesta Croque-Cerise d'une voix mielleuse. Tout le monde l'aimait.

Sano attendit la vanne, qui ne vint pas. Il remarqua toutefois le dandinement du marchand.

— Vous feriez mieux de me le dire, gronda-t-il. Sinon, je trouverai quelqu'un d'autre. Faites-vous réellement confiance à vos amis... (Il récita la liste de noms que Croque-Cerise lui avait fournie.)... pour qu'ils se taisent ?

— Je suis au regret de vous dire que je ne comprends pas de quoi vous parlez, messire, affirma le marchand, qui se dandinait à en faire craquer les planches.

— Qui était l'amie de Noriyoshi ?

Croque-Cerise croisa les bras sur sa poitrine cave.

— Sauf votre respect, yoriki, je n'aime pas la façon dont vous me parlez. Vous êtes en train de me traiter de menteur !

Décidé à faire front, Croque-Cerise s'était calmé ; ses pieds ne bougeaient plus d'un pouce.

— Arrêtez-moi et conduisez-moi devant le magistrat, ou quittez mon échoppe !

Sano ferma les yeux, dégoûté. Son manque d'expérience avait fait échouer l'interrogatoire. Dorénavant, Croque-Cerise ne dirait plus rien. Sano ne pouvait décemment pas l'arrêter parce qu'il refusait de répondre à des questions sur ce qui était toujours un suicide officiel, et il n'osait pas l'arrêter pour la contrebande d'objets d'art ou pour insulte. Le magistrat Ogyu lui avait clairement fait comprendre qu'il ne voulait pas que ses yoriki se salissent les mains à faire le travail des doshin. En outre, il ne voulait pas qu'Ogyu apprenne qu'il enquêtait sur les décès de Noriyoshi et de Yukiko tant qu'il ne pouvait prouver qu'on les avait assassinés.

— Je ne voulais pas vous offenser, déclara-t-il.

Il s'en voulut de s'excuser devant un homme qui venait de l'insulter, mais il espérait apaiser Croque-Cerise pour qu'il le laisse visiter la chambre où Noriyoshi avait vécu. Il avait besoin de s'imprégner des habitudes du défunt afin de découvrir pourquoi on l'avait tué.

— Je ne suis pas venu vous arrêter ni vous calomnier. Je cherche simplement à recueillir des informations pour compléter mon dossier, et vous m'avez été d'une grande aide. À présent, j'aimerais que vous m'accordiez une faveur. Puis-je voir les quartiers de feu Noriyoshi ?

— Mais, bien sûr, messire !

Croque-Cerise semblait ravi de ne plus avoir à parler des femmes ou des ennemis de Noriyoshi. Il fit coulisser un pan de mur qui s'ouvrit sur un passage mal éclairé.

— Par ici.

Sano le suivit le long du passage qui déboucha dans une cour de terre battue exiguë, bordée sur un côté par le mur de la boutique voisine. De l'autre côté courait un abri minable agrémenté d'une petite véranda. Dans le fond de la cour, un tas de bois et une rangée d'urnes en céramique s'alignaient le long d'une clôture en bambou. L'odeur âcre de l'encre étouffait celles, plus familières, de sciure et d'égout. En passant devant les portes ouvertes de l'abri, Sano aperçut trois cabines identiques. Dans chacune, un artiste était agenouillé devant un établi incliné. L'un, muni d'une gouge métallique, creusait des rainures dans un bloc de bois. Un second encrait un bloc terminé et le pressait contre une feuille de papier blanc. Le troisième colorait la gravure.

Croque-Cerise s'arrêta devant la porte d'une quatrième cabine.

— La chambre de Noriyoshi, annonça-t-il.

Sano entra, enjambant deux paires de sandales en bois

qui traînaient dans la véranda. Il effleurait de la tête le plafond bas. La pièce n'était pas plus large que les autres ; contre le mur, l'établi incliné mangeait presque toute la place. Il restait juste assez d'espace pour qu'un homme puisse s'y allonger. Des nattes effilochées et parsemées de copeaux recouvraient le sol. Près de l'établi, une haute boîte à outils béait, dévoilant une collection de couteaux, de poinçons et de gouges. Un bloc de bois neuf reposait sur l'établi, à côté d'un dessin à la plume, d'un pot de pâte desséchée plantée d'un pinceau. Noriyoshi se préparait à graver le dessin sur le bois. Sano s'arrêta sur le dessin. C'était un shunga, du même style que ceux de la boutique, mais celui-ci mettait en scène deux hommes.

— Une édition originale pour clients originaux, hé, hé, susurra Croque-Cerise dans le cou de Sano. (Il frotta ses mains osseuses avec un sourire salace.) Les samouraïs ont souvent le goût de ce genre d'activités, non ?

Sano ignora l'allusion. Bien que n'ayant jamais pratiqué l'amour viril, il partageait l'opinion générale : chacun est libre de faire ce que bon lui semble du moment que ce n'est pas au détriment d'autrui. En outre, les insinuations du marchand d'art commençaient à l'énerver sérieusement et il se moquait de ce que Croque-Cerise pensait de lui ou de sa classe. Il reporta son attention sur le placard de guingois qui se dressait en face de l'établi.

Les vêtements rapiécés, la literie déchirée, les tasses ébréchées, et la collection d'encres, de pinceaux, de fusains et de croquis qu'il trouva dans le placard ne lui apprirent rien qu'il ne savait déjà : Noriyoshi était un artiste de talent aux revenus limités. Sano terminait l'inspection sommaire de quelques kimonos de coton quand sa main rencontra un objet dur. Il le tira et sortit une petite bourse dont le poids le surprit. Elle était remplie de *koban* d'or. Il devait y avoir au moins trente piécettes ovales, assez pour faire vivre une famille pendant un an. Une somme trop importante pour un modeste artiste, certainement pas le fruit d'une activité légale.

— D'où vient ceci ? demanda Sano.

Avec une agilité surprenante, Croque-Cerise s'empara de la bourse, et la fourra dans son manteau en expliquant :

— C'est à moi. Noriyoshi collectait parfois des remboursements pour mon compte.

Sano contempla avec colère l'agitation qui s'empara des pieds du propriétaire. Il résista à l'envie d'arracher la vérité au menteur. Son instinct lui dictait d'être patient et de chercher ses informations ailleurs. S'il n'en trouvait pas, il pourrait toujours retourner voir Croque-Cerise.

— Merci de votre aimable coopération, dit-il. Me permettez-vous d'interroger vos employés ?

Il en apprendrait peut-être davantage sur les activités de Noriyoshi.

Peu après, Sano reparut dans la boutique, plus frustré que jamais. Les trois artistes, plus jeunes que Noriyoshi d'au moins vingt ans, n'avaient pas bien connu leur collègue. Ils n'étaient à Edo que depuis un an, et Noriyoshi ne les fréquentait pas. Ils ignoraient où il passait ses heures de loisir. Sano avait questionné chacun d'eux séparément, et il était enclin à les croire. Si les amis de Noriyoshi se montraient aussi retors que Croque-Cerise, Sano devrait fouiller tout le quartier à la recherche d'un témoin obligeant. Tsunehiko l'aiderait peut-être, songea-t-il sans trop y croire. Mais où était passé le garçon ?

En entrant dans la boutique, Sano trouva Croque-Cerise avec un homme frêle au crâne chauve qui tenait un long bâton dans une main et une flûte en bois dans l'autre. Ils discutaient à voix basse avec animation.

Voyant Sano, Croque-Cerise s'interrompit brusquement et dit à l'inconnu :

— Va, maintenant. Nous en reparlerons plus tard.

Mais l'homme tendit la main vers Sano.

— Maître samouraï ! Je suis Mains-Calmantes, le meilleur masseur d'Edo ! Souffrez-vous de douleurs ? De nerfs fragiles ? Laissez-moi vous soulager ! Mes talents sont célèbres, et mes tarifs abordables.

Il posa sur Sano ses yeux pâles et vitreux de poisson mort.

Sano se demanda comment l'aveugle avait deviné qu'il était samouraï. Croque-Cerise avait dû lui dire, à moins que Mains-Calmantes n'ait senti l'odeur de son huile capillaire. Les aveugles ont le nez fin.

— Je peux vous raconter des histoires en vous massant, maître, poursuivit le chauve. Écoutez celle-ci.

Et sans attendre, il entama son récit :

— *Le Chien shogun,* déclama-t-il de sa voix rauque et

chantante. Tokugawa Tsunayoshi, pourtant un grand homme et un dirigeant avisé, n'a pas encore réussi à produire un héritier. Sa mère, Dame Keisho-in, demande conseil au moine bouddhiste Ryuko. Le moine lui affirme que pour avoir un fils, Tsunayoshi doit d'abord expier les péchés de ses ancêtres. Ensemble, Dame Keisho-in et Ryuko font valoir à Tsunayoshi que, vu qu'il est né l'année du Chien, il doit rédiger un édit en faveur des chiens.

« Dorénavant, les chiens errants devront être nourris et bien traités. On ne séparera plus les chiens qui se battent à coups de bâton, mais avec un seau d'eau froide. Celui qui maltraitera un chien sera jeté en prison ; quiconque tuera un chien sera exécuté. Et tous les chiens devront être traités avec respect. Comme ceci !

Mains-Calmantes se précipita vers un chien qui passait dans la rue. Il devait avoir reniflé l'animal, ou entendu sa queue battre contre la terre dure. Il s'inclina jusqu'au sol et lança :

— Bienvenue, Ô Inu-sama, Honorable Chien ! (Puis, se tournant vers Sano :) Je connais bien d'autres histoires, maître. Aimeriez-vous en entendre pendant que vous recevrez un massage des plus bénéfiques ?

Sano sourit en se demandant si les massages de Mains-Calmantes valaient mieux que ses histoires. Celle du chien shogun était passablement usée ; tout le monde la connaissait depuis que Tokugawa Tsunayoshi avait signé l'édit de protection des chiens, deux ans auparavant. L'étonnement et l'incrédulité s'étaient mués en ressentiment devant les sommes dépensées pour le bien-être des chiens, et les châtiments outrageants infligés à ceux qui les maltraitaient.

— Pas aujourd'hui, dit Sano. (Puis, sur une impulsion, il ajouta :) Connaissais-tu Noriyoshi ?

Croque-Cerise s'interposa.

— Yoriki, mon ami a un rendez-vous urgent. Mains-Calmantes, je croyais que tu étais pressé ?

Dans sa hâte de voir son ami partir, il se mit à se dandiner avec ardeur, et à frotter ses mains décharnées l'une contre l'autre.

Mains-Calmantes ignora l'intervention. S'appuyant confortablement sur son bâton, il dit :

— Oh, oui, maître, je connaissais Noriyoshi. C'était un brave homme. Il m'a envoyé beaucoup de clients. Il connaissait tout le monde, vous comprenez... Les seigneurs, les riches marchands.

— Qui était son amie de cœur ? demanda Sano, bien décidé à profiter de la loquacité de l'aveugle.

— Ah, vous voulez dire Glycine ? Elle travaille au Palais du Jardin céleste, sur Naka-no-cho. Elle...

— Tais-toi, imbécile ! Encore un mot, et il te fera mettre en prison par les doshin !

L'éclat de Croque-Cerise cloua le bec de l'aveugle.

— Il faut que j'y aille, maître, dit-il à Sano avec un geste d'excuse.

Là-dessus, il tourna les talons et remonta la rue en jouant de la flûte pour attirer les clients.

Sano prit congé de Croque-Cerise et courut derrière Mains-Calmantes. Il le questionna sur les ennemis de Noriyoshi, et lui demanda s'il avait entendu des rumeurs sur sa mort.

Mais Mains-Calmantes avait entendu l'avertissement de Croque-Cerise.

— Allez plutôt voir Glycine.

Et ce fut tout.

Sano regarda le masseur s'éloigner. La visite au Yoshiwara, pour décevante qu'elle fût, n'avait pas été totalement inutile. Il avait appris les noms des camarades de Noriyoshi et celui de son amie ; il avait découvert que l'artiste avait réellement des ennemis, et qu'il possédait une somme d'argent rondelette.

Autant de pistes qui conduiraient un jour à l'assassin. Sano et Tsunehiko resteraient au Yoshiwara jusqu'au crépuscule, à l'ouverture du Palais du Jardin céleste et des autres maisons de plaisir. Ensuite, ils prendraient le dernier bac pour Edo...

C'est alors que Sano se souvint. Ce soir, il devait retourner chez ses parents pour la première fois depuis son départ. Aussitôt, le poids du devoir l'accabla. Il pestait à l'idée d'interrompre son enquête au moment où elle commençait à tenir ses promesses. D'autre part, il n'était pas pressé de se trouver en présence de ses parents alors qu'il défiait les ordres de son maître et qu'il mettait ainsi en péril la situation dont ils avaient rêvé pour lui. Mais décevoir ses parents — surtout son père — serait manquer à son devoir filial.

En soupirant, il se lança à la recherche de Tsunehiko pour lui annoncer qu'il était l'heure de rentrer.

6

Peu avant l'heure du dîner, Sano arriva dans la partie du Nihonbashi la plus proche du château, là où habitaient ses parents. Comme d'autres familles de samouraïs qui s'étaient établies dans le commerce, ils vivaient au milieu des roturiers.

En franchissant la porte qui menait vers leur rue, Sano salua les deux gardes de faction. Un pont l'amena de l'autre côté du canal bordé de saules. Il emprunta une route qui courait au milieu d'un terrain encombré de gravats où un incendie avait détruit quatre maisons. Sano contempla les décombres avec tristesse. Dans sa dernière lettre, son père lui avait signalé l'incendie qui avait tué les quatre familles et anéanti leur commerce. En continuant sa chevauchée, Sano essaya de repérer les changements intervenus depuis son déménagement. Il passa devant l'épicerie, la papeterie, plusieurs cantines, et s'arrêta au coin de la rue, devant l'Académie Sano des Arts martiaux.

L'Académie Sano occupait un long bâtiment en bois, aussi bas que les maisons avoisinantes. Des tuiles, de la même couleur brun sale que les murs, recouvraient le toit. Des barreaux en bois protégeaient les fenêtres. Une enseigne défraîchie affichait le nom de l'académie. L'endroit lui parut plus vieux et plus petit que dans son souvenir. Il n'était pourtant parti que depuis un mois. Il descendit de cheval, attacha les rênes à la main courante qui longeait la véranda, puis entra. Une bouffée de nostalgie le saisit.

Dans la salle d'exercice, des lampes à huile accrochées aux murs adoucissaient la pénombre hivernale. Deux rangs de jeunes gens, vêtus d'amples vestes et pantalons de coton, s'affrontaient dans des simulacres de combat. Les uns brandissaient des sabres en bois, les autres paraient les coups avec des armes diverses — bâtons, lances, chaînes, pales métalliques. Le vacarme habituel régnait, fait de cris et de piétinements. Sano huma les odeurs familières — sueur, huile capillaire, plâtre humide, et vieux bois. Il se sentait à la fois triste et rassuré. Il avait l'impression d'avoir toujours connu cet endroit. Enfant, dès qu'il avait été en âge de tenir une épée, il avait appris les techniques de combat sous le strict tutorat de son père. Jeune homme, il avait enseigné son art à ses propres élèves. Il avait même envisagé de succéder à son père lorsque ce dernier prendrait sa retraite.

Mais l'école n'avait pas prospéré. En partie parce que de nombreux samouraïs ne cherchaient plus à perfectionner leurs talents guerriers, ni à les transmettre à leurs fils, mais surtout à cause de l'académie elle-même. N'étant pas affiliée à un clan majeur, elle ne recevait pas de donation. En outre, le père de Sano était obligé de payer les autorités afin d'obtenir la permission d'exercer. Il enseignait des techniques héritées d'un maître obscur sans disciples. Située dans un quartier misérable, hors de tout patronage, l'école attirait de moins en moins d'élèves. Il n'y en eut bientôt plus assez pour occuper le père et le fils. Sano dut commencer sa carrière de précepteur afin de gagner sa vie et d'aider sa famille. Dernièrement, le père de Sano avait annoncé qu'à sa mort il léguerait l'académie à son apprenti, Aoki Koemon, le *sensei* qui dirigeait la classe que Sano avait sous les yeux. Peu après, il avait emmené Sano chez Katsuragawa Shundaï afin de lui faire obtenir un poste dans l'administration.

— Sano-san ! s'exclama Koemon avec un sourire radieux.

Et il s'inclina profondément. Sano salua son vieil ami. Ils avaient grandi ensemble, mais depuis qu'il était adulte Koemon s'adressait à Sano avec le respect dû au fils de son maître. Voyant son ami détendu, confiant dans le monde qu'il avait lui-même laissé derrière lui, Sano éprouva un pincement d'envie. Le passé n'était pas si loin, mais il ne pouvait revenir en arrière. Il ne lui restait que le présent, avec ses avantages pécuniaires et ses conflits déroutants.

— Alors, qu'en penses-tu ? demanda Koemon en désignant la classe.

Sano contempla les élèves, dont les visages lui étaient familiers, et les diverses armes, qui ne l'étaient pas.

— Eh bien, fit-il, les temps ont changé !

Son père, Koemon et lui avaient débattu pendant des années pour savoir s'ils devaient inclure des armes non traditionnelles dans le cursus de l'école. Son père, un fidèle du kenjutsu, avait voulu limiter l'instruction au maniement du sabre.

— De nos jours, les samouraïs doivent être prêts à affronter des armes nouvelles. Et puis, l'école doit offrir de la nouveauté si elle veut attirer des élèves.

Sano répéta les arguments que Koemon et lui-même avaient utilisés pour convaincre le vieil homme. Mais en voyant les changements qui avaient eu lieu pendant son absence, il ressentit un étrange malaise qui se dissipa dès qu'il remarqua l'arme que tenait Koemon.

— Tu enseignes l'art du jitte ? s'étonna-t-il.

— Oh, seulement les bases. Je ne suis pas spécialiste.

Plus par curiosité que par besoin, Sano s'était entraîné avec le jitte dans la salle d'armes des yoriki.

— Faisons quelques passes, proposa-t-il, et il ôta son manteau, son chapeau, puis releva ses manches.

Koemon maniant son sabre de bois avec des gestes volontairement ralentis, Sano montra comment parer la lame et contre-attaquer avec le jitte.

— On pare comme ceci, dit-il en brandissant le jitte pour bloquer un coup qui aurait dû lui trancher l'épaule. Et on contre-attaque avant que l'adversaire ne réagisse... Il faut faire vite, parce que sa lame est plus longue que la tienn.

Il se fendit pour assener un coup sur le bras de Koemon. Puis, après avoir paré une nouvelle attaque, il pointa sa lame émoussée au cou de son ami.

— Et quand le moment est venu...

Il bloqua la lame de Koemon avec les dents du jitte. D'un violent coup de poignet, il arracha l'épée des mains de son ami.

— Tu peux briser la lame de ton adversaire.

Ils échangèrent ensuite leurs armes pour que Sano fasse la démonstration de la riposte au blocage du sabre dans les dents du jitte, et du jeu de jambes nécessaire pour éviter de se faire renverser ou frapper si la lame était bloquée. Heureux de reprendre de l'exercice, Sano transpira bientôt abondamment. Il était content de se retrouver dans la salle d'armes. Il avait l'impression de n'être jamais parti.

Lorsqu'ils eurent terminé, Koemon se tourna vers la classe et lança avec force, pour couvrir le vacarme :

— Ce sera tout pour aujourd'hui !

Aussitôt, les élèves se figèrent. Le silence s'établit. Ils saluèrent leur adversaire avec une courbette, puis le sensei, puis Sano, et filèrent aux vestiaires.

— Où est mon père ? demanda Sano quand il fut seul avec Koemon.

Koemon hésita.

— Il n'est pas venu, aujourd'hui, finit-il par dire.

Le malaise s'empara de nouveau de Sano. Son père ne ratait jamais une journée de travail.

— Pourquoi ? Qu'est-ce qui ne va pas ?

— Je n'en sais rien.

Koemon évita le regard de Sano, prouvant par là qu'il savait. Soit il ne voulait pas le dire, soit on le lui avait interdit.

Sano prit vivement congé. Les changements intervenus lui semblèrent soudain de mauvais augure. Pourquoi son père avait-il finalement cédé ? Le cœur serré, Sano quitta la salle d'armes. Il mena son cheval le long de l'étroit sentier bordé de hautes clôtures derrière lesquelles se trouvaient les appartements des propriétaires. À travers les interstices, Sano aperçut les flammes vacillantes des lampes à huile qui éclairaient les jardins ; il entendit les bruits familiers : papotage des servantes, hennissements des chevaux dans les écuries. L'odeur âcre de la soupe au miso et de l'ail sortait des cuisines. Mais Sano ne pensait pas au dîner en poussant la porte de la maison familiale.

Il fit reculer son cheval dans l'écurie ; voyant que la stalle voisine était vide, son anxiété redoubla. Son père savait depuis longtemps que sa fin approchait, mais qu'il n'ait pas remplacé son vieux cheval quand il était mort quelques mois auparavant était un présage sinistre : le vieil homme était conscient du peu de temps qui lui restait à vivre.

Sano laissa ses chaussures et ses épées dans l'entrée. Sur la droite, dans la vaste cuisine au sol en terre battue, la vieille servante Hana, agenouillée devant le fourneau, remuait la soupe. À côté, une marmite de riz bouillonnait. Des légumes encombraient la table en bois, près de l'évier en pierre. Deux ozen noirs laqués étaient disposés contre le mur, déjà chargés de bols, de baguettes, et de soucoupes. Sano répondit d'un signe à la courbette souriante d'Hana. Elle travaillait déjà chez ses parents avant sa naissance ; normalement, il aurait pris le temps de lui faire un brin de conversation, mais une toux rauque et sonore résonna dans la pièce voisine. Sano fit coulisser la porte.

Assis sur sa couche, son père disparaissait sous un amas de courtepointes. Plié en deux, il toussait et crachait dans le tissu que la mère de Sano serrait contre sa bouche. Il aspira une bouffée d'air, puis la quinte de toux le reprit. La mère de Sano tentait de le calmer de ses murmures apaisants. Sa main libre tira la courtepointe sur le brasero afin de réchauffer son mari. Une lampe à huile posée à même le sol dessinait les silhouettes des deux vieillards sur le mur de la petite chambre et soulignait les rides sur le visage émacié du malade.

— *Otosan !* s'écria Sano, bouleversé.

La santé fragile de son père était restée longtemps stable, et Sano fut atterré de voir à quel point elle s'était détériorée en un mois.

Les deux vieillards remarquèrent ensemble sa présence. Son père continuait de tousser.

— *Otosan,* pourquoi ne pas m'avoir dit que vous étiez malade ? demanda Sano en s'agenouillant près de son père.

Épuisé, les yeux clos, le vieil homme hocha la tête. Il sortit une main décharnée de la couverture et chassa la question d'un geste las.

La mère de Sano répondit à sa place.

— Il ne voulait pas t'inquiéter, Ichiro-chan. D'ailleurs, il va déjà mieux. Il sera bientôt rétabli.

Elle avait dit cela d'une voix enjouée, mais ses yeux inquiets contredisaient son optimisme. Elle considéra le tissu, y vit des taches de sang, et le cacha prestement.

— A-t-il vu un médecin ?

Sano s'efforça de dissimuler l'irritation que lui causait le mensonge de sa mère. Elle avait toujours nié l'existence des problèmes, en partie parce qu'elle espérait ainsi les annuler, mais aussi parce que son éducation lui avait appris à garder un visage impassible en toute occasion. Sano ne pouvait l'obliger à affronter la gravité de la maladie de son père ; le temps et la nature s'en chargeraient. Son impatience céda le pas à la pitié.

— Pas de médecin, râla le père de Sano.

Une quinte de toux — brève, cette fois — le plia en deux.

— Il se fait tard. C'est l'heure de manger. Omae, apporte le repas. Notre fils ne doit pas rester affamé.

Obéissante, la mère de Sano se leva et quitta la pièce.

Le cœur serré, Sano nota le changement inquiétant. Son père n'aimait pas parler de ses symptômes — la toux, les douleurs, la fièvre, les difficultés à respirer. Cependant, il avait toujours accepté de voir un médecin et d'essayer ses remèdes ; il avait consulté une diseuse de bonne aventure pour savoir combien de temps il lui restait à vivre ; il avait demandé à des moines shintoïstes et bouddhistes de réciter des prières pour convaincre les dieux d'épargner sa vie. Maintenant, il semblait à Sano que son père acceptait sa maladie et ses conséquences inévitables avec une résignation stoïque. Ses yeux s'emplirent de larmes. Afin que ses parents ne les vissent pas, il enfouit sa tête dans le linge humide que sa mère lui avait apporté. Il fuit son regard quand elle lui caressa furtivement la main.

Hana déposa l'ozen chargé de nourriture devant Sano et son père. Ils mangèrent en silence, observant comme toujours la coutume qui voulait qu'on s'abstînt de parler pendant les repas. Rien d'autre ne distrayant son attention, Sano ne put s'empêcher de remarquer le peu d'appétit de son père. Quelques cuillerées de soupe de miso, un morceau de radis blanc, une bouchée de poisson, quelques lampées de thé. Sa mère, qui bourrait d'habitude Sano de victuailles qu'il ne pouvait avaler, s'occupait exclusivement de son père, remplissant constamment son bol dans le vain espoir qu'il mangerait davantage. Sano résolut de reporter la discussion sur la consultation médicale à la fin du repas.

Mais lorsqu'on débarrassa les ozen et qu'on apporta le plateau à tabac, son père prit la parole le premier.

— Je t'ai trouvé une épouse, Ichiro. Elle s'appelle Ikeda Akiko, elle a dix-neuf ans, et une dot de quatre cents *ryo*.

Sano conserva son sang-froid. Son père persistait à recruter ses éventuelles promises parmi les samouraïs les plus riches. C'était la raison pour laquelle Sano restait tristement célibataire alors qu'il avait atteint la trentaine. Il ne voulait pas contrarier son père, mais il détestait le voir souffrir une nouvelle humiliation quand, comme il fallait s'y attendre, la proposition était rejetée.

— Les Ikeda sont de rang plus élevé que nous, Otosan, se contenta-t-il de signaler. Je ne crois pas qu'ils m'accepteront pour gendre.

— Balivernes !

L'exclamation de son père lui arracha une nouvelle quinte de toux.

— Notre intermédiaire leur enverra des cadeaux et arrangera un *miai.* Je suis persuadé qu'ils consentiront. Surtout maintenant que tu es yoriki.

Yoriki ou pas, les Ikeda n'accepteraient jamais une rencontre entre Akiko et lui, Sano le savait. Ils renverraient sans doute les cadeaux dès réception.

— Bien sûr, *Otosan,* acquiesça-t-il, de crainte que ses protestations ne déclenchent une autre crise de toux, et certain que le frêle vieillard ne supporterait pas de nouveaux efforts.

Satisfait, son père changea de sujet.

— Comment marche ton travail, fiston ? s'enquit-il.

Il choisit une pipe sur le plateau, l'alluma avec un charbon ardent, tira une bouffée, toussa, cracha dans une serviette, puis reposa la pipe.

Sano s'abstint de parler de la réprimande du magistrat Ogyu et de l'enquête illicite. Il se borna à décrire son bureau, ses missions, et ses quartiers, enjolivant son récit sans tomber dans la vantardise. Il ne parla ni de la froideur de ses collègues ni de sa propre solitude.

La fierté qui éclaira l'œil de son père le récompensa. Le vieil homme se redressa, et Sano revit le guerrier qui s'était battu contre des classes entières de samouraïs dans des exercices d'escrime.

— Continue à servir loyalement et sans faille, recommanda son père, et tu garderas toujours ton maître. Ne deviens jamais *ronin.*

Son père était devenu ronin — un samouraï sans maître — quand Iemitsu, le troisième shogun Tokugawa, avait confisqué les terres du seigneur Kii, quarante ans auparavant. La famille de Sano et les autres serviteurs du seigneur avaient dû se débrouiller seuls. Son père ne s'était jamais remis de la perte de son maître, de son gagne-pain, et de la position qu'il avait héritée de ses ancêtres. Mais contrairement à d'autres ronin, il n'était pas devenu malandrin, ni rebelle. Il avait fondé l'académie et avait vécu paisiblement, couvant son chagrin et sa honte. Lorsque Sano avait entendu parler pour la première fois de la Grande Conspiration des quatre cents ronin qui avaient tenté de renverser le gouvernement, il n'avait pas cru l'histoire. Adulte, il était conscient du mécontentement qui grondait sous la surface paisible du pays, et des efforts incessants des Tokaguwa pour étouffer la rébellion qui couvait parmi les samouraïs oisifs. Mais dans son enfance, il avait cru que tous les ronin étaient comme son père, des hommes loyaux et droits dont l'énergie et l'ambition se bornaient à obtenir pour leurs fils la réussite qui les avait fuis. Il ressentit une bouffée de culpabilité en se demandant ce que penserait son père s'il apprenait qu'il risquait la disgrâce et peut-être le renvoi en désobéissant aux ordres de son nouveau maître.

Mais il ressentit en même temps une pointe de colère. Son père n'avait-il pas, même involontairement, éveillé chez lui l'esprit libre et la curiosité qui menaçaient maintenant son avenir ? Ne l'avait-il pas envoyé au temple apprendre la littérature, la composition, les mathématiques, l'histoire, le droit, les sciences politiques, et les classiques chinois pour compléter l'enseignement militaire qu'il recevait à la maison ? Les moines avaient éduqué Sano au-delà de ce que l'on pouvait attendre d'un soldat. Ils lui avaient appris à penser au lieu de suivre aveuglément les ordres, comme il devrait le faire s'il atteignait la position de haut fonctionnaire dont son père rêvait pour lui.

— Maintenant que tu es sur le chemin de la gloire, je peux quitter ce monde l'âme en paix, murmura son père comme s'il se parlait à lui-même.

La colère de Sano s'évanouit. Il se rendit compte que son père n'avait combattu la maladie et ne s'était accroché à la vie que pour le voir installé. Satisfait, le vieil homme abandonnait la lutte. Comment Sano pouvait-il ruiner la carrière qui devait lui assurer l'avenir dont son père avait rêvé pour lui ? Comment se permettait-il de poursuivre une enquête qui ne manquerait pas de lui attirer les foudres de ceux qui tenaient cet avenir entre leurs mains ? La réponse était simple : c'était hors de question. L'esprit de son père ne lui pardonnerait jamais. L'enquête ne valait pas cet enjeu-là. La vérité et la justice ne rendraient pas la vie à Noriyoshi ni à Yukiko. Sano ne pourrait plus se regarder en face s'il manquait à l'obligation que son propre nom avait tracée pour lui : Ichiro, « l'aîné ».

Et comme il était fils unique, le poids du devoir filial ne pesait que sur lui.

7

— Le dix-huitième jour du douzième mois, première année de l'ère Genroku, dicta Sano. Registre des activités quotidiennes de la police.

Il commença à résumer les rapports que lui avaient fait parvenir les doshin.

— Total des arrestations : quarante-sept. Dix-sept pour conduite contraire aux bonnes mœurs, douze pour vol, huit pour mauvais traitement ou assassinat de chiens, six pour coups et blessures, trois pour adultère, une pour prostitution hors du quartier réservé. Deux samouraïs ont été placés en détention : l'un pour conduite contraire aux bonnes mœurs, l'autre pour coups et blessures. Les plébéiens ont été conduits à la prison d'Edo. Les trois femmes adultères ont eu le crâne rasé, et leurs époux ont obtenu le divorce.

Quand Tsunehiko eut terminé le rapport, Sano y apposa son sceau.

— Apporte-le au bureau du magistrat Ogyu, dit-il. Ensuite, tu pourras rentrer chez toi. Ce sera tout pour aujourd'hui.

Il étouffa un bâillement et se frotta les yeux, brûlants de sommeil. La veille, il n'était pas rentré dans ses quartiers. Il avait passé la nuit chez ses parents, au chevet de son père, à lui baigner le visage et à lui administrer des tisanes afin d'apaiser sa souffrance. Le reste du temps, les quintes de toux qui secouaient la maisonnée l'avaient empêché de dormir.

Tsunehiko traîna sur le pas de la porte.

— Yoriki Sano-san, nous n'avons pas enquêté, aujourd'hui. Demain, peut-être ?

— J'ai bien peur qu'il n'y ait plus d'enquête, Tsunehiko.

Cette fois le bâillement le prit au dépourvu. Il posa vivement la main devant sa bouche.

— Ni demain, ni jamais.

Le visage de Tsunehiko refléta sa propre tristesse.

— Pourquoi ? gémit-il. On s'amusait pourtant bien !

Ayant passé la nuit à se convaincre de la nécessité d'abandonner l'enquête, Sano ne voulait plus y penser, encore moins en parler.

— Parce que le devoir et les obligations nous l'ordonnent, se contenta-t-il de déclarer, sachant que Tsunehiko, avec son éducation de samouraï, accepterait son explication sans poser de question.

Après le départ de son secrétaire, Sano rangea son bureau, puis traversa la cour pour se rendre aux quartiers. Le temps s'était radouci, riche des promesses du printemps. Le soleil tardif dardait ses rayons dorés dans un ciel parsemé de nuages blancs potelés. Dans le Yoshiwara, les festivités de la nuit avaient sans doute commencé. Les yujo — ces exquises mais onéreuses prostituées — aguichaient déjà les clients depuis les fenêtres des maisons de plaisir. L'une d'elles, Glycine, du Palais du Jardin céleste, possédait la clef des meurtres de Noriyoshi et de Yukiko...

Sano la chassa résolument de son esprit. Il irait directement se coucher, sans même prendre la peine de dîner. Toutefois, arrivé dans sa chambre, il hésita devant le placard où il rangeait sa literie. Fatigué comme il l'était, il savait que le sommeil le fuirait et qu'il penserait à Glycine. Il ouvrit le placard sans hâte, sortit le futon et les courtepointes, mais n'alla pas jusqu'à les étendre par terre. Il récapitula toutes les raisons de ne pas aller au Yoshiwara. Son père ; son avenir ; le devoir ; l'honneur. Mais sa soif de vérité se fit lancinante, et bientôt, il n'y tint plus. Avec une insouciance subite, il laissa tomber sa literie et se dirigea vers la penderie. Il enfila une longue pèlerine grise, coiffa un chapeau de paille, assez large pour dissimuler son visage, puis il empocha son argent — non seulement parce que le Yoshiwara coûtait cher, mais aussi afin de pouvoir soudoyer un éventuel informateur. Il se rendit alors aux écuries et prit son cheval. Cette fois, il avait l'intention d'emprunter la route terrestre, plus rapide que la voie fluviale.

En montant sur son cheval, il comprit qu'en dépit de sa ferme résolution il avait décidé d'aller au Yoshiwara depuis le début. Dans la journée, il avait rempli son devoir administratif avec zèle, sans dévier de la coutume ni de la procédure. Hormis un détail : il n'avait pas terminé le rapport qui aurait clos l'enquête sur les morts de Noriyoshi et de Yukiko.

— Un dernier interrogatoire ne peut pas faire de mal, rationalisa-t-il à haute voix. Après, j'arrête.

Néanmoins, il n'arriva pas à chasser sa culpabilité ni la prémonition d'un désastre imminent.

Les soirées du Yoshiwara correspondaient au souvenir qu'en gardait Sano. Dans la lueur cramoisie du couchant, Naka-no-cho grouillait d'activité. Suspendues aux avant-toits, les lanternes rougeoyaient ; les restaurants, portes grandes ouvertes, tentaient les badauds des fumets délicieux de nouilles frites, de poissons et de crevettes grillées, de pâtisseries. Des rires tapageurs sortaient des maisons de thé ; chaque fenêtre était comme un tableau où des hommes avalaient des tasses de saké, plastronnant ou plaisantant. Tels des papillons exotiques, de ravissantes yujo vêtues de kimonos chatoyants illuminaient les cages des maisons de plaisir autour desquelles tournaient des hommes aux yeux fiévreux. Les femmes les apostrophaient de leur voix aiguë. Derrière elles, des chambres invisibles parvenaient de la musique de samisen : quelques heureux élus avaient déjà choisi leur compagne, et la fête avait commencé.

Sano n'eut aucune difficulté à trouver le Palais du Jardin céleste : c'était la plus grande maison de la rue. Avec ses poutres sculptées et ses piliers rouges rehaussés de jaune et de vert, il ressemblait à un temple chinois. Au-dessus de l'entrée, deux magnifiques dragons tendaient une bannière rouge qui annonçait le nom de la maison en caractères dorés. Sano fendit la foule agglutinée devant la fenêtre et vit que les femmes du Jardin céleste étaient encore plus belles que les autres.

— Honorable Dame, où puis-je trouver Glycine ?

demanda-t-il à la plus proche, une toute jeune fille en kimono rouge orné de caractères blancs.

Selon la coutume, les yujo devaient être traitées avec le respect dû aux dames de haute noblesse.

— Dame Glycine, maître ? minauda Kimono Rouge. Qu'a-t-elle donc de plus que je n'ai moi-même ?

Son ton guindé était celui que les prostituées du Yoshiwara employaient toujours avec leurs clients.

— Un guerrier aussi viril et avisé ne préfère-t-il pas une délicate vierge dans la fleur de l'âge ?

Elle cacha son visage derrière son éventail avec des simagrées aussi affectées que son langage. Les autres femmes pouffèrent, attendant la réplique de Sano. Rassemblant sa patience, il déclara :

— Je ne voulais pas vous insulter, belle dame.

Aussi obséquieuses que fussent les flatteries des courtisanes, aussi effrontées leurs invites, on devait toujours y répondre avec courtoisie. Y manquer eût été aller à l'encontre des coutumes du Yoshiwara et s'exposer à la colère des propriétaires, qui bannissaient les clients grossiers des maisons de plaisir.

— Il faut, cependant, que je parle à Glycine.

— Parler ? Il vient ici pour parler !

Rires.

Sano comprit que le mieux était de se présenter et de décliner le but de sa visite.

— Je suis le yoriki Sano Ichiro des services de police. Je désire m'entretenir avec Glycine d'une affaire officielle. Pouvez-vous lui faire savoir que je suis là ?

Cela n'impressionna pas Kimono Rouge, vexée, de plus, d'avoir gaspillé ses efforts pour quelqu'un qui ne venait pas en client. Abandonnant son ton enjôleur, elle rétorqua :

— Dans votre sphère, vous avez sans doute l'habitude de vous faire obéir, yoriki. Mais je ne suis pas votre servante. À moins...

Les yujo pouffèrent de nouveau.

Elle toisa Sano avec dédain, enregistra la piètre qualité de la pèlerine et du chapeau de paille. Un sourire hautain effleura ses lèvres. Il signifiait : *À moins que tu n'aies de quoi payer, mais je vois qu'il n'en est rien.*

— Je vous en prie, insista Sano, c'est très important. Je dois lui parler de Noriyoshi.

À l'évocation du nom, le sourire de Kimono Rouge s'évanouit. Elle héla une servante dans la salle, puis lui murmura deux mots à l'oreille. Aussitôt, la servante ouvrit la porte, et s'inclina devant Sano.

— Suivez-la, dit Kimono Rouge.

Dans l'entrée du Palais du Jardin céleste, Sano se déchaussa, puis déposa ses épées sur l'étagère. Ici, les règles de la sécurité s'ajoutaient à celles de l'étiquette : une yujo désespérée pourrait tenter d'échapper à la servitude en se suicidant avec une épée qu'on aurait laissée traîner.

Dans le vaste salon, les femmes et leurs clients, allongés sur les coussins multicolores éparpillés à travers la pièce, bavardaient en riant. Un joueur de samisen attaquait une chanson populaire. Des servantes circulaient avec des plateaux de friandises, et versaient du saké. Les clients — de riches marchands, à en juger par l'opulence de leurs robes — distribuaient de généreux pourboires aux filles de salle. Sano suivit son guide à travers la pièce. Ils franchirent une porte coulissante et débouchèrent dans la véranda.

Celle-ci ouvrait sur un jardin qui devait abriter de nombreuses fêtes au printemps, quand les cerisiers semaient leurs fleurs sur le gazon, les lanternes de pierre, et les eaux du bassin au milieu desquelles surgissait une île agrémentée d'un petit temple. En hiver, le jardin était désert. Mais les lanternes brûlaient dans les vérandas des bâtiments qui l'entouraient. Des rires lointains parvinrent jusqu'à eux, des yujo commençaient à recevoir leurs clients en privé.

— Là, monseigneur, fit la servante en désignant une porte.

Sano traversa la véranda, et frappa à la porte indiquée. Seul le silence lui répondit. Puis, au bout d'une attente qu'il jugea inhabituelle :

— Entrez !

Une voix de femme, dont la gaieté forcée se devinait malgré la brièveté du propos.

Sano entra, et s'inclina devant la femme qui était agenouillée près d'une coiffeuse en bois laqué.

— Bonsoir, Dame Glycine.

Elle se tourna vers lui, et esquissa un sourire qui s'effaça aussitôt.

— J'attendais quelqu'un d'autre, expliqua-t-elle. Qui êtes-vous ?

Contrairement à Kimono Rouge, elle parlait sans apprêt, sans doute surprise par l'arrivée de Sano.

Sano s'inclina de nouveau, et se présenta tout en examinant Glycine du coin de l'œil. Elle ne correspondait pas à l'image qu'il s'était faite de l'amie de Noriyoshi. Il avait envisagé une femme d'âge mûr, jouant pour ses clients le rôle d'une mère. Mais Glycine n'avait pas plus de vingt ans, et c'était à l'évidence une yujo du premier rang. Elle portait un luxueux kimono de brocart à damier noir et blanc ; un rameau de glycine, mêlant le mauve de ses fleurs au vert pâle de son feuillage, descendait en diagonale de l'épaule à l'ourlet. Les yeux de la jeune femme, étrangement ronds, conféraient à son visage piquant un charme exotique, provocant. Le vaste salon aéré reflétait son statut et rehaussait sa beauté. Il était garni de meubles luxueux : courtepointes et futon en soie, coffres et commodes sculptés en bois laqué, lanternes peintes. Dans l'alcôve, un rameau de mûres éparpillait ses feuilles séchées au-dessus d'un vase céladon crème, œuvre d'un maître potier, et un parchemin dévoilait des vers chinois tracés de la main reconnaissable d'un célèbre calligraphe de Kyoto.

— Je suis venu au sujet de votre ami, Noriyoshi, expliqua Sano, qui reporta son regard sur Glycine.

Ses yeux, humides et brillants, parurent s'assombrir. Elle se tourna vivement vers le miroir rond de sa coiffeuse, s'empara d'un peigne et se mit en devoir de lisser ses longs cheveux noirs luisants. Ses gestes avaient une grâce sensuelle qui éveilla chez Sano un désir trouble, malgré les soucis que l'affaire du meurtre lui procurait.

— Je refuse de parler de Noriyoshi. D'ailleurs, j'attendais quelqu'un, ajouta Glycine d'une voix tremblante. Sortez ! Sortez, maintenant !

La tristesse de sa voix et son absence d'animosité indiquèrent à Sano que le chagrin, et non la colère, avait décidé de cette mise à la porte brutale. Il hésita, craignant d'ajouter à sa douleur. Mais il ne voulait pas partir sans avoir appris ce qu'elle savait.

Glycine jeta le peigne et affronta son regard.

— Eh bien ? Qu'attendez-vous ? (Des larmes mouillèrent ses yeux.) Si vous êtes venu m'annoncer que Noriyoshi s'est suicidé pour l'amour d'une bécasse de la haute, et que son corps sera exposé aux yeux des badauds... c'est inutile, je le sais déjà. L'histoire a fait le tour du quartier. Alors, partez, et laissez-moi en paix.

Sano décida de lui dire la vérité.

— Noriyoshi ne s'est pas suicidé. On l'a assassiné.

Elle le considéra, stupéfaite. Depuis la pièce voisine, des bruits meublèrent le silence : un homme et une femme chantonnaient aux sons d'un samisen. Glycine passa de l'incrédulité à l'espoir.

— Assassiné ? (Puis, dans un murmure :) Est-ce possible ? Comment le savez-vous ?

— Je ne puis le dire.

Il ignorait encore s'il devait lui faire confiance, et il ne voulait pas que l'histoire de la dissection s'ébruite dans le Yoshiwara.

— Mais c'est la vérité. (Il s'agenouilla à côté de Glycine.) Je veux découvrir qui l'a tué, et pourquoi. M'aiderez-vous ?

— Comment ?

— Dites-moi tout ce que vous savez sur Noriyoshi : d'où venait-il ? Quel genre d'homme était-ce ? Avait-il des ennemis ? Lesquels ? Et pourquoi l'un d'eux aurait voulu le tuer ?

Glycine parut se plonger dans une méditation lointaine. Elle passa ses mains dans ses cheveux ; sans doute un tic nerveux. Mais tout ici incitait à l'amour — la pièce luxueuse, le lit ouvert, son léger parfum fleuri, sa bouche rose. En contemplant ses mains douces et fines, Sano ne put s'empêcher de les imaginer le caressant. Il s'agita, mal à l'aise. Il avait soudain très chaud.

— Tout le monde pense que Noriyoshi ne s'intéressait qu'à lui et à ses combines louches, commença Glycine. Prononcez son nom et ils vous feront ce geste.

Jetant des regards inquiets par-dessus son épaule, comme pour s'assurer qu'on ne l'observait pas, elle sourit sournoisement en comptant des pièces imaginaires. La vulgarité de la scène semblait incongrue chez une personne aussi distinguée, mais Sano eut un aperçu burlesque de ce que Noriyoshi avait été de son vivant.

— Mais il était différent avec moi, affirma-t-elle, avant de poursuivre à voix basse. J'ai quitté ma province de Dewa pour venir à Edo quand j'avais dix ans. Mon père m'a vendue à un entremetteur à cause d'une mauvaise récolte qui ne lui permettait plus de nourrir une autre bouche en plus de celles de mes quatre frères et de ma mère. J'ai commencé au Jardin céleste comme domestique. Vous ne pouvez pas imaginer le calvaire.

Si, Sano imaginait très bien. La plupart du temps les jeunes filles étaient traitées comme de véritables esclaves. Elles travaillaient sans relâche, nettoyaient les chambres, aidaient aux cuisines, faisaient les courses. Et tout cela pour une maigre pitance et un logement miteux. Nombreuses étaient celles qui mouraient avant d'arriver à maturité ; les autres ne pouvaient espérer s'élever au-dessus du rang de servante ou de prostituée de seconde classe. Rares étaient celles qui devenaient yujo de premier rang, et encore plus rares celles qui rachetaient leur liberté à leur propriétaire.

— J'ai rencontré Noriyoshi l'année suivante ; il est venu à la maison livrer des shunga pour que les dames les montrent à leurs clients. Lorsqu'il est passé à la cuisine pour boire du thé, j'étais en train d'éplucher des légumes.

Le souvenir arracha un pâle sourire à Glycine.

— Il m'a demandé comment je m'appelais, d'où je venais. Il a dû voir que je mourais de faim ; je n'avais que la peau sur les os. Et mes cheveux commençaient à tomber, ajouta-t-elle en caressant sa chevelure soyeuse.

« Par la suite, il m'apporta tous les jours à manger en cachette. J'avais peur qu'il se lasse, mais il est toujours revenu. J'ai recouvré la santé, mes cheveux ont repoussé. Après, quand je faisais des courses, Noriyoshi m'accompagnait. Il me faisait rire, il me racontait des histoires. Et il a commencé à m'apprendre à marcher, à sourire, à parler aux hommes. J'ai dû bien retenir ses leçons parce qu'un beau jour mon patron m'a dit que je n'avais plus besoin de travailler aux cuisines. Il a ordonné aux domestiques de m'habiller de beaux atours. Depuis... vous connaissez la suite, conclut-elle en désignant la pièce.

Oui, Sano devinait comment, avec son œil d'artiste, Noriyoshi avait repéré le potentiel de Glycine. Il l'avait sauvée d'un destin tragique, mais dans un but purement égoïste : Sano ne doutait pas qu'il avait rendu la jeune fille redevable afin de jouir de ses faveurs. Son regard erra du décolleté de son kimono à l'arrondi des seins. Un sang brûlant afflua dans son bas-ventre. L'espace d'un instant, il envia presque le défunt.

Le coup d'œil que lui lança Glycine le refroidit.

— Je sais ce que vous pensez, lança-t-elle, mais ce n'était

pas ça. Noriyoshi n'a jamais été mon amant. Voyez-vous, il préférait les hommes.

Cela expliquerait le dessin que Sano avait vu sur l'établi de l'artiste.

— Quand j'ai appris comment il était mort, je me suis mise en colère, poursuivit Glycine d'une voix triste. Pas parce qu'il était tombé amoureux d'une autre, ni parce qu'elle avait réussi à éveiller un désir qu'il n'avait jamais eu pour moi. Mais parce qu'il ne me l'avait pas dit. Parce qu'il ne s'était pas confié comme il le faisait d'habitude. Maintenant que vous me dites qu'il a été assassiné... (Elle avala péniblement sa salive.) J'ai honte de m'être mise en colère.

Avec tact, Sano détourna les yeux pendant qu'elle s'efforçait de contrôler ses larmes. Il allait lui demander les noms des ennemis de Noriyoshi quand on frappa à la porte.

Glycine bondit.

— Vite ! Vite !

Elle ouvrit un placard et fit signe à Sano de s'y cacher.

— C'est mon client. Il ne faut pas qu'il vous trouve ici.

Sano s'exécuta. Tapi dans le noir, il entendit la porte d'entrée coulisser, puis une voix d'homme, et Glycine lui répondre en s'excusant : « ... indisposée... infiniment navrée... Demain soir, peut-être... oh, mille mercis », suivi du froissement de soie quand ils s'embrassèrent. Sano s'imagina à la place de l'inconnu. Il fut soulagé d'entendre la porte coulisser de nouveau, mettant un terme à sa rêverie. En sortant du placard, il vit Glycine jeter avec mépris le cadeau de son client — un éventail en soie — sur la coiffeuse.

— Les ennemis de Noriyoshi ? fit Glycine en réponse à la question de Sano. Lesquels ? Vous voulez tous les connaître, ou seulement les pires ?

— Commençons par les pires.

Glycine plissa son joli front, comme si elle se demandait qui méritait de figurer en tête de liste.

— Kikunojo, déclara-t-elle finalement.

— Kikunojo ? s'étonna Sano. L'acteur de kabuki ? Pourquoi aurait-il tué Noriyoshi ?

— Noriyoshi acceptait... parfois de l'argent en échange de certains secrets.

Du chantage. L'affreux mot, bien que tu, plana entre eux. Voyant Glycine rougir, Sano eut pitié de l'avoir obligée à dévoiler les vices de son ami. Mais il pensa aussitôt aux joues en feu des femmes en proie au désir, à leur respiration haletante, et son propre désir monta, exacerbé. Pour ajouter à son inconfort, dans la chambre voisine, le couple avait abandonné le chant. Un martèlement uniforme secoua les fines cloisons. Sano détourna les yeux quand Glycine lui sourit. Elle avait sans doute voulu s'excuser pour le bruit, mais Sano avait compris : *Vous n'aimeriez pas en faire autant ?*

Pour dissimuler sa gêne, il demanda vivement :

— Ainsi, Noriyoshi se faisait payer son silence ? Par qui, à part Kikunojo ?

— J'en connais un autre. Un lutteur de sumo, mais j'ignore son nom.

Les amis de Noriyoshi pourraient peut-être le renseigner.

— Noriyoshi a-t-il reçu une importante somme d'argent peu avant sa mort ? demanda Sano en pensant à la bourse découverte dans la chambre de l'artiste.

Les yeux de Glycine s'embuèrent.

— C'est possible. Il m'avait dit qu'il allait bientôt être assez riche pour racheter ma liberté au Jardin céleste et ouvrir sa propre galerie. Nous devions la tenir ensemble. Il avait même choisi l'endroit. Une échoppe avec des chambres à l'arrière où nous pourrions habiter. Mais j'ignore s'il a jamais reçu l'argent.

Sano préférait ne pas parler de la bourse de pièces d'or que Croque-Cerise avait subtilisée. Elle n'en souffrirait que davantage. D'ailleurs, la somme, bien que considérable, n'aurait pas suffi à une telle entreprise. Noriyoshi devait attendre beaucoup plus. Kikunojo l'avait peut-être tué pour éviter de le payer.

— Kikunojo a très bien pu assassiner Noriyoshi, déclara Glycine avec amertume, comme en écho aux pensées de Sano. Il l'avait déjà menacé. Quant aux autres ennemis de Noriyoshi...

Elle dressa une liste de samouraïs et de gens du commun, que Noriyoshi avait offensés, trompés, ou à qui il devait de l'argent

— Mais ils ne l'auraient jamais tué pour ça, ajouta-t-elle.

Sano avait enfin des informations à rapporter au magistrat Ogyu.

— Je ne sais comment vous remercier, belle dame, dit-il

avec une courbette. Je ferai tout ce qui est en mon pouvoir pour déférer l'assassin de Noriyoshi devant la justice.

Il se leva pour prendre congé... mais s'avéra incapable de s'éloigner de Glycine. Ses yeux l'hypnotisaient. Elle se colla contre lui, sans même avoir esquissé un geste. Vaincu, il posa sur elle un regard éperdu.

— Attendez, fit Glycine en le tirant par la manche. Ne me laissez pas toute seule. Restez avec moi pour cette nuit.

Sano s'écarta. Son érection avait atteint sa pleine vigueur, réclamant une satisfaction immédiate. Il s'aperçut seulement que Glycine avait passé son temps à l'aguicher délibérément avec une subtilité malicieuse. Son corps tout entier se tendait dans un désir douloureux. Hélas, il n'avait pas les moyens de payer le plaisir qui l'éteindrait.

— Je suis infiniment désolé, noble dame, réussit-il à articuler, s'arrachant à ses griffes. Non, je vous en supplie.

Je vous en supplie, ne m'obligez pas à m'humilier en avouant que je suis trop pauvre pour vous.

Elle se leva, fit courir ses doigts le long de son bras, en une caresse qui l'électrisa.

— Non, tu ne comprends pas. Je ne te demande rien, fit-elle en lui tapotant la poitrine. Rien... seulement toi.

— Pourquoi ?

Sano n'arrivait pas à croire qu'une yujo, recherchée par les hommes les plus riches et les plus puissants d'Edo, s'offrît à lui pour rien.

— Parce qu'avec toi je n'aurai pas à dissimuler mon chagrin.

Elle se recula d'un pas, puis, d'un geste gracieux, dénoua sa ceinture. Son kimono s'ouvrit, glissa le long de son corps. Elle resta nue devant lui. Ses seins étaient petits et ronds, ses membres déliés, sa peau d'un ivoire doré sans défaut. Son pubis rasé, signe distinctif des yujo, dévoilait la délicieuse fente de sa féminité. Sous son parfum, Sano perçut son odeur naturelle, forte et enivrante. Elle lui prit les mains et les porta à ses seins.

Le contact de ses mamelons soyeux lui arracha un soupir langoureux. Mais il se contracta quand elle referma sa bouche sur la sienne. Comme tous les samouraïs, il avait maintes fois exploré les plaisirs de l'amour — avec les servantes du voisinage, ou avec les filles du quartier des plaisirs du Nihonbashi. Mais il n'avait jamais essayé le *seppun* —

l'étrange pratique du baiser sur la bouche, introduite au Japon par les barbares étrangers.

— Je ne vais pas te faire mal, s'amusa-t-elle.

Son haleine brûlante lui chatouilla les lèvres.

Au début, sa bouche humide le rebuta. Puis, son désir s'éveilla, et il ouvrit les lèvres pour accueillir sa langue indiscrète. Qui aurait cru que cet échange écœurant d'haleine et de salive pût être aussi excitant ? Il s'arracha à contrecœur à son étreinte, le temps de se débarrasser de ses habits, puis s'empressa de l'enlacer de nouveau, de pétrir ses seins douillets et ses fesses douces et fermes.

Ils roulèrent ensemble sur le futon, et elle se lova contre lui avec une ardeur qui le surprit. Il avait entendu maintes histoires sur les yujo : leur savoir-faire, leurs jeux sophistiqués, leurs déguisements, leur art des conversations sur l'oreiller, leurs aphrodisiaques, leurs cris d'extase, flatteurs mais forcés. Cependant, à moins qu'il ne se trompât complètement, les soupirs de Glycine, sa manière de cambrer les reins, ses gémissements, rien de tout cela n'était feint. Il ne vit pas de froide technique dans la façon dont elle lui griffa la poitrine et les reins, dans l'ardeur qu'elle mit à étreindre son érection, mais le simple et ancestral désir de la femme pour l'homme. Elle ne pouvait pas simuler la jouissance que ses mains découvrirent dans la dureté de ses mamelons érigés, dans la moiteur brûlante du calice de ses cuisses. Il se demanda ce qui la différenciait des autres yujo. Était-ce son talent, sa capacité à désirer les hommes avec qui elle couchait ? Peut-être essayait-elle de noyer son chagrin dans le plaisir procuré par un homme qu'elle n'était pas obligée de satisfaire. Quelle importance ? L'ardeur de Glycine, la jouissance qu'elle éprouvait stimulèrent son désir. Avec un râle bestial, il la pénétra.

Et oublia toutes ses interrogations.

Sano avait glissé avec tant d'aisance de l'état de veille au sommeil qu'il s'était à peine rendu compte de la transition. Les sanglots le réveillèrent en sursaut. Il s'assit, rejeta les courtepointes, et contempla le coin de la pièce où la flamme d'une chandelle dessinait un halo lumineux.

Drapée dans une robe blanche, Glycine était agenouillée, de profil, devant une table basse sur laquelle elle avait disposé des fruits, des fleurs, et une collection de petits objets. La tête penchée au-dessus de la table, elle remuait les lèvres, le visage baigné de larmes. Sano rampa hors du futon et s'approcha d'elle. Il vit le bandeau de coton sur la table, à côté d'une pipe et d'un jeu de cartes. Les cartes, décorées d'un shunga miniature au recto, semblaient déplacées sur un autel bouddhiste. Alors, il comprit. Les cartes avaient été peintes par Noriyoshi ; le bandeau et la pipe étaient à lui. Dans sa robe blanche de deuil, Glycine priait pour l'esprit de Noriyoshi.

Ému et gêné, Sano essaya de trouver les mots qu'il fallait. Il n'était pas habitué à voir un tel étalage de chagrin ; en général, les gens cachaient leurs sentiments, même aux funérailles. Sans doute devrait-il la laisser pleurer en privé, mais il ne pouvait partir comme si rien ne s'était passé entre eux. Il posa une main hésitante sur l'épaule de Glycine.

— Va en paix dans ta nouvelle demeure, Noriyoshi, murmura-t-elle. Nous nous retrouverons un jour prochain.

Puis elle se tourna vers Sano. Ses yeux ronds étaient comme des puits de misère, son nez et sa bouche enflés d'avoir pleuré.

Le cœur de Sano se serra devant tant de douleur.

— Je suis désolé, dit-il maladroitement.

Il voulut la prendre dans ses bras, mais elle se raidit.

— Mon seul ami est mort ! s'écria-t-elle avec colère au milieu de ses larmes. Et comment l'ai-je honoré ? En couchant avec un yoriki !

Un brusque sanglot l'étouffa. Dans ses yeux passèrent des éclairs de haine.

— Oh, toi, qui te moques du malheur d'autrui ! Tu es venu m'interroger, tu avais l'air de te préoccuper du sort de Noriyoshi, mais il n'y a pas de justice pour de pauvres paysans qui ne peuvent payer ni influencer les puissants qui l'exercent. Tu retourneras à ton bureau pour rédiger une bonne petite version officielle. Pas d'enquête afin de ne pas accabler tes supérieurs de travail, ni embarrasser la famille de cette fille. Tu scelleras la disgrâce de Noriyoshi avec ton sceau et ton silence. Et celui qui l'a assassiné sera libre d'aller et de venir !

Même si Sano comprenait que le chagrin et le remords avaient provoqué cette attaque, les mots lui firent mal. Il avait été — et il était toujours — si près de faire exactement ce qu'elle lui reprochait.

— Je n'ai pas l'intention de laisser l'assassin de Noriyoshi s'en tirer, affirma-t-il.

Il grimaça en pensant au magistrat Ogyu, à Katsuragawa Shundaï, et à son père.

Glycine se couvrit le visage des deux mains.

— Laisse-moi ! implora-t-elle.

Sano s'habilla en silence et quitta la pièce. Dans le salon du Palais du Jardin céleste, la fête battait son plein ; dehors, Naka-no-cho grouillait de vie et de gaieté. Mais le portail principal était fermé. En allant aux écuries publiques, Sano s'aperçut qu'il était resté trop longtemps avec Glycine. Maintenant, il était enfermé pour la nuit dans le Yoshiwara, comme tout le monde.

Il se dirigea vers la partie la plus pauvre où il connaissait une modeste auberge qu'il fréquentait lorsqu'il était étudiant. Là, pour un prix exorbitant qui épuiserait tout son argent, il pourrait se reposer quelques heures en attendant l'aube et l'ouverture des portes.

Allongé sur la paillasse, écoutant les ronflements avinés de ses neuf compagnons de chambre, il éprouva un malaise nouveau. La culpabilité d'avoir profité d'une femme en deuil. En repensant à son chagrin, il regretta de ne pas avoir eu la force de se refuser à elle. Leur accouplement ne l'avait pas réconfortée. Et Sano se sentit redevable pour la douleur qu'il lui avait causée.

Il lui devait compensation. Cela lui coûterait peut-être son honneur. Mais qu'avait-il d'autre à lui offrir, hormis la promesse de tout faire pour amener le meurtrier de Noriyoshi devant la justice ?

8

Cette fois, l'entretien avec le magistrat Ogyu n'eut pas lieu au palais de justice, mais dans le bureau particulier d'Ogyu. Le soleil matinal inondait la pièce par les fenêtres translucides, chassant toute ressemblance avec la pénombre glauque du tribunal. Pas de doshin, ni d'accusés, ni de témoins, seul le vieux domestique d'Ogyu qui allait et venait, servant le thé. Sano n'eut pas à affronter le magistrat de l'autre côté du sable blanc de la vérité, tel un condamné attendant la sentence. Les deux hommes étaient agenouillés sur des coussins de soie comme deux officiels réunis pour discuter courtoisement. Mais Sano avait quand même l'impression de passer en jugement.

— Honorable Magistrat, je vous demande respectueusement la permission de continuer l'enquête sur les morts de Niu Yukiko et de Noriyoshi.

Il avait longtemps hésité à venir voir Ogyu. N'était-il pas préférable d'attendre d'avoir réuni d'autres éléments ? La culpabilité l'avait finalement décidé : il devait au moins la franchise à son supérieur.

Ogyu ne répondit pas. Il prit sa tasse entre ses mains flétries, huma le thé fumant. Il portait ses habits de cérémonie — un haori noir aux épaulettes matelassées au-dessus d'un kimono noir frappé des armoiries familiales : un cercle d'or. Sous l'austère habit, sa peau paraissait encore plus blême et desséchée. Le magistrat se détachait sur les peintures murales aux couleurs chatoyantes, tel le vieux portrait à la plume d'un ancêtre.

— Je suis content que vous soyez venu me voir, dit-il enfin. Il semble que nous ayons beaucoup à discuter.

Sano voulut trouver matière à espérance dans cette déclaration neutre.

— Oui, Honorable Magistrat ?

— Il y a d'abord la question du rapport que vous avez rédigé, fit Ogyu qui jeta un coup d'œil sur le parchemin encore enroulé posé sur son secrétaire.

Inquiet, Sano reconnut son écriture et son sceau. C'était le rapport qui définissait les morts comme suspectes.

— Je crains que ce document ne reflète pas l'accord auquel nous étions parvenus lors de notre dernière rencontre, reprit Ogyu.

Sano défaillit. Le mécontentement d'Ogyu allait le rendre imperméable à toute suggestion.

— En outre, vous avez donné un ordre de crémation pour Noriyoshi, en contradiction avec la loi qui précise que les participants d'un shinju doivent subir une exposition publique en châtiment de leur crime. Qu'avez-vous à dire pour votre défense, yoriki Sano ?

— Laissez-moi vous expliquer, je vous prie, commença Sano, qui sentit le sol se dérober. Lorsque j'ai appris les décès, j'ai pensé qu'ils méritaient un complément d'enquête. C'est pourquoi j'ai rédigé le rapport.

Voyant Ogyu froncer les sourcils, il s'empressa de poursuivre. Il ne mentionna pas l'ordre de crémation, espérant qu'Ogyu l'oublierait.

— Pardonnez ma présomption ; je n'aurais pas dû désobéir à vos ordres. Mais maintenant que j'ai fait mon enquête, je crois fermement que Yukiko et Noriyoshi ont été assassinés. Je vous demande instamment la permission de terminer mes investigations, afin de découvrir le meurtrier et de le déférer devant la justice.

Il ne jugea pas nécessaire de rappeler au magistrat que si le meurtre d'un vilain ne méritait pas l'intérêt des autorités, celui de la fille d'un daïmio ne pouvait rester impuni.

Les rides soucieuses d'Ogyu s'accentuèrent. Était-ce de surprise ou d'irritation, Sano n'aurait su le dire.

— Puis-je savoir comment vous en êtes venu à cette conclusion ?

Sano but une gorgée de thé pour se calmer.

— J'ai appris que Noriyoshi préférait les hommes, ce qui

implique qu'il ne se serait certainement pas tué pour l'amour d'une femme. D'autre part, il avait des ennemis. Et l'un d'eux le détestait suffisamment pour le tuer.

— Quel est donc ce personnage ?

Ogyu porta sa tasse à ses lèvres, puis fit signe au domestique de la remplir ainsi que celle de Sano.

— C'est Kikunojo, l'acteur de kabuki.

— Comment avez-vous appris l'existence de... cet ennemi ?

L'hésitation voulue dénotait le scepticisme d'Ogyu.

— J'ai parlé avec une amie proche de Noriyoshi, une certaine Glycine, répondit Sano.

En donnant le nom de la yujo pour appuyer son récit, Sano espérait qu'il n'aurait pas besoin d'expliquer quel métier elle faisait.

Or, apparemment, Ogyu le savait. D'après les rumeurs, il fréquentait encore les maisons de plaisir du Yoshiwara malgré son âge avancé. Le magistrat soupira et cita le vieux proverbe :

— Deux choses rares : les œufs carrés, et la parole d'une yujo.

— Je pense qu'elle disait la vérité, rétorqua Sano.

Les souvenirs de la nuit précédente lui revinrent inopinément. Le chagrin de Glycine, la supplique pour qu'il arrête l'assassin de son ami. Sa passion... Le sang de Sano se mit à bouillir. Il se força à revenir au présent. Ogyu hochait la tête d'un air attristé.

— Yoriki Sano.

Comment pouvez-vous être aussi naïf ? semblait-il dire. *Comment osez-vous abuser de mon temps avec de telles sornettes ?*

— Honorable Magistrat, quand je suis allé à la morgue, j'ai vu un gros hématome sur la nuque de Noriyoshi, comme s'il avait reçu un coup, déclara Sano avec une exaspération croissante. Et il... son corps ne ressemblait pas à celui d'un noyé.

Il pénétrait en terrain dangereux. Et si Ogyu lui demandait ce qu'il faisait à la morgue ?

Heureusement, la sensibilité raffinée du magistrat l'empêcha d'aborder le sujet. Il grimaça de dégoût, et dit :

— Nous ne parlerons pas de ces choses ici.

Ayant avancé ses meilleurs arguments, Sano ne trouva

rien d'autre à dire. Si Ogyu en rejetait deux et refusait d'aborder le troisième, comment espérer le convaincre ?

Ogyu s'éclaircit la gorge et ordonna d'un geste une nouvelle tournée de thé. Sano se prépara à une réprimande circonspecte, peut-être une allusion à son patron, Katsuragawa Shundaï. Toutefois, les circonvolutions de l'esprit tortueux d'Ogyu l'entraînèrent sur une tout autre voie.

— Le règne animal nous fournit d'appréciables leçons, commença-t-il. Lorsque le tigre descend à la rivière, le daim attend qu'il ait bu son content avant de boire à son tour. Quand le faucon prend son vol, les créatures plus petites se cachent.

Sano acquiesça, attendant qu'il en vienne au fait.

— Quand la libellule déploie ses ailes magnifiques, les autres insectes n'osent l'approcher de peur de provoquer sa colère, conclut Ogyu.

Le règne animal n'avait rien à voir avec ce dernier proverbe, mais Sano comprit le message.

— Ainsi, vous avez appris ma visite chez les Niu, dit-il.

Les Niu, dont les armoiries étaient précisément la libellule. Les Niu et leur puissance menaçante.

Un tel franc-parler fit grimacer Ogyu.

— Yoriki Sano, dois-je vous rappeler ce qu'il en coûte d'offenser la famille d'un grand daïmio ? Dame Niu s'est déplacée en personne pour se plaindre de votre intrusion. (Lamento plaintif, sa voix monta dans les aigus.) Quelle stupidité, quelle imprudente témérité vous ont poussé à infliger votre présence aux Niu avec tant d'impertinence, et à un moment aussi inopportun ?

Ses joues cireuses devinrent livides, ses yeux s'étrécirent.

Sano encaissa les insultes avec stoïcisme, mais chacune d'elles heurta douloureusement son âme de samouraï. Il brûlait de honte pour avoir provoqué la colère de son supérieur au point de lui faire perdre son sang-froid. La main glaciale de la peur s'abattit sur sa nuque, ce qui décupla sa honte. Quelle punition Ogyu allait-il lui infliger ? Cependant, la partie raisonnable de son esprit se demanda pourquoi Ogyu était si pressé de clore l'enquête et d'apaiser les Niu.

— Les Niu m'ont reçu avec la plus grande courtoisie, riposta-t-il bravement.

Malgré le mécontentement d'Ogyu, il persistait à penser

qu'il avait bien fait d'interroger les Niu. Il regrettait seulement d'en avoir appris si peu.

— Dame Niu ne m'a pas paru offensée le moins du monde. D'ailleurs, pourquoi l'aurait-elle été ? Je n'ai fait que lui poser quelques questions, auxquelles elle-même et le jeune seigneur Niu ont semblé heureux de répondre. En outre, si Damoiselle Yukiko a bien été assassinée, pourquoi les Niu objecteraient-ils à une investigation ? Ne préféreraient-ils pas plutôt coopérer afin de précipiter l'arrestation du criminel ? Ne demanderaient-ils pas justice — ou vengeance — pour l'honneur de leur famille ?

— Si Yukiko a bien été assassinée, yoriki Sano.

La résistance d'Ogyu rappela à Sano une phrase de Glycine : « Pas d'enquête afin de ne pas embarrasser la famille de cette fille. » Il se demanda si les Niu avaient des raisons de ne pas vouloir qu'une enquête aboutisse. Préféraient-ils que le crime ne soit pas découvert, ni le meurtrier arrêté ? Ogyu les aidait-il à cacher la vérité ? Et dans ce cas, pourquoi ? Sano s'efforça de rester sourd à ces questions. Il voulait croire que ses supérieurs n'agissaient que d'après les plus hauts principes moraux. Les Niu et le magistrat Ogyu tenaient simplement à éviter le scandale qui ne manquerait pas d'éclater si on apprenait que Yukiko avait été mêlée à un shinju. C'était tout. Cependant, le soupçon demeura, et lui tarauda l'esprit.

— Yukiko et Noriyoshi sont morts de leurs propres mains, dit Ogyu, dont le visage, plus serein, avait repris son teint cireux.

Mais il continua de parler avec une franchise inhabituelle, comme s'il craignait de se faire mal comprendre.

— Le choix de leur mort rend la chose certaine, et le mot retrouvé ne laisse planer aucun doute. Nous ne reviendrons donc plus là-dessus. Je dois en outre avoir votre promesse que vous n'importunerez plus les Niu, et que vous ne perdrez plus votre temps à poursuivre des chimères.

Sano rassembla son courage pour une dernière tentative.

— Magistrat Ogyu, je suis sûr que Yukiko et Noriyoshi ont été assassinés. J'ai même un suspect.

Il était conscient de parler avec une trop grande agressivité et une émotion mal contenue, mais c'était plus fort que lui.

— Je vous supplie de me laisser poursuivre l'enquête, de

me laisser expliquer aux Niu pourquoi c'est indispensable. Le meurtrier erre librement, il présente un danger pour la société. En tant que yoriki, il est de mon devoir de l'appréhender avant qu'il ne commette un autre crime. C'est aussi votre devoir de magistrat, ajouta-t-il imprudemment.

Il attendit avec angoisse la réponse d'Ogyu. Samouraï lui-même, Ogyu ne pouvait rester insensible à l'évocation du devoir.

Mais plutôt que de répondre au plaidoyer passionné de Sano, Ogyu changea de sujet.

— Je suis navré d'apprendre que votre père est malade, susurra-t-il.

La remarque courtoise frappa Sano en plein cœur. La rage l'aveugla. Ah, on pouvait faire confiance à Ogyu pour invoquer son obligation avec une hypocrisie aussi fielleuse ! Interloqué, Sano s'efforça de reprendre le contrôle de ses nerfs.

La voix d'Ogyu, d'une sécheresse impitoyable, perça les brumes de son esprit à la dérive.

— Un homme de son âge mérite une retraite paisible et le respect de ses proches. Je ne voudrais pas qu'une disgrâce familiale ruine une santé déjà chancelante.

Un vent de panique secoua Sano, sa rage s'éteignit brusquement, comme sous l'effet d'une douche glacée. Ogyu le menaçait de renvoi ! Il ne fallait pas que cela arrive, pour le salut de son père. Néanmoins, il ne put se résoudre à abandonner l'enquête sans une dernière tentative.

— Magistrat Ogyu, commença-t-il.

Ogyu accepta la tasse de thé que lui servit son domestique, mais il n'en offrit pas à Sano : l'entretien était terminé. Sano se leva à contrecœur, s'inclina, puis, chancelant, traversa la pièce.

— Yoriki Sano ?

La main sur la poignée de la porte, Sano se retourna.

— Puis-je espérer voir votre rapport final sur le shinju ce matin même ? demanda Ogyu d'une voix mielleuse. Je verrai Dame Niu aux funérailles de Yukiko, dans l'après-midi, et j'aimerais lui assurer que l'affaire est close.

Sano fit une seconde courbette, ouvrit la porte, puis sortit, laissant Ogyu interpréter son silence comme il l'entendait.

9

Regardant droit devant lui, fuyant les regards, Sano se hâta de rejoindre le quartier général de la police et le havre de ses appartements. Il n'aurait pu parler à personne, ni passer à son bureau où il devrait supporter la présence de Tsunehiko et du reste de son personnel. Non, pas dans l'état où il était, tremblant encore de rage impuissante. Il avait besoin de se ressaisir.

— Bonjour, yoriki Sano-san, lança quelqu'un.

Sano poursuivit sa route sans répondre. Il arriva enfin au quartier général. Mais en entrant, il vit les nattes et les literies qu'on avait étendues sur la main courante de la véranda pour les aérer. Il entendit des voix de femmes. Toutes les portes étaient ouvertes ; dans sa chambre, une servante frottait le plancher. Il avait oublié que c'était le jour du grand nettoyage hebdomadaire. La frustration décupla sa colère ; il courut dans le jardin, qui, à son grand soulagement, était désert.

La solitude ne réussit pas à l'apaiser. Cherchant un moyen de passer la colère qu'il n'avait pu exprimer devant le magistrat Ogyu, il avisa une pierre de belle taille, la ramassa et la lança de toutes ses forces dans le bassin.

La pierre plongea dans une gerbe d'éclaboussures. Sano se sentit aussitôt mieux. Il ricana. Comme il était puéril ! Son geste était à peine digne d'un de ses élèves. Il s'accroupit près du bassin, et contempla les aiguilles de pin qui flottaient sur l'eau.

Sa colère apaisée, il comprit mieux la position d'Ogyu. Les morts de Yukiko et de Noriyoshi semblaient dues à un double suicide. Le magistrat ne pouvait pas justifier une enquête criminelle sous prétexte qu'on avait remarqué un hématome sur la nuque de Noriyoshi, ni parce qu'il n'aimait pas les femmes et qu'il s'était fait des ennemis. Sano admit son erreur. Les preuves dont il était si fier ne prouvaient rien. Il ne pouvait reprocher à Ogyu d'utiliser les pires menaces afin d'empêcher un désastre. Sano avait besoin de preuves irréfutables. Des preuves que ni Ogyu ni les Niu ne pourraient écarter avec mépris, et qu'ils seraient, d'ailleurs, bien contents d'avoir.

Il se leva en soupirant. Pour recueillir de telles preuves, il devrait encore désobéir aux ordres d'Ogyu. Et peut-être trouverait-il par la même occasion des charges accablantes pour les Niu. Et, pourquoi pas, des indices attestant de la collusion d'Ogyu avec la famille du daïmio. Cette perspective l'effara ; que de dangers recelait-elle pour lui et pour sa famille ! Néanmoins, et presque à son corps défendant, son sens personnel du devoir, son amour de la vérité, avaient fini par croître jusqu'à égaler l'obligation qu'il devait à son père, à son maître, et à Ogyu. Ajouté à cela un vague mais puissant sentiment de dette envers Glycine et le Dr Ito. Le témoignage de Glycine, le don qu'elle lui avait fait de son corps, et la dissection opérée par Dr Ito leur avaient coûté à chacun ; Sano ne pouvait laisser de tels gestes sans suite de sa part. Abasourdi, il s'aperçut qu'il était prêt à tout risquer pour remplir son devoir. Sa soif de vérité nourrissait en lui une réserve de force et de courage qu'il ignorait posséder. Cela l'inquiéta encore plus que la menace de perdre sa place. S'écarter de la voie du guerrier, de son code d'obéissance et de loyauté inébranlable, impliquait des conséquences qu'il n'avait pas envisagées.

Il se dirigea vers les écuries en essayant de se persuader que l'enquête qu'il s'apprêtait à mener était sans risque. Interroger Kikunojo ne présentait aucun danger pour lui. Avec un peu de chance, le magistrat Ogyu et Dame Niu n'en entendraient même pas parler avant qu'il ait obtenu quelques résultats.

Il s'efforça de chasser les doutes qu'il commençait à avoir sur Ogyu et sur les Niu : quelles que soient les preuves, ils feraient tout pour anéantir son enquête.

L'humeur de Sano s'était considérablement améliorée quand il atteignit le Saru-waka-cho, le quartier des théâtres, près de Ginza, au sud de la ville. Le Saru-waka-cho tenait son nom de l'hôtel des Monnaies que les Tokugawa y avaient fait construire. La douceur de la veille perdurait, et l'agréable chevauchée lui rappela les vacances de son enfance, quand, accompagnée d'amis et de parents, sa famille allait passer la journée au théâtre. Ils arrivaient à l'aube, au début des représentations, et n'en repartaient qu'à la tombée de la nuit. Son père, comme beaucoup de samouraïs de sa génération, préférait les nôs et pestait contre la dégénérescence du kabuki, bien qu'il prît du plaisir à les voir. Sano se souvenait aussi de visites plus récentes, quand le théâtre offrait aux jeunes gens qu'ils étaient l'occasion de flirter avec les jeunes filles qui assistaient aux représentations. Toutefois, ces cinq dernières années, le travail lui avait laissé peu de temps pour de telles distractions.

Il contempla le Saru-waka-cho avec une certaine nostalgie. Le quartier pétillait de couleurs chatoyantes et d'animations de toutes sortes. Sur les murs des quatre principaux théâtres, des affiches flamboyantes annonçaient les programmes du jour. Des applaudissements ou des bribes de musique s'échappaient des fenêtres, attestant qu'une représentation était en cours. Dans des tours carrées, perchées en haut des toits, des tambours battaient la mesure pour attirer les spectateurs. Des gens de toutes classes et de toutes conditions se pressaient dans les larges avenues, faisaient la queue aux guichets, se bousculaient dans les maisons de thé et dans les restaurants, d'autres s'arrêtaient pour discuter ou saluer des connaissances. Certains avaient attendu toute la nuit afin de voir leurs acteurs préférés dans de bonnes conditions.

— Dans quel théâtre Kikunojo joue-t-il ? demanda Sano au palefrenier des écuries publiques à qui il confia son cheval.

— Au Nakamura-za, répondit l'homme en désignant le plus grand théâtre.

Sano se fraya un chemin parmi la foule. Lorsqu'il arriva devant le Nakamura-za, il vit les affiches qui annonçaient le spectacle : « *Narukami,* avec le grand Kikunojo ! » À sa déception, il n'y avait pas de queue devant les guichets. La représentation avait déjà commencé.

— Peut-on encore entrer ? demanda-t-il sans trop d'illusions au marchand de billets.

Narukami — l'histoire d'une princesse parvenant à sauver le Japon d'un moine fou dont la magie empêchait la pluie de tomber — était un spectacle qui connaissait un grand succès populaire. De toute façon, Kikunojo aurait rempli une salle, quelle que fût la pièce.

Mais le guichetier prit l'argent de Sano et lui tendit un billet en disant :

— Oui, messire, il reste encore des places. La pièce est à l'affiche depuis un mois ; presque tout le monde l'a vue.

À l'entrée, Sano s'arrêta pour s'orienter. La vaste salle, éclairée seulement par les fenêtres du toit et celles de la galerie supérieure, était plongée dans une demi-pénombre, la loi interdisant l'usage de bougies par crainte des incendies. Lorsque ses yeux se furent habitués à l'obscurité, il distingua les lanternes éteintes qui pendaient des chevrons, chacune portant les armoiries d'un acteur qui avait joué dans le Nakamura-za. Les femmes et les gens du peuple occupaient les plus mauvaises places, le long des murs. Des cloisons partageaient l'espace central en loges carrées. Là, les crânes rasés et les épées des samouraïs prédominaient. Des marchands ambulants parcouraient les travées en portant des plateaux chargés de boissons et de victuailles. Le murmure des conversations et le bruit de la foule couvraient presque les crécelles des musiciens. Sano repéra une place libre dans un compartiment près de la scène. Il s'y rendit, et s'agenouilla sur la natte avec cinq autres samouraïs.

La pièce touchait à sa fin. Des montagnes perdues dans les nuages étaient peintes sur la toile de fond. Le moine Narukami chantait : bientôt la récolte serait détruite par la sécheresse. Ses sourcils noirs outranciers et ses longues moustaches lui donnaient un air démoniaque. La cape rouge et or qu'il portait par-dessus sa robe de moine marron accrochait les rayons du soleil. L'acteur chantait son texte d'une voix profonde, étudiée pour percer le vacarme de la salle, et gesticulait afin d'attirer l'attention. Assis à côté de la scène, les musiciens l'accompagnaient dans une cacophonie de crécelles, de flûtes et de samisen.

Le chant s'arrêta, puis la musique s'éteignit. Un murmure parcourut l'assistance. Les têtes se tournèrent vers le fond de la salle.

— Le voilà ! souffla quelqu'un.

Les crécelles résonnèrent, rapides, frénétiques. Un frisson agita le public.

Une femme descendit la travée centrale à petits pas élégants. La princesse Taema, vêtue d'un éblouissant kimono de satin pourpre orné de chrysanthèmes neigeux, venait libérer les eaux et sauver son peuple. Son visage était d'une beauté bouleversante, avec son maquillage d'un blanc pur et ses lèvres écarlates. Ses longs cheveux noirs tombaient jusqu'à sa taille.

— Kikunojo !

Le nom, murmuré, soupiré, repris par des dizaines de bouches, emplit la salle. « Kikunojo ! » Les applaudissements crépitèrent.

La princesse Taema monta sur la scène. Le silence se fit quand elle commença à chanter. Sano était cloué sur place. Bien qu'il sache, comme tous ici, que Kikunojo était l'*onnagata* acteur spécialisé dans les rôles féminins le plus célèbre d'Edo, il n'arrivait pas à croire que cette voix, ce maintien, cette expression, ces gestes n'étaient pas ceux d'une femme. Même le fichu de linge pourpre qui couvrait la couronne tondue de l'acteur ne réussissait pas à rompre l'illusion. Fasciné, Sano regarda la princesse Taema séduire Narukami. N'importe quel homme efféminé pouvait s'habiller en femme avec quelque chance de succès, mais le génie de Kikunojo résidait dans l'émotion qui l'habitait. Sano pouvait sentir le courant érotique qu'il dégageait, et il savait que l'ensemble des spectateurs y étaient aussi sensibles que lui. Comment Narukami résisterait-il à un tel étalage de charme ?

Il ne résista pas. Il céda avec moult chansons et force gestes. La princesse Taema coupa la corde magique qui retenait les pluies. Les musiciens imitèrent le bruit de l'eau qui tombe. Le Japon était sauvé ; les cris, les applaudissements, les sifflets, retentirent en un vacarme ahurissant.

Sano attendit que la salle se vide. Puis il se dirigea vers la scène où Kikunojo était entouré d'une cour d'admiratrices.

De près, l'onnagata était plus grand que Sano ne l'avait cru. Il dépassait ses admiratrices de la tête et des épaules. L'acteur qui jouait Narukami devait porter de hauts talons pour paraître plus grand que Kikunojo. En s'approchant,

Sano remarqua plusieurs signes de la véritable identité sexuelle de l'onnagata. Ses longues mains gracieuses, poudrées de blanc comme son visage, avaient une forte ossature ; ses traits, bien que délicats, n'avaient pas la douceur féminine attendue. Il masquait sa virilité par des astuces flagrantes : sa ceinture, spécialement conçue pour effacer sa grande taille, sa façon de baisser le menton afin de dissimuler sa pomme d'Adam...

Mais rien de tout cela ne refroidissait l'enthousiasme de ses admiratrices. En fait, le spectacle de sa virilité camouflée par une coiffure et des vêtements de femme semblait augmenter leur ferveur. Rougissantes et maladroites, elles avançaient une à une pour offrir un tribut à leur héros : un paquet joliment enveloppé, un compliment bégayé. Kikunojo les acceptait avec un sourire éthéré et une gracieuse courbette. Il déposait les cadeaux sur une petite table apparemment réservée à cet usage.

— Vas-y ! Je parie que tu n'oseras pas.

La voisine de Sano poussait sa compagne du coude, une matrone quinquagénaire.

La grand-mère s'élança, puis se dressa sur la pointe des pieds afin d'effleurer le fichu pourpre de Kikunojo. Elle rayonnait de joie quand elle vint rejoindre son amie. Les autres femmes rirent aux éclats.

Sano sourit. Afin de réduire le pouvoir de séduction des onnagata, le gouvernement leur avait ordonné de raser leur couronne, mais beaucoup de femmes trouvaient les fichus tout aussi érotiques qu'une tête couverte de cheveux.

Il attendit le départ de la dernière admiratrice, puis se présenta.

— Kikunojo-san, puis-je avoir un entretien en privé ?

L'acteur sortit un éventail de soie des plis de son kimono, et dissimulant le bas de son visage, il murmura :

— Honorable maître... mes devoirs... certaines courses... la prochaine représentation... mille excuses, mais je n'ai pas le temps... un autre jour, peut-être... ?

Le geste, la voix douce et haut perchée, l'élocution traînante, le propos hésitant imitaient parfaitement le style d'une noble dame.

Bien qu'impressionné, Sano n'avait pas l'intention de laisser Kikunojo s'en tirer aussi facilement.

— C'est à propos de Noriyoshi, précisa-t-il. Nous

pouvons parler ici, en public, ou dans un endroit de votre convenance. Comme vous préférez.

Les yeux de Kikunojo s'écarquillèrent, puis ses paupières s'abaissèrent de nouveau. Il hocha à peine la tête, et, le bas du visage toujours dissimulé derrière son éventail, dit d'une voix faible :

— Suivez-moi.

Il emmena Sano dans sa loge. Ils laissèrent leurs chaussures devant l'entrée ; Sano nota avec amusement que les pieds de l'acteur étaient plus grands que les siens. Dans la loge minuscule, des kimonos étincelants étaient accrochés au portemanteau. Cinq perruques occupaient une étagère, les autres étaient garnies d'éventails, d'ornements pour cheveux, de chaussures, et de sous-vêtements soigneusement pliés. Des brosses, des houppettes, des pots de maquillage jonchaient la coiffeuse ; des écharpes de soie décoraient le grand miroir. Une table était garnie de paquets semblables à ceux qu'on venait d'offrir à l'onnagata, sans doute des cadeaux d'admiratrices. Niu Yukiko en avait-elle fait partie ? Même s'il n'avait pas été écrit de sa main, le mot du suicide suggérait un lien avec le théâtre kabuki. En outre, Dame Niu avait pesté contre l'influence néfaste du théâtre sur les jeunes filles.

Kikunojo s'agenouilla devant la coiffeuse. Sano l'imita, mal à l'aise. Les vrais onnagata comme Kikunojo ne sortaient jamais de leur personnage féminin, même en dehors de la scène. Ils prétendaient que c'était indispensable à la conviction qu'ils mettaient dans leurs rôles. Sano était-il censé se plier à la comédie en s'adressant à Kikunojo comme à une femme ? Il avait du mal à oublier qu'il avait un homme en face de lui. L'acteur, en sueur, dégageait une odeur tout à fait masculine, particulièrement forte dans cet espace confiné. Il eût été difficile de se méprendre.

À son grand soulagement, Kikunojo abandonna ses mimiques. Il avait deviné le malaise de Sano, ou jugeait inutile de gâcher son talent avec un yoriki.

— Je vous saurais gré d'être bref, déclara-t-il.

Il reposa son éventail, leva la tête et raffermit sa pose. Mais sa voix resta aiguë, comme si le fait de jouer des rôles féminins avait déteint sur lui.

— J'ai une autre représentation dans l'après-midi, et des affaires urgentes m'attendent.

— Payer des gens comme Noriyoshi pour qu'ils se taisent, peut-être ?

— Ah ! fit Kikunojo, à peine surpris. Ainsi, vous avez appris qu'il me faisait chanter. J'espère que cela ne vous gêne pas si je me déshabille ? Je suis assez pressé.

— Du tout.

Intrigué, Sano le regarda ôter le fichu pourpre qui révéla sa couronne tondue. Puis l'acteur défit un système compliqué d'épingles et de nœuds qui attachaient la perruque sur ses cheveux, tirés en arrière et noués serrés sur sa nuque. Il prit ensuite un linge, le trempa dans un pot d'huile et se frictionna le visage pour effacer son maquillage. La belle princesse prit alors les traits, réguliers mais ordinaires, d'un homme qui avait depuis longtemps dépassé la trentaine.

— Noriyoshi ne s'attaquera plus à personne, reprit Kikunojo. Il est mort, et je ne peux pas dire que je le regrette. Sale petite fouine !

Tu n'étalerais pas tes antipathies avec autant d'aisance si tu te savais soupçonné de meurtre, songea Sano. Kikunojo venait d'avouer son mobile.

— Pourquoi vous faisait-il chanter ?

Kikunojo se leva afin de dérouler sa ceinture. Il enleva son kimono du dessus puis celui du dessous. Il portait des rembourrages de coton sur la poitrine, sur les hanches et sur les fesses. Ceux-ci une fois ôtés, Sano se retrouva devant un homme svelte et musclé. Il décida que Kikunojo aurait eu la force de tuer Noriyoshi et Yukiko, et de jeter leurs corps dans la rivière.

— Il y a une drôle d'histoire qui circule, déclara Kikunojo. On raconte que Noriyoshi ne s'est pas réellement suicidé. On prétend qu'il a été assassiné. Vous êtes au courant ?

— Possible.

Devinant que Glycine avait répandu la rumeur, Sano n'en admira pas moins la ruse de Kikunojo. L'acteur avait évité de répondre à sa question en lui jetant en pâture un renseignement intéressant. Sa rapidité d'esprit dénotait une intelligence froide, capable d'échafauder un plan et d'exécuter un meurtre compliqué.

— Pourquoi vous faisait-il chanter ? insista Sano, bien décidé à ne pas tomber dans le piège.

Kikunojo prit sur le portemanteau un kimono d'homme en soie, orné de roues dorées et de vagues bleues. Il l'enfila par-dessus un sous-kimono, et enroula une ceinture noire autour de sa taille.

— Je ne crois pas que cela vous regarde, déclara-t-il.

Il jeta vers la porte un regard de curiosité feinte. Par la fente du rideau, on apercevait une partie de la scène. L'attraction de l'entracte avait commencé pour les quelques spectateurs restés dans la salle. Un acteur déguisé en samouraï s'était lancé dans le *yariodori,* une danse comique qui se moquait des vassaux des daïmio. Il agitait son bâton de guerre empanaché, à la manière d'une femme en train de faire le nettoyage de printemps. Les applaudissements venaient sans doute des gens du peuple ; les cris et les sifflets des samouraïs.

— Dans l'hypothèse où Noriyoshi aurait été assassiné, cela me regarde, dit Sano.

Kikunojo poussa un soupir exaspéré en jetant une cape noire par-dessus son kimono.

— Je ne l'ai pas tué, si c'est ce que vous êtes venu vérifier. (Comme Sano gardait le silence, il ajouta :) Bon, d'accord. Noriyoshi avait découvert que je fréquentais une femme mariée. Son mari nous aurait tués tous les deux s'il l'avait appris. Vous savez comment c'est.

Oui, Sano le savait. Le théâtre kabuki avait été fondé un siècle auparavant par une prêtresse shintoïste du sanctuaire Izumo. Mais le kabuki avait rapidement perdu son aspect religieux. Les courtisanes s'étaient emparées du théâtre. Leur jeu lubrique dépassait les bornes de la bienséance. Leurs admirateurs masculins, qui s'arrachaient leurs faveurs, créaient souvent des scandales publics. Le gouvernement avait réagi en interdisant aux femmes de monter sur les planches. Depuis, les rôles féminins étaient incarnés par des hommes. Mais les scandales n'avaient pas cessé pour autant. Les onnagata se révélèrent tout aussi capables de provoquer des bagarres que les courtisanes. Ils attiraient les femmes, excitées par leur déguisement, ainsi que les hommes dont l'attirance allait vers leur propre sexe. Kikunojo restait donc dans la tradition.

— Le shogun fait ce qui lui plaît... avec les épouses et les filles de ses ministres, poursuivit Kikunojo. Mais nous autres, libertins ordinaires, encourons les pires châtiments, si ce n'est des maris, du moins des autorités. Que pensez-vous de cela, yoriki ?

Sano se dit que Kikunojo avait trouvé un autre moyen de faire dévier la conversation.

— Le rang commande les privilèges, Kikunojo-san. Mais revenons à Noriyoshi.

Kikunojo lui jeta un regard d'admiration réticente.

— Noriyoshi exigeait toujours plus d'argent. Il me saignait à blanc. Finalement, il y a environ un mois, j'ai réfléchi : s'il parle, qui le croira ? Ce sera sa parole contre la mienne, mais que vaut sa parole ? J'ai tenté le coup. Je lui ai dit que je ne paierais plus, et je lui ai expliqué pourquoi.

Kikunojo prit un kimono blanc de mariée, un sous-kimono rouge et les étendit sur un linge avec une paire de chaussettes propres et un fichu pourpre, la perruque qu'il venait d'ôter, et une collection de pots de maquillage.

— J'aurais dû le faire bien plus tôt. Parce qu'il n'a rien dit, et qu'il ne m'a plus jamais demandé d'argent.

Si Kikunojo avait réellement cessé de payer, d'où provenait l'argent que Sano avait trouvé dans la chambre de Noriyoshi ? Sano vit un moyen de retourner la ruse de Kikunojo à son profit.

— Supposons que Noriyoshi ait été assassiné. Avez-vous un alibi ?

Kikunojo, qui nouait les coins du linge autour de ses affaires, éclata de rire.

— Mon brave, même si j'avais voulu tuer Noriyoshi, je n'en aurais pas eu le temps. Le soir de sa mort, j'avais une répétition qui s'est prolongée au-delà de minuit. Nous commençons une nouvelle pièce dès demain, figurez-vous. Ensuite... (Son sourire mystérieux évoqua la princesse Taema.) Ensuite, j'étais avec ma bien-aimée.

— Corroborera-t-elle vos dires ?

— Bien sûr que non, lâcha Kikunojo avec un regard de mépris. Ne vous ai-je pas dit qu'elle était mariée ? Surtout, ne me demandez pas son nom, vous ne le saurez pas.

Sano serra les dents. Réunir des preuves au cours d'une enquête criminelle officieuse s'avérait plus difficile que prévu. Il n'avait aucun moyen légal d'obliger les témoins à parler ; quant aux méthodes illégales, elles parviendraient sans nul doute aux oreilles du magistrat Ogyu.

— Pas d'autres questions ?

— Si, une dernière. Connaissez-vous Yukiko, la fille du seigneur Niu ?

Bien qu'attentif, Sano ne remarqua aucun signe de malaise chez Kikunojo. L'onnagata semblait simplement surpris par une question qu'il jugeait incongrue.

— Yukiko ? fit-il en plissant les yeux, comme pour rassembler ses souvenirs. Oui, je crois l'avoir déjà vue. Les Niu viennent souvent au théâtre.

Si Kikunojo avait tué Noriyoshi et Yukiko, cet aveu était peut-être destiné à montrer qu'il n'avait rien à cacher. En outre, Sano aurait pu savoir que les Niu étaient des inconditionnels du kabuki, et un mensonge aurait éveillé ses soupçons. Sano essaya d'imaginer pourquoi les meurtres auraient eu lieu, et comment Kikunojo serait pris. Peut-être avait-il tué Yukiko parce qu'elle l'avait surpris en train d'assassiner Noriyoshi.

— Maintenant, dit Kikunojo, si vous voulez bien m'excuser, je dois m'en aller.

Puis, comme s'il venait juste de se souvenir, il ajouta :

— Si vous croyez que Noriyoshi a été tué par quelqu'un qu'il faisait chanter, vous devriez parler à un lutteur de sumo du nom de Raiden.

Sano admira l'esprit vif de Kikunojo. Reporter les soupçons sur un autre était sans doute le meilleur moyen de s'en affranchir.

— Qu'est-ce que Noriyoshi savait sur lui ? demanda Sano.

— Il faudra lui poser la question, dit Kikunojo avec un haussement d'épaules.

Il fit coulisser la porte d'entrée, et un courant d'air froid s'engouffra dans la loge.

Surpris de voir un onnagata sortir dans la rue avec des vêtements d'homme, Sano en oublia momentanément son enquête.

— Je croyais que vous n'apparaissiez en public qu'habillé en femme, s'étonna-t-il.

— Je suis parfois obligé de sacrifier mon art si je veux passer inaperçu, expliqua Kikunojo. Si je devais m'aventurer dehors avec ça, fit-il en désignant les kimonos et la perruque, on me reconnaîtrait aussitôt. Mes admiratrices ne manqueraient pas de me suivre... Je ne peux me le permettre. Pas aujourd'hui... pas avec ce que j'ai à faire. Dommage, d'ailleurs. Il faudra que je me change en arrivant.

Et il jeta son balluchon sur son épaule.

Avec un temps de retard, Sano comprit que Kikunojo avait rendez-vous avec sa maîtresse. Mais il ne se demanda pas pourquoi l'acteur s'encombrait d'un kimono de mariée.

— *Sayonara,* yoriki, murmura l'onnagata en souriant, les yeux baissés.

Il s'inclina, et bien qu'en kimono d'homme et sans maquillage, il se métamorphosa l'espace d'un instant en femme. Puis le grand Kikunojo s'élança dans la rue, homme ordinaire dans la foule.

Sano, sur un coup de tête, se mit à le suivre. Kikunojo avait un mobile pour tuer Noriyoshi, et il connaissait les Niu. Il possédait en outre assez d'intelligence pour échafauder un plan compliqué, maquiller un crime en suicide, et de force pour le mettre en pratique. Habillé en homme, il était libre d'aller et de venir sans attirer l'attention. On pouvait aisément vérifier auprès des autres acteurs sa présence à la répétition, mais avait-il réellement passé la nuit avec une femme ? Sano voulait savoir qui était cette inconnue. Et pour cela, il avait le choix entre perdre des heures à écouter les ragots... ou attendre que l'onnagata le conduise à sa maîtresse.

10

Les connaissances militaires de Sano n'incluaient pas l'art de la filature, mais il suivit néanmoins Kikunojo avec une facilité déconcertante. L'onnagata marchait vite, et se frayait un chemin avec une grande agilité, mais sa haute taille permettait de le reconnaître de loin au milieu des enfants et des femmes qui formaient le gros de la foule. Sano resta une vingtaine de pas en retrait, prêt à s'abriter derrière un groupe de piétons ou à pénétrer dans une maison de thé si par hasard Kikunojo se retournait.

Mais Kikunojo ne se retourna pas. Il semblait ignorer la présence de Sano, qui n'avait pas davantage à craindre que l'acteur saute sur un cheval. Le shogun, patron fervent des arts, avait rendu publique son intention d'accorder à Kikunojo le statut de samouraï en reconnaissance de son talent d'acteur, mais pour l'instant, Kikunojo était encore un plébéien ; or les plébéiens n'avaient pas le droit de monter à cheval. La filature commençait à amuser Sano.

Soudain, au moment où Kikunojo passait devant le Yuki-za, la porte du théâtre de marionnettes s'ouvrit et une horde de samouraïs se déversa dans la rue. Kikunojo se perdit au milieu d'eux. Sano accéléra, cherchant frénétiquement sa proie.

— Holà ! Attention où tu mets les pieds, camarade ! lança quelqu'un.

Les samouraïs repoussèrent Sano. Il lutta pour entrer dans le Yuki-za, mais une fois à l'intérieur il ne vit aucun signe de Kikunojo. Il parcourut la rue du regard ; l'acteur n'était pas en vue. Il vit alors trois paires de porteurs hisser les perches de leur chaise sur leurs épaules et s'éloigner au pas de course. Il devina aussitôt que l'onnagata était monté dans l'une d'elles, mais laquelle ? Il en choisit une au hasard, et la suivit hors du quartier des théâtres. Elle s'engagea dans une rue calme où les lourds toits de tuile et la façade de bois des maisons de riches marchands dépassaient des palissades. Caché derrière une pancarte, Sano observa les porteurs s'arrêter et poser le palanquin devant un portail. Était-ce la résidence de la maîtresse de Kikunojo ? Sano coula un regard vers les persiennes closes dans l'espoir d'apercevoir la belle.

Le rideau du palanquin se souleva. Au grand désappointement de Sano, un vieillard ivre en sortit en titubant. Il fit tomber son argent en voulant payer les porteurs. Sano retourna chercher son cheval dans le quartier des théâtres en maudissant sa malchance. Il lui faudrait tout de même écouter les ragots. Mais après l'excitation de la filature, cette perspective ne le réjouissait guère. Il commençait à apprécier son travail de détective. Une idée nouvelle s'imposait à lui et le séduisait fortement : la feinte pouvait servir une cause honorable.

Il se souvint de l'autre victime du chantage de Noriyoshi dont lui avaient parlé Glycine et Kikunojo : le lutteur de sumo. Il partit aussitôt à la recherche de Raiden.

Il dénicha le lutteur dans un quartier misérable, près du pont Nihonbashi, où vivaient les gens du peuple. Le propriétaire d'une maison de thé qui vendait des billets pour les grandes joutes lui avait donné tous les renseignements pour localiser Raiden dans le dédale de rues sans nom du Nihonbashi.

— Tournez à gauche dans la Grand-Rue à la boutique de meubles. Ensuite, continuez tout droit ; dépassez les orfèvres, les fabricants de paniers. Vous verrez des maisons où des lavandières étendent le linge sur les toits ; là, tournez à droite. Passez devant le restaurant de nouilles, le barbier, et comptez trois maisons de thé. Vous trouverez Raiden dans la rue en face de la salle des conteurs. C'est son quartier général. Il est toujours là.

Sano passa devant les orfèvres, devant les fabricants de paniers, il trouva les blanchisseries, le restaurant de nouilles, le barbier et les maisons de thé. Une foule bruyante s'était réunie devant la salle des conteurs, mais ce n'était pas pour écouter le vieil homme qui amusait un groupe de mères et leurs enfants. Concentrés sur l'action qui se déroulait au milieu de la foule, ils criaient leurs encouragements aux participants.

Sano descendit de cheval, attacha sa monture devant l'une des maisons de thé, et se fraya un chemin à travers l'attroupement en jouant des coudes.

À la place des balles de riz qui délimitaient habituellement l'arène, des cailloux dessinaient un cercle approximatif, déjà piétiné. Un petit garçon déguenillé frappait avec une baguette sur un morceau de bois pour imiter les tambours qui paradaient dans la ville afin d'annoncer les joutes officielles. Un homme, qui ne pouvait être que Raiden, arpentait l'arène.

Il était du même âge que Sano, de même taille, mais là s'arrêtait la comparaison. Il portait un kimono jaune vif avec un rébus en vogue dessiné dans le dos : une branche de cerisier, une épée, une rame. Prononcé à haute voix, cela donnait : « J'aime la bagarre. » Le kimono, largement ouvert, dévoilait un énorme ventre flasque, habillé d'un pagne noir à franges. Mains sur les hanches, Raiden se courba, exposant une paire de fesses massives. Il se déplaça en crabe, leva un genou, frappa la terre de son pied nu, recommença, à la fois pour montrer sa force et pour chasser les mauvais esprits. Son front plissé, ses sourcils froncés dessinaient un masque démoniaque sur sa face rondelette.

— Raiden ! hurla la foule.

Le nom, pseudonyme expressif, comme souvent ceux des lutteurs professionnels, signifiait « foudre et tonnerre ». Et les spectateurs enfiévrés se comportaient effectivement comme s'ils espéraient assister à un drame aussi destructeur qu'une tempête.

— Raiden ! Raiden !

Des parieurs lancèrent des pièces aux pieds de leur champion.

— Y a pas de combat, commenta le voisin de Sano.

Sano dévisagea l'adversaire de Raiden. L'homme qui se déshabillait à l'autre bout du cercle était aussi grand et gras que Raiden, mais il n'avait rien du lutteur professionnel. Ses vêtements de bonne qualité et son absence d'épée dénotaient le marchand. Lorsqu'il ôta son kimono, Sano aperçut la doublure opulente : protestation muette des riches plébéiens contre le décret leur interdisant de porter de la soie. Frissonnant de froid, l'homme imita gauchement la danse rythmée de Raiden. Sa face de lune reflétait une gaieté ahurie, comme s'il ne comprenait pas comment il s'était fourré dans ce pétrin, mais réjoui de sa propre audace. Les hommes qui gardaient ses vêtements, sans doute ses amis, l'encourageaient vivement.

Raiden sortit une bourse de son kimono. Il versa une poudre blanche dans ses mains. Elle se répandit sur l'arène ; il lécha le reste : du sel, comme le commandait la tradition pour se purifier et purifier le sol. Alors, il enleva son kimono et le jeta au garçonnet qui imitait le tambour.

Accroupis de chaque côté de l'arène, les deux lutteurs s'affrontèrent. Poings au sol, ils se regardèrent les yeux dans les yeux. Le silence se fit. Le cœur de Sano se mit à battre. Instinctivement, il se recula d'un pas.

Ce n'était pas l'ancien rituel de fertilité shintoïste, au cours duquel, quatorze siècles plus tôt, les lutteurs de villages voisins se rencontraient pour honorer les dieux à la saison de la plantation du riz. Ce n'était pas non plus le combat légendaire qui avait déterminé, cinq siècles plus tard, lequel des deux princes succéderait à l'empereur. Et il ne ressemblait pas davantage aux joutes actuelles qui se déroulaient dans les plus grands temples d'Edo, et qui mettaient aux prises des professionnels engagés par les daïmio. C'était un sumo de rue de la pire espèce : sauvage, sans merci, imprévisible. Tout pouvait arriver. Sano hésita à interrompre la joute. Le gouvernement rédigeait, certes, des édits périodiques contre le sumo de rue, mais, actuellement, ces combats n'étaient pas illégaux. Sano remarqua deux doshin en qui il reconnut des subordonnés. La joute avait donc une sanction officielle tacite.

Poussant des cris effrayants, Raiden et son adversaire chargèrent soudain. La graisse rencontra la graisse en une claque retentissante. Sous l'impact, les deux hommes reculèrent en titubant. Les spectateurs recouvrèrent aussitôt leur voix.

— Tue-le ! Tue-le !

Les cris résonnaient aux oreilles de Sano. Raiden se précipita sur le marchand avec une agilité surprenante pour un homme de son poids. Il appliqua une série de *tsuppari* — des claques délivrées paume ouverte — sur la poitrine, la gorge et le visage du marchand. Celui-ci grogna, plus de surprise que de douleur, essaya de riposter, mais Raiden marcha sur lui et le força à reculer jusqu'au bord du cercle. Au moment où Sano croyait le combat terminé, Raiden s'interrompit, fit un pas en retrait et incita son adversaire à contre-attaquer. Sano comprit qu'il ne voulait pas d'une victoire trop rapide. Il retenait ses coups et laissait une chance au marchand afin d'attirer d'autres spectateurs et de récolter davantage d'argent.

Courageusement, le marchand se jeta sur Raiden. Les deux hommes s'empoignèrent ; Raiden supportait la charge sans efforts apparents tandis que l'amateur suait et soufflait. Raiden brisa la prise de son adversaire et recula de deux pas ; l'avait-il fait exprès ? Avait-il perdu l'équilibre ? Était-ce une ruse ? Sano n'aurait pu le dire. Peut-être essayait-il encore de provoquer le marchand ?

— Bravo ! s'exclamèrent les amis de ce dernier. Vas-y, il est cuit !

Ragaillardi par les encouragements, le marchand se lança à l'assaut. Sano grimaça, redoutant le pire. Mais Raiden s'esquiva au dernier moment. Il agrippa le pagne du marchand à deux mains, et utilisa la vitesse de son adversaire pour le propulser hors du cercle : le jeté de bras, l'une des quarante-huit prises du sumo.

Le marchand s'affala dans la foule. Ses amis le retinrent au moment où il tombait. Les partisans de Raiden exultèrent ; ceux du marchand poussèrent des cris de dépit. Puis les vociférations et les encouragements cessèrent et des murmures affolés leur succédèrent.

Le cœur de Sano s'affola quand il comprit pourquoi. Le ricanement de défi de Raiden s'était changé en rictus meurtrier. Une étrange fureur déformait son visage violacé. Sans prévenir, il se rua sur son adversaire et le roua de coups de poing en hurlant comme un ours fou.

— Arrête ! s'écria le marchand, le visage en sang. Arrête ! Tu as gagné, je me rends !

Les amis du marchand s'efforcèrent de repousser l'assaut de Raiden, mais le lutteur retourna sa rage contre eux. Bientôt, la foule se joignit aux combattants dans une mêlée indescriptible ; coups de poing, coups de pied, corps écrasés, insultes, cris de douleur.

— Arrêtez ! rugit Sano.

Sa voix se perdit dans le tumulte. Il voulut dégainer son sabre, mais les corps pressés contre lui empêchaient tout mouvement. La foule étouffa sa voix. Ah, s'il avait arrêté le combat quand il était encore temps !

C'était le vrai danger du sumo de rue. Non pas qu'un lutteur en blesse un autre dans un combat sans arbitre — encore que cela arrivât — mais que les instincts sanguinaires de la foule se déchaînent. Dans ces cas-là, la violence ne connaissait pas de limite ; une épée trop vite dégainée, la rage refoulée, et tout pouvait arriver. Les spectateurs s'enfuirent de tout côté ; Sano vit le jeune tambour piétiné par la foule.

Heureusement, les deux doshin choisirent ce moment pour se souvenir de leur devoir.

— Rompez ! ordonnèrent-ils. Que chacun rentre chez lui ! Le spectacle est terminé !

Ils dispersèrent la foule en agitant leur jitte, puis appelèrent leurs assistants pour ramasser les blessés. Sano s'abrita sous le porche d'une maison de thé afin de ne pas être emmené par le flot. Il vit un doshin s'avancer vers Raiden.

Planté au milieu du cercle, le lutteur semblait ébahi. Sa rage mystérieuse s'était envolée aussi vite qu'elle était apparue. Clignant des yeux, surpris par la fuite des belligérants, il s'époumona, presque à contrecœur :

— Pas d'autres volontaires ? Qui est assez brave pour défier le puissant Raiden ?

Il n'y en eut pas. Le doshin tendit sa main ouverte. Raiden soupira, puis se baissa pour ramasser les pièces, en compta la moitié et la remit au doshin qui s'était avancé vers lui. L'homme grimaça un sourire et s'éloigna en faisant sauter les pièces dans sa main. Il ne vit pas Sano, mais comment aurait-il pu s'attendre à trouver son supérieur parmi les spectateurs d'un sumo de rue ?

Ainsi Raiden payait les doshin pour qu'ils tolèrent les combats et qu'ils maintiennent un semblant d'ordre. Sano se promit de réprimander ses subordonnés à la première occasion. Les conséquences de la joute illégale auraient pu être beaucoup plus graves. Des hommes étaient morts durant les émeutes que provoquaient de tels combats. Sano s'approcha avec précaution de Raiden, qui, seul au centre du cercle, se grattait l'entrejambe en examinant sa recette. Le lutteur avait l'air inoffensif, mais la rage pouvait le reprendre à tout moment.

— Même pas de quoi me payer un gueuleton, pesta Raiden. Pourquoi les maudits doshin ont-ils arrêté le combat ?

Avait-il oublié qu'il avait attaqué un homme sans défense et déclenché un début d'émeute ? Incertain et peu rassuré, Sano décida néanmoins de profiter de la situation.

— Laissez-moi vous offrir un repas, proposa-t-il.

Raiden serait sans doute plus loquace — et moins à même d'être la proie d'une nouvelle crise — après quelques mets bien arrosés.

La grimace de Raiden se mua en sourire radieux.

— Bien volontiers, acquiesça-t-il, avec une alacrité qui témoignait de son habitude à se faire régaler par des inconnus.

Sans doute vivait-il grâce aux prodigalités de ses admirateurs. Les lutteurs qui s'exhibaient dans le sumo de rue n'appartenaient à aucun daïmio, et n'avaient bien souvent d'autres sources de revenus que cette espèce de charité.

Sano attendit que Raiden enfile son kimono, ses chaussures, rajuste sa cape et son épée, puis les deux hommes remontèrent la rue vers le restaurant de nouilles.

C'était une gargote, à peine plus grande qu'une cantine de marché. Les portes coulissantes étaient ouvertes, et seul un rideau bleu tombant de l'avant-toit la protégeait de la rue. À l'intérieur, contre le mur de gauche, un couloir en terre battue menait de la salle aux cuisines où deux femmes s'activaient près d'un fourneau à charbon, au milieu de la vapeur et de la fumée. D'énormes chaudrons dégageaient une odeur entêtante de brouet où se mêlaient l'ail, la sauce de soja, le miso et l'oignon. Derrière un comptoir qui séparait la salle de la cuisine, un vieil homme officiait, vêtu d'un kimono bleu, un bandeau assorti dans les cheveux. Quelques clients chanceux mangeaient agenouillés sur un plancher aménagé devant le comptoir, les autres étaient assis à même le sol, les pieds dépassant dans la rue ou dans le couloir. Sano et Raiden entrèrent.

— Deux repas maison, commanda Raiden, qui, à en juger par les courbettes du patron et des clients, était un habitué des lieux. Et du saké, nom de nom !

Le repas maison s'avéra être composé de *kitsune udon,* les « nouilles de renard », le rusé renard que chacun rendait responsable de ses propres malheurs. Les épaisses nouilles blanches baignaient dans un riche bouillon brunâtre où surnageait un morceau de fromage de soja, frit et doré à point, connu pour être le plat préféré du renard. Sano nota que le bol de Raiden était deux fois plus grand que le sien, et que la bouteille de saké était d'une taille conséquente. Il régla avec ses économies en songeant que le métier de détective commençait à lui coûter cher. Le généreux cadeau de funérailles pour les Niu, les excursions au Yoshiwara, l'entrée du théâtre, et maintenant l'addition du repas ; tout cela représentait son salaire d'une semaine quand il était encore précepteur.

Avec quelques difficultés, Sano et Raiden se dégagèrent une place sur le bord du plancher. Sano se retrouva coincé entre le comptoir et la masse imposante de Raiden. Du moins, la chaleur de la cuisine et celle que dégageait le corps en sueur du lutteur lui tenaient chaud.

Raiden enfourna les nouilles et le fromage à grands coups de baguettes, s'interrompant de temps à autre pour monologuer.

— Dire qu'un grand lutteur comme moi doit se battre pour quelques zeni, quelle honte ! Vous ne croyez pas ?...

Il continuait de mastiquer au milieu de ses phrases, produisant des borborygmes animaux.

— Pouah ! c'est une vie de mendiant ! Eh bien, laissez-moi vous dire, étranger, Raiden n'a pas toujours vécu comme ça.

Sano ne pouvait arracher son regard des mains de Raiden. Le bout de ses doigts, terminés par des ongles en spatule, se retournait presque entièrement à chaque geste. Comment un homme aux mains apparemment si fragiles pouvait-il avoir la force d'un sumo ? Ou celle nécessaire pour tuer deux personnes, transporter leurs cadavres, et les jeter à la rivière ?

Raiden fit une pause pour remplir sa tasse de saké qu'il avala d'un trait.

— Il y a deux printemps, j'étais le lutteur vedette de l'écurie du seigneur Torii. J'habitais des quartiers de luxe dans sa propriété, j'avais dix apprentis pour me servir, et toutes les femmes que je voulais. Sans compter la nourriture, à profusion. Je me suis battu contre les meilleurs et je les ai tous vaincus. Le shogun en personne vantait mes mérites.

À l'évidence, une exagération. Si Raiden avait été un lutteur vedette, Sano aurait entendu parler de lui, ce qui n'était pas le cas. Quant au seigneur Torii, c'était un daïmio de second rang. Sa fortune n'atteignait qu'une infime fraction de celle des Niu, à peine de quoi maintenir une écurie de sumos digne de ce nom. En outre, les intérêts du shogun se portaient plus volontiers sur le confucianisme et les arts que sur les sports populaires.

— Une vie de seigneur, vous ne croyez pas ? demanda Raiden avant d'écluser une autre tasse de saké.

Une certaine mélancolie dans la voix du lutteur apprit à Sano qu'il se vantait autant pour remonter dans sa propre estime que pour impressionner un étranger. Sano eut pitié de lui, même s'il repensait au malheureux marchand qu'il avait agressé.

Son bol terminé, Raiden fit signe au patron de lui en apporter un autre. Sano mit la main à sa bourse en soupirant.

— Hélas, le seigneur Torii m'a congédié parce que j'ai jeté le maître d'armes contre le mur. Injuste, vous ne croyez pas ? Après tout, je ne lui ai pas vraiment fait mal. Il a survécu. Et je ne l'ai pas fait exprès. Depuis que je me suis cogné la tête dans une joute, voilà déjà un bout, un démon l'habite, et il m'oblige à faire des choses affreuses. C'est comme ça que j'ai reçu mon surnom, ajouta-t-il avec tristesse en se touchant la tempe. Foudre et tonnerre. Je frappe à l'aveuglette, n'importe quand, n'importe qui. Et quand ça me démange, vaut mieux pas se trouver sur mon chemin.

Habitué à dominer les conversations, Raiden ignorait complètement Sano. À part ses « Vous ne croyez pas ? » répétés, il ne posait pas de questions. Sano mangea donc en silence et le laissa soliloquer. S'il s'était présenté, il aurait certainement inhibé le flot de confidences du sumo, et Raiden parlait sans qu'on ait besoin de relancer la conversation. Sano avait déjà appris que le lutteur avait besoin d'argent, qu'il avait un caractère violent, et qu'il était sujet à des explosions incontrôlées. Toutes ces qualités en faisaient la proie rêvée d'un maître chanteur comme Noriyoshi.

Raiden se lança dans une tirade sur ses difficultés : piètre nourriture, propriétaire rapace, lutteurs discourtois. Impatient, Sano comprit qu'il était temps d'orienter la conversation vers des sujets plus adéquats.

— Avez-vous entendu parler de l'artiste qui a commis un shinju ? demanda-t-il. Je crois qu'il s'appelait Noriyoshi.

Raiden arrêta de se goinfrer pour dévisager Sano d'un œil suspicieux.

— Ça se peut, dit-il négligemment.

Il suça une nouille, puis s'essuya la bouche d'un revers de manche. Mais la mention du nom de Noriyoshi avait déjà altéré sa nonchalance.

— Vous le connaissiez ? insista Sano.

— Ça se peut.

Le ton restait désinvolte mais Raiden commença à mastiquer avec une fièvre sauvage.

— Vous ne l'aimiez pas ?

Raiden ne répondit pas. Sano patienta. À coup sûr, le volubile lutteur ne pouvait rester longtemps sans parler. En effet, Raiden balança son bol vide par la porte et s'écria :

— Je détestais cette infâme ordure !

Il se raidit, crispa ses mains flasques, son visage s'assombrit comme lorsqu'il s'était rué sur le marchand.

Les autres clients les regardèrent avec des yeux ronds. Certains se levèrent et s'enfuirent. Sano porta subrepticement la main à son épée.

— Du calme, fit-il d'un ton qui se voulait apaisant. Tout va bien.

Leur courte fréquentation n'empêcha pas Sano de reconnaître les signes d'une explosion imminente. Parviendrait-il à empêcher le lutteur de blesser un innocent ?

À sa grande surprise, Raiden se calma instantanément. L'air hébété, il fronça les sourcils, secoua la tête comme pour s'éclaircir les idées, et regarda Sano d'un œil vide.

— Je suis désolé, dit-il d'une voix éteinte. Vous disiez quelque chose ? Où est passé mon bol ?

Voyant que l'humeur de Raiden s'était radoucie, Sano s'autorisa un moment de détente.

— Nous parlions de Noriyoshi, dit-il, espérant que le nom ne rallumerait pas la fureur de Raiden. Pourquoi le détestiez-vous ?

Le lutteur ouvrit des yeux ronds.

— Je le détestais ? Ah, oui. Oui, sans doute. Eh bien, c'est lui qui m'a fait virer de l'écurie du seigneur Torii. Le maître d'armes n'aurait jamais avoué au seigneur Torii que j'avais enfreint la discipline et que j'avais failli le tuer. Il aurait perdu la face. Mais Noriyoshi était de passage ; il apportait des estampes. Il a tout vu. Il m'a menacé de le raconter au seigneur Torii si je ne lui donnais pas mille zeni par semaine. Je n'avais pas cet argent. Il a tout raconté, et le seigneur Torii m'a renvoyé. Lamentable, vous ne croyez pas ?

En apprenant le mobile de Raiden, Sano eut moins de satisfaction que prévu. Le lutteur semblait incapable de contrôler son démon. Pendant ses crises de rage il pouvait tuer sur un coup de tête, mais était-il assez rusé pour manigancer un double meurtre maquillé en suicide ?

Kikunojo et Raiden avaient tous deux admis sans difficultés que Noriyoshi les faisait chanter. Mais si les liens de Kikunojo avec Yukiko semblaient ténus, ceux de Raiden l'étaient encore davantage. Les femmes de la haute société n'assistaient jamais aux joutes publiques de sumo, encore moins aux joutes de rue. À supposer que Yukiko ait rencontré Raiden chez les Torii au cours d'une réception, cela s'était passé deux ans plus tôt. Par quel mystère Yukiko et Noriyoshi se seraient-ils retrouvés impliqués dans une aventure avec Raiden le soir des meurtres ? L'intuition de Sano lui disait qu'il existait un lien direct entre Noriyoshi et le clan des Niu, et que ce lien expliquait les meurtres. Toutefois, il n'avait aucune piste sérieuse pour l'instant.

— Avez-vous déjà combattu contre les hommes du seigneur Niu ? demanda-t-il.

Le patron du restaurant avait apporté un autre bol de nouilles à Raiden sans y avoir été invité, sans doute pour prévenir une nouvelle crise.

— Je pense bien, dit Raiden qui s'attaqua aussitôt au brouet. Au tournoi de Muen-ji.

Le temple de la Fatalité, bâti sur le site du Grand Incendie, et célèbre pour ses spectacles publics.

— C'était il y a trois ans.

— Vous avez rencontré ses filles ? L'aînée, surtout... Yukiko ?

— Hé, hé ! fit Raiden en décochant un coup de coude

dans les côtes de Sano. Je sais à quoi vous pensez. Mais, non... les daïmio ne nous laissaient pas approcher leurs femmes. Ils n'avaient pas confiance. Dommage, parce que certaines...

Et il commença à décrire les charmes de ces dames, qu'il n'avait aperçues que de loin.

Sano fut convaincu qu'il disait la vérité. Raiden n'avait ni l'intelligence de Kikunojo ni son talent d'acteur pour mentir de façon crédible. En revanche, il avait la langue bien pendue, mais une absence totale d'instinct de conservation. Il ne s'était même pas inquiété de savoir qui était Sano ni pourquoi il lui posait tant de questions, et ses remarques grivoises sur les femmes du seigneur Torii lui auraient valu un sévère châtiment si elles étaient tombées dans des oreilles indiscrètes. Sano fut obligé d'interrompre son monologue.

— Que pensez-vous de la mort de Noriyoshi ? Elle vous réjouit ?

Raiden vida le reste du saké dans sa tasse.

— Oh, je peux pas dire que ça me peine. Mais je connais au moins une personne qui est encore moins peinée que moi. Je n'étais pas le seul qu'il avait voulu faire chanter, et d'après ce que je sais, il a tiré bien plus d'argent de l'autre.

— Vous parlez sans doute de Kikunojo, l'acteur de kabuki ?

— Ah bon ? Lui aussi ? J'étais pas au courant. Non, je pensais à quelqu'un d'autre.

— Puis-je savoir ?

— Un membre d'un clan très puissant, répondit Raiden, qui jeta pour la première fois des regards inquiets à la ronde et baissa la voix. Je ne sais pas lequel. Et je ne vous dirai pas le nom de cette famille. Mais...

Il se pencha pour dessiner sur le sol poussiéreux une figure avec sa baguette. Il n'avait pas le talent de Noriyoshi, mais Sano reconnut aussitôt le sujet.

Une libellule, l'emblème des Niu. Il avait enfin trouvé un lien entre Noriyoshi et le clan des Niu.

11

Portant le plateau qui contenait un coffret laqué, des allumettes, quelques longs éclats de bois, et une bougie en écorce de laurier, Dame Niu hésita devant la porte de la chambre de son fils. Brûlant de voir Masahito, mais craignant leur rencontre, elle cala le plateau contre sa hanche et frappa. Pas de réponse. Elle n'entendit que le chant lointain qui parvenait de la chapelle bouddhiste familiale, où les prêtres veillaient le corps de Yukiko. Cependant, Dame Niu sentait la présence de Masahito ; c'était comme si elle le voyait à travers le papier translucide des fenêtres. Elle fit coulisser la porte, et entra.

Un courant d'air glacé lui fouetta le visage, et elle poussa un cri de dépit.

Agenouillé face à la fenêtre ouverte, Masahito lui tournait le dos. Il faisait aussi froid dans la chambre que dehors, et pourtant il n'était vêtu que d'un léger kimono de soie, les pieds nus. Lorsque Dame Niu s'approcha de lui, elle vit qu'il était plongé dans une méditation profonde — yeux mi-clos, lèvres entrouvertes. Il frissonnait, la chair de poule hérissait ses bras nus, mais il ne semblait pas s'en soucier. Sa chambre respirait l'austérité. Pas le moindre signe de confort. Des murs de plâtre blanc ; des tatamis effilochés bordés de coton noir. Il ne permettait pas à sa mère de meubler sa chambre selon le style et la richesse de la maison. Il dormait depuis des années sur le même futon avachi, et n'allumait ses braseros qu'au plus fort de l'hiver. Malgré la fortune de son père, Masahito vivait comme un moine, comme pour tester le degré de souffrance qu'il était capable de supporter. Inquiète pour sa santé, Dame Niu alla à la fenêtre et la ferma.

— Mère !

Au son de sa voix, Dame Niu se retourna d'un coup, manquant renverser le plateau.

— C'est l'heure de ta séance de *moxa,* Masahito. Nous devons faire vite ; les funérailles de Yukiko vont bientôt commencer.

Dame Niu avait déjà revêtu ses kimonos blancs de deuil pour aller au temple, Masahito, lui, devait encore enfiler ses robes de cérémonie noires.

— Je préférerais que tu ne laisses pas cette fenêtre ouverte. Tu risques d'attraper du mal avec ces courants d'air.

Le seigneur Niu toisa sa mère d'un regard aussi glacial que la chambre.

— Je vous ai déjà dit maintes fois de ne pas entrer chez moi sans ma permission, mère.

Le cœur de Dame Niu se serra de douleur. Masahito, son précieux fils unique, était né après des années de prières et d'espérances. Elle l'aimait plus que quiconque au monde, et l'avait étouffé sous les cadeaux et les marques d'affection. Et il la remerciait le plus souvent par une hostilité vindicative. Les domestiques prétendaient qu'elle le gâtait parce qu'il était né handicapé, et que son esprit en était resté dérangé. Et cependant, quelle compensation pouvait-elle offrir au puîné — de plus fils de la seconde épouse du daïmio — exclu de tout : de la succession, par la naissance, et des faveurs de son père, par l'infirmité ? Même le fait d'être une cousine des Tokugawa et un membre de la famille Fujiwara qui avait autrefois dominé la cour impériale ne pouvait donner à son fils le statut qu'il méritait. Dame Niu refoula l'envie de le prendre dans ses bras, de l'envelopper dans des vêtements chauds. Cela ne ferait que provoquer ses paroles venimeuses.

— Je suis désolée, dit-elle avec prudence. Ta jambe te fait mal ?

À peine avait-elle prononcé ces mots qu'elle les regretta. Sa jambe lui faisait mal, bien sûr. Elle qui le connaissait si bien aurait dû deviner les signes, invisibles aux autres : le pli amer de ses lèvres, les cernes légers sous ses yeux. Même l'inconfort glacial de la pièce aurait dû l'avertir. Elle se rappela comment, enfant, il approchait sa main des flammes et qu'elle voulait l'en empêcher. Elle lui demandait les raisons d'un geste aussi dangereux, et il expliquait alors que c'était pour oublier la douleur de sa jambe. Mais aujourd'hui, avec les soucis qui l'accaparaient, elle n'avait pas fait preuve de l'attention habituelle.

— Je vais bien, mère, soupira Masahito avec impatience.

Cependant, il déplia ses jambes avec précaution et les étendit pour recevoir le traitement quotidien. Malgré la douleur, il ne broncha pas. Il ne montrait jamais sa souffrance, s'efforçant à ne pas boiter, marchant sans canne, même quand il se savait seul. Il retroussa son kimono jusqu'aux hanches. Sa jambe gauche était forte et musclée, la chair lisse et sans marque. La droite semblait fragile, atrophiée, la cuisse marbrée de cicatrices et de plaies à vif.

Comme d'habitude, en voyant la jambe de son fils, Dame Niu fut prise d'un élan de tendre sollicitude. Elle aurait voulu le bercer, le caresser, le soulager à force d'amour maternel. Mais la réaction de Masahito aux marques d'affection était toujours imprévisible. Dans son enfance, il cédait parfois à ses étreintes, mais parfois aussi se révoltait en la frappant, en l'injuriant. Il pouvait tout aussi bien tolérer l'amour de sa mère que le refuser violemment. Elle ravala sa tendresse, s'agenouilla, ouvrit le coffret laqué et en sortit les onze petits cônes gris de moxa. Fabriqués à partir de feuilles d'armoise récoltées le cinquième jour du cinquième mois, pilées dans un mortier puis roulées, les cônes étaient tendres et floconneux au toucher. Dame Niu humecta la base de chacun du bout de la langue, puis les disposa sur la cuisse de Masahito en prenant soin d'éviter les plaies laissées par les précédents traitements. Incapable de résister à la tentation, elle effleura la peau du bout des doigts, comme par mégarde. À son contact, elle ressentit un frisson de plaisir insoutenable... Elle alluma la bougie, et utilisa les éclats de bois pour allumer ensuite les cônes. Bientôt, ils dégagèrent une fine fumée, et le parfum amer des feuilles se mêla à la fragrance de la bougie. Le chant des prêtres qui bourdonnait dans la chapelle enveloppait la scène d'une atmosphère mystique. Ils s'apprêtaient à transporter le cercueil de Yukiko au temple. Masahito était comme un Bouddha vivant ; elle, une fidèle brûlant l'encens à ses pieds.

Dame Niu observa sur le visage de son fils les signes indiquant que le traitement absorbait les vapeurs malfaisantes, causes de ses douleurs. Ils devaient discuter de tant de choses, mais elle préférait attendre, pour lui parler, que le soulagement le rende plus réceptif à ses conseils. Les cônes fondirent. La fumée s'épaissit. Le visage de Masahito se détendit enfin... soit que le moxa le calmât ou que la brûlure des cônes lui fît oublier ses souffrances.

— Notre famille vit un moment critique, Masahito. Cela exige une grande discrétion de notre part à tous. Des sacrifices, même.

Elle s'arrêta, espérant ne pas avoir à poursuivre. Dire ce qu'elle attendait de lui eût été impossible... impensable.

Il la regarda en silence, le visage mangé par ses yeux fiévreux. Un sourire malicieux jouait sur ses lèvres pâles.

— Peut-être... hésita-t-elle, peut-être serait-il préférable que tu... t'abstiennes de certaines activités.

Son esprit se cabra en pensant à ces « activités ».

Le sourire de Masahito s'élargit, mais il n'était ni chaleureux ni gai.

— Oh, mère ! Pourquoi ne pas dire ce que vous pensez, pour une fois ? Nous sommes seuls. Allez-y, dites ce que vous brûlez de me dire. (Il croisa les bras dans un geste théâtral.) Eh bien, je vous écoute.

Il me tyrannise, songea Dame Niu, *comme il tyrannisait autrefois ses frères, ses sœurs, et ses camarades, les grands comme les petits.* Il n'avait de cesse qu'ils ne fondent en larmes ou qu'ils n'explosent de colère. Sa forte personnalité les empêchait de riposter et les incitait à redoubler d'efforts pour lui plaire. Un souvenir hanta soudain Dame Niu : Masahito, âgé de neuf ans, dressant ses sœurs, deux de ses frères aînés et tous les enfants des serviteurs de son père, les uns contre les autres, dans une nouvelle version de la bataille de Danno-ura, qui, cinq siècles auparavant, avait mis un terme au règne de l'empereur et introduit une ère de dictature militaire. Le jeu s'était terminé par de multiples blessures, certaines graves, et la destruction d'un pavillon de jardin. De tous les enfants, seule Yukiko avait résisté et avait essayé d'arrêter le désastre.

Dame Niu se rappela l'horreur qu'elle avait ressentie en voyant son petit général jubiler devant le pavillon en feu, et ses troupes en larmes.

— Pourquoi, Masahito ? s'était-elle écriée. Pourquoi ?

Il l'avait regardée droit dans les yeux, le visage tuméfié, balafré mais illuminé par le triomphe : aucune trace de remords.

— Je voulais changer le cours de l'histoire, mère. Et j'ai réussi. Allez dire à père qu'aujourd'hui le clan des Taïra a défait les Minamoto.

« Allez dire à père. » Ces quatre mots expliquaient le véritable mobile de son expérience. Le fils se moquait de l'histoire. Il était tout à sa violence et à sa colère. Mal aimé et ignoré par son père depuis sa naissance, il préférait la punition à l'absence d'intérêt.

Incapable de le discipliner, Dame Niu avait ravalé ses remords et l'avait envoyé vivre avec son père dans leur château provincial. Masahito était grand et commençait à exceller à l'épée, en dépit de son infirmité. Dame Niu avait espéré que le père et le fils seraient enfin réconciliés. Mais son époux, qui éprouvait toujours un sentiment de honte et de répulsion pour son fils infirme, ne s'était pas soucié d'éduquer ni de réformer Masahito. Un serviteur loyal lui avait fait savoir que le seigneur Niu avait simplement enfermé Masahito dans une chambre isolée où il vivait comme une bête en cage — seul, mal lavé, et nourri d'ordures. Malade de culpabilité, Dame Niu avait exigé le retour de son fils à Edo, où elle s'était efforcée avec courage d'apprivoiser son esprit sauvage. Malgré les excès de Masahito, qui empiraient avec le temps, elle s'interdit par la suite de le soumettre à la cruauté de son père. Elle se débrouillait pour dissimuler ses dérèglements, souvent à un prix exorbitant.

— Je t'en supplie, Masahito, implora-t-elle.

Cette fois, ni son amour, ni son argent, ni ses ruses ne pourraient le sauver, s'il ne faisait pas lui-même un effort.

— Ce que vous voudriez, mère, c'est que je renonce à mes plaisirs et à mes ambitions parce que Yukiko est morte et que la police fouine partout. Vous croyez qu'ils apprendront des choses sur moi, même s'ils ne peuvent prouver que j'ai tué.

— Masahito...

— Vous voudriez que je ne retourne plus à notre résidence d'été, à Ueno, dit-il d'un ton sarcastique et impitoyable. Vous voudriez que...

— Arrête ! hurla Dame Niu, qui colla aussitôt la main sur sa bouche afin de retenir ses cris.

Ah, comme elle le détestait quand il la tourmentait ainsi ! Et comme elle l'aimait ! La malice malfaisante le rendait plus beau encore, plus attirant. Parfois, elle aurait voulu l'aimer moins, afin de garder la maîtrise dont elle faisait preuve avec les autres, et pour pouvoir dominer son monde comme elle en avait l'habitude. Elle s'efforça au calme et à la sérénité. Elle ne réussirait à le plier à sa volonté — dont il avait hérité le caractère farouche — que si elle parvenait à oublier ses sentiments pour lui.

Ayant provoqué chez sa mère la réaction attendue, Masahito s'adoucit. Il lui caressa la joue du dos de la main et dit d'une voix emplie de tendresse :

— Mère, vous vous inquiétiez trop. Il n'y a rien à craindre. La police trouvera des tas d'autres suspects dans l'entourage de Yukiko. Cet acteur qu'elle admirait tant, par exemple. Les prétendants dont les demandes en mariage ont été rejetées. De toute façon, avec la mort de Noriyoshi, le danger est écarté. En fait, notre avenir s'annonce encore meilleur que vous ne l'auriez jamais rêvé. Croyez-moi.

Dame Niu savoura le geste affectueux de son fils. Elle lui prit la main et la serra dans les siennes. Elle aurait voulu le supplier de cesser ses activités dangereuses. Si ce n'était pour lui, du moins pour elle, parce qu'elle craignait tant pour sa vie. Mais elle savait qu'il se fâcherait si elle intervenait et qu'il recommencerait à la tourmenter.

Elle se contenta de dire :

— La visite de Sano Ichiro m'a troublée. Je l'ai reçu parce que je tenais à rencontrer le yoriki en charge de l'enquête sur la mort de Yukiko, mais je le regrette. C'est un homme intelligent, tenace, et peu orthodoxe. Tu n'aurais pas dû lui parler comme tu l'as fait. Tu n'as réussi qu'à aviver sa curiosité. Qui sait ce qu'il risque de découvrir s'il persiste à fouiner dans nos affaires ?

— Sano ? Qui est ce Sano Ichiro ? Une créature insignifiante qui ne mérite pas qu'on s'y intéresse.

Masahito se libéra de l'étreinte de sa mère et éclata d'un rire machiavélique. Il glissa dans la mégalomanie insouciante qu'elle craignait par-dessus tout. Ses yeux fiévreux s'enflammèrent, son corps tout entier semblait irradier la puissance. Quand il se mettait dans ces états-là, il se croyait invulnérable, et devenait insensible à la prudence. Il flirtait avec la mort comme il avait autrefois flirté avec le châtiment. Il s'infligeait d'atroces souffrances, puis, aussitôt rétabli, tentait de nouveau des paris intrépides.

— J'ai déjà pris des dispositions pour l'éloigner, expliqua Dame Niu, qui s'efforçait de rester calme malgré la peur qui la tenaillait.

Et si son fils mourait ? Sans lui, sa vie n'aurait plus de sens.

— Le magistrat Ogyu a accepté de restreindre ses intrusions. Mais mon pouvoir a des limites. Je ne veux pas éveiller les soupçons en demandant des faveurs excessives. Pas quand il te serait si facile de te faire oublier... juste pour un temps, ajouta-t-elle en prenant garde de ne pas le supplier, sachant qu'elle s'attirerait ses sarcasmes.

— Mère, soupira Masahito, je n'ai pas besoin que vous me protégiez. Je sais ce que je fais, et je peux prendre soin de moi tout seul. Si yoriki Sano continue à nous ennuyer...

Il prit un cône de moxa incandescent. Ignorant les protestations de sa mère, il l'écrasa entre ses doigts, et ricana comme un dément en émiettant les cendres sur le parquet.

12

La procession des funérailles de Niu Yukiko partit du temple Zojo, et traversa les rues d'Edo pour se rendre à la rivière.

En tête venaient des samouraïs de noir vêtus, brandissant des lanternes au bout de longues perches, suivis par d'autres hommes qui tenaient des bouquets de lotus sacré en papier doré. Ensuite, le grand prêtre dans son étincelante cape de soie, porté sur une litière par des prêtres en robe safran. D'autres prêtres agitaient des brûleurs d'encens, des clochettes, frappaient sur des tambours ou semaient des pétales de rose. Venait ensuite le seigneur Niu Masahito d'un pas raide, le visage sombre. Il portait la tablette funéraire. Puis le cercueil, une maison blanche miniature avec son toit de tuile, soutenu par des hommes en noir, le kimono orné de la libellule des Niu. D'autres hommes suivaient, chargés de cages en bambou remplies d'oiseaux gazouillants. Encore des prêtres, chantant des soutras, puis derrière eux la famille, accompagnée des féaux et des serviteurs — les hommes en noir, les femmes en blanc immaculé.

Et aussi tous les autres : rang après rang, par centaines, venus présenter un dernier hommage à la fille d'un grand daïmio.

Sano marchait avec ces derniers. Après avoir quitté Raiden, il était passé chez lui enfiler ses robes de cérémonie ; sous-kimono de soie blanche et kimono de soie noire frappé sur la poitrine, le dos et les ourlets des armoiries familiales : quatre grues au vol entremêlé. Il avait revêtu un pantalon noir bouffant, un haori noir aux épaules rembourrées. Il avait enroulé ses épées dans un tissu noir, par courtoisie envers la défunte. Il espérait seulement que sa tenue lui permettrait de se fondre dans le cortège sans se faire remarquer par Dame Niu.

Après le courroux de celle-ci et la réprimande du magistrat Ogyu, l'idée de côtoyer les Niu l'emplissait de terreur. Mais depuis qu'il avait appris que Noriyoshi fréquentait l'un des membres de la famille, il estimait de son devoir de parler à Midori, la sœur de Yukiko. La « preuve » qu'elle prétendait détenir le conduirait peut-être à la victime du chantage et au meurtrier. Connaissant les enfants, il savait qu'ils étaient capables d'inventer des histoires ; la prudence lui dictait de prendre ses propos avec une bonne dose de scepticisme. Néanmoins, la possibilité qu'elle détienne la clef des meurtres était trop forte pour être ignorée.

Il y avait d'autres raisons pour que Sano s'aventure à rencontrer Midori en cachette. Le risque qu'il prenait le déchargerait de son obligation envers Glycine car il lui prouverait, et se prouverait à lui-même, qu'il n'était pas disposé à refuser justice à Noriyoshi à cause de considérations de classe. D'autre part, il commençait à se demander si les Niu n'étaient pas impliqués dans les meurtres et s'ils ne faisaient pas passer Ogyu pour un imbécile en utilisant la crédulité du magistrat pour couvrir leur crime. Sano avait beau détester Ogyu, il venait d'une lignée de samouraïs qui auraient donné leur vie pour protéger leurs maîtres. Il ne pouvait laisser les Niu tremper le magistrat dans une affaire louche qui risquait de se terminer en scandale. Pour une fois, ses désirs personnels coïncidaient avec ses obligations professionnelles.

Il explora la foule du regard à la recherche de Midori. En rattrapant le cortège à la sortie du temple, il avait repéré le jeune seigneur Niu qui menait le deuil, ainsi que le magistrat Ogyu parmi les hommes des premiers rangs. En tête des femmes, il avait vu Dame Niu, reconnaissable à sa large stature. Mais les autres femmes se ressemblaient toutes, avec leur kimono et leur coiffe blancs. Comment distinguer Midori dans cette marée blanche ? Et même s'il l'apercevait, comment l'approcher sans se faire remarquer ?

Le cortège passa sous l'arche d'un portique torii, descendit une volée de marches en pierre, et s'arrêta au bord de la rivière. Là, au milieu d'un parc bordé d'arbres gigantesques, sous un toit de chaume soutenu par des piliers, on avait creusé une fosse, remplie de bois. À côté, se dressaient des tables garnies d'offrandes ; des braseros dégageaient une fumée dont le bouquet se mêlait aux senteurs d'encens et à la brise rafraîchissante qui soufflait de la rivière. Sano profita de la bousculade pour se faufiler vers les femmes du clan Niu, regroupées près de la fosse.

Les porteurs posèrent leurs cages et libérèrent les oiseaux. Ils s'envolèrent en piaillant dans un grand battement d'ailes, symbolisant l'ascension de l'âme vers le royaume des esprits. Sano aperçut une fille qui ressemblait à Midori. Comme il essayait d'attirer son attention, un mouvement de foule l'amena presque au contact du magistrat Ogyu. Sano recula prestement.

Accompagné par les clochettes et les tambours, le grand prêtre entama une psalmodie. La foule se recueillit, silencieuse. Perdu au milieu d'un groupe d'hommes, Sano se hissa sur la pointe des pieds, comme pour observer le prêtre. Il retrouva la fille qu'il avait prise pour Midori. Ce n'était pas elle. Il patienta, espérant que les funérailles se termineraient bientôt, alors qu'elles venaient à peine de commencer.

Finalement, au bout d'une heure, les hommes qui portaient le cercueil le déposèrent sur la pile de bois. Le seigneur Niu s'avança, brandissant une torche. Il alluma le brasier, puis jeta la torche dans le bûcher.

Le bois s'enflamma avec un bruit terrible. Aussitôt un mur de flammes crépitantes enveloppa le cercueil. Une fumée noire s'éleva. En un souffle, le cercueil et le linceul brûlèrent, dévoilant le corps nu de Yukiko — menue, délicate, elle se tenait assise, le crâne rasé. Sa peau noircit et se boursoufla. Son visage prit un masque grotesque tandis que ses traits se dissolvaient. Les fluides corporels sifflèrent et grésillèrent sous l'effet de la chaleur intense. Une odeur de viande rôtie se répandit dans l'air. Des nuages de cendres s'envolèrent vers la rivière.

Comme chaque fois qu'il assistait à des funérailles, Sano ressentit une profonde tristesse. Une vie venait de s'achever prématurément. Il ressentit aussi une répulsion instinctive en voyant le corps brûler, et un soulagement croissant quand le feu purificateur acheva son œuvre. N'ayant pas connu Yukiko, il n'éprouva aucun chagrin, mais plutôt un sens du devoir accru envers l'esprit de la défunte. Car si la vie se termine avec la mort, et qu'il en va de même pour l'amour et la haine, le bonheur et la tristesse, la douleur et le plaisir, Sano croyait par contre que la vérité et la justice transcendaient la mort, et donc les autres passions terrestres.

Je trouverai ton assassin, promit-il à Yukiko.

Pendant que les flammes consumaient le cadavre, Sano observa les visages. Il espérait percevoir de la culpabilité, de la joie ou une quelconque émotion incongrue sur l'un d'eux. Un signe qui lui permettrait d'identifier l'assassin. Il fut déçu. Comme l'exigeait la coutume, personne ne manifesta la moindre émotion. Dame Niu portait sa sérénité habituelle comme une grande cape. Sano crut détecter une certaine nervosité chez le jeune seigneur Niu, mais c'était peut-être le fruit de son imagination, ou le reflet des flammes sur le visage du jeune homme.

Avec un fracas soudain, le toit du bûcher s'effondra dans une explosion de flammes et de fumée. La foule recula. Sano en profita pour s'extirper du groupe d'hommes qui l'emprisonnait. Il se fraya un chemin vers le clan des Niu, et s'arrêta à six ou sept rangs derrière le groupe des femmes. Il ne vit toujours pas Midori, mais remarqua une silhouette familière.

Elle portait le kimono de coton des domestiques. Son visage était banal, le nez plutôt aplati, la bouche petite. N'eussent été ses yeux rougis et gonflés, il n'aurait pas reconnu O-hisa, la servante en pleurs qu'il avait vue chez les Niu.

— O-hisa, souffla-t-il en la tirant par la manche. Où est Damoiselle Midori ?

La servante le dévisagea d'un œil vide.

À quelques pas de lui, Sano apercevait le dos de Dame Niu. Elle était atrocement proche.

— Nous nous sommes rencontrés il y a deux jours, expliqua-t-il prestement. Je suis le yoriki Sano... Vous vous souvenez de moi ? Il faut absolument que je parle à Damoiselle Midori. C'est très important. Pouvez-vous m'indiquer où elle se trouve ?

La mémoire sembla revenir à O-hisa. Elle ouvrit la bouche, écarquilla les yeux, terrorisée.

— Non... je suis désolée... je...

Et, bredouillant des paroles inintelligibles, elle esquissa un geste, comme pour s'enfuir.

Sano lui barra la route.

— Je vous en supplie, implora-t-il.

O-hisa se dégagea et s'élança au milieu de la foule d'où s'élevèrent des murmures de protestations.

Sano contempla le désastre qu'elle semait sur son passage : un vieil homme roula à terre, des femmes époussetèrent les ourlets de leur kimono qu'elle venait de piétiner. Atterré par le désordre qu'il avait provoqué, Sano envisagea une retraite de circonstance avant que Dame Niu ou le magistrat Ogyu ne s'aperçoivent de sa présence. Il hésita trop longtemps. Une main de fer s'abattit sur son épaule. Il se retourna pour se trouver nez à nez avec le serviteur de Dame Niu. Le visage hideux de Eii-chan gardait son impassibilité rigide, mais une menace brillait dans ses petits yeux. *Offensez mes maîtres et vous mourrez de ma main*, semblaient-ils dire.

— Que signifie ce tohu-bohu ?

Dame Niu en personne intervint, hautaine et furieuse. Trois des féaux de son époux l'accompagnaient, sévères et hostiles dans leurs habits noirs. La foule s'écarta sur leur passage. Le prêtre interrompit sa psalmodie ; les cloches et les tambours se turent. On n'entendit plus que le crépitement du bûcher.

La panique s'empara de Sano. Qu'allait faire Dame Niu ? Il coula un œil vers le groupe des hommes et vit les têtes se tourner vers lui. Ogyu était parmi eux. Que ferait son supérieur s'il apprenait que Sano ne s'était pas contenté de désobéir aux ordres, mais qu'il avait aussi perturbé les funérailles de Yukiko ? Eii-chan et les autres samouraïs l'encerclèrent. Sano fit front, espérant que Dame Niu ne révélerait pas sa présence au magistrat en l'appelant par son nom.

Elle s'en abstint, peut-être parce qu'elle l'avait oublié, ou parce qu'elle ne voulait pas que ses amis apprennent qu'un commandant de la police venait de troubler les funérailles de sa belle-fille. Lorsqu'elle fut près de lui, elle se contenta de lui murmurer à mi-voix :

— Je vous ai déjà prévenu, et je ne recommencerai pas.

Une lueur de colère brillait dans ses beaux yeux, et, bizarrement, une pointe d'inquiétude. Elle se tourna vers son serviteur.

— Eii-chan, raccompagne cet homme.

Elle n'avait pas fini de parler que Eii-chan s'était déjà précipité, avec son étrange souplesse. Il empoigna le bras de Sano et le tordit derrière son dos. Sano faillit pousser un cri quand la douleur lui vrilla l'épaule. Seule sa hantise d'être reconnu par Ogyu — si ce n'était déjà fait — lui fit courber la tête au lieu de se débattre. Il faillit s'évanouir de douleur, et, poussé par Eii-chan, s'éloigna de la foule en trébuchant. Il entendit vaguement Dame Niu présenter ses excuses aux parents et aux féaux, et le prêtre reprendre le service. La honte accrut la détresse de Sano quand il sentit, dans son dos, des centaines de curieux assister à son humiliation.

Dès qu'ils atteignirent les marches — trop loin pour qu'on le reconnaisse — Sano engagea le combat. Il écrasa le pied d'Eii-chan et lui décocha un violent coup de coude dans le ventre. Eii-chan ne réagit pas. Sano soupçonnait qu'un homme de chair et d'esprit habitait cette enveloppe corporelle, mais Eii-chan semblait de pierre : dur, inerte et silencieux. Était-il muet, ou préférait-il simplement se taire ? Le poussant et le soulevant à moitié, lui tordant toujours le bras, il força Sano à gravir les marches. Cette fois, Sano ne put retenir un cri.

— Attends, Eii-chan ! lança une voix d'homme derrière eux.

Eii-chan s'arrêta au portique et se retourna, entraînant Sano dans son geste, mais sans lui lâcher le bras. Dans un brouillard de douleur, Sano vit le jeune seigneur Niu debout en bas des marches, petit mais fier dans ses habits noirs.

— Vous ne pouvez donc plus nous quitter, yoriki Sano ?

Le seigneur Niu vint s'appuyer contre le montant du portail.

— Je pense que vous avez compris ce qu'il en coûte de se mêler de nos affaires. Oui ?... Non ?

Tout à sa douleur, Sano ne trouva pas de réponse.

— Oh, Eii-chan ! fit alors le seigneur Niu, comme s'il venait juste de se rappeler. Tu peux le laisser, maintenant.

Eii-chan lâcha sa prise. Sano remua son bras avec précaution.

Rien ne semblait cassé, mais ses muscles étaient encore endoloris. La haine brûla dans ses veines. Il n'en voulait pas à Eii-chan qu'il considérait davantage comme un pantin que comme un homme, mais bien au seigneur Niu. Le jeune homme aurait pu mettre rapidement un terme à son supplice, mais il avait délibérément choisi de le laisser souffrir. La lueur malicieuse qu'il surprit dans son regard le confirma. Sano faillit déverser un torrent d'injures contre l'impertinent, lui lancer des accusations au visage, proférer des menaces : « Quelqu'un de chez vous a tué Noriyoshi et Yukiko, et je le prouverai ! » Mais il se retint en se souvenant du conseil de Tokugawa Ieyasu : « Considère la colère comme ton pire ennemi. » Il ne pouvait se permettre de laisser la haine lui dicter sa conduite.

— Qu'est-ce qui vous amène, cette fois ? interrogea le seigneur Niu.

Ravalant sa colère, Sano se força à mentir avec courtoisie.

— Je voulais simplement présenter mes condoléances à votre famille.

Le seigneur Niu laissa échapper un rire méprisant.

— Auriez-vous cessé vos investigations ridicules ?

— À moins que je ne découvre la preuve qu'elles ne sont pas si ridicules après tout, ne put s'empêcher de rétorquer Sano. Peut-être pourriez-vous me la fournir ?

Un pli furtif rida le front du seigneur Niu — désarroi, ou simple irritation ?

— Vous plaisantez. Cette preuve n'existe pas, et dans le cas contraire, pourquoi la détiendrais-je ?

Cherchait-il à gagner du temps ? Sano entrevit la possibilité de lui soutirer un aveu inopiné.

— Il existait un lien entre Noriyoshi et un autre membre de votre famille que Yukiko, insinua-t-il.

Mais le seigneur Niu avait recouvré ses esprits. Il ignora l'attaque.

— Eii-chan, ordonna-t-il, retourne aux funérailles. Je pense que yoriki Sano trouvera son chemin tout seul.

Eii-chan descendit les marches sans un mot. Le seigneur Niu s'adressa alors à Sano.

— Si jamais vous remettez les pieds dans notre propriété, ou si vous approchez d'un membre de notre clan, je ne réponds plus de votre sécurité. Eii-chan et d'autres féaux voient vos activités d'un mauvais œil.

Il avait parlé avec nonchalance, mais une lueur malfaisante brillait dans ses yeux fiévreux. Sano comprit la menace tacite : s'il dérangeait encore les Niu, on le tuerait.

— Je vois que nous nous comprenons. Peut-être n'êtes-vous pas aussi bête que je le croyais. Imprudent, sans doute, mais tout à fait capable de retenir la leçon. Adieu, yoriki, ajouta-t-il avec une moue de mépris en soutenant le regard de Sano. Je ne pense pas que nous aurons l'occasion de nous revoir.

Il lâcha le pilier et entreprit de descendre les marches, raide, la tête haute.

C'est ce que nous verrons, se dit Sano en regardant le jeune homme s'éloigner. L'humiliation et le ressentiment lui rongeaient le sang comme un mauvais vin. Il porta la main à son sabre, agrippa la poignée avec rage. Niu Masahito lui avait donné plus d'une raison d'approfondir le rôle de son clan dans les deux meurtres.

Le jeune seigneur se retourna soudain.

— Oh, à propos, lança-t-il. Si j'étais vous, je ne chercherais pas à voir Midori. Ma mère l'a envoyée au couvent du temple de Kannon, à Hakone.

Son rire sarcastique résonna encore longtemps après son départ.

Sano le regarda rejoindre le bûcher funéraire. Les flammes s'étaient éteintes, mais la fumée s'élevait encore des cendres incandescentes. En reprenant le chemin d'Edo, Sano ressentit une excitation enivrante pointer sous sa déception. Il avait risqué gros en assistant aux funérailles, mais l'audace avait payé. Midori était à Hakone, un voyage long et pénible le long du Tokaïdo — la route côtière qui reliait Edo à Kyoto, la capitale impériale. C'était sans doute une mauvaise nouvelle, mais au moins il savait où la trouver. Il aurait du mal à justifier une absence de cinq jours auprès du magistrat Ogyu ; néanmoins, dès qu'il serait hors du domaine du magistrat, il aurait une plus grande liberté de mouvement.

En outre, la résistance que les Niu opposaient continuellement à son enquête confirmait ses soupçons : ils ne voulaient pas que le mystère des meurtres de Noriyoshi et de Yukiko soit résolu. Et le départ précipité de Midori prouvait qu'ils avaient peur qu'elle dise pourquoi au yoriki Sano.

13

Sano était parti à l'aube du pont Nihonbashi. Revêtu de sa tenue de voyage d'hiver — un large chapeau rond en osier, de lourdes robes, un pantalon, des chaussures, des chaussettes et sa pèlerine la plus chaude —, il était sorti de la ville endormie par le sud-ouest. À présent, tandis que le soleil effaçait du ciel les dernières lueurs rosâtres, il approchait de Shinagawa, la deuxième des cinquante-trois étapes qui jalonnaient la route entre Edo et Kyoto.

La vaste route sablonneuse, relevée au milieu et bordée à espace régulier de hauts sapins, se rétrécit et commença à grimper. On apercevait au loin les silhouettes courbées des piétons qui se hâtaient vers Shinagawa. Sur la droite, la terre s'élevait en pente raide vers les montagnes boisées. Sur la gauche, derrière une rangée de cabanes de pêcheurs, elle tombait à pic dans la mer. Des petits bateaux encombraient le port. Les ombres de navires plus importants se découpaient sur l'horizon brumeux. Des oiseaux marins sillonnaient la voûte bleue à tire-d'aile, perçant l'air de leurs cris aigus et plaintifs. Le clapotis des vagues sifflait une musique lancinante et douce. La saine fraîcheur de la brise salée revigora Sano. Il retrouva son optimisme et sa confiance. Le voyage s'annonçait fructueux. Lorsqu'il arriverait à Hakone, Midori lui fournirait la preuve que Noriyoshi et Yukiko avaient été assassinés, et peut-être même l'identité du tueur.

— Attendez, yoriki Sano-san ! Il faut que je m'arrête !

À vingt pas derrière lui, le cri ébranla l'humeur de Sano. Avec un soupir irrité, il tira sur les rênes de son cheval et lança un regard par-dessus son épaule. Suant et souriant, ballotté par sa monture, un énorme coursier noir, Tsunehiko tentait de le rejoindre. L'espace d'un instant, Sano avait oublié son compagnon de voyage.

Tsunehiko descendit maladroitement de cheval.

— Je ferai vite, je vous le promets.

Et, retroussant sa pèlerine, il se hâta vers le bord de la route.

Sano se baissa pour empoigner les rênes du cheval de Tsunehiko avant qu'il ne parte au galop. En regardant son secrétaire uriner, il regretta sa présence encombrante.

Après les funérailles de la veille, il s'était rendu chez le magistrat Ogyu. Il avait songé attendre avant de lui demander une permission. Si Ogyu l'avait aperçu aux funérailles, il aurait mieux valu lui laisser le temps de se calmer. Mais un sentiment d'urgence avait incité Sano à ne pas repousser son voyage inutilement. S'il ne résolvait pas le mystère rapidement, il craignait de ne jamais y parvenir.

Il avait patienté jusqu'au crépuscule. Enfin, deux porteurs étaient arrivés avec un palanquin. Le magistrat Ogyu en était descendu.

Sano avait salué son supérieur, qui, à son grand soulagement, ne mentionna pas les funérailles.

— Honorable Magistrat, je vous prie de m'accorder une permission de cinq jours. Comme vous le savez, mon père est malade. Son médecin m'a conseillé de faire un pèlerinage à Mishima afin de prier pour sa guérison.

Sano avait affronté un dilemme moral. Il détestait les mensonges et les subterfuges, or ces derniers jours, il avait baigné dans les uns comme dans les autres. Il en était venu à comprendre que son enquête ne compromettait pas seulement sa carrière, mais aussi ses principes. Il avait essayé de justifier les mensonges en se disant qu'il devait sacrifier des vérités bénignes au profit de la recherche d'une vérité plus haute. La justice passait avant tout — pour les victimes des meurtres, mais aussi pour Glycine, Midori, et tous ceux qui les avaient aimées. Toutefois, son malaise ne s'était pas apaisé pour autant. Sa quête personnelle le menait dans un monde trouble, étranger, loin du chemin lumineux du devoir, de l'obéissance, de la piété filiale, et de l'intégrité, définis par la voie du guerrier. Finalement, il avait inventé l'histoire du pèlerinage après en avoir écarté plusieurs, car elle était plausible et contenait des parcelles de vérité. Il irait à Mishima, une étape après Hakone. Si des espions rapportaient ses allées et venues à Ogyu, il aurait l'air de faire ce qu'il avait prétendu. Un médecin avait recommandé le pèlerinage, et Ogyu, fervent partisan du devoir, ne pouvait le lui refuser.

Ogyu avait caressé son menton d'un air songeur.

— Un pèlerinage pour la santé de votre père ? Quelle admirable manifestation de piété filiale ! Évidemment, je vous autorise à vous absenter, yoriki Sano. Quand pensez-vous entreprendre ce voyage ?

— Oh, merci infiniment, Honorable Magistrat. Demain matin, si c'est possible.

Sano s'était incliné avec respect, surpris qu'Ogyu ait consenti si facilement. Le magistrat croyait-il vraiment à son histoire ? Ogyu saisissait peut-être l'occasion de se débarrasser de lui pendant quelque temps. Sano s'était demandé si Ogyu était au courant pour Midori, et s'il se doutait que son envie soudaine de pèlerinage coïncidait avec son départ précipité d'Edo. Dans ce cas, Ogyu aurait dû craindre qu'il ne s'arrête au couvent. Peut-être Sano s'était-il trompé en imaginant une collusion criminelle entre le magistrat et les Niu.

Il s'était finalement dit qu'il avait une chance inouïe d'obtenir une permission, quelles qu'en fussent les raisons.

— Vous emmènerez votre secrétaire, bien sûr, avait dit Ogyu.

Le ton laissait clairement entendre qu'il ne s'agissait pas seulement d'un ordre, mais d'une condition indispensable.

Sano était resté interdit. Tsunehiko ! Quel encombrant compagnon de route ! Le secrétaire était un piètre cavalier ; il rendrait le périple encore plus long. Et comment Sano le nourrirait-il pendant cinq jours ? D'autant qu'il y aurait d'autres dépenses : le logement, les frais d'écurie, les octrois aux dix postes de contrôle entre Edo et Hakone.

— Votre conseil est excellent, Honorable Magistrat, avait-il bredouillé, mais je n'aurai pas besoin des services de mon secrétaire.

Ogyu avait chassé l'objection d'un geste.

— Un homme dans votre position ne doit pas voyager

seul, avait-il déclaré avec sévérité. Ne vous souciez pas des dépenses.

Alors, Sano avait compris. Ogyu envoyait Tsunehiko l'espionner. Sano avait aussitôt regretté d'avoir dévoilé le but de son voyage. Mais le temps n'était plus aux regrets.

— Entrez donc, Sano-san, avait proposé Ogyu avec un sourire patelin. Je vais rédiger deux laissez-passer officiels et vous attribuer les fonds nécessaires aux dépenses de votre secrétaire. Ensuite, vous irez directement chez lui, le prévenir de se préparer pour le voyage.

Sano se maîtrisa tandis que Tsunehiko remontait sur son cheval. Le secrétaire posa un pied sur l'étrier, et se hissa en soufflant sur la selle, où il atterrit à plat ventre.

— Holà, tout doux !

Sano calma le cheval qui commençait à ruer. Il tint les rênes d'une main ferme le temps que Tsunehiko trouve son assiette.

— Si tu ne buvais pas tant, gourmanda-t-il, tu n'aurais pas besoin de t'arrêter si souvent.

Le reproche n'atteignit pas Tsunehiko.

— Mais, yoriki Sano-san, fit-il rayonnant, c'est de chevaucher qui me donne soif. Et faim, aussi.

Il but une autre gorgée d'eau à sa gourde, puis sortit un paquet de prunes séchées de sa sacoche surchargée. Il en introduisit deux ou trois entre ses mâchoires, entreprit de les mastiquer consciencieusement, et se fendit d'un large sourire, la bouche pleine.

— Je m'amuse tellement ! Mille et mille mercis pour m'avoir emmené avec vous !

Sano ne put s'empêcher de rire sous cape. Il n'arrivait pas à se fâcher longtemps avec son secrétaire, et certainement pas par cette belle journée si pleine de promesses. Les mensonges qu'il avait été obligé de raconter à Ogyu le perturbaient moins. Il était sûr d'avoir bien agi. Son supérieur s'en rendrait compte bientôt et le féliciterait — si Ogyu ne dissimulait pas délibérément un crime, s'il essayait seulement d'éviter aux Niu ce qu'il considérait comme un désagrément malséant. Le souvenir pénible de son affrontement avec le seigneur Niu s'était estompé. Sano commença à apprécier la compagnie de Tsunehiko ; il se joignit même à lui lorsque le jeune garçon se mit à chanter. Après tout, il n'y avait pas de quoi s'inquiéter. Il réussirait sans problème à empêcher Tsunehiko de découvrir le véritable but de son voyage, et il trouverait bien à l'occuper pendant qu'il se rendrait au temple de Kannon. Bien que le Tokaïdo fût moins fréquenté qu'au printemps ou en été, Sano et Tsunehiko n'étaient pas seuls. Ils dépassèrent deux lourds chariots tirés par des bœufs qui transportaient du bois, propriété du gouvernement ; c'étaient les seuls véhicules autorisés sur la route car les Tokugawa craignaient les transports d'armes, de munitions ou autre matériel de guerre. Sur les bords de la route, des paysans collectaient avec empressement des feuilles, des branches, et du crottin de cheval qu'ils utilisaient comme combustible. Parfois un riche voyageur passait en se balançant dans un *kago,* sorte de chaise en forme de panier portée sur les épaules de solides gaillards dont le kimono ouvert laissait voir les magnifiques tatouages. Des colporteurs, croulant sous les marchandises, cheminaient de leur pas pesant mais volontaire. Un groupe de pèlerins se rendait en chantant vers quelque temple ou sanctuaire. Des mendiants jouaient de la flûte pour appeler la charité. Sano et Tsunehiko échangèrent plusieurs fois des saluts avec d'autres samouraïs qui, comme eux, chevauchaient avec la lenteur qu'exigeait un long voyage, ou qui les croisaient au galop, n'ayant qu'une courte mission à accomplir.

À Shinagawa, les auberges, maisons de thé et restaurants du bord de route connaissaient une activité animée. Les relents de cuisine s'échappaient sous les rideaux tendus devant les portes. Tsunehiko accueillit les odeurs alléchantes avec un cri de joie.

— Oh, s'il vous plaît, peut-on manger un morceau, yoriki Sano-san ? supplia-t-il.

— Plus tard.

Ayant vu son secrétaire s'empiffrer tout le long du voyage, Sano savait qu'il ne risquait pas de mourir de faim. Ils prendraient un repas à la prochaine étape, en faisant reposer leurs montures. Sano voulait couvrir la plus grande distance possible avant la nuit. Il se dirigea vers l'octroi où un relais de poste se dressait à l'écart de la route.

Devant l'octroi, une queue s'étirait en face d'un guichet où les officiels enregistraient les voyageurs, contrôlaient leurs documents, leur accordaient ou leur refusaient le passage. Non loin de là, une écurie louait des chevaux de rechange. En descendant de monture, Sano entendit des rires d'ivrognes éclater derrière l'écurie. Assis autour d'un feu de camp devant leurs cabanes misérables, des porteurs de kago attendaient le client en buvant du saké.

Ils faisaient la queue depuis un bon moment, quand Tsunehiko s'écria avec impatience :

— Pourquoi cette attente ?

Sano alla se renseigner. Une femme aux cheveux gris, escortée par deux hommes, patientait devant le guichet. Les officiels compulsaient une pile de papiers, s'arrêtant de temps à autre pour questionner la femme.

— Je ne vois pas pourquoi ils perdent leur temps avec une vieille femme, se plaignit Tsunehiko quand Sano lui expliqua la raison du retard. Ils n'ont pas le droit de nous faire attendre. On est pressés !

Sano résista à l'envie de dire à son jeune secrétaire qu'ils auraient été plus vite s'il ne s'était pas arrêté si souvent. Tsunehiko prenait un tel plaisir à voyager avec son supérieur, il en était si fier, que Sano n'avait pas le cœur à le rabrouer.

— Le gouvernement ne peut permettre aux daïmio de faire partir secrètement leurs femmes d'Edo expliqua-t-il, profitant de l'occasion pour instruire son secrétaire ignorant. Si les otages étaient en sécurité dans les provinces, les daïmio risqueraient de protester contre les impôts du shogun et contre les restrictions faites à leur liberté, de fomenter une rébellion peut-être.

Finalement, une officielle emmena la femme dans le poste de garde afin de vérifier les cicatrices et autres marques signalées sur son laissez-passer. Sano se demanda comment les Niu avaient obtenu en si peu de temps un laissez-passer pour Midori. Ces documents très recherchés exigeaient de nombreuses signatures et prenaient parfois des mois. Les Niu avaient sans doute dépensé une fortune en pots-de-vin. Même s'ils en avaient les moyens, cela signifiait qu'ils avaient une raison impérieuse d'envoyer Midori loin d'Edo.

Lorsqu'il atteignit enfin le guichet, Sano présenta leurs laissez-passer et régla l'octroi. Avec Tsunehiko, ils aidèrent les officiels à défaire leurs bagages afin de s'assurer qu'ils ne transportaient ni or, ni marchandises étrangères, ni armes à feu. En tant qu'officiers de police, ils passèrent la fouille sans problèmes. Mais en partant, Sano eut une impression désagréable.

On le surveillait. Il sentait dans son dos des yeux rivés sur lui.

Faisant mine de vérifier les courroies de ses sacoches, il se retourna vivement. Plusieurs voyageurs, parmi lesquels des samouraïs à cheval, des paysans et un groupe de pèlerins venaient d'arriver. Les quelques regards qu'il croisa ne manifestèrent aucune curiosité. Il ne reconnut aucun visage.

— Qu'est-ce qu'on attend, yoriki Sano-san ? s'étonna Tsunehiko, à califourchon sur son cheval. Des ennuis ?

— Non, tout va bien, assura Sano, qui ne voulait pas inquiéter le jeune garçon.

Il enfourcha sa monture, jeta un dernier coup d'œil derrière lui, puis reprit la route. Les metsuke — les espions du gouvernement — surveillaient toutes les allées et venues sur le Tokaïdo. L'un d'entre eux, déguisé afin de se fondre dans la foule, avait sans doute choisi ce moment pour l'observer. Une broutille.

Mais le malaise de Sano persista. En se dirigeant vers Kawasaki, leur prochaine étape, il se surprit à se retourner de plus en plus souvent. Ces trois samouraïs les suivaient-ils ? Et ce colporteur ? Après un virage, la route pénétra dans un sous-bois où Sano et Tsunehiko se retrouvèrent un instant seuls. Le secrétaire s'arrêta encore pour soulager sa vessie. En patientant, Sano contempla les pins qui formaient une voûte sombre à travers laquelle perçaient des coins de ciel bleu. Un abri idéal pour des soldats en guerre, songea Sano. Mais aussi une excellente cachette pour un guet-apens. Chaque année de nombreux voyageurs étaient dépouillés ou assassinés sur le Tokaïdo.

Des sabots de cheval résonnèrent derrière eux. Sano scruta le virage, s'attendant à voir arriver un cavalier. Puis le bruit de sabots cessa brusquement. Le silence qui régnait, seulement troublé par les chants des oiseaux et le bruissement des feuilles, rendait la présence du suiveur encore plus obsédante. Sano porta la main à son épée. Oserait-il crier : « Qui va là ? » ou aller jusqu'au virage vérifier lui-même si on les suivait ? Il n'avait nulle envie de se retrouver face à face avec un ennemi inconnu dans cet endroit désert.

— Dépêche-toi, Tsunehiko ! lança-t-il.

Il fut soulagé quand ils sortirent enfin des sous-bois. Alors, il vit un obstacle majeur à une fuite éventuelle : la rivière Tama. Des nageurs faisaient traverser des chevaux dans le courant limpide ; d'autres attendaient sur la rive rocheuse. Des passeurs aidaient les voyageurs à monter dans des barques à fond plat. Ah, l'obsession des Tokugawa pour le maintien de l'ordre ! Afin de restreindre les mouvements de troupe, ils avaient détruit la plupart des ponts.

Dans sa hâte, Sano ne prit pas le temps de marchander avec le passeur. Il paya le prix fort qu'on lui demandait, puis aida Tsunehiko à décharger les chevaux. Il poussa ensuite vivement son secrétaire dans une barque, jeta leurs bagages à bord et sauta. Les passeurs se mirent à ramer avec une lenteur désespérante, tandis que deux nageurs guidaient prudemment les chevaux au milieu des rochers et des troncs d'arbres flottant entre deux eaux.

Tsunehiko plongea une main dans la rivière, et la retira aussitôt.

— Oh, elle est froide ! s'écria-t-il. (Puis s'adressant aux nageurs :) Comment faites-vous pour supporter cela ?

Les hommes s'esclaffèrent. Leurs visages tannés pointaient hors de l'eau à côté des chevaux.

— On a la peau dure ! répondit l'un.

Sano écoutait d'une oreille distraite. Il scrutait la rive qu'ils venaient de quitter. Même s'il ne voyait personne dans les fourrés, ses sens aux aguets l'avertissaient d'un danger imminent.

Tapi derrière un mur de sapins, l'homme regardait le bac emporter Sano Ichiro vers l'autre rive. Le yoriki ne cessait de se retourner pour scruter les bois. Il savait qu'il était suivi. Peut-être l'avait-il déjà deviné à l'octroi, en tout cas certainement lorsque l'homme s'était trop rapproché dans les sous-bois déserts.

Mais l'espion ne s'inquiétait pas. À la façon dont Sano avait dévisagé chaque passant sur la route — et vu les regards furtifs qu'il jetait vers les bois — il avait compris que le yoriki ignorait qui le suivait, et où il se cachait. L'homme était un remarquable espion. Son chapeau et sa cape gris terne lui permettaient de passer inaperçu parmi les voyageurs ou de disparaître dans le paysage. Il savait aussi dissimuler ses pensées et ses gestes, évitant ainsi même les soupçons. Il avait l'art de se rendre invisible ; les gens voyaient à travers lui comme s'il n'existait pas. Et Sano ne faisait pas exception. Il n'avait pas encore été obligé de couper à travers champs, comme il devrait s'y résoudre quand le trafic diminuerait à mesure qu'ils s'éloigneraient d'Edo. D'ailleurs, peu lui importait que le yoriki soit sur ses gardes. L'anxiété le rongerait, et l'aurait réduit à l'impuissance quand l'homme déciderait de passer à l'attaque.

Cependant, une chose le troublait. Ce n'était pas l'odeur des bois, ni celle de l'eau, ni son besoin d'incognito, qui lui rappelaient la nuit où il avait jeté les cadavres dans la rivière. Le soleil éclatant rendait toute comparaison saugrenue. Et le temps avait effacé ses peurs. Ses cauchemars avaient cessé. Il ne se réveillait plus en sueur, le cœur battant, au milieu d'un rêve dans lequel on l'arrêtait, on le torturait et on l'exécutait.

Non, c'était le jeune samouraï qui le gênait. Il avait cru que Sano voyagerait seul, et il n'aimait pas les surprises. Puis il se dit que la présence du garçon présentait des avantages. Sano chevauchait moins vite, et il était plus facile de suivre deux hommes qu'un seul. Il pouvait ainsi traîner loin derrière eux, et les rattraper à l'octroi suivant. En outre, le garçon distrayait Sano, il le rendait moins observateur, moins prudent.

Le bac accosta sur la rive opposée. Sano et son compagnon en descendirent et commencèrent à décharger leurs bagages. Leurs chevaux trempés montèrent sur la berge. L'homme attendit que ses proies les sèchent, remontent en selle et disparaissent derrière la falaise boisée. Il refréna son envie de se lancer à leur poursuite. *Patience,* se dit-il. *Ils ne peuvent m'échapper.*

Il se força à attendre encore, puis il siffla sa jument qui l'avait attendu patiemment sur la route et vint le rejoindre au petit trot. Ils descendirent ensuite vers la rivière où les passeurs et les nageurs les convoyèrent sur l'autre rive.

L'homme avait tout son temps pour choisir le moment propice. Or la nuit offrait davantage de possibilités.

14

Quand Sano et Tsunehiko arrivèrent au village de Totsuka, le coucher de soleil colorait l'horizon occidental d'un immense ruban d'or zébré de lavande. Sixième étape sur le Tokaïdo, Totsuka était l'endroit où les voyageurs qui avaient quitté Edo à l'aube s'arrêtaient pour la nuit ; Sano avait espéré pousser plus loin. Il voulait semer leur éventuel poursuivant, si toutefois celui-ci existait. Mais la nuit approchait. Elle enveloppait le pays dans son manteau sombre et glacé. Sano et Tsunehiko étaient transis, harassés, et affamés. Les chevaux aussi avaient besoin de chaleur, de repos, et de fourrage.

— Nous passerons la nuit ici, annonça Sano après avoir rempli les formalités à l'octroi.

Tsunehiko, que la fatigue rendait morose et silencieux, retrouva son sourire.

— Ah, excellente idée, yoriki Sano-san, dit-il avec un profond soupir de soulagement.

Les auberges au toit de chaume, les restaurants et les maisons de thé se serraient côte à côte le long du Tokaïdo. Des lanternes brûlaient gaiement dans la nuit tombante. À l'entrée de chaque établissement, de jolies « serveuses » — prostituées illégales sans existence officielle — appâtaient les clients. Des voyageurs, arrivés un peu plus tôt, transportaient leurs bagages dans les auberges ou se désaltéraient dans les maisons de thé. Des guérisseurs vantaient leurs baumes et leurs potions. Des pèlerins s'attroupaient devant la vitrine d'un marchand d'objets religieux. Des bribes de musique parvenaient des cours clôturées où les clients des auberges avaient déjà commencé leur soirée. Nichées au milieu des arbres, les maisons des villageois formaient un large cercle autour des commerces.

Sano et Tsunehiko remontèrent la rue à la recherche d'un logement. Ils dépassèrent les édifices majestueux, bâtis comme des temples, réservés aux daïmio et aux nobles de la cour. Ils dénichèrent bientôt une modeste auberge dont la porte d'entrée donnait directement sur la rue. Les lanternes cylindriques orange portaient le nom de Ryokan Gorobei. Des pancartes indiquaient des chambres à bas prix, mais les locaux étaient propres et en bon état. Le plancher de l'entrée était bien balayé, et le mur du fond abritait un autel à la gloire de Jizo, le dieu protecteur des voyageurs et des enfants. Le petit dieu replet trônait sur une étagère, entouré de gâteaux de riz, de tasses de saké et de lampes à huile.

— Ça ira, décida Sano en descendant de cheval.

Avant d'entrer, il jeta un regard à la ronde. Était-ce son imagination qui lui faisait croire que leur poursuivant les observait ? Sano vit les visages familiers des voyageurs qu'ils avaient rencontrés sur la route, mais ne remarqua aucune présence malfaisante. S'efforçant de chasser son anxiété, il se persuada qu'ils seraient en sécurité entre quatre murs.

— Bienvenue au Ryokan Gorobei, bienvenue !

Le souriant aubergiste sortit prestement de ses appartements pour les accueillir. Petit, chauve et ventripotent, il ressemblait à Jizo en personne.

— Merci d'avoir choisi mon humble auberge, dit-il avec une courbette gracieuse. Je suis Gorobei, je ferai de mon mieux pour rendre votre séjour agréable.

Il leur apporta son registre à signer puis appela le garçon d'écurie qui sortit en courant s'occuper des chevaux. Gorobei empoigna une des lampes de l'autel et conduisit Sano et Tsunehiko dans la remise où ils laissèrent le plus gros des bagages, ne gardant que le nécessaire pour la nuit. Tsunehiko accrocha ses armes au râtelier avec celles des autres clients, mais Sano hésita, la main sur la poignée de sa longue épée. Et si leur poursuivant se glissait dans l'auberge pendant la nuit ?

— Ne vous inquiétez pas, monseigneur, dit Gorobei. L'auberge est très calme, très calme, je vous assure. Ryokan Gorobei possède son propre veilleur de nuit.

— Je n'en doute pas, concéda Sano, mais je préfère garder mes épées.

Gorobei leur fit traverser un petit jardin qui donnait sur les chambres. Il gravit les marches d'une étroite véranda, puis ouvrit la porte coulissante. La chambre, juste assez grande pour deux, était nue et propre. Son seul mobilier se composait de tatamis, d'un brasero à charbon, et d'un placard mural pour entreposer les litières et les affaires personnelles des voyageurs. Gorobei alluma le brasero et les lampes, puis il sourit et s'inclina.

— J'espère que ce misérable logement conviendra à messeigneurs. Les bains et les toilettes se trouvent par là, dit-il, geste à l'appui. Si vous avez besoin de quoi que ce soit, n'hésitez pas.

Après une dernière courbette, il retourna dans le hall où des éclats de voix indiquaient que de nouveaux clients venaient d'arriver.

Après le bain, revêtu d'une robe douillette, réchauffé par l'aspect de la petite chambre claire, Sano sentit la tension se dissiper. Le confort atténuait les menaces et les rendait même irréelles.

— Je meurs de faim, gémit Tsunehiko, qui s'agenouilla en soufflant près du brasero. Quand mangeons-nous ?

Comme pour répondre à sa question, la porte coulissa, et une servante entra à genoux. Elle s'inclina, puis leur remit deux plateaux chargés de soupe et de généreuses portions de poisson, de riz, de légumes. Préférant ne pas rencontrer d'inconnus, Sano fut agréablement surpris de constater que l'auberge ne possédait pas de salle à manger commune, obligeant ainsi les hôtes à manger dans leur chambre. Avant de repartir, la servante leur versa du thé et du saké.

— Hmmm, c'est bon ! marmonna Tsunehiko, la bouche pleine.

Sano acquiesça. Le riz était parfumé, les légumes et la soupe bien assaisonnés. Ryokan Gorobei offrait des repas délicieux pour le prix. Sano envisagea de laisser un généreux pourboire. L'angoisse qui lui nouait l'estomac s'estompa, lui permettant de dévorer avec appétit. Il mangea autant que Tsunehiko, et ne laissa qu'une portion de radis en saumure que son secrétaire, déçu, s'empressa de finir.

— Eh bien, ils en font du bruit ! remarqua Tsunehiko en

éclusant une dernière tasse de saké. Qu'est-ce qu'ils fabriquent ?

Et il se pencha pour faire coulisser la fenêtre.

— Non... ! s'écria Sano qui l'arrêta d'un geste.

— Pourquoi ? s'étonna Tsunehiko.

— Ah, peu importe, fit Sano qui relâcha le bras du garçon.

Il ne voulait pas qu'on sache où ils étaient descendus, mais il ne résista pas à l'envie de regarder par la fenêtre, au cas où il reconnaîtrait leur poursuivant.

Tsunehiko ouvrit le panneau. Les rires et la musique qui avaient éclaté pendant leur repas s'engouffrèrent par la fenêtre avec un courant d'air froid. Sano dirigea ses regards de l'autre côté du jardin, vers les autres chambres. Par une fenêtre ouverte, il vit un groupe de samouraïs. Parmi eux, une femme agenouillée, vêtue d'un kimono chatoyant, sans doute la « serveuse » de l'auberge, jouait du samisen. L'un des samouraïs prit une pose grotesque, et entonna un air d'une voix fausse. Ses compagnons s'esclaffèrent bruyamment. Dans une autre chambre, deux prêtres psalmodiaient des soutras. Sano scruta l'aile, légèrement à l'écart du bâtiment principal. Leur poursuivant était-il l'une de ces ombres qu'il voyait s'agiter dans la lumière dansante d'une lampe à huile ? Avait-il préféré dormir dans une autre auberge, en attendant de reprendre leur piste au petit matin ? Peut-être était-il tapi dans l'ombre, à l'écart du village. Jugeant qu'ils étaient en sécurité, trouvant les bruits de l'extérieur d'une banalité rassurante, Sano se dit que la menace avait presque disparu.

Presque.

— Ah, je tombe de fatigue, dit Tsunehiko en bâillant.

Sano bâilla à son tour. Son corps réclamait le sommeil que son esprit voulait fuir. Lorsque la servante reparut pour débarrasser les plateaux, il lui demanda de sortir leur literie. Puis il enfila sa cape et prit ses épées.

— Je sors prendre l'air, expliqua-t-il à Tsunehiko.

Il ne voulait pas effrayer son secrétaire, mais il préférait s'assurer que tout était en ordre et que leur poursuivant n'était pas dans les parages.

Dehors, il fit le tour de la cour, qui avait retrouvé son calme maintenant que les hôtes s'apprêtaient à dormir. Il fouilla du regard la rue déserte. Quelques rares lanternes brûlaient encore devant des maisons de thé. Sur le chemin du retour, Sano salua le veilleur de nuit, une version rajeunie de Gorobei, sans doute le fils de l'aubergiste. À part lui, il ne vit personne. Il ne sentait pas non plus la présence du poursuivant. La fatigue émoussait-elle ses sens ?

De retour dans sa chambre, il verrouilla portes et fenêtres, pestant contre la mauvaise qualité des loquets en bois, destinés à assurer une intimité mais incapables de fournir la moindre protection. Tsunehiko dormait déjà ; son corps volumineux enfoui sous la courtepointe pour ne laisser plus paraître que le sommet de son crâne. Ses sifflements diurnes s'étaient changés en doux ronflements flegmatiques. Sano ôta sa cape et ses épées, puis éteignit les lampes. Il s'allongea sur son futon, tira la courtepointe sur son menton. Engourdi de sommeil, il entendit le battement des claquettes en bois du veilleur de nuit signalant : « Tout va bien. » Mais il s'empara des épées qu'il avait déposées près de son lit. Dans un dernier effort, il étreignit la poignée de sa longue épée et la dégaina.

Puis le sommeil le gagna.

Dans le jardin du Ryokan Gorobei, l'inconnu se cachait derrière un grand sapin. Comme minuit approchait, les lampes avaient cessé de brûler dans les chambres des hôtes. L'auberge était plongée dans le noir, que perçait la lueur diffuse de la voûte étoilée. Les ombres plus sombres des arbustes et des bâtiments se dessinaient sur l'allée de gravier où se reflétait la faible lumière des étoiles. Seul le vent animait la nuit ; il agitait les lanternes en papier, sifflait dans les arbres dénudés.

Puis des bruits de pas crissèrent sur le sentier. Une lumière jaunâtre éclaira le bâtiment des hôtes. Le veilleur de nuit apparut, la lanterne à l'épaule, les claquettes aux mains, un gros gourdin pendant à la ceinture. Il faisait ses rondes, sans interruption depuis le coucher du soleil. Il allait de porte en porte, s'arrêtant devant chacune.

Dans la lueur de la lanterne, l'inconnu distingua sa face ronde et joyeuse sous son chapeau de paille, son haleine dessinait un nuage de buée. Il retint son souffle, se figea, comme pour se fondre dans l'arbre qui le protégeait. Cependant, il n'avait pas peur qu'on le découvre. Pour avoir observé le veilleur de nuit, il savait qu'il pénétrait dans le jardin toutes les trois rondes, mais s'arrêtait au bord les autres fois. Comme il l'avait deviné, le veilleur de nuit passa sans s'arrêter et franchit le portail ouvrant sur la rue. Peu de temps après, les bruits de pas résonnèrent de nouveau, la lumière éclaira les bâtiments, et le manège recommença.

L'inconnu pesta contre le veilleur de nuit. Sa présence le mettait en rage. Comment ferait-il pour entrer dans la chambre de Sano — et en ressortir — sans être vu du misérable idiot ? Certes, il pouvait approcher de la chambre pendant que le veilleur de nuit arpentait la rue, mais que se passerait-il s'il n'arrivait pas à forcer la serrure assez vite ? Le veilleur de nuit le surprendrait et donnerait l'alerte avec ses claquettes. Le village entier se réveillerait et fondrait sur l'auberge comme une armée de démons.

L'inconnu essaya de se persuader de reporter sa tentative. Il frapperait sur la route, le lendemain, ou le soir à l'étape suivante. Mais un besoin physique, impérieux d'achever son travail au plus vite, ce soir même, l'obligea à patienter encore. Cette fois, lorsque le veilleur de nuit termina son inspection du jardin et tourna le dos pour se diriger vers la rue, l'inconnu sortit de sa cachette.

Il sauta sur l'homme, lui étreignit le cou à deux mains, et serra de toutes ses forces la chair molle et les muscles rigides.

Le veilleur de nuit poussa un cri étouffé. Il se raidit, lâcha sa lanterne et ses claquettes ; des soubresauts agitèrent ses jambes. Il ouvrit la bouche, suffoqua ; ses doigts se crispèrent sur les mains de son agresseur, tentant désespérément de relâcher leur étreinte.

L'inconnu tint bon. Serrant les dents, il sentit à peine les ongles de sa victime lui labourer les jointures. Puis les efforts du veilleur de nuit diminuèrent, il cessa de hoqueter, ses doigts lâchèrent prise. Il gigota encore un peu, puis s'affaissa. L'inconnu le laissa glisser au sol, et traîna le corps inerte vers un fourré. Il éteignit la lanterne. L'obscurité l'enveloppa de son manteau protecteur. Un sentiment de toute-puissance l'envahit. Plus personne ne l'arrêterait.

Il traversa le jardin et se dirigea vers la chambre de Sano.

En traversant le couloir puant de la prison d'Edo, Sano entendit de nouveau les cris et les gémissements. Cette fois, son guide n'était pas Mura, l'eta, mais le magistrat Ogyu, dont les robes noires de cérémonie balayaient le sol crasseux.

Ogyu s'arrêta au bout du couloir et ouvrit une porte à la volée.

— Venez, yoriki Sano, appela-t-il de sa voix nasillarde noyée par les lamentations des prisonniers. Venez, vous allez connaître le sort de ceux qui désobéissent aux ordres et refusent de remplir leurs obligations !

Sano ne voulait pas. Il n'avait pas envie de savoir ce qui se passait derrière la porte. Mais une force inconnue le poussa. Sanglotant presque de terreur, il tomba à genoux et agrippa les robes du magistrat.

— Non... je vous en supplie...

Ogyu éclata de rire.

— Où est donc votre courage de samouraï, yoriki Sano ? ricana-t-il.

D'un violent coup de pied, il envoya Sano voler à travers la cellule et atterrir à quatre pattes. Sano hurla, d'abord de surprise, puis de frayeur quand il vit ce qui l'attendait.

Dans la morgue, Mura et le Dr Ito se tenaient de chaque côté d'une table de dissection. Mura empoignait un long rasoir et le bas de son visage était caché derrière un tissu blanc. Lorsque le Dr Ito lui fit signe d'approcher, Sano remarqua une chose qui lui souleva le cœur.

La table était vide. Elle l'attendait.

— Non ! hurla Sano.

L'inconnu gravit les marches de la véranda. Ses sandales en paille ne faisaient pas de bruit, mais les planches crissaient sous son poids à chaque pas. Il essaya d'ouvrir la porte de la chambre de Sano.

Fermée. Il dégaina sa dague, la glissa entre la porte et le chambranle, puis souleva le loquet. Celui-ci céda avec un bruit sec qui le surprit au point qu'il faillit lâcher sa dague. Il se figea, l'oreille aux aguets.

Il n'entendit que des ronflements étouffés. Le bruit n'avait pas réveillé ses proies. Lentement, avec précaution, l'inconnu ouvrit la porte coulissante. Dague à la main, il scruta la pénombre. Il distinguait à peine les deux formes endormies.

Alors...

Un gargouillis sonore réveilla Sano. Soudain, Ogyu, Mura, le Dr Ito et la morgue s'évanouirent. Surpris, Sano se dressa sur son séant avec un cri rauque. Dans un brouillard cotonneux, il vit une ombre s'avancer vers lui. Il cria de nouveau, de terreur cette fois, et porta instinctivement une botte avec l'épée qu'il serrait toujours dans sa main. L'ombre recula, fit demi-tour et disparut. La lame zébra l'air. Des bruits de pas précipités ébranlèrent le plancher, puis s'évanouirent dans la nuit.

Sano repoussa ses couvertures emmêlées et bondit hors du lit, l'épée brandie. Réveillé pour de bon, il scruta l'obscurité en essayant de se rappeler où il était. Son cœur battait fort ; il avait toujours en tête les terrifiantes images de la prison d'Edo et de l'ombre menaçante. Il mit du temps à reconnaître les contours de sa chambre. Tout semblait calme et tranquille. Il aurait dû être rassuré, cependant il avait la conviction profonde que quelque chose d'affreux s'était passé. Chaque fibre de son corps était en alerte.

Un froid étrange enveloppait la chambre. Le courant d'air glacial ne dissipait pas la forte odeur métallique qui chatouillait les narines de Sano. Une autre odeur — faible, moisie, comme celle d'herbes séchées — lui picotait la gorge et lui arracha un éternuement. Quelque chose manquait dans la pièce.

Les ronflements de Tsunehiko. Sano ne les entendait plus... un silence immobile régnait.

— Tsunehiko ? appela-t-il.

Il se pencha pour secouer son secrétaire. Il étouffa un cri et retira vivement sa main. Un liquide chaud et poisseux imprégnait la courtepointe. Paniqué, il lâcha son arme et s'accroupit, fouillant fébrilement le sol à la recherche d'allumettes. Il tremblait tellement qu'il dut s'y reprendre à trois fois avant d'allumer la mèche de la lampe à huile. La flamme vacilla, puis perça l'obscurité. Sano vit Tsunehiko.

Son cœur s'arrêta de battre, un son s'arrêta sur ses lèvres. Haletant, il respira à pleins poumons avec un sifflement aigu.

Tsunehiko gisait sur le dos, la courtepointe découverte exposait son cou à la vue. Un sang rouge et luisant maculait la plaie béante, tachait la literie et les vêtements. Il fixait le plafond d'un œil vide. Il restait immobile, silencieux, inerte.

15

— Non ! gémit Sano.

Il s'agenouilla en sanglotant près de Tsunehiko. Il arracha sa robe et la pressa contre l'affreuse plaie pour arrêter le flot de sang, mais le sang ne coulait déjà plus. Il gifla le garçon afin de le réveiller, mais au fond de son cœur, il savait que Tsunehiko était mort. Il l'avait su dès qu'il avait croisé son regard vitreux.

Sano comprit soudain : l'ombre menaçante, le terrible gargouillis, les bruits de pas précipités. Finalement, il n'avait pas rêvé. À demi endormi, inconscient du danger, il avait entendu le râle de Tsunehiko quand l'inconnu lui avait tranché la gorge. Et il avait laissé le meurtrier s'échapper.

— Non !

En pensant à la jeunesse innocente et à la gaieté de Tsunehiko, le cœur de Sano se souleva de colère et de douleur. Sans prendre la peine de s'habiller, il empoigna son épée et se rua dehors, remarquant au passage la porte ouverte, le loquet arraché. Le meurtrier — était-ce leur mystérieux poursuivant ? — était entré et avait frappé sans difficultés. Mais il ne s'échapperait pas ! Une impérieuse soif de vengeance s'empara de Sano ; une soif dont il ne se serait jamais cru capable. Il fallait que le sang coule pour le sang répandu. Il aurait voulu en appeler à la colère des dieux. Pieds nus, vêtu seulement d'un pagne, il déboucha en chancelant dans le jardin sombre et glacial. Il fonça à l'aveuglette, sabre brandi.

— Arrête-toi, assassin ! rugit-il.

Comme pour lui répondre, des bruits de sabots s'éloignèrent dans la nuit.

— Arrête-toi, assassin !

Des lumières s'allumèrent aux fenêtres de l'auberge. Sano entendit les hôtes s'agiter dans les chambres, des voix inquiètes s'écrier :

— Qu'est-ce que c'est ? Qu'est-ce qui se passe ?

Où était donc le veilleur de nuit ? N'ayant pu empêcher l'inconnu d'entrer, il devrait avertir avec ses claquettes les gardes de l'octroi et la police du village.

Sano fit le tour de l'auberge. Personne. Puis, comme il traversait le jardin en courant, il buta sur un obstacle. Il trébucha, et s'étala de tout son long. Il étouffa un cri quand il heurta, non pas la terre froide et dure, mais une chose tiède et molle. Quelqu'un se précipita, une lanterne à la main. En se relevant, Sano vit une vieille femme penchée sur lui, atterrée.

— Jihei ! hurla-t-elle. Mon fils !

Et elle éclata en sanglots.

Sano regarda ce qui avait causé sa chute, et comprit pourquoi le veilleur de nuit n'avait pas donné l'alerte. Le fils de Gorobei gisait, inerte, sur le dos. Ses yeux remplis de terreur lui sortaient du crâne ; sa langue dépassait, sanguinolente, entre ses dents serrées ; des bleus marbraient son cou. Il était mort, étranglé — sans doute par le même homme qui avait tué Tsunehiko. Incapable de soutenir la vision horrible, Sano ferma les yeux. Les sanglots de la femme décuplaient son angoisse. Il entendit des pas précipités, des voix d'hommes. Il ouvrit les yeux, et vit ses compagnons de route, les samouraïs et les prêtres, se rassembler autour de lui.

— Restez avec elle ! ordonna-t-il aux prêtres, puis aux samouraïs hébétés : Suivez-moi ! Il faut rattraper l'assassin !

Sans attendre de réponse, il se rua vers les écuries. Les samouraïs, ramollis par la vie facile, engourdis par le saké de la veille, relevèrent néanmoins le défi. Plus ou moins habillés, ils s'élancèrent en haletant derrière Sano, cherchant maladroitement leurs épées ; leurs ventres graisseux tressautaient sous l'effort.

Mais Sano et ses acolytes eurent beau fouiller la route et le village endormi, ils ne trouvèrent personne. L'assassin s'était évanoui dans la nuit.

Les heures suivantes s'écoulèrent dans un brouillard confus. Sano dut recourir à tout son stoïcisme. Il apprit à l'aubergiste affligé qu'outre son fils, un hôte avait été tué. Il annonça les meurtres aux gardes, qui convoquèrent la police, les anciens, et le chef du village. Tout ce petit monde se rendit au Ryokan Gorobei pour voir les corps.

— Êtes-vous sûr qu'il est bien mort ? ne cessait de répéter le chef du village en examinant le cadavre de Tsunehiko.

La mort d'un voyageur de bonne famille entraînait des dépenses et beaucoup d'ennuis pour un village étape. Il fallait envoyer des rapports à l'administration centrale des transports d'Edo, engager une enquête, prévenir la famille, organiser la crémation du corps ou son transport. Mais l'absurdité de la question du chef du village faillit avoir raison des nerfs de Sano.

— Bien sûr qu'il est mort, imbécile ! rugit-il en s'emmitouflant dans sa cape. Ah, vous ne pourrez pas le mettre dans un kago en espérant qu'il aille mourir ailleurs !

Le chef du village le considéra d'un air ahuri, puis il se renfrogna.

— Qu'est-ce qui nous prouve que vous ne l'avez pas tué vous-même ?

— Le vol n'est pas le mobile du crime, intervint un ancien, qui avait ouvert le placard mural et fouillé le contenu. Regardez, l'argent est encore là, ajouta-t-il en brandissant les bourses de Sano et de Tsunehiko.

Sano comprit que les officiels risquaient de le suspecter.

— Vérifiez mes épées, leur dit-il. Il n'y a pas de sang sur les lames. Même si j'avais voulu tuer mon secrétaire, je ne l'aurais certainement pas fait dans notre chambre. Et si je l'avais tué malgré tout, je me serais enfui plutôt que de donner l'alerte. En outre, je n'aurais pas eu besoin d'étrangler le veilleur de nuit, ni de forcer la porte. Si nous voulons arrêter l'assassin, il faut organiser une battue en amont et en aval de la route. Et vite, avant qu'il nous échappe.

Heureusement, personne n'épousa les soupçons du chef du village. Sano devina que son statut de yoriki y était pour beaucoup ; davantage, en tout cas, que ses explications. Mais les responsables hésitèrent si longtemps à prendre une décision que Sano désespérait de retrouver l'assassin. Trois des anciens proposèrent d'attendre le lever du soleil ; il faisait trop sombre, disaient-ils, pour entreprendre la battue.

Les autres préféraient commencer tout de suite, mais ils craignaient de déranger les hôtes importants des auberges. Le chef du village fit un signe d'impuissance. Jeune homme ayant récemment hérité la charge de son père, il n'avait, à l'évidence, jamais été confronté à un meurtre. Il finit par annoncer qu'il remettait la décision à plus tard, afin d'y réfléchir à tête reposée.

— Dans ce cas, laissez-moi m'occuper de la chasse, supplia Sano. Je prends l'entière responsabilité des désagréments qui pourraient en découler.

Mais le chef du village et les anciens refusèrent. Officiel d'Edo, Sano n'avait aucune autorité à Totsuka. On lui ordonna de rester à l'auberge ; un garde fut chargé de le surveiller. On lui demanda de rédiger une déclaration et de signer de multiples documents, comme n'importe quel voyageur dont le compagnon serait mort en route. On lui demanda en outre d'assister à l'enquête, le lendemain matin, d'organiser la crémation du corps de Tsunehiko, et de promettre de rapporter, à son retour, les cendres à sa famille.

Finalement, ils laissèrent Sano dans une chambre d'hôte, hâtivement préparée par la servante éplorée de Gorobei. Bien qu'éreinté, Sano ne dormit pas. Agenouillé sur le sol, il vit les fenêtres de l'auberge s'allumer les unes après les autres. Les émotions contre lesquelles il avait lutté resurgirent. Chagrin, colère, horreur se bousculaient dans sa tête. Malgré la chaleur de la pièce, il fut pris de violents tremblements. Il grinça des dents, serra les poings, au bord du malaise. Le plancher tournoyait. Après ce qui lui sembla une éternité, les spasmes cessèrent, le laissant épuisé, mais lucide.

Il n'avait aucune preuve, mais il était sûr, sans l'ombre d'un doute, que leur poursuivant avait tué Tsunehiko et le veilleur de nuit. Pourquoi ? La réponse jaillit du tréfonds de son être.

C'était lui, et non Tsunehiko, que l'inconnu visait. Son réveil opportun et ses réflexes rapides l'avaient sauvé d'un assassin, qui, incapable de les distinguer dans le noir, avait décidé de les tuer tous les deux et avait commencé par le secrétaire. Quant à savoir pourquoi, Sano connaissait aussi la réponse. Il était sur le point de découvrir la vérité sur les meurtres de Noriyoshi et de Yukiko, et on voulait l'arrêter à temps. Qui, alors ? Le jeune seigneur Niu, ou un des innombrables féaux du clan, prêt à tuer sur l'ordre de son maître ? Kikunojo, avec son intelligence et son art du déguisement ? Raiden, une force de la nature, sujet à de terribles accès de violence ? À moins que ce ne fût l'espion qui avait averti le magistrat Ogyu et Dame Niu de ses activités et à qui on avait ordonné de le faire taire.

Avec une satisfaction amère, Sano médita ces questions. Il recherchait la preuve que Noriyoshi et Yukiko avaient été assassinés, la tentative de meurtre à laquelle il venait d'échapper la lui fournissait avec éclat. Mais la joie qu'il aurait dû en tirer s'effaça devant la culpabilité. Tsunehiko était mort par sa faute.

Il n'aurait pas dû l'exposer au danger. Il aurait au moins pu lui avouer le véritable but de son voyage. Il aurait dû prendre conscience de la menace que représentait son poursuivant, avertir Tsunehiko et le protéger. Mieux, il n'aurait jamais dû entreprendre ce voyage. Il aurait mieux fait d'obéir au magistrat Ogyu et d'abandonner l'enquête. Il refusait d'accabler Ogyu uniquement parce qu'il l'avait obligé à emmener Tsunehiko avec lui. Le sang du garçon tachait ses propres mains.

Sano s'aperçut qu'il n'avait jamais envisagé sérieusement d'abandonner l'enquête, même si ses obligations envers son père et envers Ogyu l'avaient freiné un moment. Une partie de lui-même exigeait la vérité, et cette partie-là avait toujours su qu'il persévérerait. Maintenant, accablé de douleur et de culpabilité, il soupesa la question. Le coût de la vérité était trop élevé. Il ne sacrifierait plus de vies humaines pour l'obtenir.

Puis son envie de conduire le meurtrier devant la justice reprit le dessus. Son désir de vengeance se réveilla. Non, il ne pouvait laisser le meurtre de Tsunehiko impuni. Son honneur exigeait réparation ; son âme exigeait que sa culpabilité et son chagrin soient apaisés.

Il dégaina lentement son sabre et le serra à deux mains.

Il resta ainsi, immobile, jusqu'à l'aube.

16

Fujisawa, Hiratsuka, Oiso, Odawara, les noms des relais défilaient dans la tête de Sano, avec le souvenir des villes traversées, des forêts, des collines, des plaines, des rivières franchies à gué ou par le bac, des maisons et des temples. Repoussant les limites de la fatigue, il arriva en vue d'Hakone par un après-midi de grisaille, deux jours après avoir quitté Totsuka.

L'arrivée sur Hakone constituait la partie la plus difficile et la plus dangereuse du Tokaïdo. Le paysage devenait montagneux ; la route se rétrécissait en un chemin pentu qui serpentait à travers des forêts de cèdres géants. Sano descendit de cheval et continua à pied. Il haletait sous l'effort, en sueur malgré le froid qui le transperçait ; l'altitude lui tournait la tête, et il respirait avec peine. Chaque bouffée d'air semblait épaissie par le parfum résineux des cèdres.

Le paysage l'oppressait, grandiose et irréel, comme sorti d'une ancienne légende. Les pierres glissaient sous ses pas, et ricochaient sur les parois des falaises abruptes. Des cascades jaillissaient en grondant au-dessus des rochers et des précipices, des torrents tumultueux roulaient vers la mer que Sano apercevait de temps en temps, à l'est. De la vapeur s'échappait des crevasses : le souffle des dragons qui vivaient sous le mont Fuji, caché dans les nuages, au nord-ouest. En dessous, les méandres d'une rivière apparaissaient et disparaissaient, enjambée de fragiles ponts de bois.

Les villages, comme envoûtés, baignaient dans une aura lugubre et féerique. Les paysans saluaient Sano avec des courbettes polies, mais ils semblaient irréels. Il croisa peu de voyageurs. Les foules qui se rendaient à Hakone en été pour jouir de l'air pur et des sources chaudes évitaient son climat hivernal, réputé malsain. Sano dut affronter seul les dangers : bandits de grand chemin, vieux démons qui habitaient dans les grottes et jouaient de vilains tours aux imprudents. Sans oublier le poursuivant — le meurtrier — dont Sano ne sentait plus la présence mais qu'il savait sur ses traces. Il marchait, le sabre à la main, constamment aux aguets.

Une fois, il s'arrêta et hurla :

— Me voilà ! Viens me chercher si tu l'oses !

En entendant l'écho de sa voix résonner à travers la montagne, il se demanda s'il n'était pas en train de devenir fou. Lorsqu'il aperçut enfin le village d'Hakone dans le lointain, il fut soulagé de retrouver enfin la civilisation.

La centaine de maisons qui formaient le village s'agglutinaient autour du Tokaïdo qui longeait la rive sud-est du lac Ashi. Un ciel de plomb se reflétait dans le lac, parsemé de bateaux de pêche. De hautes montagnes boisées l'encerclaient, certaines tombaient à pic dans ses eaux. Le mont Fuji surplombait les plus hauts sommets, sa crête immaculée, lointaine, coiffée d'un chapeau de nuages blancs vaporeux.

Sano entreprit la descente avec soulagement. Il avait presque atteint sa destination. Il pourrait bientôt se reposer dans une auberge confortable, se restaurer, détendre ses muscles douloureux dans un bon bain chaud. Il arriva alors au poste de contrôle où un obstacle l'arrêta qu'il aurait pourtant dû prévoir. La sévérité de ses gardes était célèbre. Le village, adossé aux montagnes, fermé par le lac, était une prison naturelle idéale où les hommes du shogun détenaient les voyageurs suspects — surtout les samouraïs qui n'étaient pas des alliés sûrs des Tokugawa. Vingt gardes en armure assuraient la surveillance des portes fortifiées qui barraient l'accès au village. Ils refusèrent de laisser passer Sano.

— Suivez-moi, ordonna l'un d'eux.

Sano passa une heure dans le poste de garde, à répondre aux questions dont le bombardaient trois officiels au kimono frappé des armoiries des Tokugawa.

— Quelle est votre famille ? D'où venez-vous ? Où allez-vous ? Quel est le but de votre voyage ? Qui est votre seigneur ? Quel poste occupez-vous ? Qui est votre supérieur immédiat ?

Sano avait hâte de reprendre la route, mais il ne voulut pas contrarier les officiels, qui pouvaient le retenir pendant des heures... ou des jours entiers.

— Sano Ichiro d'Edo, fils de Sano Shutaro, maître d'arts martiaux, anciennement au service du seigneur Kii de la province de Takamatsu, répondit-il poliment.

Par la porte ouverte, il apercevait deux officiels qui avaient renversé le contenu de ses sacoches sur le sol. L'un d'eux fouillait ses vêtements pendant que l'autre examinait ses laissez-passer.

— Je suis un yoriki sous les ordres d'Ogyu Banzan, le magistrat de la zone nord d'Edo. Je vais en pèlerinage à Mishima.

Il s'attendait à ce que les officiels lui demandent qui il allait voir à Mishima. Leur rôle était de débusquer les rendez-vous secrets liés à des complots contre le gouvernement. Mais au lieu de cela, ils se rabattirent sur son nom, et se désintéressèrent du but de son voyage.

— Yoriki Sano Ichiro d'Edo ? fit leur chef. N'étiez-vous pas impliqué dans les meurtres survenus à Totsuka, il y a deux jours ?

Sano fut abasourdi par la rapidité avec laquelle leur réseau d'espions transmettait les informations le long du Tokaïdo. Il répondit à leurs questions sur les meurtres, se doutant qu'ils en connaissaient déjà la teneur. Finalement, après un examen approfondi de l'enquête de Totsuka, ils le laissèrent repartir.

Comme le temple de Kannon était niché dans les montagnes qui surplombaient Hakone, Sano laissa son cheval et ses bagages dans une auberge et continua à pied. Le sentier pentu serpentait au milieu de hauts cèdres dont les lourdes branches vert foncé bouchaient l'horizon. Des plaques de neige et de glace tachetaient le sol, rendant l'ascension périlleuse. Sano ramassa une branche morte qu'il utilisa comme bâton pour garder un équilibre précaire. Les Niu avaient sans doute envoyé des serviteurs aider Midori, mais la grimpée avait dû lui être pénible, malgré tout. Avec l'altitude, le vent devenait de plus en plus violent, froid et humide. Des gouttelettes glacées fouettèrent le visage de Sano Il avait l'impression d'avoir atteint les nuages. Il suffoquait, le cœur au bord de l'explosion, les poumons en feu.

Mais sa volonté d'arrêter le meurtrier et de venger Tsunehiko l'aiguillonnait. Il espérait seulement que ce qui l'attendait au temple de Kannon méritait le voyage. Lorsqu'il s'arrêta enfin pour souffler, il s'aperçut qu'il était loin au-dessus d'Hakone ; le village, le lac et les montagnes s'étendaient sous ses yeux, voilés par une fine couche de brouillard. Il vacilla, pris de vertige, et dut s'appuyer sur son bâton. Puis il reprit sa périlleuse ascension.

Soudain, alors qu'il avait presque épuisé ses dernières forces, il émergea dans une clairière ; le plateau était entouré de cèdres immenses qui cachaient le ciel et créaient une atmosphère crépusculaire. Lorsque Sano se fut habitué à la pénombre, il vit un temple qui devait avoir plus de mille ans, et datait sans doute de l'introduction du bouddhisme au Japon.

Un immense portique surmonté d'un double toit en tuile, supporté par huit piliers massifs, marquait l'entrée. Sano le franchit, passa ensuite sous un autre portique, plus petit, puis déboucha dans une cour en terre battue flanquée de lanternes éteintes sculptées dans la pierre. À droite, le bâtiment principal se dressait, menaçant, sur son soubassement de pierre. À gauche, une pagode et la cage en bois qui abritait la cloche du temple. Quelques monuments en pierre ornaient la cour. Taillés à flanc de montagne, la salle des prières, la salle des soutras et des entrepôts se dessinaient derrière la cour. De là, un sentier montait vers un long bâtiment bas construit sur la montagne sur un entrelacs de poutres. Sans doute le couvent.

Le temple avait dû subir de multiples réparations au cours des ans, mais seule la pagode de quatre étages avait été entièrement restaurée. Ses murs de plâtre brillaient d'une blancheur immaculée ; des tuiles gris-bleu couvraient les toits. Une laque brillante rehaussait les boiseries : vert pour les fenêtres à meneaux, rouge et jaune pour les surplombs des toits. Les cloches qui entouraient la haute flèche de bronze de la pagode tintaient doucement dans le vent. Mais les autres bâtiments montraient des signes de dégradation avancée. La mousse et les lichens envahissaient le plâtre écaillé ; les poutres, les portes, le treillis des fenêtres étaient gauchis et fendus. Des tuiles manquantes ou brisées dessinaient des lignes claires sur les toits. Sano ne vit ni prêtres ni nonnes ni pèlerins. Si l'assassin l'avait suivi, il ne se montra pas. Le temple semblait désert, suspendu dans un silence éternel.

Sano gravit les marches du bâtiment principal. La porte massive craqua quand il la poussa. Il s'arrêta à l'entrée, se déchaussa, puis pénétra dans la grande salle. Assis sur une fleur de lotus, un immense bouddha trônait contre le mur du fond. Le temps avait coloré la créature aux multiples bras d'un vert sombre presque noir. Autour de lui, se dressaient les statuettes en bois peint des rois gardiens : farouches guerriers brandissant des lances. Des centaines de lampes à huile et de brûleurs d'encens animaient les divinités de lueurs scintillantes. Des années de fumée avaient noirci les poutres et avaient imprégné le lieu d'une odeur de renfermé et de moisi. Des peintures murales estompées laissaient encore deviner des images du Bouddha au milieu de palais et de collines. Perdue dans le coin gauche, scintillante d'or, se dressait la statue en bois grandeur nature de Kannon — Kuan Yin, la déesse chinoise de la Miséricorde, forme féminine du *bodhisattva* qui avait retardé son émancipation du cycle des réincarnations afin de sauver les âmes des humains. Elle portait une couronne de joyaux et une auréole de flammes.

Sano glissa une pièce dans la boîte des offrandes, perchée sur un poteau, devant l'autel. Il ferma les yeux, courba la tête, les mains jointes, et récita des prières silencieuses pour la santé de son père, pour l'esprit de Tsunehiko, pour la fin des souffrances de Glycine, et pour le succès de sa mission.

Le froissement de robes sur le sol le tira de ses prières. Il se retourna. Une nonne, grande et mince, longue robe noire, voile noir, se tenait devant lui. Les traits pâles et austères, le front haut, elle aurait pu avoir n'importe quel âge entre trente et soixante ans. Ses longs doigts déliés jouaient avec le chapelet accroché à sa ceinture, égrenant machinalement les prières.

— Bienvenue, honorable pèlerin, dit-elle avec une courbette. Je suis l'abbesse du temple de Kannon ; je serais ravie de vous raconter l'histoire du temple. Il a été construit pendant l'ère Heian, il y a environ huit cents ans.

Sa voix monotone indiquait qu'elle avait récité son laïus un nombre incalculable de fois. Et le ton onctueux apprit à Sano qu'elle était, comme les autres chefs religieux zen, avide de s'attirer les faveurs d'un membre de la caste guerrière, qui soutenait leurs temples.

— Aujourd'hui, le temple de Kannon est le sanctuaire de vingt nonnes qui ont renoncé aux choses matérielles au profit de l'illumination spirituelle. Si vous voulez bien me suivre, je vais vous expliquer les images que vous voyez là.

— Pardonnez-moi, abbesse, dit Sano en s'inclinant, mais je ne suis pas ici en pèlerinage. Je suis venu voir une de vos nonnes, Damoiselle Niu Midori.

— Il se présenta alors.

— Veuillez excuser mon intrusion, mais il s'agit d'une affaire de la plus haute importance.

— Je crains que cela ne soit impossible, dit l'abbesse dont la voix glaciale avait perdu son onctuosité. Comme je vous l'ai dit, nos nonnes ont renoncé au monde et à ses vicissitudes. Elles fuient le contact avec ceux du dehors. Nos novices, en particulier, subissent une stricte réclusion. Vous ne verrez pas Midori, ni aujourd'hui, ni jamais. Je regrette que vous ayez entrepris un si long voyage pour rien.

C'était une manière définitive de le congédier. L'humeur déjà morose de Sano s'assombrit davantage.

— Je vous en prie, abbesse. Je vous promets que je ne resterai pas longtemps avec elle, et que je ne troublerai pas sa foi.

L'abbesse avait-elle reçu des ordres de Dame Niu afin d'interdire toute visite à Midori, celle d'un yoriki d'Edo, en particulier ? Elle n'avait pourtant pas semblé reconnaître son nom.

— Je veux seulement lui parler en tête à tête un instant. Ensuite, ajouta-t-il, j'aimerais faire un don au temple de Kannon.

Le clergé, il le savait, était sensible aux donations.

Sans répondre, l'abbesse lui tourna le dos et frappa deux fois dans ses mains. La porte s'ouvrit à la volée, et deux prêtres en robe safran pénétrèrent dans la salle : grands, musclés, ils brandissaient de longues lances incurvées.

— Adieu, maître, dit l'abbesse. Puisse le Bouddha, dans sa grande miséricorde, vous garantir un retour paisible.

Sano n'avait d'autre choix que d'obtempérer. Il connaissait les qualités de combattants des prêtres des montagnes qui avaient guerroyé les uns contre les autres et contre le pouvoir pendant des siècles. Lorsqu'il essaya de les acheter pour qu'ils le laissent voir Midori, ils restèrent sourds à ses appels, le visage de pierre. Ils l'accompagnèrent jusqu'au portail, puis attendirent qu'il descende le sentier.

Dès qu'il fut hors de leur vue, Sano jeta son bâton. Il tomba à genoux, et contempla le lac et le village qu'il entrevoyait dans le lointain, par-dessus le faîte des arbres. La nuit tomberait bientôt ; l'air s'était déjà rafraîchi avec le crépuscule. S'il attendait trop longtemps, il risquait de se blesser en négociant la descente dans le noir, ou de se perdre et mourir de froid. Mais le désespoir, mêlé à la fatigue, le retint immobile. Son voyage n'avait servi à rien ; Tsunehiko était mort pour rien. Il n'avait pas plus avancé dans l'élucidation des meurtres de Noriyoshi et de Yukiko que s'il était resté à Edo. Comment vivrait-il avec cet échec et avec les conséquences tragiques de son entreprise ?

Relève-toi ! Ramasse ton bâton, mets un pied devant l'autre et...

Entendant quelqu'un accourir du temple, il se retourna brusquement. Les prêtres ! La main à l'épée, il se releva d'un bond, poussé par son instinct de samouraï à faire front et à se battre. Puis le bon sens lui rappela qu'ils étaient deux contre lui. S'il tenait à la vie, il ferait mieux de s'enfuir avant qu'ils ne le trouvent. Empoignant son bâton, il se hâta de descendre le sentier.

— Yoriki ! Attendez !

La voix féminine arrêta Sano. Il fit demi-tour, et vit une frêle silhouette dévaler la pente. Lorsqu'elle le rejoignit, elle trébucha et serait tombée s'il ne l'avait rattrapée. Il la dévisagea, interdit.

C'était Midori, mais il la reconnut à peine. Au lieu du kimono de soie étincelante, elle portait une grossière robe de chanvre informe. Ses pieds nus dépassaient sous l'ourlet. Elle paraissait plus menue, amaigrie. Elle était pâle, les traits tirés, les lèvres gercées. Le plus choquant était son crâne rasé. Seule, une ombre bleuâtre restait de sa longue chevelure brune.

Elle bégaya, haletante :

— ... vous ai vu du dortoir... escaladé la fenêtre... pouvais pas vous laisser repartir sans vous avoir raconté...

— Calmez-vous, tout va bien.

Il la tira à l'écart du sentier, l'assit sur une souche. Voyant qu'elle tremblait dans sa robe trop mince, il ôta sa cape et lui en enveloppa les épaules. Puis il attendit, impatient, qu'elle ait repris son souffle. Il allait enfin avoir les informations pour lesquelles il avait entrepris un si long voyage, et pour lesquelles Tsunehiko avait payé si cher.

Mais lorsqu'elle ouvrit la bouche, ce ne fut pas pour parler de sa sœur ni de Noriyoshi.

— Je déteste ce couvent ! s'écria-t-elle avec haine en martelant la souche de ses petits poings nerveux. Faire la cuisine, frotter les planchers, et prier du matin au soir. Quelques heures de sommeil sur une paillasse, et puis ces affreuses cloches me réveillent, et tout recommence. (Des larmes brillèrent dans ses yeux.) Si je reste ici, je mourrai. Oh, s'il vous plaît, emmenez-moi avec vous !

— C'est impossible, dit Sano, bouleversé.

Son refus risquait de la retourner contre lui, mais il lui devait la vérité.

Midori soupira ; elle détourna les yeux et s'affaissa.

— Je sais que c'est impossible, dit-elle avec regret.

Elle porta la main à sa tête, comme pour se caresser les cheveux, puis eut un vif mouvement de recul en touchant son crâne rasé.

— Les hommes de mon père nous retrouveraient. Ils vous couperaient la tête, et me ramèneraient ici. Je n'aurais pas dû vous demander cela. Excusez-moi.

— Pouvez-vous me dire pourquoi vous êtes ici ?

Sano ne voulait pas déclencher une autre crise de larmes en mentionnant la mort de sa sœur, et il avait besoin d'entendre l'histoire racontée avec les mots de la jeune fille. Il prit garde de ne pas l'influencer.

— Ma belle-mère m'a punie, commença Midori, les yeux brillants de colère. Oh, je la déteste ! Si je la revois un jour, je la tuerai. Je prendrai un sabre et je la couperai en morceaux. Comme ça !

Brandissant un sabre imaginaire, elle pourfendit l'air.

— Je ne veux pas être nonne. Je veux vivre à Edo, aller dans les fêtes, au théâtre. Je veux mes sœurs, mes jolies robes, mes poupées, et... oh... !

La tête dans les mains, elle éclata en sanglots.

— Votre père a-t-il eu son mot à dire ? interrogea Sano.

Les hommes négligeaient souvent leurs filles, mais Sano n'imaginait pas que le seigneur Niu abandonne si facilement une des siennes au clergé. Il avait plus à gagner en mariant Midori au fils d'un clan important. En l'enfermant dans un couvent, il perdait la chance de cimenter une alliance politique, et devait en plus payer une dot au temple.

Midori releva la tête, s'essuya les yeux du dos de sa main.

— Je ne vois jamais mon père. D'ailleurs, il laisse ma belle-mère régenter la maison comme elle l'entend. Il laisse pareillement mes frères aînés gouverner sa province. Les domestiques prétendent qu'il ne peut plus rien décider tout seul. Son esprit est malade, et il paraît que cela empire chaque année.

Sano se souvint soudain du deuxième surnom du Petit Daïmio : le Daïmio Fou. Il avait eu vent de rumeurs parlant d'événements bizarre dans la province de Satsuma : les fêtes sauvages du seigneur Niu, ses accès de violence au cours desquels il chevauchait au galop aux alentours de son château, taillant à coups d'épée quiconque avait le malheur de se trouver sur son chemin. Si, comme le disait Midori, l'autorité du seigneur Niu avait été abandonnée à son épouse, cela expliquait le pouvoir inhabituel qu'exerçait Dame Niu. Sano se demanda si d'autres membres de la famille avaient hérité du caractère violent du daïmio. Peut-être le jeune Masahito, qui lui ressemblait aussi physiquement ? Mais les meurtres de Yukiko, de Noriyoshi et de Tsunehiko témoignaient d'une autre mentalité : celle d'un esprit sain et calculateur.

— De quoi vous a-t-elle punie ? s'enquit Sano, afin de détourner la conversation de ce sujet, certes intéressant, mais secondaire.

— D'avoir désobéi à ses ordres. D'être entrée dans la chambre de Yukiko, alors qu'elle me l'avait interdit. De vous avoir parlé... Elle veut s'assurer que je ne vous parlerai plus jamais.

Ainsi, Sano avait vu juste.

— Elle a peur que je raconte ce que j'ai lu dans le journal de Yukiko, poursuivit Midori.

Sano tendit l'oreille. Voilà la preuve qu'il cherchait, de la bouche de Yukiko, elle-même, ou quasiment.

— Qu'avez-vous donc lu ? demanda-t-il de sa voix la plus calme possible, afin de ne pas effaroucher Midori.

La jeune fille s'emmitoufla dans la cape.

— Eh bien... Yukiko racontait la chasse aux vers luisants. Et aussi la cérémonie de passage de notre frère Masahito.

Visiblement ravie de l'attention que lui portait Sano, elle décrivit les deux événements avec moult détails. Sano la laissa parler, malgré l'inquiétude qui montait en lui à cause du froid et de la nuit tombante. Les meilleures informations sont réservées, souvent aux moments les plus inattendus, à ceux qui savent écouter. Ce qui ne l'empêchait pas de surveiller le sentier du coin de l'œil, dans l'hypothèse d'une arrivée impromptue des gardes.

— Je n'ai pas vu le nom de ce Noriyoshi dans son journal, poursuivit Midori. Pas une fois ! Et je sais que Yukiko n'était pas pressée de se marier ; elle disait toujours qu'une jeune fille devait attendre qu'un parti lui convienne avant de prendre époux. D'ailleurs, où aurait-elle rencontré cet homme ? Elle ne sortait jamais sans son chaperon, et jamais la nuit. (Elle se renfrogna.) Sauf...

Sano ne regretta pas de l'avoir laissée pérorer.

— Vous l'avez vue sortir le soir de sa mort ? Le journal vous a-t-il appris où elle avait été ? Et pourquoi ?

La réponse de Midori le déçut.

— Non. C'était le mois dernier. La nuit de la pleine lune. Je ne l'ai pas vue sortir, mais je l'ai vue rentrer de bonne heure le lendemain matin. Et je n'ai pas eu le temps de lire le reste du journal... ma belle-mère m'en a empêchée. J'ignore donc où elle est allée.

Le mois dernier. Persuadé que cela ne lui apprendrait rien, Sano cessa d'écouter. Il soupçonnait que Yukiko avait été tuée dans la propriété des Niu et qu'on avait ensuite transporté son cadavre. Pressé de rentrer au village, il fit une dernière tentative pour obtenir des précisions utiles.

— À Edo, vous prétendiez détenir la preuve que Yukiko avait été assassinée. L'avez-vous découverte dans le journal ? Pourrais-je le lire ?

À sa grande déception, Midori fit un geste d'impuissance.

— C'est impossible, dit-elle à regret. Ma belle-mère l'a déchiré. Pourquoi voulez-vous le voir ? Je viens de vous dire qu'il prouvait que Yukiko ne pouvait connaître ce Noriyoshi, et qu'elle n'avait donc pu commettre le shinju avec lui. Ça ne suffit pas ? Vous ne pouvez pas arrêter son assassin ?

C'était loin d'être suffisant. Sano se retourna pour que

Midori ne lise pas la déception sur son visage. Le voyage s'avérait finalement une erreur tragique ! Qu'avait donc appris Sano ? Que d'après une fillette, Yukiko n'avait pas mentionné le nom de Noriyoshi dans un journal qui n'existait plus. Une rage sourde l'oppressa. Il n'en voulait pas à Midori de l'avoir induit en erreur, mais il se reprochait ses espoirs démesurés. Il se força à affronter le regard de Midori et lui demanda d'une voix douce :

— Le journal parlait-il d'autre chose ?

Pour la première fois, Midori perdit sa candeur enfantine. Elle baissa la tête et bredouilla :

— Non. Il n'y avait rien d'autre.

Sano vit tout de suite qu'elle mentait. Elle lui cachait un détail crucial. Il aurait voulu lui demander lequel, mais il refréna son envie et s'agenouilla près d'elle.

— Un détail qui paraît hors sujet s'avère parfois décisif, expliqua-t-il. Si vous voulez que je retrouve le meurtrier de votre sœur, vous devez tout me dire.

Silence.

— Regardez-moi, Damoiselle Midori.

Elle soupira, puis le regarda dans les yeux avec défi.

— Ça n'a rien à voir avec la mort de Yukiko, protesta-t-elle. Cela ne concerne que notre famille.

Bien sûr, il ne lui était pas venu à l'esprit qu'un de ses parents ait pu tuer Yukiko. Mais elle parut soudain entrevoir cette possibilité. Elle s'en défendit. Son corps menu se recroquevilla et elle l'implora du regard, effarée.

Sano hésita. Il détestait la voir souffrir davantage, mais il comprenait sa loyauté envers sa famille et savait qu'il lui fallait briser cette armure pour apprendre la vérité.

— C'est peut-être dans votre famille qu'on trouvera la cause de la mort de Yukiko, dit-il aussi prudemment que possible.

Midori se mordit les lèvres jusqu'au sang.

— La veille de sa mort, avoua-t-elle d'une voix monotone, Yukiko a écrit qu'elle ne pouvait décider de dire ce qu'elle savait sur une personne. « Parler serait trahir », écrivait-elle. « Se taire, un péché. » Aussitôt, j'ai cherché dans les pages précédentes qui était cette personne... C'était notre frère, Masahito.

Le jeune seigneur Niu. Victime du chantage de Noriyoshi, il était soumis à la droiture d'une sœur qui voulait l'obliger à confesser ses méfaits, comme elle avait obligé ses jeunes sœurs à se repentir d'avoir brisé la cage des vers luisants. Il était assez retors pour envisager un faux shinju, et il ne manquait pas de bras fidèles pour exécuter ses plans. Aussi fou que son père, peut-être. Fils d'une femme puissante prête à jouer de son influence pour le protéger de la loi. Aux abois, il n'avait pas hésité à tuer une seconde fois pour empêcher son crime d'être découvert.

Les pièces du puzzle se mettaient en place avec une logique implacable. Il n'en manquait plus qu'une.

— Que savait Yukiko sur son frère ? demanda Sano en s'efforçant de ne pas afficher sa jubilation.

Midori secoua la tête avec conviction.

— Je l'ignore. Tout ce que disait Yukiko, c'était...

Sourcils froncés, moue appliquée, elle réfléchit, puis se rappela :

— Pour ce qu'a fait Masahito, le châtiment est l'exécution, pas seulement pour lui, mais pour toute la famille, qui doit partager son horrible punition parce que c'est la loi. Yukiko disait que l'idée de la mort emplissait son cœur d'effroi. Mais elle préférait mourir que de vivre dans la honte et le déshonneur. Tel est le devoir d'une femme samouraï, disait-elle. Elle pensait que le devoir était plus important que sa loyauté envers sa famille, même si, en dénonçant Masahito, elle nous condamnait à un même sort cruel.

Ses yeux s'embrumèrent. Elle regarda le lointain puis :

— Ma belle-mère est entrée à ce moment-là, et je n'ai pas réussi à lire la suite. J'ignore ce qu'a pu faire Masahito, mais ce doit être très mal.

Sano essaya d'imaginer ce que Niu Masahito avait fait pour mériter le châtiment suprême. Les samouraïs n'étaient pas soumis aux mêmes loi que les gens du peuple. On leur permettait de commettre le *seppuku* — suicide rituel — pour éviter l'exécution capitale. Seuls les délits graves impliquant la disgrâce leur valaient d'être dépouillés de leur statut et traités comme des manants. L'incendie criminel ou la trahison, par exemple ; parfois le meurtre, selon les circonstances, conduisait à l'exécution capitale pour le coupable et pour les parents qui avaient collaboré, ou qui avaient eu connaissance du crime. Sans informations complémentaires, Sano ne pouvait que faire des suppositions et au mieux deviner le crime. Or il ne doutait pas que le besoin de garder un secret avait motivé l'assassinat de sa sœur, mais aussi de Noriyoshi et de Tsunehiko.

— Il l'a tuée, n'est-ce pas ? demanda Midori. Parce qu'il avait peur qu'elle ne parle ?

— Ce n'est pas sûr, mentit Sano afin d'épargner la fillette. Après tout, nous ne connaissons que le récit de Yukiko. Peut-être avait-elle mal compris, ou peut-être ne disait-elle pas la vérité dans son journal.

L'objectivité l'obligeait à considérer toutes les éventualités.

Midori serra ses genoux contre sa poitrine, à la fois pour se réconforter et pour se réchauffer. Sano éprouvait une peine douloureuse pour la fille du daïmio, envoyée contre son gré dans un endroit qu'elle détestait, afin d'y vivre une existence de privations et de servitude. Le destin de nombreuses jeunes filles, certes, mais avec une différence notable. Les autres, vendues comme prostituées ou données en mariage à des maris cruels, se réconfortaient en croyant qu'elles se sacrifiaient à une noble cause, et idéalisaient les familles qu'elles laissaient derrière elles. Midori devait affronter son destin horrible sans le soutien de la sienne. Sano se reprochait son rôle involontaire dans l'affaire. Il aurait préféré que les choses tournent autrement. Mais quel que fût le dénouement, des innocents souffriraient quand son enquête serait terminée. Il s'en aperçut avec amertume, même si, au début, il n'avait pas envisagé son enquête sous cet angle.

— Je suis infiniment désolé, commença-t-il, puis les mots lui manquèrent.

Il craignait de dire des banalités ou de ne pas paraître sincère.

Midori garda le silence. Accablée, elle contemplait le village dans le fond de la vallée.

Puis les cloches du temple brisèrent soudain le silence. Midori et Sano sursautèrent. Le carillon sonore retentit à travers les montagnes, signalant le service du soir.

Midori jeta un œil inquiet vers le temple.

— Je ferais mieux d'y aller avant qu'on ne s'aperçoive de mon absence. Quand les nonnes me surprennent à désobéir, elles me privent de repas.

Elle se releva à contrecœur, rendit sa cape à Sano.

— Adieu, yoriki-san.

Après quelques pas, elle se retourna et lança avec une voix soudain mûrie :

— Je veux que la mort de Yukiko soit vengée. Je veux qu'on punisse son assassin.

Son visage se durcit, et Sano eut la vision déconcertante de la femme qu'elle allait devenir : aussi impitoyable à sa manière que Dame Niu.

— Si c'est Masahito... (Elle avala péniblement sa salive, puis continua avec courage :) ... Eh bien, soit !

Sano regarda la frêle silhouette gravir le sentier. Lorsqu'elle disparut à sa vue, il commença la longue descente vers le village. Ce soir, il se reposerait. Mais le lendemain, il devrait retourner à Edo où l'attendaient la lourde responsabilité de notifier la mort de Tsunehiko à ses parents et la tâche ardue de prouver la culpabilité du seigneur Niu dans les trois meurtres.

17

Le magistrat Ogyu se pencha au-dessus du banc de pierre, devant le pavillon de thé. Éclairé par le soleil matinal, le banc n'accusait aucune trace de poussière, mais Ogyu fit tout de même courir son doigt sur la surface, l'examina ensuite de près, et fronça les sourcils devant la pellicule de poussière à peine visible.

— Nettoie ce banc immédiatement ! ordonna-t-il au domestique qui papillonnait autour de lui. Dame Niu arrivera d'un instant à l'autre. Je veux que tout soit parfait.

— Bien, maître.

Le domestique commença à épousseter le banc avec un plumeau.

Ogyu reporta son attention sur le jardin. Il voulait s'assurer que les jardiniers avaient déblayé les branches mortes, et disposé harmonieusement les feuilles à la surface de l'étang. Une feuille de papier bruissa sous sa ceinture. Incapable de résister, Ogyu s'empara de la lettre de Dame Niu qu'il avait reçue la veille. Il la relut pour la vingtième fois, sauta les formules de politesse, et passa directement au cœur du message :

Au vu des récents événements, il est impératif que nous nous rencontrions afin de mettre au point une stratégie qui tienne compte de leurs ramifications.

Les « événements » auxquels se référait Dame Niu ne pouvaient être que la visite secrète de Sano Ichiro au temple de Kannon et le meurtre de Tsunehiko. Les espions d'Ogyu lui avaient signalé ces deux faits, seules affaires des trois derniers jours sortant de l'ordinaire. Il se demanda pourquoi Sano avait éprouvé le besoin de lui mentir à propos de Mishima. Un mensonge gratuit, mais quelle qu'en fût la raison, cela ne concernait que lui, et il réglerait cette affaire avec son subordonné. La mort de Tsunehiko, certes malheureuse, faisait partie des aléas du voyage sur le Tokaïdo. En quoi ces incidents regardaient Dame Niu ?

Ogyu était livré aux simples supputations. Il n'en avait pas dormi de la nuit, et l'incertitude avait réveillé ses problèmes digestifs ; la nausée le tenaillait encore, malgré l'infusion de cendres de bambou qu'il avait avalée. Pour accroître ses soucis, ses informateurs lui avaient appris le matin même que Sano n'avait pas cessé son enquête sur le shinju. La veille de son départ, il avait interrogé l'acteur et un lutteur. Ogyu ne pensait pas que Dame Niu l'ait déjà découvert ; ses espions à lui étaient les meilleurs du pays, ceux du shogun exceptés. Néanmoins, elle ne tarderait pas à l'apprendre, et elle lui reprocherait de ne pas savoir se faire obéir. Que Dame Niu pût être mécontente le rendait malade. Une bile acide reflua dans sa gorge quand il pensa à la façon dont elle pouvait ruiner sa carrière. Maudit soit Sano Ichiro ! Maudit soit cet imbécile têtu et indiscipliné ! Ah, si seulement il n'avait jamais engagé ce misérable !

Ogyu rangea la lettre sous sa ceinture et s'efforça d'oublier ses soucis. Il savait comment manœuvrer Dame Niu. Il lui suffisait d'utiliser les talents qu'il avait peaufinés au fil des ans. La manipulation, les joutes verbales. Profiter de son avantage avant que l'adversaire ne s'en aperçoive. Utiliser les forces et les faiblesses de l'autre. Sa victoire sur Dame Niu serait grandement facilitée s'il s'assurait que le théâtre de leur confrontation était convenablement dressé. Fort de cette certitude, il s'intéressa au pavillon de thé.

Avec son toit de chaume, ses murs en terre, et ses fenêtres à meneaux de bambou, le grossier abri ressemblait à une ferme qu'on aurait transplantée à Edo. D'habitude, Ogyu appréciait le contraste entre son pavillon campagnard et sa résidence urbaine. Il aimait sa simplicité rustique, et avait dépensé sans compter pour en créer l'atmosphère champêtre. Ogyu croyait que l'argent pouvait tout acheter, y compris la paix et la sérénité.

Toutefois, ce jour-là ses craintes l'empêchaient d'apprécier son pavillon avec sa bienveillance habituelle. Le jardin dénudé manquait d'attraits. Il avait planté des cerisiers pour le printemps, des plantes annuelles pour l'été, des érables pour l'automne, mais il avait omis d'y inclure les sempervirents pour l'hiver. Les vieilles lanternes de pierre, à l'usure misérable, avaient perdu leur pittoresque. Les dalles menant au pavillon, et qu'il avait passé des heures à disposer artistiquement en dessin irrégulier, avaient soudain besoin d'être rajustées. Le pavillon lui-même ne répondait plus à son attente. L'entrée où l'on s'agenouillait était trop haute, les fenêtres trop petites. À mesure que la visite menaçante de Dame Niu approchait, Ogyu perdait sa confiance ; il vit le pavillon de thé d'un œil nouveau : la création médiocre d'un dilettante qui se prenait pour un maître du thé.

Une rage impuissante l'envahit, dirigée contre Sano Ichiro et Dame Niu, qui, tous deux, avaient troublé sa sérénité, bouleversé son existence. Il chercha un exutoire à sa colère.

— Viens ici, imbécile ! cria-t-il à son domestique. Regarde-moi ça. (Et il montra une infime saleté sur les dalles immaculées.) Nettoie-moi ça tout de suite, et si tu ne travailles pas mieux, tu seras renvoyé !

— Bien, maître. Tout de suite, maître, dit le domestique qui se hâta d'obéir.

La peur qu'Ogyu lut dans les yeux du malheureux restaura son sentiment de puissance. Il put enfin s'imaginer sortir victorieux de sa joute avec Dame Niu, comme il l'avait fait pour chaque situation délicate qui s'était présentée à lui au cours de sa vie. Il suivit en souriant les dalles, qui lui parurent de nouveau impeccables, ôta ses chaussures, puis ouvrit la porte coulissante du pavillon et s'agenouilla dans l'entrée qui se dressait à hauteur de cuisse. Elle avait été dessinée pour induire un sentiment d'humilité chez les hôtes de la cérémonie du thé. D'habitude, Ogyu entrait par la porte de service, à l'arrière du pavillon. Mais il voulait ressentir l'impression qu'en aurait Dame Niu. En grimpant dans l'entrée, son sourire s'élargit. Dame Niu devrait s'agenouiller. Il aurait l'avantage de l'ouverture.

À l'intérieur du pavillon, Ogyu contempla la pièce d'un air satisfait. Des mouchetures de paille luisaient sur les murs d'ocre rouge. Le pilier central, un tronc d'arbre élancé aux contours irréguliers, était enduit d'un vernis délicat. Un grain majestueux veinait les poutres et les colonnes en bois brut. Dans l'alcôve, un parchemin, offrant à l'esprit la calligraphie précieuse d'un *haïku* d'hiver, pendait au-dessus d'un vase noir tourné par un potier coréen. Oui, tout dans la pièce répondait aux principes les plus élevés de la culture du thé.

Toutefois, Ogyu y avait ajouté une touche personnelle qui améliorait, selon lui, l'organisation des pavillons de thé traditionnels. Cachés sous des grilles de bois, brûlaient trois braseros, encastrés dans le sol. Ogyu ne voyait pas l'intérêt de sacrifier le confort au rustique. En hiver, le foyer, un brasero carré creusé dans le sol à côté de la place de l'hôte, ne dispensait pas toute la chaleur suffisante.

Il se rendit dans la petite cuisine et prit dans le placard un fouet à thé, un bol, une boîte de thé vert finement moulu, une louche, des serviettes, un vide-tasses, et un récipient. Il remplit le récipient d'eau, le porta dans la pièce principale et le posa sur le foyer afin de faire bouillir l'eau. Il disposa les autres objets sur un plateau laqué qu'il installa sur la natte, près du foyer. Ensuite, il s'agenouilla et attendit Dame Niu. Comme toujours avant la cérémonie du thé, il revécut l'odyssée qui l'avait emmené de la maison de campagne de ses parents à ce pavillon tout aussi rustique, mais autrement plus onéreux.

Il était né Asashio Banzan, fils d'un vassal secondaire d'un allié secondaire des Tokugawa. Dans une province ravagée par la guerre civile, ses parents et lui avaient vécu comme des paysans.

À huit ans, ses résultats scolaires, à l'école des samouraïs du fief, lui avaient gagné les faveurs de son professeur, puis celles du seigneur. Son prix : une place de page au château d'Edo.

Au château d'Edo, il était le plus petit et le plus faible des cent et quelques pages, mais de loin le plus intelligent. Il s'était servi à merveille de son instinct naturel pour exploiter les faiblesses et les désirs de ses aînés et de ses pairs. En échange de menus services, il s'était acquis des protections contre les brutes. Il avait prêté de l'argent, arrangé des liaisons amoureuses, fourni des boissons et des drogues, couvert les erreurs de ses collègues et leurs écarts de conduite. En échange, les autres pages faisaient ses corvées, et les officiels du château le récompensaient par des primes et des affectations de choix. Il échangeait son amitié contre des informations qu'il pouvait utiliser contre ses ennemis. Il perfectionna ainsi les talents politiques qui firent sa célébrité. Il s'éleva rapidement au rang de page principal, puis de clerc, de secrétaire, et d'administrateur. Mais un homme de son extraction ne pouvait grimper plus haut.

Il épousa alors la fille unique d'un des principaux vassaux du shogun, en partie grâce à la flatterie, en partie grâce aux campagnes de dénigrement qu'il mena secrètement contre ses rivaux. Il prit le nom de famille de sa femme, Ogyu, et devint le fils adoptif et l'héritier de son beau-père. Il s'éleva au rang de conseiller. À la mort de son beau-père, la fortune familiale lui revint ainsi que le poste du vieil homme : magistrat d'Edo.

Grâce à son réseau d'espions, il dirigeait la ville depuis trente ans, exerçant un contrôle de fer qu'il cachait sous une élégante nonchalance. Jamais un soupçon de scandale ne l'avait atteint ; il s'était débrouillé pour dissimuler les menus actes de corruption qu'il considérait comme des à-côtés de sa position.

Jusqu'à récemment, quand un moment d'égarement et d'imprudence l'avait conduit sous les griffes de Dame Niu.

Deux ans auparavant, le shogun avait publié son premier édit sur la protection des chiens. Les contrevenants avaient commencé à affluer dans la salle d'audience du magistrat Ogyu. La plupart étaient des pauvres paysans qu'il punissait sans remords. Jusqu'au jour où un jeune homme distingué se présenta devant lui.

— Magistrat Ogyu, je suis le fils de Kuheiji, le négociant en huiles, dit-il avec une courbette après s'être agenouillé dans le cabinet du magistrat. Mon père a été appréhendé parce qu'il a tué un chien. On l'amènera demain devant vous pour être jugé et condamné. Je suis prêt à vous offrir une forte somme en échange de sa liberté.

Ogyu jaugea le fils du négociant, nota la peur que ses bonnes manières ne réussissaient pas à masquer : agitation intempestive, suivie d'une immobilité contrainte.

— Qu'est-ce qui vous fait croire que je sois ouvert à une telle offre ? demanda-t-il.

Certes, il avait déjà accepté des pots-de-vin, mais uniquement quand il s'agissait d'un délit mineur et que la culpabilité de l'accusé était sujette à caution. Le shogun l'avait informé — et en personne, qui plus est — que l'édit sur la protection des chiens devait être appliqué rigoureusement, et ne souffrir aucune exception. Ogyu risquait de perdre son poste, même sa vie, s'il dérogeait à la loi.

— Je ne voulais pas vous offenser, magistrat, protesta le fils du négociant qui s'était mis à trembler. Mon devoir de fils est de plaider pour la vie et la libération de mon père. Tenez, voici trois cents koban. Je jure sur ma vie que personne ne le saura.

Ogyu faillit le congédier d'un geste. Mais sa main s'arrêta quand il vit les pièces d'or que le jeune homme versait d'une bourse sur le sol. Avec cet argent, il pourrait construire un pavillon d'été sur la colline. Mais gare à lui si le shogun apprenait le marché ! Cependant, comment Son Excellence le saurait-il ? Les pièces scintillantes aidèrent Ogyu à dénombrer toutes les raisons d'accepter le pot-de-vin. Il se mit à rationaliser. Le chien était déjà mort ; punir le négociant ne lui rendrait pas la vie. Une légère infraction à la loi de sa part ne compromettrait pas les chances de Tokugawa Tsunayoshi d'avoir un héritier.

— C'est bon, dit-il en ramassant les pièces d'or.

Il libéra le négociant, bâtit son pavillon d'été, et oublia presque l'affaire. Or, le printemps dernier, il avait rendu visite au seigneur Niu. À sa sortie, Dame Niu l'arrêta dans le couloir.

Après un échange de politesses, elle lui dit :

— Une bonne huile améliore le goût des mets. Je pense que les chiens que le shogun protège seraient d'accord là-dessus. Je parie que vous seriez prêt à payer trois cents koban pour la meilleure huile qu'un négociant puisse offrir.

Pour tout autre que lui, ces remarques n'auraient eu aucun sens. Mais Ogyu s'aperçut avec horreur que Dame Niu avait eu vent du pot-de-vin. Depuis, il vivait dans la peur. Cette même peur qui l'empêchait de jouir des souvenirs de sa spectaculaire ascension. Il ne pouvait y penser sans craindre de retomber dans l'abîme sitôt le sommet atteint. Dame Niu avait-elle choisi ce jour pour utiliser son secret redoutable ?

Des bruits de voix interrompirent sa méditation. Dame Niu était arrivée ; un domestique l'introduisait dans le jardin du pavillon de thé. La bouche sèche, Ogyu alla à sa rencontre. Il tenta de se rassurer en se disant que Dame

Niu venait simplement pour discuter, ainsi que sa lettre l'attestait. Son habileté coutumière empêcherait Dame Niu de lui nuire. Tout se passerait bien.

Lorsqu'il la vit assise sur le banc, il fut pris d'un doute. Elle s'était habillée avec un soin impeccable pour la cérémonie, comme si, elle aussi, comptait conduire leur entrevue à son avantage. Sa cape noire, dégageant les épaules comme la mode l'exigeait, recouvrait un kimono de soie noire aux dessins traditionnels : fleurs de prunier, rameaux de pin, et bambous. Belle et altière, comme toujours, elle se leva en voyant Ogyu.

Il la salua selon la coutume, luttant contre son malaise en s'inclinant.

— Gente dame, bienvenue dans mon humble résidence. Votre présence m'honore grandement.

Dame Niu s'inclina à son tour. Épouse de daïmio, elle était d'un rang supérieur à Ogyu, mais il était magistrat et de vingt ans son aîné. Leur courbette refléta ces considérations, et aucun ne s'inclina plus bas que l'autre. Ils avaient commencé leur joute sur un pied d'égalité, un détail qui ravit Ogyu.

— Au contraire, Ogyu-san, c'est votre hospitalité qui m'honore.

Les salutations de Dame Niu suivirent les conventions d'usage.

— La cérémonie du thé nous offre un havre loin des soucis de ce monde. Mais les havres sont parfois temporaires, ou même illusoires. Vous ne trouvez pas ?

Elle esquissa un sourire. Ses dents noircies par le maquillage qui devait en principe rehausser sa beauté donnaient à sa bouche l'aspect d'un gouffre mortel.

— Euh... si. Si, en effet.

En la quittant pour passer par l'entrée de service, Ogyu décida que sa remarque n'avait pas de signification particulière. Elle ne le prévenait pas que ce moment paisible devrait s'effacer devant un conflit, si même il n'avait pas déjà commencé. Non, rien de tout cela. De plus en plus nerveux, il traversa la cuisine, et prit place à côté du foyer.

Il entendit le bruissement de l'eau quand Dame Niu se rinça les mains et la bouche à la vasque, le frôlement de la soie quand elle ôta ses chaussures. Puis la porte coulissa et elle entra à genoux. L'humble position ne la dépouilla pas de sa dignité, comme l'avait espéré Ogyu. Et les paroles suivantes n'apaisèrent pas son anxiété :

— Les montagnes et les plaines disparaissent pareillement sous la neige, rien n'émerge, récita-t-elle en lisant le haïku sur le parchemin.

Elle s'inclina devant l'alcôve et s'installa à la place d'honneur.

— Ah, que cette poésie est vivifiante ! Je me sens étonnament détendue. Je pourrais en oublier la nécessité de retourner un jour à l'agitation du monde.

Elle arrangea confortablement ses robes autour d'elle, comme si elle s'apprêtait en effet à rester indéfiniment.

Le but de la cérémonie du thé était la purification du corps et de l'esprit selon les rites zen ; l'environnement était choisi pour affirmer l'unité de l'homme et de la nature. Mais Ogyu avait autre chose à l'esprit quand il avait invité Dame Niu. Il avait espéré que les strictes limites de la cérémonie désamorceraient une situation explosive. Dame Niu, avec ses manières raffinées, ne parlerait pas de choses déplaisantes dans le sanctuaire du pavillon de thé. Hélas, il s'aperçut qu'elle était parfaitement capable d'utiliser la cérémonie à son avantage. Elle avait déjà réussi à marquer un point en lui faisant savoir que son plan avait échoué. Pris à son propre piège, il ne pouvait désormais se débarrasser d'elle sans précipiter la cérémonie et paraître grossier.

Ses mains tremblèrent quand il essuya le bol de thé avec une serviette.

— Une observation de la plus grande finesse, gente dame, murmura-t-il d'une voix faible.

Faites que quelque chose arrive pour mettre un terme à cette farce ! pria-t-il en silence. D'habitude, il aurait pris son temps pour essuyer le bol, il l'aurait caressé avec amour afin de jouir de sa forme et de son grain. Là, il donna quelques petits coups pressés de serviette, à peine conscient de ses gestes. Ah, qu'un tremblement de terre fasse écrouler le toit !

Le toit ne s'écroula pas. Au lieu de cela, Dame Niu déclara :

— Le poème me rappelle une scène de la pièce dans laquelle joue le plus célèbre onnagata d'Edo.

Elle s'interrompit pour laisser le temps aux mots de faire leur chemin.

— Il y avait, je crois, un vers sur l'éclair et le tonnerre. Vous le connaissez, bien sûr. Sinon, je pense qu'un de vos subordonnés vous le rappellera.

L'onnagata : Kikunojo. Éclair et tonnerre : Raiden, le lutteur sumo. Un de mes subordonnés : Sano Ichiro. Ogyu défaillit en traduisant les sous-entendus de Dame Niu pendant qu'il versait machinalement le thé dans le bol. Elle lui expliquait qu'elle savait que Sano persistait dans son enquête sur le shinju, et qu'elle connaissait aussi l'identité de ceux qu'il avait interrogés.

— Oui... euh, je veux dire, non, bredouilla Ogyu.

Il prit une louche d'eau bouillante sur le foyer et la versa sur le thé, tout en se demandant comment diable les espions de Dame Niu étaient parvenus à glaner ces informations. Il devenait urgent de l'apaiser.

— Je vous prie d'accepter mes plus sincères regrets pour...

Pour quoi ? Elle ne l'avait encore accusé de rien. Il ne pouvait décemment pas dire : « Pour n'avoir pas réussi à arrêter l'enquête de Sano comme vous me l'aviez demandé. » Pas tant que Dame Niu continuait à faire comme si ce n'était qu'une cérémonie du thé ordinaire. Une violation aussi grossière des conventions lui ferait perdre le mince avantage qu'il possédait encore.

— Pour mon misérable accueil, termina-t-il, en espérant qu'elle comprendrait.

Dame Niu ne sembla pas entendre ses excuses. Elle regardait le filet d'eau brûlante couler dans le bol.

— Pour la préparation du thé, il est primordial d'avoir une eau de bonne qualité, remarqua-t-elle. La vôtre vient-elle des sources d'Hakone ?

— Non, non, du mont Hiei, bafouilla Ogyu.

Était-ce par pure coïncidence qu'elle venait de mentionner la destination de Sano ? À l'aide du fouet, Ogyu commença à battre le thé et l'eau afin d'obtenir une mousse verte. Il suait tant que ses vêtements collaient à sa peau. Il regretta d'avoir allumé les braseros.

— Ma belle-fille Midori vient d'entrer au couvent du temple de Kannon, à Hakone, poursuivit Dame Niu, puis elle hocha la tête, contrite. Pardonnez-moi. Vous savez déjà cela, bien sûr. Ou, au moins, un de vos subordonnés...

Sinon, pourquoi entreprendre un si long voyage, surtout après la tragédie de Totsuka ?

Le bol et le fouet tombèrent des mains d'Ogyu. Une mousse verte se répandit sur le sol. Gémissant, il l'essuya vivement avec sa serviette. Midori au temple de Kannon ! Voilà l'explication du voyage de Sano : il était allé l'interroger. Ah, son mensonge avait dorénavant un sens ; c'était le prétexte idéal pour dissimuler le véritable but de son voyage. Maudit soit le misérable frondeur ! Même le meurtre de Tsunehiko ne l'avait pas arrêté. Et quelle humiliation pour Ogyu d'apprendre cette révélation de la bouche de Dame Niu ! Ses propres espions n'avaient même pas réussi à le découvrir. Pourquoi donc payait-il ces incapables ?

— J'ignorais que votre belle-fille était entrée au couvent, bredouilla Ogyu en ramassant le bol. Pardonnez-moi, je ne savais pas qu'elle était à Hakone. Je vous supplie d'excuser ma maladresse.

Il parvint à nettoyer les dégâts, et, sous le regard glacial de Dame Niu, prépara un nouveau bol de thé. Même si elle ne le montrait pas, elle était en colère. Une vague de nausée retourna l'estomac d'Ogyu. Dame Niu allait le détruire. S'accrochant aux faux-semblants de normalité de la cérémonie du thé, il passa le bol à Dame Niu.

Elle l'examina en le faisant tourner dans ses mains, ainsi que l'exigeait le rituel.

— Oh, quel bol magnifique ! s'exclama-t-elle en tapotant le vernis de son ongle. En buvant, je penserai au potier qui l'a fabriqué et aux illustres hôtes qui y ont trempé leurs lèvres avant les miennes.

Entendant ces banalités, dépourvues de sous-entendus, Ogyu se rasséréna. Dame Niu avait dit tout ce qu'elle avait à dire. Satisfaite d'avoir exprimé son mécontentement, elle ne lui ferait plus de mal.

— Vous êtes trop bonne, gente dame, dit-il, reconnaissant.

Soulagé, il commença à apprécier la cérémonie du thé. Dame Niu but et le complimenta. Elle essuya le bol là où ses lèvres l'avaient touché, puis le lui passa, et récita le poème qu'elle avait écrit pour la cérémonie du thé. Ogyu but à son tour, puis répondit au poème de Dame Niu par un des siens. Il versa la lie dans le vide-tasses, remplit de nouveau le bol, et ils recommencèrent le processus une deuxième fois, puis une troisième. La joie retrouvée d'Ogyu l'entraîna vers des sommets d'éloquence. Sa conversation n'avait jamais été aussi pétillante. Ah, il n'avait de sa vie dirigé la cérémonie du thé avec une telle élégance ! Dame Niu était la compagne idéale : belle, cultivée, d'une éducation irréprochable. Ogyu en vint presque à la juger aimable.

En la raccompagnant au portail, il se répandit en compliments :

— Mille remerciements, gente dame, pour avoir honoré mon misérable pavillon de votre présence exaltante. Je n'ose espérer vous voir revenir en ces modestes lieux. Comment vous en arracher la promesse ? Dites-le-moi, je vous prie, vos désirs seront exaucés.

— Tout le plaisir et l'honneur sont pour moi, assura Dame Niu en s'inclinant. Ah, si, il y a une petite chose que vous pouvez faire. Si vous me permettez de parler franchement ?

La terreur s'empara d'Ogyu.

— Mais, bien sûr, fit-il en s'efforçant de sourire, alors que ses épaules s'affaissaient.

La nausée le reprit. Il venait de comprendre qu'elle avait simplement repoussé le véritable but de sa visite afin d'épargner au moins la fin de la cérémonie du thé. Il s'était conduit comme un imbécile, réjoui par un sentiment de sécurité trompeur ! Il s'était laissé jouer comme un enfant !

Dame Niu le toisa d'un œil glacial. Elle avait abandonné toute prétention aimable.

— Les enquêtes de Sano Ichiro ont éveillé la curiosité des metsuke, gronda-t-elle.

— Les espions du shogun ? hoqueta Ogyu, atterré.

Attirer l'attention du gouvernement sur ses activités ? C'était bien la dernière chose qu'il souhaitait. Qui savait ce que ces maudits espions découvriraient ?

— Vous êtes sûre ?

— Je le tiens de sources autorisées. De plus, ils caressent l'idée que ma belle-fille Yukiko et le dénommé Noriyoshi ont été assassinés, ainsi que le croit votre yoriki, si je ne m'abuse.

— C'était donc un double meurtre ! souffla Ogyu, qui se tordit les mains pour les empêcher de trembler.

Quelle horreur si le shogun s'imaginait qu'il avait couvert un crime de cette importance ! Cela signifiait au mieux un blâme ; au pire, une rétrogradation. Ah, comme il regrettait de ne pas avoir écouté Sano ! Il avait réellement cru au shinju. Comment pouvait-on le blâmer d'avoir accepté d'éviter aux Niu les désagréments d'une enquête ? Personne ne savait comment Dame Niu le tenait.

— Ne soyez pas ridicule, fit-elle avec impatience. C'était un suicide. Les metsuke, ces détestables intrigants, se laissent emporter par la perspective d'un scandale dans la maison du seigneur Niu ; ils se réjouissent déjà des opportunités qu'un tel scandale offrirait. Imaginez la fortune qui tomberait dans les coffres des Tokugawa s'ils réussissaient à dépouiller mon époux de son fief ! Ils sont sur le point de commencer leur propre enquête, poursuivit-elle, la voix durcie par la passion. Nous devons les en empêcher !

— Les en empêcher, répéta Ogyu, abasourdi qu'une simple femme envisage de s'opposer aux hommes du shogun. Mais comment ?

Dame Niu poussa un petit rire sans joie.

— C'est à vous de décider, magistrat Ogyu-san, ricana-t-elle, en insistant sur son titre.

— Moi ? Pourquoi ? Comment ?

L'estomac d'Ogyu se révulsa à l'idée d'entrer dans cette odieuse conspiration. Imaginant la ruine de sa carrière, peut-être même son exil ou sa mort, il eut peur de consommer sa disgrâce en vomissant devant Dame Niu.

— Le pourquoi est évident, dit-elle en ouvrant le portail.

Une servante s'avança pour l'aider à monter dans son palanquin.

— Souvenez-vous du négociant en huiles, lança Dame Niu par-dessus son épaule. Et je suis sûre que vous trouverez une solution.

Et les porteurs l'emmenèrent. Ogyu ferma le portail, s'y adossa, les yeux clos, faible et tremblant, secoué de vagues de terreur. Il respira profondément, luttant pour reprendre le contrôle de ses nerfs.

Rappelle-toi qui tu es. Tu as triomphé auparavant, tu triompheras encore.

Il se souvint de son rival à la position de page principal ; il avait ourdi un coup monté, l'avait fait accuser de vol et avait obtenu la place. Depuis qu'il était magistrat, il avait survécu à plusieurs machinations visant à l'éliminer ; il avait utilisé ses relations et son influence pour faire transférer ses détracteurs dans des postes éloignés. Fort de son expérience, il tenta de se convaincre que Dame Niu n'était pas plus dangereuse que les rivaux qu'il avait déjà affrontés avec succès.

Peu à peu, il recouvra ses forces. Il rouvrit les yeux, et tituba vers la porte. Il se demandait pourquoi Dame Niu était si anxieuse d'empêcher l'enquête, prête à prendre des mesures extrêmes pour parvenir à ses fins. Puis ses propres soucis l'emportèrent sur sa curiosité. Il lui fallait agir vite s'il voulait éviter la ruine. Miraculeusement, il avait moins peur qu'avant la visite de Dame Niu. La menace précisée, son envergure définie, elle devenait moins insoluble. En fait, en entrant dans son pavillon, il sourit. Non, il était loin d'être un imbécile ; c'était un magistrat rusé et puissant. Il savait reconnaître si une situation exigeait une attaque frontale plutôt que des manœuvres prudentes. Son instinct faisait partie des talents qui lui avaient permis de s'élever à la position qu'il occupait. Toutefois, un homme raffiné, aux goûts si délicats, se devait de garder les mains propres.

Il ordonna au domestique qui l'accueillit à l'entrée :

— Qu'on aille quérir sur-le-champ les yoriki Yamaga et Hayashi.

Les ordres, il les donnerait. D'autres les exécuteraient. Un terme serait mis aux investigations des metsuke, et Sano Ichiro ne mettrait plus jamais son nez dans les affaires des Niu.

18

Une cavalcade soudaine dispersa la foule rassemblée devant le restaurant de nouilles où Raiden terminait son repas de midi. Le lutteur sumo leva la tête de son bol, et vit deux cavaliers en grande tenue : armure de cuir richement décorée, casque métallique, visage recouvert d'un masque. Épée brandie, ils arrêtèrent leur monture devant Raiden.

— Toi, là ! lança l'un.

Raiden poussa un cri de rage en voyant la poussière que les sabots des chevaux avaient répandu sur ses nouilles. Il toisa les cavaliers, repoussa son bol, et se leva, bras croisés, jambes écartées.

— Moi ? gronda-t-il.

— Oui, toi.

Le masque du cavalier déformait sa voix, mais la menace implicite n'échappa pas à Raiden. Deux yeux froids soutinrent son regard.

— Es-tu Raiden, le lutteur ?

Raiden recula d'un pas. Sa colère s'effaça devant la peur grandissante. Il avait reconnu les armoiries des armures et les ailes qui ornaient les casques. C'étaient des yoriki, dont les rares apparitions dans les rues étaient toujours synonymes de gros ennuis.

— Et après ? crâna Raiden.

Il s'efforça de jouer les braves, mais sa voix trembla et son cœur se mit à battre.

Sans répondre, les yoriki tirèrent sur leurs rênes. Les chevaux reculèrent, écartant la foule. Le yoriki qui l'avait apostrophé lança un cri perçant :

— Emparez-vous de lui !

Aussitôt, un groupe d'hommes tomba sur Raiden. Deux d'entre eux lui empoignèrent les bras et le tirèrent hors du restaurant. Les autres l'encerclèrent, matraque levée. Derrière lui, Raiden vit trois doshin, jitte à la main, puis quatre autres chacun portant une large échelle, et entourés d'une foule de curieux.

L'émoi et la panique assaillirent Raiden. Il se débattit hardiment.

— Lâchez-moi ! hurla-t-il. Que signifie ? Que voulez-vous ?

— Vous êtes en état d'arrestation pour les meurtres de l'artiste Noriyoshi et de Yukiko, la fille du seigneur Niu, cria un des yoriki à cheval. Conduisez-le en prison ! ordonna-t-il aux doshin.

— Vous faites erreur, protesta Raiden. Je n'ai tué personne.

Mais en disant ces mots, il fut pris d'un doute affreux. Le démon qui habitait son esprit affectait parfois sa mémoire ; on lui avait souvent raconté des crises dont il n'avait pas souvenance. Lors d'une de ces crises, il avait très bien pu tuer les deux personnes en question. Il détestait certainement assez Noriyoshi pour cela. Mais la perspective de la prison l'alarma. Il lui fallait à tout prix convaincre les policiers...

— Vous arrêtez un innocent ! clama-t-il.

Soudain une rage aveugle le saisit, une de ses colères si fréquentes depuis qu'il avait été blessé à la tête. Le démon resurgit. Avec un grognement furieux, Raiden rua de tous côtés. Les hommes qui lui maintenaient les bras lâchèrent prise. Il entendit l'un d'eux s'affaler dans le restaurant au milieu des cris des clients. Il chargea ses autres agresseurs. Il en balaya un d'une manchette, en assomma un autre d'un direct à la mâchoire. Sa masse adipeuse étouffait ses assaillants ; il donnait des coups de pied, des coups de poing. Mais les doshin étaient trop nombreux. Les matraques se mirent à pleuvoir sur son crâne. Il continua cependant à se défendre. Possédé par le démon, il ne sentait pas les coups, et se moquait de vivre ou de mourir.

Puis, aussi soudainement qu'il avait surgi, le démon disparut. La peur et la panique revinrent.

— Non ! gémit Raiden.

Il tenta de se protéger le visage de ses mains... trop tard. La douleur lui vrilla les joues, les lèvres. Un goût de sang dans la bouche, il cracha une dent. Les gourdins s'abattaient sur ses bras, ses côtes, ses reins. Il s'affaissa, sanglotant d'effroi. Cloué au sol, il gémit, bouche ouverte, comme une bête blessée. Les cris de la foule résonnaient à ses oreilles. On lui lia les poignets. La corde mordit sa chair. Des mains l'empoignèrent et le remirent sur pied. Les échelles entremêlées formèrent une cage autour de lui. La lame d'un jitte s'enfonça dans ses reins.

— Avance ! ordonna l'homme qui le piquait.

Gémissant toujours, de douleur et de peur, Raiden obéit en titubant. Il baissa la tête pour cacher sa honte. Il savait ce qu'il verrait s'il levait les yeux.

Il avait déjà assisté à ce genre de parade. En tête, les fiers yoriki à cheval. Derrière eux, marchaient les doshin, suivis de leurs assistants avec leur prisonnier en cage. Il s'était joint à la foule qui accourait voir le spectacle ; il avait conspué le prisonnier, lui avait lancé des pierres. Aujourd'hui, c'était lui, l'objet des sarcasmes. Les pierres lui étaient destinées.

— C'est une erreur ! s'égosilla-t-il tandis qu'une pierre heurtait son front.

Il s'abrita derrière les échelles, mais la cage n'arrêta pas les pierres qui pleuvaient sur son dos.

— Je ne suis pas un assassin !

Il devait absolument se faire entendre avant d'atteindre la prison ; après, il serait trop tard.

— Écoutez-moi ! Laissez-moi vous expliquer !

Il leva les yeux vers ses bourreaux. Son cœur flancha quand il vit la foule en colère. Les rictus mauvais, les regards sans pitié, les poings brandis. La populace réclamait son sang.

— Je vous en supplie...

La lame s'enfonça de nouveau dans ses reins.

— Avance et tais-toi !

Peu à peu, Raiden perdit conscience de la foule, de ses geôliers, et même du sort qui l'attendait. Le simple fait de marcher exigea toute son énergie. La procession s'arrêta enfin, et Raiden se retrouva devant les portes de la prison d'Edo sans savoir par quel chemin il y était arrivé. La terreur le reprit.

— Non, je vous en supplie, je ne veux pas aller en prison, balbutia-t-il tandis que les doshin dégageaient les échelles.

Comme tout le monde, il savait ce qui se passait dans la prison. Une fois enfermé, il n'était plus question de convaincre les autorités de son innocence.

Personne ne lui parla. On le traîna à travers un couloir nauséabond. Il entendit ses propres hurlements mêlés à ceux des autres prisonniers. On ouvrit une porte. On le poussa violemment, et il atterrit la tête la première dans une pièce obscure. Des mains calleuses attachèrent ses chevilles, puis la porte se referma.

Raiden roula sur lui-même. Il était seul dans une cellule exiguë avec de hautes fenêtres grillagées. Il se tordit frénétiquement au sol, tentant en vain d'arracher ses liens.

— Laissez-moi sortir ! s'époumona-t-il.

Pas de réponse. Finalement, vaincu par la fatigue, il abandonna. Il resta haletant, baignant dans sa sueur qui devint bientôt glacée à cause du courant d'air froid qui tombait des fenêtres. Il se força à réfléchir. Pouvait-il acheter ses geôliers ? Sinon son seul espoir résidait dans sa résistance à la torture qui ne manquerait pas de suivre. Quoi qu'on lui fît, il ne devrait pas avouer. Il en appela à l'autodiscipline que vingt ans de sumo lui avaient insufflée. Avec soulagement, il sentit bientôt son esprit s'apaiser à mesure que la peur s'éloignait. Le courage coula dans ses veines, comme lorsqu'il pénétrait dans l'arène.

La porte s'ouvrit à la volée. Deux geôliers entrèrent. Chacun portait un long bâton, une lance, et un fouet à la ceinture. Raiden évita de regarder les hommes et leurs armes, et se concentra sur sa méditation. Qu'ils fassent leur besogne !

Le plus petit referma la porte et se planta devant, appuyé sur son bâton. L'autre, une énorme brute dont l'œil était fermé par une cicatrice racornie, se pencha sur Raiden.

— Ha, ha, Raiden, le redoutable guerrier, railla-t-il. Vautré et entravé comme un porc ! Tu vas nous dire la vérité : as-tu tué Yukiko ?

— Non, jamais de la vie ! Si vous ne me touchez pas, je vous récompenserai avec générosité.

Le cyclope s'esclaffa.

— Ha, ha ! Avec quoi ?

D'un coup vif, il arracha le kimono élimé de Raiden, et trouva une bourse qu'il vida sur le sol.

— Avec ça ? Trois zeni ? Je vais te prouver que le grand Raiden ment, dit-il à son compagnon, et il jeta son bâton pour saisir son fouet.

Le fouet siffla, et s'abattit sur la poitrine de Raiden qui se mordit les lèvres pour ne pas hurler de douleur.

— Je ne l'ai pas tuée, souffla-t-il.

— Si, crapule, rugit le cyclope. Tu l'as tuée, et aussi Noriyoshi, et tu les as jetés tous les deux dans la rivière. Avoue !

— Non.

Le fouet siffla de nouveau.

— Tu les as tués.

— Non.

— Si. Vas-y, dis-le : j'ai tué Niu Yukiko. J'ai tué Noriyoshi.

Accusations, coup de fouet, accusations, coup de fouet. L'univers de Raiden se réduisit à un espace minuscule qui ne contenait que sa peur et le visage horrible du tortionnaire. Il imagina qu'on le punissait pour tous les méfaits de son démon. Son acharnement contre les autres lutteurs, la destruction de la salle d'entraînement, le saccage de bordels et de maisons de thé. Mais ce n'était pas de sa faute. Il n'était pas un méchant bougre, juste un pauvre malheureux.

— Non, c'était pas moi... mérite pas ça... Brave homme... brave samouraï. Non... Non...

Les mots se bousculaient hors de ses lèvres tuméfiées.

Alors, le cyclope l'entreprit avec sa lance. Les larmes ruisselèrent sur les joues de Raiden tandis que la brute triturait ses chairs. Ses muscles se crispèrent ; sa vessie et ses intestins se relâchèrent. Sous son corps perclus de douleurs, le sol devint visqueux de sang, d'urine et de fèces. Mais Raiden répéta inlassablement :

— Non, je n'ai tué personne.

Enfin, le cyclope se recula d'un pas.

— C'est un dur, dit-il à son collègue. Il dit peut-être la vérité.

Le corps meurtri de Raiden se détendit, savourant le

répit. Un espoir prudent s'insinua dans son esprit embrumé. Allaient-ils abandonner ?

Le geôlier courtaud marmonna quelque chose que Raiden ne comprit pas. Puis les deux hommes quittèrent la cellule, claquant la porte derrière eux.

— Bouddha miséricordieux ! souffla Raiden, reconnaissant.

Il sanglota de soulagement en attendant qu'on vienne le délivrer. Mais son humeur s'assombrit à mesure que le temps passait. Qu'est-ce qu'ils attendaient ? Les cordes avaient engourdi ses mains et ses pieds ; il voulait qu'on les dénoue, tout de suite. Il voulait quitter cet horrible endroit. Il voulait prendre un bain, boire un coup, et soigner ses plaies.

— Hé ! râla-t-il. Revenez ! Ouvrez-moi !

La porte s'ouvrit, laissant entrer ses deux bourreaux. Le cyclope sourit d'un air mauvais. Raiden fut pris de panique. Une odeur de métal en fusion lui arracha un frisson de terreur. Elle provenait du fourneau que portait le nabot. Alors, Raiden comprit.

— Non ! hurla-t-il. Non, pas le *neto-zeme* ! Non !

Le cyclope le retourna sur le ventre. Trop faible pour résister, Raiden implora leur pitié. Face contre terre, il sanglota et bava sur le sol souillé.

— Non, haleta-t-il quand la lance pénétra la chair de son dos.

Il serra les dents, lutta contre la douleur cuisante.

— Je vous en prie, supplia-t-il. Je vous paierai ce que vous voudrez. Je n'ai pas grand-chose, mais je trouverai de l'argent... aïe... oooh !

Il se raidit quand le cyclope écarta les deux lèvres de la plaie. Il sentit le nabot se pencher au-dessus de lui, et incliner le fourneau.

— Aiiiiieee !

Le cuivre fondu coula dans la plaie. Une douleur fulgurante vrilla le dos de Raiden, et l'amena au bord de la folie. À travers ses cris et ses sanglots, il entendait sa chair grésiller. Il imagina les bords de la plaie se boursoufler et noircir.

— As-tu tué Niu Yukiko et Noriyoshi ?

La voix du cyclope lui parut lointaine, indistincte.

Anéanti par la douleur, Raiden ne put répondre. Il hurla

et hurla quand le nabot versa une autre coulée de cuivre sur son dos.

— Réponds-moi, porc. Tu les as tués ?

Avec le peu de conscience qui lui restait, Raiden savait qu'en avouant il était fichu. Mais il ne supporterait plus un autre neto-zeme. La douleur, intolérable, surpassait de loin tout ce qu'il avait connu.

— Je ne m'en souviens plus, gémit-il, espérant que la vérité satisferait ses tortionnaires.

Mais le rire sarcastique du cyclope lui glaça les os.

— Tu les as tués, avoue !

Soudain, un flot de feu cascada sur le dos de Raiden. Son cri strident s'étrangla dans sa gorge. Le nabot avait versé le restant du fourneau sur ses chairs meurtries. Le cuivre se répandit sur sa peau en crépitant. Avec des spasmes grotesques, ses bras et ses jambes fouettèrent l'air. Des sanglots convulsifs l'étouffèrent. Son courage et sa détermination l'abandonnèrent.

— Oui, réussit-il à articuler. C'est moi qui les ai tués.

Ensuite, à demi inconscient, Raiden sentit qu'on le transportait hors de la prison. On l'amena au tribunal sur une litière. À travers un brouillard de douleurs et de confusion, il entendit un vieux magistrat chauve proclamer d'une voix nasillarde :

— Raiden, vous avez avoué les meurtres de Niu Yukiko et de Noriyoshi. Je vous condamne à mort.

Alors commença un voyage cauchemardesque et glacé au cours duquel il sombra dans un délire entrecoupé d'éclairs de lucidité. Il rêva qu'il luttait contre un adversaire sans visage dans un combat sans fin. Il devinait qu'il était face à son démon, sa partie cachée, haïe avec laquelle il s'était battu ces trois dernières années. La foule trépignait, hurlait, lançait des quolibets. Raiden trébucha et sortit de l'arène à reculons...

Il se réveilla. Allongé par terre, il contempla un ciel pâle et sans couleur. Des nappes de brouillard l'enveloppaient ; le soleil, un globe blanc fantomatique, flottait à l'horizon. Non loin de là, de l'eau léchait un rivage. L'arène et son adversaire s'étaient volatilisés, mais Raiden entendait encore les huées et les trépignements du public. Il tourna la tête, grimaçant de douleur sous l'effort. Une vision d'horreur le pétrifia.

— Oh, non, murmura-t-il.

Le public déchaîné était une volée de corbeaux. Ils voltigeaient autour de deux cadavres sans têtes dont ils picoraient les restes, à deux pas de Raiden. Derrière eux, des hommes assemblaient une grossière croix en bois. Leurs marteaux étaient responsables des piétinements qu'il avait entendus dans son rêve. Il se trouvait près de la rivière, sur le lieu des exécutions. Quel endroit affreux où mourir pour un samouraï !

La honte, mêlée à la tristesse de perdre sa vie, forma un nœud de souffrances innommable. Raiden ravala un sanglot. Dans un dernier sursaut, fidèle au code de courage des samouraïs, il attendit avec une résignation stoïque la mort qui mettrait fin à son calvaire. Du moins le démon qui l'habitait mourrait-il avec lui.

On le souleva de la litière. On l'attacha sur la croix. Ahanant sous l'effort, les hommes le hissèrent par à-coups.

Raiden se retrouva debout, face à la rivière. Des têtes plantées sur de longues piques jalonnaient la rive. À côté de lui, se dressaient deux croix où pendaient des cadavres. Le brouillard flottait sur l'eau brunâtre, et des pêcheurs observaient la scène en silence. Raiden jeta un dernier regard sur le monde. Puis il ferma les yeux et attendit.

Le bourreau poussa un cri déchirant.

Une lance pénétra dans la poitrine de Raiden.

Une dernière onde de souffrance le traversa.

Raiden poussa un ultime cri. Il entendit le sang battre à ses tempes dans un gigantesque éclair rouge aussitôt évanoui. Il vit l'arène qui avait délimité les frontières de son existence. Au dernier moment, il saisit son démon et l'entraîna avec lui. Une joie victorieuse l'envahit.

Puis, le néant.

19

Bien que de retour à Edo cinq jours seulement après son départ, Sano avait l'impression que son voyage avait duré une éternité.

Las et triste, il traversa à cheval les rues ensoleillées, et fut surpris de voir que la saison de la Nouvelle Année était arrivée. Les ménagères et les marchands balayaient devant leur porte, nettoyaient leur maison ou leur boutique en prévision du Jour de l'An qu'on fêterait dans trois jours.

— Les démons sont partis ! Dame Fortune est de retour ! chantaient-ils.

On aérait les literies sur les balcons ou sur les cordes à linge. Les prêteurs sur gages encaissaient les dettes de la Vieille Année. Des branches de pin, des tiges de bambou, et des cordes de papier tressé décoraient les portes. Pour acheter les mauvais esprits et les inciter à aller voir ailleurs, on avait disposé des gâteaux de riz sur les linteaux des portes et des fenêtres. Sur la place du marché, les clients se pressaient autour des étals ; chacun faisait ses provisions pour préparer les repas avant le Jour de l'An, pendant lequel toute cuisine était interdite. Les marchands de *mochi* étalaient le riz gluant sur la pâte dense pour faire les gâteaux que chacun offrirait ou recevrait. Une exubérance joyeuse animait la ville ; les habitants se préparaient pour la plus grande fête de l'année : le *Setsubun,* le réveillon du Jour de l'An.

L'atmosphère joviale ne parvenait pas à dérider Sano, accablé de tristesse. Jamais sa fête préférée n'avait si peu compté pour lui. Il avait passé le voyage du retour à ressasser ses malheurs. Dans sa sacoche, l'urne contenant les cendres de Tsunehiko, qu'il avait récupérée en repassant par Totsuka, était là pour lui rappeler son devoir. Il devait capturer le meurtrier et venger son ami, sans pour autant souiller l'honneur familial. Il devait aussi découvrir pourquoi Dame Niu se donnait tant de mal pour arrêter son enquête, et en même temps veiller à ne pas tomber sous les coups de son mystérieux poursuivant. Il devait, plus que jamais, persuader le magistrat Ogyu de le laisser continuer son investigation... et de lui permettre d'interroger le seigneur Niu.

Un rictus amer tordit ses lèvres. Quelle chance avait-il de réussir ? Ogyu, qui avait si jalousement protégé les Niu, ne se réjouirait certainement pas en apprenant sa visite à Midori. Mais sans le témoignage de la fillette, Sano n'avait rien contre le fils du daïmio. Il devrait donc avouer à Ogyu qu'il s'était rendu à Hakone.

Dès qu'il entra dans la grande salle du palais de justice, il comprit que quelque chose n'allait pas. Les clercs, les messagers, les serviteurs interrompirent leurs activités pour le contempler avec des yeux ronds. Sano s'arrêta sur le pas de la porte, rouge de confusion. Puis, chacun reprit sa tâche, le regard fuyant, échangeant avec son voisin des propos à voix basse.

Sans lever les yeux de ses dossiers, le premier clerc lui lança :

— Le magistrat Ogyu vous attend, yoriki Sano-san.

Tendu, Sano traversa le couloir qui menait à la réception. Il hésita devant la porte, entendit la conversation à l'intérieur s'arrêter à son approche. Il prit une profonde inspiration, puis frappa.

— Entrez ! cria la voix d'Ogyu.

La bouche sèche, les mains moites, Sano ouvrit la porte. Il avala péniblement sa salive en voyant les trois hommes agenouillés, deux à la droite, un à la gauche du bureau d'Ogyu.

— Je vous souhaite le bonjour, Honorable Magistrat, fit-il en s'inclinant avec respect. Hayashi-san. Yamaga-san. Bonjour à vous, Katsuragawa-san, ajouta-t-il à l'adresse du troisième individu, un homme trapu, au visage volontaire, la dernière personne qu'il aurait souhaité rencontrer.

Que signifiait la présence des deux yoriki ? Surtout, que faisait son protecteur parmi eux ? Il n'avait pas revu Katsuragawa Shundaï depuis l'entrevue qu'ils avaient eue avec son père.

Les hommes lui rendirent son salut avec une solennité compassée. Ogyu lui fit signe de s'agenouiller. Sano s'exécuta, essayant de lire un message sur les visages volontairement inexpressifs.

— Après mûre réflexion, commença Ogyu, j'ai décidé que vous aviez raison au sujet de Yukiko et de Noriyoshi.

Surpris, Sano cilla.

— Vraiment ?

— Oui. Ils n'ont pas commis le shinju. Ils ont été assassinés.

Soulagé, obnubilé par la joie de conduire une enquête officielle plutôt qu'une enquête officieuse, Sano en oublia de se demander pourquoi Ogyu avait changé d'avis. Il imagina que les portes de la ville s'ouvraient devant lui. Avec la capitulation d'Ogyu, le chemin de la vérité était déblayé de son obstacle majeur. Fourmillant de projets, Sano commença à remercier son supérieur.

— Honorable Magistrat, je...

Ogyu le fit taire d'un geste.

— Comme vous étiez absent, j'ai été obligé de confier l'enquête à Yamaga-san et à Hayashi-san. Ils vous expliqueront ce qui a été découvert.

Abasourdi, Sano se tourna vers ses collègues. L'investigation pour laquelle il avait risqué sa vie et souffert mille morts, confiée à d'autres ! Sano se sentit dépouillé, trahi, humilié.

— Après enquête, dit Yamaga, nous avons arrêté Raiden, le lutteur. Hier, il a été condamné pour les meurtres de Niu Yukiko et de Noriyoshi. Son exécution a eu lieu tôt, ce matin.

— Non !

Horrifié, Sano dévisagea Ogyu et Katsuragawa. Ogyu resta impassible ; Katsuragawa, vigilant.

— C'est impossible ! Quelle enquête ? Qu'est-ce qui vous fait croire que Raiden les a tués ? Que s'est-il passé ?

Hayashi s'éclaircit la gorge.

— Raiden a avoué, déclara-t-il.

Sano éclata d'un rire sonore et grinçant qui fit sursauter son collègue.

— Bien sûr qu'il a avoué ! rugit Sano, qui se souvenait

du prisonnier torturé à la prison d'Edo. Mais expliquez-moi d'abord quelle preuve vous aviez de sa culpabilité. Allez, racontez-moi votre prétendue enquête !

— Vous osez m'insulter ? s'offusqua Hayashi, écarlate, et il se leva, prêt à dégainer son sabre.

Sano l'imita. Il avait beau honnir la violence, il aurait passé avec joie sa colère sur Hayashi si Ogyu ne s'était pas interposé.

— Je vous en prie. Je vous en prie, fit le magistrat en hochant la tête avec sévérité. Ne vous chamaillez pas comme des enfants. (Puis, s'adressant à Sano :) N'aviez-vous pas identifié Raiden comme suspect ?

Sano s'affaissa. Il comprenait tout. Ogyu continuait à protéger les Niu, mais il avait changé de tactique. Comment clore l'investigation avec plus de succès qu'en faisant arrêter, juger, condamner et exécuter un bouc émissaire ? Or, Sano avait lui-même remis le coupable idéal entre les mains d'Ogyu. Yamaga et Hayashi avaient sans doute préféré Raiden à Kikunojo afin de ne pas offenser les protecteurs haut placés de l'acteur. Raiden, un samouraï de troisième rang, ne bénéficiait d'aucun soutien. Accablé, Sano vit ses mains se couvrir du sang d'un autre innocent.

— Je n'ai jamais cru que Raiden était l'assassin, protesta-t-il.

Il était trop tard pour défendre le lutteur, fors son honneur, mais il ne pouvait laisser Ogyu clore une enquête quand le véritable meurtrier courait toujours.

— Raiden a déclaré à ses geôliers qu'il ne se souvenait plus d'avoir commis les meurtres, expliqua froidement Hayashi, qui avait repris le contrôle de ses nerfs. Ce qui signifie que la folie qui l'avait poussé à perpétrer ses crimes lui a aussi servi à les oublier fort opportunément.

L'argument frappa Sano. Oui, peut-être que le démon avait poussé Raiden à tuer, puis à oublier. S'était-il trompé à ce point ? *Tsunehiko est-il mort parce que je n'ai pas cru Raiden coupable et ne l'ai pas arrêté à temps ?*

— Raiden n'était pas le seul que Noriyoshi faisait chanter, dit Sano, qui s'accrochait à sa théorie pour lutter contre le doute et la culpabilité. Il n'avait aucune raison de tuer Niu Yukiko. D'ailleurs, je crois connaître le coupable.

— Pure supposition, railla Yamaga, aussitôt approuvé par Hayashi.

Bien que réticent à révéler ses récentes découvertes après avoir vu comment on avait détourné les précédentes, Sano avait besoin de la sanction officielle du magistrat. Il expliqua donc brièvement ce qu'il avait appris à Hakone.

— Je crois que le jeune seigneur Niu mérite qu'on s'intéresse à lui, conclut-il. Je commencerais par vérifier si lui, ou l'un de ses hommes, m'a suivi jusqu'à Totsuka et a tué mon secrétaire.

La prudence empêchait Sano d'accuser Ogyu d'avoir étouffé l'affaire au profit des Niu. Céder à son envie d'exiger des explications, faire un scandale, n'aurait servi qu'à offenser son supérieur. Il avait déjà exposé ses dangereuses théories, que demander de plus ? Il attendit, résigné, la réprimande d'Ogyu.

Mais le magistrat se contenta de hocher la tête avec bienveillance.

— Les élucubrations d'une fillette. Et je ne suis pas sûr que vous ne succombez pas vous-même à vos rêveries en refusant de voir que le décès malheureux de votre secrétaire est simplement le fait d'un brigand de grand chemin. Quant à infliger de nouveaux dérangements aux Niu, il n'en est pas question. Le véritable meurtrier a été... mis hors d'état de nuire.

— Mais...

— L'affaire est close.

Comme pour souligner sa décision, Ogyu fit signe à Yamaga et à Hayashi.

— Vous pouvez disposer.

Les deux yoriki se levèrent et s'inclinèrent dans un froufrou de soie. Sano sentit leur regard méprisant sur sa nuque.

— Je désire poursuivre l'enquête, dit-il, sachant qu'un défi ouvert ne faisait qu'aggraver sa situation.

Ogyu échangea un regard oblique avec Katsuragawa avant de répondre.

— J'ai bien peur que vous n'enquêtiez plus ni sur cette affaire, ni sur aucune autre, Sano-san. Vous êtes dès à présent relevé de votre poste de yoriki de la cité d'Edo, et de tous les devoirs et privilèges y afférents.

La nouvelle frappa Sano de plein fouet. Il vacilla littéralement sous l'impact. Une telle disgrâce, pour lui et pour sa famille ! Le visage d'Ogyu se brouilla, les bruits résonnèrent, la pièce s'obscurcit. Enveloppé dans un brouillard opaque, Sano ne capta que des bribes de phrases : « ... insubordination... incompétence... manque de loyauté... une erreur de vous confier ce poste... caractère incompatible... vous seriez bien aimable de libérer votre bureau et vos quartiers sur-le-champ... »

Sano en oublia presque l'enquête qui lui avait pourtant paru si cruciale un instant plus tôt. Comment son père allait-il réagir ?

— Sano-san, avez-vous compris que vous êtes renvoyé ? demanda Ogyu.

Sano ouvrit la bouche, mais aucun son n'en sortit.

Ogyu avait dû croire qu'il s'apprêtait à protester, car il déclara :

— Ma décision est irrévocable. Il n'y aura pas d'appel. Vous comprenez ?

— Oui, Honorable Magistrat, réussit à articuler Sano.

— Et je vous saurais gré de laisser les cendres d'Hamada Tsunehiko à mon clerc, un officiel les remettra à ses parents et présentera ses condoléances de la part de la ville.

Être dégagé de cette épreuve ne soulagea pas Sano. Comment Ogyu pouvait-il le priver de remplir cette obligation ? Mais, toujours paralysé par le choc, Sano acquiesça, soumis. Cela n'avait plus d'importance.

— Eh bien, vous pouvez disposer, déclara Ogyu, qui ajouta après un silence : J'espère que vos prochains efforts seront couronnés de succès.

Sano se leva comme un somnambule.

Katsuragawa ouvrit la bouche pour la première fois.

— Je vous accompagne.

Sano le dévisagea avec effarement. Il n'avait pas envie de compagnie. Il voulait débarrasser son bureau, ses quartiers, et partir le plus vite possible. Il avait besoin de temps pour réfléchir à ce qu'il dirait à son père. Mais Katsuragawa s'avança et posa une main sur son épaule.

— Nous devons avoir une petite discussion, Sano-san, dit-il.

Et il guida fermement Sano vers l'entrée où ils récupérèrent tous deux leurs chaussures. Dehors, il le conduisit dans une rue tranquille qui longeait le mur du palais de justice.

Ils marchèrent en silence quelque temps. Sano coulait des regards obliques vers Katsuragawa, détaillant les traits qui l'avaient tant impressionné lors de leur première rencontre.

Les lourdes épaules qui avalaient presque le cou épais et court ; le profil distinctif, avec ses lèvres charnues, son nez épaté, son œil prudent et perspicace ; la courbe de son ventre généreux mais ferme. Katsuragawa respirait l'autorité et l'assurance ; ses gestes lents et mesurés, sa démarche volontaire suggéraient une force maîtrisée. À côté, Sano se sentait faible et diminué, bien qu'il fût plus grand.

— Étant protecteur, j'accepte ma part de responsabilité dans vos mésaventures, déclara Katsuragawa, regardant droit devant lui. Peut-être, dans mon désir de remplir une obligation de longue date, ai-je agi à la légère. Je n'aurais pas dû vous diriger vers une situation pour laquelle vous n'étiez pas fait. Cependant, le blâme ultime vous en revient, ne croyez pas ?

Il se tourna pour dévisager Sano en face.

— Avez-vous au moins essayé de vous conformer aux exigences de votre supérieur ? Avez-vous au moins essayé de compenser votre manque de qualification et d'aptitude par une loyauté et une obéissance sans faille ?

Tiré de sa stupeur par les reproches de Katsuragawa, Sano rétorqua :

— Qu'ont à voir mes défauts dans tout ceci ? Je n'ai pas été congédié parce que j'ai mal fait mon travail, mais parce que je l'ai trop bien fait. J'ai mis à jour un meurtre que le magistrat Ogyu voulait garder caché. Comment voulez-vous que je sois loyal envers un homme si corrompu qu'il n'hésite pas à condamner un innocent à mort afin de mieux étouffer une affaire ?

Il s'agitait, criait presque, mais il se moquait qu'on l'entende, ou même d'offenser Katsuragawa. Il avait trop besoin de se défendre — contre ses propres accusations et contre celles des autres.

— Ne niez pas qu'on a essayé d'étouffer l'affaire ! s'emporta-t-il.

— Sano-san.

Katsuragawa s'arrêta et croisa ses bras puissants sur sa poitrine. Il déclara d'un ton condescendant :

— C'est exactement ce que je voulais dire par votre manque d'aptitude. Bien sûr qu'on a essayé d'étouffer l'affaire ! Et si vous aviez été raisonnable et compétent, vous auriez aussitôt compris pourquoi c'était nécessaire.

Ignorant l'exclamation choquée de Sano, il interrogea :

— À votre avis, que serait-il arrivé si on avait su qu'un membre de la maison du seigneur Niu avait tué Yukiko ? Et si vous aviez prouvé qu'il s'agissait d'un parent de la fille ? Que serait-il advenu si le shogun avait cru bon de faire mettre à mort tout le clan et de confisquer ses terres ? Imaginez les effets que cela aurait eus sur le pays !

Katsuragawa leva les mains au ciel.

— Des milliers et des milliers de ronin, brûlant de venger la mort de leur maître. Après quatre-vingt-dix ans sous la botte des Tokugawa, les alliés des Niu et les autres daïmio, impatients de trouver un prétexte pour déclencher une rébellion. Mettez tout cela ensemble, qu'obtenez-vous-tu ?

Il s'approcha si près que Sano put voir les pores de sa peau basanée.

— Un bain de sang ! Cinq siècles de guerre ! C'est cela que vous vouliez ? Juste pour satisfaire votre curiosité ? Juste pour la mort d'un manant et d'une jeune fille insignifiante ? N'auriez-vous pas préféré sacrifier la vie d'un lutteur — un crétin qui blesse ses voisins parce qu'il n'arrive pas à contrôler ses nerfs — dans l'intérêt de la paix ?

Sano n'avait pas envisagé de telles répercussions, et les explications de Katsuragawa comportaient une certaine logique terrifiante. Mais quelque chose sonnait faux. Pour commencer, Sano n'arrivait pas à croire qu'Ogyu ait agi en fonction de la paix du pays.

— Pourquoi le magistrat Ogyu ne m'a-t-il pas expliqué cela ? s'étonna-t-il.

— Il a dû penser que vous le saviez.

Katsuragawa reprit sa marche. Sano lui emboîta le pas.

— Vous croyez vraiment ce que vous m'avez dit ? demanda-t-il. Et le magistrat Ogyu aussi ? Le meurtrier, si c'est un Niu, ne serait-il pas autorisé à commettre le seppuku ? La famille ne serait pas punie avec la même rigueur que des roturiers. D'autre part, les Tokugawa sont puissants. Les daïmio n'oseraient pas se révolter. Ils ont davantage à gagner en gardant leurs terres, leur richesse... et leur tête.

Voyant que Katsuragawa ne répondait pas, Sano poursuivit :

— Je vous en prie, considérez ce que je viens de dire. Et si vous pensez que j'ai raison, seriez-vous assez aimable d'user de votre influence pour que l'enquête soit rouverte ?

Au lieu de répondre, Katsuragawa coula vers Sano un regard qui exprimait à la fois de la pitié pour sa naïveté, et une indignation devant son effronterie. Sano comprit qu'il serait futile de demander l'aide de Katsuragawa. Même si son protecteur ne croyait pas à son propre scénario catastrophe, il était lié avec Ogyu et les autres officiels par un réseau complexe d'obligations que Sano ne pouvait espérer démêler.

— Sano-san, dit Katsuragawa, je suis prêt à vous aider à trouver une autre situation. Meilleure que celle que vous venez de perdre, peut-être. J'ai de nombreuses relations.

Il indiqua qu'il n'avait qu'un geste à faire, et les portes s'ouvriraient devant Sano.

— Il y a aussi la question de votre mariage, dont j'ai cru comprendre que votre père aimerait qu'il soit conclu dans les plus brefs délais. Je serais enchanté de servir d'intermédiaire, et d'agir en garant autant qu'il m'est possible.

Une nouvelle situation, sans doute plus élevée, et avec un meilleur salaire. En outre, avec Katsuragawa pour mener les négociations et lui assurer une sécurité financière, la chance d'épouser une riche héritière. Sano pouvait retrouver son rang social et une partie de l'honneur de la famille. De telles perspectives adouciraient la déception de son père. L'offre de Katsuragawa était généreuse, et Sano se devait de la soupeser. Mais il voyait bien qu'on essayait de le soudoyer. Et les fantômes de Tsunehiko et de Raiden s'interposèrent entre son corrupteur et lui.

— Vous m'aiderez... si j'abandonne l'enquête sur les meurtres ?

— Eh bien, soit, fit Katsuragawa avec une moue de mépris.

— Je ne puis accepter.

Katsuragawa s'arrêta net.

— Seriez-vous idiot, Sano Ichiro ? demanda-t-il, puis il empoigna Sano par les épaules et le secoua. Vous ne comprenez donc pas ce que votre obstination vous coûtera ? Et à votre père ? De toute façon, vous ne pouvez plus rien pour les meurtres. vous n'êtes plus yoriki. Dorénavant, personne ne sera obligé de répondre à vos questions ni d'exécuter vos ordres. Si vous persistez à mener une enquête pour votre compte personnel, vous serez arrêté et sévèrement puni pour vous être mêlé des affaires de l'État. L'enquête est close, Sano-san. Laissez tomber !

— Non !

En s'arrachant de l'étreinte de Katsuragawa, Sano s'aperçut qu'avec un seul mot il venait de couper les ponts avec son protecteur. L'euphorie le gagna, tempérée par une sourde crainte. Un protecteur influent, capable de procurer des introductions auprès des personnes appropriées, était une nécessité absolue pour un samouraï désireux de s'élever dans la société. Sans lui, Sano pouvait abandonner tout espoir d'avancement. Qu'avait-il fait ?

— Vous êtes donc un idiot.

Sur ce, Katsuragawa se frotta les mains, comme pour effacer les derniers vestiges de son obligation envers Sano et sa famille. Il fit quelques pas, puis se retourna et lança :

— Savez-vous pourquoi le magistrat Ogyu et moi avions cru que vous feriez un bon yoriki ? Parce que nous pensions que votre inexpérience vous rendrait suffisamment incompétent pour être inoffensif. Parce que votre dette vous rendrait facile à contrôler. (Il s'esclaffa.) Nous nous sommes trompés sur votre compte. Mais si vous vous entêtez dans votre enquête ridicule, vous êtes un homme mort.

La nuit tombait quand Sano arriva chez ses parents. Son cheval était toujours chargé des bagages du voyage, sauf les cendres de Tsunehiko que Sano avait à contrecœur remises au clerc d'Ogyu. Deux porteurs de louage le suivaient, chargés de ses affaires personnelles. Sano descendit de cheval, aida les porteurs à décharger les ballots devant le portail, les paya et les congédia. Resté seul dans le noir, il envisagea une chose encore plus sombre.

En tant que samouraï, il avait toujours su qu'un jour risquait de venir où il devrait commettre le seppuku afin d'éviter la disgrâce. Après ce qui s'était passé, seul le suicide rituel rendrait à son nom et à sa famille l'honneur perdu. Or, bien que son esprit de guerrier désirât la libération et la purification de la mort, Sano devait y renoncer. Sa vie ne lui appartiendrait pas tant qu'il n'aurait pas vengé la mort de Tsunehiko, lavé le nom de Raiden, obtenu justice pour Yukiko, Noriyoshi et Glycine.

Il accompagna son cheval à l'écurie, remisa ses bagages

dans l'entrée de la maison, puis ouvrit la porte coulissante qui donnait dans la pièce principale. S'enfoncer une dague dans le ventre eût été plus facile. Il craignait d'affronter son père, il craignait aussi de voir les stigmates de la mort sur le visage du vieillard. Il fut donc soulagé de trouver la pièce vide. Mais il vit alors une chose qui le troubla encore plus.

La porte qui séparait la pièce principale de la chambre à coucher était ouverte. Debout près de la fenêtre, sa mère lui tournait le dos ; il devina sa détresse. Son père était étendu sur le futon, les yeux clos. Des quintes de toux rauques agitaient son corps de convulsions continues. La peur étreignit Sano. Il n'avait jamais vu son père se coucher si tôt. Et à juger par le matériel de soins — bols de thé, cuvette, linges souillés, flacons de remèdes — son père était resté au lit toute la journée, peut-être même les jours précédents.

— *Otosan ?* appela Sano.

Son père remua. Il ouvrit lentement les yeux. Des rides soucieuses plissèrent son front, puis s'effacèrent, comme si l'effort lui coûtait.

— Ichiro ! fit sa mère avec un sourire forcé. Quelle surprise ! Nous ne t'attendions pas.

Sano marcha jusqu'à la fenêtre, étreignit sa mère. Elle, si robuste et vigoureuse, paraissait maintenant petite et frêle, comme affaiblie par la maladie de son époux. Sano alla ensuite s'agenouiller près de son père.

— Mon fils, souffla le vieillard. Pourquoi es-tu venu ? Ne devrais-tu pas être à ton poste ? Même si ton travail est terminé, on t'attend sûrement aux quartiers.

Sano envisagea d'inventer une excuse, et de n'avouer la perte de sa situation que lorsque son père serait rétabli... s'il se rétablissait. Ce serait un mensonge miséricordieux.

Son père sortit une main décharnée de la courtepointe.

— Va, mon fils, dit-il avec un geste las, aussitôt secoué par une quinte de toux. Ne te dérobe pas à ton devoir.

— *Otosan !*

Une boule dans la gorge, Sano comprit qu'il ne pourrait pas mentir. L'honnêteté intransigeante de son père l'en avait toujours empêché.

— Je suis désolé, dit-il, j'ai une mauvaise nouvelle.

Il raconta ce qui était arrivé, depuis le début de son enquête sur le shinju jusqu'à sa séparation avec Katsuragawa Shundaï. Son récit terminé, il s'arma contre les récriminations de son père.

Mais son père ne dit rien. Il cilla, puis détourna la tête, mais Sano avait eu le temps de voir dans ses yeux la faible lueur s'assombrir encore.

— Je suis désolé, *Otosan,* marmonna Sano, moins alarmé par le rejet silencieux que par la certitude d'avoir détruit la dernière chance de guérison de son père. Pardonne-moi, je t'en supplie. N'abandonne pas !

Il prit la main de son père, qui se dégagea à son contact. Pour le vieillard, il avait cessé d'exister. Sano regretta de ne pas avoir commis le seppuku. Son père aurait préféré un fils mort à la terrible disgrâce qui le précipitait vers la tombe.

— *Otosan !*

Sa mère accourut, le tira doucement par la manche, l'obligea à se relever.

— Laisse ton père se reposer, dit-elle. Je suis sûre que tu aimerais ranger tes affaires et prendre un bain avant le dîner.

Sano évita son regard implorant et son sourire anxieux qui le suppliaient de faire comme si leur univers ne venait pas de s'écrouler. Il marcha jusqu'à la porte.

— Qu'est-ce que tu fais ? s'écria sa mère en accourant. Quand reviendras-tu ?

— Je ne sais pas.

Une pluie régulière se mit à tomber. Trempé, Sano erra dans les rues. L'eau ruisselait des tuiles, des gouttières, Sano pataugeait dans les flaques. Il passa devant des fenêtres éclairées, carrés de lumière jaunâtre et brumeuse. Les tours de guet des pompiers disparaissaient dans le brouillard. Sano croisa de rares piétons qui se hâtaient, dissimulés sous de grands parapluies. Dans les ruelles, le grincement des roues en bois et le cliquetis des seaux et des pelles indiquaient que les collecteurs de fumier entamaient leur ronde de nuit. Les relents du fumier se mêlaient aux odeurs de terre humide, de bois, de fumée de charbon et de cuisine.

Sano marchait depuis des heures ; il ne savait plus combien. Les jambes lourdes, mais l'esprit agité. Ses méditations tumultueuses débouchaient sur un dilemme insoluble : soit il réparait la cassure entre lui et Katsuragawa Shundaï et il sauvait sa carrière, soit il commettait le seppuku. D'un côté comme de l'autre, il devait abandonner l'investigation qui n'aboutirait qu'à une disgrâce encore plus grande et à une mort déshonorante pour lui-même et sa famille. Et c'était précisément ce qu'il ne pouvait accepter. Son désir de justice et de vérité lui interdisait une soumission passive à la défaite, même si la voie du guerrier lui dictait la piété filiale et l'obéissance.

Il continua ainsi d'errer à travers la ville, au hasard des rues — du moins le crut-il, jusqu'au moment où il vit les douves et les murs de la prison d'Edo. Des torches brûlaient sur les remparts ; au portail, les gardes avaient revêtu des capes imperméables par-dessus leurs armures. La prison scintillait dans la brume comme un château hanté. Sano n'avait pas imaginé retourner dans cet endroit répugnant, mais il franchit le pont et se dirigea vers les gardes sans l'ombre d'une hésitation.

— Je suis le yoriki Sano Ichiro, dit-il, espérant que la nouvelle de son renvoi n'était pas parvenue à leurs oreilles. Je voudrais voir le Dr Ito Genboku.

Sano n'avait pas consciemment cherché à revoir Ito, mais il comprit aussitôt la justesse de sa démarche. Le médecin avait su faire des sacrifices pour ses idéaux. Sano lui parlerait. Ito comprendrait son dilemme.

Les gardes n'étaient pas au courant de sa disgrâce, ils le laissèrent entrer. Au lieu de l'escorter à l'intérieur de la prison, l'un d'eux le conduisit derrière les bâtiments, à travers une série de cours et de passages, jusqu'à une masure, près du mur extérieur. Son unique fenêtre brillait faiblement ; de la fumée montait vers le ciel.

Le garde ouvrit la porte sans frapper.

— Ito. Une visite.

Il s'inclina devant Sano, puis s'en alla.

Comme il n'y avait ni véranda ni vestibule, Sano laissa ses chaussures à côté de la porte sur le seuil que l'avancée du toit de chaume abritait imparfaitement de la pluie. De toute façon ses chaussures étaient déjà trempées. Sano entra en baissant la tête pour ne pas se cogner au linteau.

La masure se composait d'une seule et unique pièce. Ito était agenouillé par terre, à côté d'un petit brasero où brûlait du charbon ; une lampe éclairait le livre qu'il lisait. Dans un coin de la pièce, Mura, l'eta, lavait du linge dans un seau. Le médecin ne parut pas surpris de voir Sano.

— Je me doutais que vous reviendriez, dit-il. Ne restez donc pas là à trembler, venez vous réchauffer. Mura-san ? Du saké pour notre hôte, voulez-vous. Et un bol de gruau de riz.

Mura alla à la cuisine de fortune, composée d'un réchaud à un seul feu et de quelques étagères surchargées. Sano s'agenouilla près du brasero, content d'être au chaud. Il ne s'était pas aperçu à quel point il avait froid. Il frissonnait de la tête aux pieds et claquait des dents. Il ne parvint même pas à maintenir ses mains tremblantes au-dessus des charbons ardents.

Ito se leva sans un mot. Il prit une courtepointe dans le placard et l'apporta à Sano.

— Non, merci, dit Sano.

Il n'avait vu qu'une courtepointe dans le placard, c'était celle du médecin.

— Ôtez-moi ces vêtements, et enroulez-vous dans cette courtepointe, insista Ito, sinon, vous allez tomber malade. Je vous en prie, faites-moi plaisir. J'ai si peu l'occasion de recevoir des visites.

Sano accepta. Il but le saké chaud, et mangea le gruau fumant que Mura lui apporta. Lorsqu'il se fut réchauffé, il raconta à Ito tout ce qui s'était passé depuis leur dernière entrevue.

Ito écouta en silence. Quand Sano eut terminé, il demanda :

— Que comptez-vous faire ?

— Je n'en sais rien, admit Sano. Je pensais que vous m'aideriez à prendre une décision.

— Ah, je vois. Et pourquoi avez-vous besoin de mon conseil ?

— Parce que vous avez connu la même situation. Et parce que votre opinion compte beaucoup pour moi.

Ito l'étudia longuement, d'un œil sévère mais non dénué de chaleur.

— Sano-san, dit-il enfin, lorsque j'ai été condamné, j'ai perdu mon foyer, ma femme, ma famille, ma richesse, ma situation, mes domestiques, le respect de mes pairs, ma santé. Ma liberté. Cette pièce et la morgue représentent mon seul univers.

« J'ai toujours mes livres... et un ami, Mura, qui m'aide parce qu'il le veut bien. J'ai perdu tout le reste. Je vis en disgrâce ; je mourrai en disgrâce. La souffrance et la honte sont parfois insupportables. Vous voyez, je suis le plus mal placé pour vous conseiller de sacrifier votre avenir sur l'autel de vos principes.

Sano eut l'impression d'être cet homme qui ouvre la boîte aux trésors pour s'apercevoir qu'elle est vide. Il avait attendu autre chose d'Ito que des banalités convenues.

Puis Ito ajouta :

— Cependant, je ne vous recommanderai pas d'abandonner vos idéaux. Sans eux, vous ne pourriez plus vivre.

Il considéra Sano avec un mélange de pitié et d'approbation.

— Je le sais, parce que je me retrouve en vous. *Giri, ninjo,* conclut-il avec un soupir. *Tatemae, honne.*

Sano acquiesça. Sa situation illustrait à merveille les deux conflits classiques qu'Ito venait de citer : le devoir opposé au désir, le conformisme opposé à la libre expression. Conflits éternels et insolubles.

— Chacun doit décider seul ce qui compte le plus pour lui, commença Ito.

Sano attendit la suite. La lampe vacillante dessinait un halo lumineux qui les englobait eux seuls. Pour l'instant, le monde extérieur n'existait pas.

— Chaque homme doit savoir quand il doit décider, et quelle doit être sa décision. Je crois que vous le savez, Sano-san.

Immobile, attentif, Sano s'absorba dans la contemplation de la lampe. Des images surgirent dans son esprit. Son père mourant, symbole du devoir que la voie du guerrier avait dessiné pour lui. Katsuragawa Shundaï, qui représentait le statut et les récompenses qu'il pouvait obtenir s'il remplissait ce devoir. Mais d'autres images vinrent se superposer : le cadavre de Yukiko brûlant sur le bûcher ; Glycine en pleurs ; Raiden qui le dévisageait, effaré ; Tsunehiko, hilare, chevauchant avec lui sur le Tokaïdo. Ces dernières images brillaient d'un feu plus éclatant que les premières, un feu nourri par la soif de justice et de vérité de Sano. Le temps passa. Le feu consuma le brouillard de son incertitude, lui laissant la tête claire et l'esprit léger. Il émit un petit rire qui semblait se moquer de son propre aveuglement. Ito avait raison. Sa décision était prise, il continuerait à poursuivre le meurtrier. Même au prix de sa sécurité, de sa prospérité, même au prix de sa vie. Il retrouverait son honneur en suivant sa propre voie. De l'autre côté, il n'y avait rien. La vie de son père dépendait de sa propre rédemption. Il n'avait erré, perdu dans ses pensées, que pour éviter de reconnaître ces faits.

— Merci de votre hospitalité, et de vos conseils éclairés, Ito-san. Vous m'avez aidé au-delà de toute espérance. Mais je ne veux pas vous imposer ma présence plus longtemps.

Il s'apprêta à se lever, fortifié par la sollicitude du médecin, mais pas plus apaisé qu'à son arrivée. Avec pour seul guide ses maigres talents, ô combien insuffisants, comment amener devant la justice un assassin puissant et vraisemblablement invincible ?

— Il se fait tard, déclara Ito. Les portes de la ville seront déjà fermées. Vous ne pouvez rentrer chez vous ce soir. Mura va vous installer un lit. Dormez, et demain matin, vous aurez la force et la sagesse d'entreprendre ce que vous devez.

20

Le jour suivant trouva Sano de retour dans le quartier des daïmio. Vêtu d'une cape de pluie de paysan en paille effilochée et d'un large chapeau, il arpentait la vaste avenue qui passait devant le yashiki des Niu, ramassant ostensiblement des détritus afin de surveiller le portail. De temps à autre, il piquait une saleté de la pointe de son bâton et la déposait dans son panier, espérant convaincre les gardes qu'il n'était qu'un pauvre balayeur. Il ne voulait surtout pas qu'on reconnaisse l'ex-yoriki Sano Ichiro en train d'exercer une surveillance interdite sur les activités du jeune seigneur Niu. Si les Niu ou le magistrat Ogyu l'apprenaient, il serait arrêté... si on ne le tuait pas sur place.

Faisant mine de chercher d'autres détritus, il glissa des regards vers le portail. Les artifices n'étaient pas son fort, mais il avait absolument besoin que le seigneur Niu lui fournisse la preuve qu'il avait commis les meurtres. Il n'avait plus aucune autorité, comme le lui avait rappelé Katsuragawa, plus assez d'argent pour acheter des réponses, et aucun autre moyen d'éviter les espions omniprésents. Il s'accrochait à ce que Midori lui avait dit avoir lu dans le journal de Yukiko. Qu'avait bien pu faire Niu qui justifiât ses crimes ?

En dépit de ses chances de succès minimes, Sano était d'humeur joyeuse. Libre de conduire l'investigation à sa guise, il disposait en outre de tout son temps. Il n'avait de responsabilités envers personne. Il pouvait poursuivre sa quête de justice et de vérité, et par là même sauver la vie de son père. Véritable ronin, il vivrait — ou mourrait —

par ses propres moyens. Bien qu'aspirant à la sécurité d'un maître, il accueillait sa liberté nouvelle avec une étrange exaltation qui ne laissait pas de l'inquiéter. L'avenir lui tendait les bras, riche de promesses inconnues.

Cependant, les nécessités de son déguisement le ramenèrent à la triste réalité du présent. La cape grossière, qui le protégeait certes du crachin glacé, irritait son cou et ses poignets. La boue traversait ses sandales de paille, imprégnait ses chaussettes ; chacun de ses pas produisait un bruit de succion. Quelle humiliation pour un samouraï de s'habiller en vilain ! En outre, à pied, et sans son sabre, il se sentait nu et vulnérable. Il ne possédait qu'une courte dague, enfouie sous sa ceinture. Mais avec son cheval et son long sabre, il se serait fait repérer ; pourvu qu'il n'en ait pas besoin ! Heureusement, il découvrit que son déguisement le rendait quasiment invisible ; ceux qui, à cheval ou protégés sous leur parapluie, le croisaient ne lui accordaient pas un regard.

Trente-sept pas l'amenèrent au portail des Niu. Il ramassa, sans se presser, du crottin de cheval dans son panier. Personne n'entra ni ne sortit du yashiki. Craignant d'attirer l'attention s'il restait trop longtemps à la même place, Sano reprit sa ronde. Il oublia quelques crottins afin d'avoir un prétexte pour repasser plus tard.

Regardant de temps en temps par-dessus son épaule, il atteignit le bout de l'avenue. Il fit demi-tour et revint sur ses pas. Cette fois, trois samouraïs portant les armoiries des Niu franchirent le portail. Deux autres les imitèrent, puis ressortirent. Mais toujours pas de seigneur Niu. Sano se sentait de plus en plus mal à l'aise, persuadé que sa présence commençait à se faire remarquer. À présent, la rue était si bien nettoyée qu'il en vint à souhaiter qu'un cheval dépose un tas de crottin afin d'avoir une raison de rester. Il traîna devant la propriété des Niu aussi longtemps qu'il le jugea prudent, puis entreprit une nouvelle ronde.

— Hé, toi !

Sano ne répondit pas tout de suite. On n'apostrophait jamais un samouraï ainsi. Puis il se souvint de son déguisement.

— La rue est assez propre, maintenant, lança l'un des gardes des Niu. Et j'en ai marre de voir tes guenilles. Va-t'en, sale porc !

Sale porc ! Ses trente ans d'éducation de samouraï se rebellèrent contre l'insulte. Il toisa le garde d'un œil furibond, une réplique cinglante aux lèvres. Il laissa tomber son bâton, et sa main se porta machinalement à son sabre, qui n'était pas là.

— Eh bien, qu'est-ce que tu attends ?

L'homme sortit de la salle de garde et avança sur Sano, brandissant un petit objet.

Une allumette enflammée !

Hilare, le garde appela ses camarades :

— Hé, les gars, vous voulez que je le fasse danser ? (Puis à Sano :) Si tu tiens à ta cape infecte et à ta misérable vie, décampe ! Et en vitesse !

— Tout de suite, maître !

Tremblant de tous ses membres, Sano s'inclina bien bas, comme l'exigeait son humble statut. Il ramassa son bâton, et amorça une retraite hâtive. Il s'arrêta au coin de la rue pour reprendre son souffle, apaiser sa colère et maîtriser ses nerfs. Fort de son impunité, le garde l'aurait volontiers fait périr, imitant le seigneur Matsukura de Shimabara qui avait autrefois brûlé vif ses paysans parce qu'ils n'avaient pas récolté leur quota de riz. Remis de ses émotions, Sano inspecta les environs et essaya de trouver un moyen de maintenir sa surveillance sur le yashiki des Niu.

La rue adjacente, deux fois moins large que l'avenue qu'il venait de quitter, courait entre le mur du yashiki et celui d'une propriété voisine. Des sentinelles montaient la garde devant l'entrée secondaire, empruntée par une cohorte de porteurs et de domestiques. Les gardes étaient très occupés, le trafic dense, le crottin abondant. Hélas, Sano avait peu de chance de voir passer le seigneur Niu. Le fils du daïmio utiliserait plutôt l'entrée principale.

Inconsolable, Sano arpenta la rue en se demandant que faire maintenant que son plan avait échoué. Il pouvait rechercher un témoin qui aurait vu quelqu'un jeter les deux cadavres à l'eau. Retourner au Yoshiwara et interroger les autres amis de Noriyoshi dans l'espoir que l'un d'eux aurait vu Niu le soir des meurtres. Non. Combien de temps faudrait-il avant qu'on perce son déguisement et qu'on avertisse Ogyu ?

Puis, comme Sano passait pour la troisième fois devant le portail secondaire, la porte s'ouvrit pour laisser sortir quatre samouraïs portant un palanquin noir. Ni le palanquin, ni les samouraïs n'arboraient la libellule des Niu, mais le luxe de l'attelage ne laissait aucun doute. Quel membre de la famille avait choisi de sortir incognito par le portail de service ? Sano examina le palanquin, mais les rideaux tirés ne lui permirent pas de satisfaire sa curiosité.

Soudain, les rideaux s'ouvrirent ; l'occupant parlementa avec ses porteurs, puis referma les rideaux. Sano avait eu le temps d'apercevoir son visage, partiellement dissimulé sous un chapeau d'osier.

C'était celui du jeune seigneur Niu.

Bien que surpris par le départ discret du seigneur Niu, Sano n'eut aucun mal à suivre le palanquin. Les rues grouillantes du Nihonbashi offraient de nombreuses cachettes, et ralentissaient les porteurs.

Le seigneur Niu visita un armurier, discuta brièvement avec quelques clients, et ressortit sans rien acheter. Il se rendit ensuite dans une académie d'arts martiaux fréquentée par des ronin, où il s'entraîna à l'escrime. Sano passa et repassa devant la porte ouverte. Plutôt que d'utiliser le sabre en bois classique, Niu Masahito ferraillait avec une lame en acier. Sa jambe invalide ne paraissait pas le gêner car il exécutait les parades et les ripostes avec un brio et des réflexes étonnants. Joute après joute, ses adversaires se retrouvaient avec sa lame sur la gorge. Son adresse fit l'admiration de Sano. Plût aux dieux qu'il n'ait jamais à l'affronter en combat singulier !

Ensuite, il alla dans un restaurant proche de l'académie, accompagné par trois bretteurs. Sano suivit l'exemple des porteurs qui profitèrent de l'occasion pour se restaurer dans une cantine ambulante. Bien qu'il prît le risque de manger à côté d'eux, il n'entendit rien d'intéressant. C'étaient des hommes taciturnes qui se contentèrent de commander leurs plats et de manger en silence. Sano regretta de ne pas oser s'aventurer dans le restaurant pour surprendre la conversation du seigneur Niu et de ses compères. À ce rythme, il ne risquait pas de grappiller des informations utiles. Toutefois, il s'acharna, prêt à poursuivre son suspect le reste de sa vie s'il le fallait.

Sa proie avait commencé à exercer un puissant magnétisme sur Sano. Il en venait peu à peu à croire que le jeune seigneur Niu avait tué un maître chanteur, sa propre sœur, et Tsunehiko, dans le but de couvrir un crime précédent. Il ne pouvait risquer de voir le fauve lui échapper. La haine et la fascination aiguisant son appétit de vengeance, il était décidé à supporter toutes les épreuves qui l'attendaient. Il acheta deux mochi, au cas où la filature l'entraînerait dans un lieu où il ne pourrait se restaurer. Les jambes lourdes, les pieds gelés, taraudé par le danger de mort omniprésent, il regarda, le cœur battant, le jeune Niu sortir du restaurant et remonter dans son palanquin noir.

Déçu, il vit les porteurs retourner sur leurs pas. Mais ils dépassèrent le quartier des daïmio, suivirent un chemin compliqué dans un dédale de rues, franchirent le pont Nihonbashi, longèrent des canaux, traversèrent des quartiers résidentiels, des quartiers pauvres. Finalement, ils quittèrent les faubourgs et s'enfoncèrent dans la campagne.

Sano se sentit suffisamment en sécurité pour suivre le palanquin à travers le district de Kanda, où des collines moutonnantes étalaient leurs champs mornes sous un ciel bas chargé de gros nuages qui continuaient de répandre une pluie fine et glacée. La foule grouillante avait disparu, mais il y avait encore du monde sur la grande route Okushudo qui menait à Ueno, et en particulier de nombreux paysans vêtus comme lui. Les porteurs bifurquèrent ensuite sur un chemin désert qui montait en pente raide vers les bois. Sano se laissa distancer, de crainte de se faire remarquer. Puis il accéléra l'allure et s'engagea dans les sous-bois, craignant de perdre la trace si les porteurs décidaient de prendre un chemin de traverse.

Des ramasseurs de bois avaient déblayé la forêt des branches mortes qui auraient ralenti sa marche, mais Sano dut éviter de nombreux obstacles. Des pierres pointues blessaient ses pieds meurtris. Il s'enfonçait parfois dans la boue jusqu'aux genoux. Soudain, une flèche plantée dans un arbre lui indiqua qu'il avait pénétré dans le territoire de chasse d'un quelconque seigneur. Hâtant le pas afin de ne pas perdre le palanquin de vue, Sano s'attendait à tout moment à voir déferler une cavalcade de chasseurs. À son grand soulagement, le sentier déboucha bientôt devant un haut mur percé d'un portique frappé des armoiries des Niu. Les porteurs déposèrent le palanquin tandis que deux samouraïs sortaient de la salle de garde pour ouvrir la porte.

Tapi dans les bois, Sano regarda la porte se refermer derrière le palanquin, et les gardes retourner dans leur abri. Ce devait être le pavillon d'été des Niu. Comme le daïmio était consigné dans sa province, et que le reste de la famille passait l'hiver en ville, Sano fut surpris de voir le pavillon aussi bien gardé. Pénétrant dans le bois, il s'approcha de l'enceinte, loin de la route et du portail. Il arrivait au pied du mur quand il entendit le clapotis de pas sur le sol boueux. Il s'accroupit vivement derrière un buisson. Deux samouraïs en armure, portant des arcs et des flèches, passèrent à proximité, si près que Sano grappilla des bribes de leur conversation.

— J'ai hâte de rentrer à Edo. C'est trop calme par ici.

— Ce le sera moins ce soir, ha, ha, ha !

Qu'est-ce que cela voulait dire ? Sano resta caché jusqu'à ce qu'ils les entendent bavarder avec les gardes du portail. Puis il se précipita vers l'endroit d'où ils étaient venus. D'autres patrouilles, s'il y en avait, étaient sans doute disposées autour de la propriété. Sano longea le mur circulaire. Dès qu'il cessa de voir le sentier et le portique, il s'arrêta et tendit l'oreille. Il n'y avait personne dans les miradors dressés à intervalles réguliers. La forêt semblait déserte, l'obscurité s'épaississait avec le crépuscule ; aucun bruit, hormis le crépitement de la pluie. Sano escalada le mur.

Fait de terre, recouvert de pierres plates cimentées par du mortier, il s'élevait largement au-dessus de la tête de Sano. Ses doigts et ses orteils fouillèrent la surface rugueuse à la recherche de fentes et de trous entre les pierres. Sa cape de paille produisait des froissements qui le firent grimacer. Il se hissa sur le faîte du mur, s'y allongea, et scruta l'autre côté. Il y avait une forêt, semblable à celle qu'il venait de quitter — mélange de sempervirents, d'arbres à feuilles caduques et de buissons. Elle paraissait déserte, elle aussi. Sano attendit. Ne voyant personne, il se laissa glisser du mur. Sa cape crissa lorsqu'il atterrit. Il l'arracha vivement, et la dissimula sous un tas de feuilles mortes. La pluie avait pratiquement cessé ; son manteau et son pantalon noirs seraient moins visibles dans la nuit tombante.

Sano se releva et se dirigea vers le portique. Un sentier cheminait sous les bois, sans doute tracé pour offrir une promenade d'agrément aux femmes du daïmio. Il déboucha sur une clairière. En face, une allée de gravier menait au portique. Sano la suivit du regard. Au loin, une maison se dressait sur la gauche. Aussitôt, Sano fut transporté dans le passé.

Bâti dans le style à la mode huit siècles auparavant, le pavillon d'été ombragé des Niu couronnait une légère colline. La maison principale, le *shinden*, orientée au sud, était une grossière construction en bois bâtie sur pilotis, au toit de bardeaux. Le palanquin du seigneur Niu attendait au pied de l'escalier pentu. Deux samouraïs montaient la garde devant la porte d'une vaste véranda surmontée d'un toit à colonnades. De chaque côté du shinden, des corridors couverts conduisaient chacun à une bâtisse similaire, mais plus petite. Dans les trois maisons, des diamants de lumière brillaient derrière les fenêtres à meneaux. Sano devina qu'un corridor partait de chaque maison pour former un jardin intérieur, et se terminait par un pavillon à claire-voie. Derrière l'ensemble, d'autres bâtiments abritaient les appartements familiaux, les quartiers des vassaux, les communs, les cuisines et les écuries. Sano avait vu de telles constructions sur de vieux tableaux. Des auteurs de la cour impériale des Heian, comme Dame Murasaki Shikibu et Dame Sei Shonagon, y avaient écrit leurs poèmes, leurs romans et leurs journaux intimes. Les intrigues romanesques du prince Genji se déroulaient dans ces pavillons, ces jardins, et ces appartements. La venue du seigneur Niu, en grand secret et hors saison, suggérait des activités autrement plus sinistres.

Progressant d'arbre en arbre, Sano s'approcha du pavillon par l'arrière. Comme il l'avait prévu, la clairière longeait le corridor. Il s'arrêta juste avant les appartements familiaux, une série de constructions en bois alambiquées, et rampa sous le plancher surélevé, au bout du corridor. Parvenu de l'autre côté, il pointa son nez avec prudence et scruta le shinden. Le jardin comprenait un petit étang agrémenté d'une île. Des ponts en arche reliaient l'île au rivage. Sano rentra vivement la tête en voyant deux gardes plantés devant la véranda arrière. Piquée par la conversation qu'il avait surprise dans le bois entre les deux samouraïs, sa curiosité s'accrut. Tous les daïmio faisaient-ils garder leur résidence d'été par une troupe aussi importante, ou la présence des samouraïs avait-elle une raison particulière ? Y avait-il d'autres gardes à l'intérieur ? Sano ne réussirait pas à approcher Niu avec tous ces samouraïs. Frustré et épuisé, Sano, recula sous le pavillon pour réfléchir. Il s'adossa à la surface en bois galbée d'un objet de grande taille.

Ses contours familiers provoquèrent peut-être un déclic chez Sano ; son entraînement de samouraï lui avait peut-être appris à se méfier des objets cachés dans l'ombre à une place où on n'était pas supposé les trouver. Quand ses yeux se furent accoutumés à l'obscurité, il s'aperçut que c'était un bateau. Non de ces embarcations légères pour transporter les dames sur le lac, mais une solide barque à fond plat, avec un aviron tout aussi solide étendu par le travers. Sano se hissa dans le bateau. Ses doigts effleurèrent un tatami roulé. Il le tâta et trouva un renflement en son milieu. L'oreille aux aguets, il dénoua le rouleau, espérant que les gardes n'avaient pas entendu le léger froissement.

Lorsqu'il déroula le tatami, deux objets tombèrent à côté de lui. Il les ramassa et faillit pousser un cri de triomphe.

Dans une main, il tenait une sandale en paille au talon râpé. Dans l'autre, un rouleau de corde. Il avait vu la jumelle de cette sandale dans la salle de dissection du Dr Ito : elle appartenait à Noriyoshi. Il était prêt à parier sa vie que la corde avait attaché le tatami autour des deux corps pendant le transport entre le pavillon et leur tombeau aquatique. Reconstruisant mentalement les meurtres, Sano imagina le seigneur Niu attirant les victimes au pavillon d'été — Noriyoshi, par une promesse d'argent, sans doute, et Yukiko parce qu'elle était sa sœur et qu'il l'avait convoquée. Il s'était glissé derrière eux pour porter les coups fatals, avait transporté les deux corps enroulés dans le tatami, sur la croupe de son cheval jusqu'à la rivière, où le bateau l'attendait. Puis la barque et son contenu avaient été rapportés. Sano fourra la sandale et la ficelle sous son manteau. Un sourire, le premier depuis des jours, effleura ses lèvres. Il montrerait ces pièces à conviction aux autorités — certainement pas au magistrat Ogyu, mais plus haut, au conseil des Anciens. Ils seraient obligés de l'écouter.

Mais au lieu de rentrer en ville, il hésita. Il ignorait toujours pourquoi Noriyoshi et Yukiko avaient été tués. L'absence de mobile rendait aléatoires les poursuites contre le jeune Niu. Il avait besoin de découvrir le mobile, même s'il devait veiller toute la nuit.

L'inspiration lui vint en s'apercevant que les corridors conduisant du shinden aux pavillons secondaires étaient surélevés, eux aussi. Au bout de l'étroit tunnel sous les pilotis du pavillon secondaire, il pouvait ainsi voir le jour déclinant. Il rampa avec prudence vers la lumière. À mi-chemin, il entendit les voix des gardes stationnés devant la véranda. Pouvaient-ils l'entendre ? Comme il faisait plus sombre sous le couloir que sous le pavillon, Sano tâtait le sol devant lui avant d'avancer. S'il heurtait un obstacle invisible, ou s'il tombait dans un trou, il risquait de donner l'alerte.

Il avait atteint le vaste espace sous le pavillon secondaire quand des galops de cheval retentirent. Il s'aplatit au sol, bras sur la tête. Quelqu'un marcha au-dessus de lui ; les planches grincèrent sous les pas.

— Salut à vous, camarades ! lança une voix. Vous en avez mis du temps ! Sa Seigneurie vous attend.

Sano rata la réponse. Les gardes étaient venus à la rencontre des nouveaux arrivants, qui s'étaient arrêtés hors de portée de voix. Sano fonça vers le devant du pavillon. De là, il entendit les échos d'une dispute et il réussit à grappiller des bribes de phrases.

« ... cela signifie ? »

« ... insisté pour venir... pas délivré l'objet... Je sais qu'il n'appréciera pas, mais... »

Pointant son nez hors de sa cachette, Sano vit huit hommes rassemblés sur le sentier. Les deux gardes faisaient face à quatre samouraïs à cheval et à deux porteurs avec leur palanquin. Le crépuscule assombrissait le ciel déjà gris, empêchant Sano de distinguer les visages, ou les armoiries. Mais les gardes avaient salué les arrivants comme des camarades : c'étaient donc des hommes du seigneur Niu. Sano pria pour qu'ils s'approchent afin d'entendre leurs propos.

Soudain, une main frappa contre la cloison du palanquin. Les porteurs le posèrent au sol. La porte s'ouvrit et un petit homme en jaillit.

— Conduisez-moi au seigneur Niu Masahito, sur-le-champ ! piailla-t-il d'un ton furieux.

Les gardes l'empoignèrent. Il se débattit et courut vers le

shinden. Les samouraïs éperonnèrent leur cheval et lui bloquèrent l'accès à l'escalier. Cerné, l'homme pila. Les gardes le saisirent à bras-le-corps et l'entraînèrent vers le palanquin. L'homme trébucha et tomba sur le flanc, le visage tourné vers Sano.

Même à trente pas, Sano reconnut la tache qui barrait sa bouche et son menton. C'était Croque-Cerise, le marchand de shunga, l'ancien employeur de Noriyoshi.

Sa présence arracha un sourire à Sano. Les affaires qui avaient conduit le marchand de shunga au pavillon d'été des Niu avaient dû impliquer autrefois Noriyoshi. Ah, s'il pouvait découvrir la nature de ces affaires ! Sano refusait de croire que Croque-Cerise avait fait le long trajet pour livrer des œuvres d'art.

Les gardes traînèrent Croque-Cerise vers le palanquin. Il s'affala sur un monticule de terre, à côté de la chaise à porteurs.

— Déchargez la marchandise, et ramenez cette vermine au Yoshiwara, ordonna un garde aux porteurs.

— Je ne partirai pas avant d'avoir parlé au seigneur Niu ! glapit Croque-Cerise.

Les porteurs voulurent le relever, mais il se débattit à coups de pied et de poing.

Une porte s'ouvrit, puis la voix de Niu Masahito tonna :

— Que signifie ce remue-ménage ?

Croque-Cerise se releva prestement.

— Monseigneur, quel plaisir de vous voir ! minauda-t-il en s'inclinant bien bas. Une telle hospitalité est un honneur dont je ne suis pas digne.

Même dans ces circonstances défavorables, le marchand continuait ses pirouettes. Il fit quelques pas vers le pavillon, et tomba à genoux avant que les gardes ne le saisissent.

— Je m'excuse de vous imposer ma présence, mais il y a une chose dont j'aimerais discuter avec Sa Seigneurie.

— J'écoute.

Malgré les arbres qui lui bouchaient la vue, Sano devinait le visage rageur du jeune homme.

— Je crains que le prix de mes services n'ait augmenté, déclara Croque-Cerise. Peut-être préférez-vous en discuter à l'intérieur, en privé ?

Le seigneur Niu ignora l'invite.

— Nous avions un arrangement. Je ne vois pas de raison d'en changer.

Croque-Cerise se frotta les mains avec un sourire patelin.

— La mort de Noriyoshi m'a obligé à revoir notre accord.

Sano s'attendit à entendre le seigneur Niu protester. Mais le fils du daïmio sembla se désintéresser du marchandage.

— Très bien, consentit-il aussitôt. Combien ?

Croque-Cerise mentionna une somme qui parut exorbitante à Sano. Le marchand reprenait-il le rôle de maître chanteur à son compte ? Ou augmentait-il ses tarifs parce que la mort de son employé accroissait sa charge de travail ?

Le seigneur Niu ne posa pas de questions ; il se contenta de dire :

— Viens demain au yashiki. L'argent te sera remis. Débarrassez-moi de lui, lança-t-il aux porteurs. Et amenez-moi ce qu'il a apporté. Et plus vite que ça, le temps presse !

La porte claqua. Sano regarda les porteurs plonger dans le palanquin. Avec horreur, il les vit en ressortir un corps inerte, enveloppé dans une couverture. Ils le transportèrent dans le pavillon, comme un sac de riz. La tête de l'homme roulait. Atterré, Sano entr'aperçut ses paupières closes et ses joues pâles.

— Il est mort ? s'inquiéta l'un des samouraïs à cheval.

— Non, non, rétorqua vivement Croque-Cerise. Drogué, comme Sa Seigneurie l'a exigé. Il ne se réveillera pas avant deux bonnes heures.

Le marchand de shunga monta dans le palanquin, puis pointa sa tête hors de la cabine pour lancer :

— Je suis sûr que ce sera plus que suffisant, hé, hé, hé !

Sano quitta son poste d'observation et rampa prestement sous le corridor qui reliait le pavillon secondaire au shinden. Il désirait ardemment connaître le sort que Niu réservait à l'inconnu. Sano allait-il découvrir comment Noriyoshi faisait chanter le seigneur Niu, et pourquoi l'artiste était mort ? Les planches du corridor craquèrent au-dessus de Sano, et il entendit les porteurs peiner sous leur fardeau. Il les suivit en rampant jusqu'au pavillon secondaire. Ils s'arrêtèrent près de l'arrière du pavillon, et déposèrent le corps qui heurta le sol avec un bruit mat. Sano eut envie de sortir de sa cachette afin de jeter un œil dans la pièce.

C'était trop tôt : deux jambes approchaient du pavillon.

Sano se recula aussitôt. L'homme s'arrêtait de temps à autre afin de planter dans le sol des torches qu'il allumait ensuite. Une ligne de flammes dansantes entoura la cachette de Sano et éclaira le sentier jusqu'au portique. Des bruits de pas précipités parvinrent des communs. Des portes s'ouvrirent et se refermèrent. Lorsque Sano rampa pour scruter le jardin, il vit des servantes gravir l'escalier du shinden avec des plateaux chargés. Qu'était-ce donc ? Bien sûr, le seigneur et ses hommes devaient manger, mais l'agitation suggérait autre chose. Un banquet ? L'estomac de Sano gargouilla ; il avait faim. Il sortit de son manteau une part de mochi, et mordit à belles dents dans le gâteau de riz. La riche et dense nourriture qui soutenait les samouraïs pendant leurs longs voyages ferait taire son estomac avant qu'il n'attire l'attention.

Peu à peu, l'activité fébrile cessa. Un silence enveloppa la propriété à mesure que la nuit tombait. Plus personne ne marchait au-dessus de Sano. Il attendit avec une impatience grandissante ; il avait besoin d'action, autant pour réchauffer ses muscles engourdis par le froid, que pour satisfaire sa curiosité. Il se décida à sortir de sa cachette. Il commença par pointer la tête, puis les épaules. La voie étant libre, il se glissa hors du tunnel et se releva. Il vacilla, les jambes raides d'être resté si longtemps accroupi. L'air était froid, mais plus frais ; Sano respira à pleins poumons avec soulagement. Puis il longea le pavillon à croupetons. Devant la pièce du fond, il se redressa. Il s'aperçut avec déception que derrière les meneaux les fenêtres étaient fermées. Dans la pièce éclairée, il ne distingua que de vagues silhouettes. Il colla son oreille contre le mur. Cette fois, il entendit un gémissement sourd. Il fallait qu'il voie !

Il scruta la cloison à la recherche de fentes ou de trous, mais n'en trouva pas. En palpant le bois lisse, ses doigts rencontrèrent un orifice grossier, de la taille d'un œil. Sans doute un nœud. Et si...

Sano dégaina sa dague, enfonça la lame dans le cœur du nœud et tourna. Le nœud tint bon. Sano essaya encore. Avait-il senti le nœud bouger ? Il força doucement... et... Le nœud céda avec un craquement presque inaudible. Sano ne se précipita pas moins sous les pilotis. Et si le seigneur Niu l'avait entendu ? Sano resta immobile, étreignant sa dague, prêt à voir les gardes accourir. Mais rien ne se passa.

Il attendit un instant qui lui parut interminable, dans le silence pesant de la nuit, immuable, inquiétant et rassurant à la fois. Sano rampa hors de sa cachette. La dague toujours à la main, il examina les alentours, puis colla son œil contre le trou.

Un cercle de bougies allumées éclairait le corps nu d'un garçon étendu sur le sol. Pas encore un homme, mais un samouraï adolescent, avec une couronne rasée et la longue mèche qui signifiait qu'il n'avait pas encore subi la cérémonie du passage à l'âge adulte. Il gisait, immobile, les yeux clos. Une rougeur artificielle, sans doute les effets de la drogue, colorait son visage paisible. Niu Masahito se tenait au-dessus de lui, nu également, son membre érigé, les muscles luisants de sueur. Sa jambe droite atrophiée était couverte de cicatrices, monstrueuse déformation greffée sur un corps parfait. Ses yeux fiévreux lançaient des éclairs ; ses lèvres entrouvertes luisaient, humides. Sa poitrine se soulevait au rythme rapide de sa respiration haletante. Il se laissa tomber à genoux, à côté du corps du garçon, empoigna son propre organe d'une main avide et le caressa.

Renseigné par l'allusion de Croque-Cerise, Sano s'était attendu à ce genre de spectacle qu'il contemplait avec un dégoût mêlé de profonde déception. La prostitution d'enfants, même sous une forme incongrue comme c'était là le cas, était légale, banale, et socialement admise. Niu n'était coupable de rien d'autre que de satisfaire ses plaisirs hors de l'enceinte réservée du Yoshiwara. Même une jeune fille raffinée comme Yukiko avait dû le savoir. En outre, le seigneur Niu n'aurait jamais succombé au chantage de Noriyoshi, et il n'aurait eu aucune raison de le tuer pour un secret aussi inoffensif.

C'est alors que Niu empoigna un couteau de sa main libre. Il le brandit, la pointe dressée, de sorte que la lame scintilla dans la lueur des bougies. Il resta un instant comme pétrifié. Puis, il se pourlécha les lèvres, s'activa sur son membre, et d'un geste lent, mesuré, il abaissa le couteau. Il en caressa le cou du garçon endormi, et, avec une lenteur égale, il dessina une traînée rouge sur la chair rose. Une fine pellicule de sang colora la lame du couteau.

Glacé d'horreur par le spectacle monstrueux, Sano entendit trop tard des pas dans son dos.

21

En se retournant, Sano vit une femme, les yeux écarquillés par la peur. Elle ouvrit la bouche pour hurler.

L'instinct guida Sano. Il la saisit vivement et l'entraîna dans les bois, la bâillonnant d'une main tandis qu'il brandissait de l'autre la dague devant ses yeux terrifiés. Elle gémit, rua, se débattit, haletante.

— Je ne vous ferai pas de mal, souffla Sano. Mais ne criez pas.

Bouddha miséricordieux. Il ne voulait pas sa mort. *Pourvu qu'elle ne donne pas l'alerte !* Soudain, il la reconnut : la servante des Niu.

— O-hisa ! Vous vous souvenez de moi ? Sano Ichiro. Je vous ai vue au yashiki et aux funérailles de Damoiselle Yukiko. Si je vous lâche, vous promettez de vous taire ?

Elle acquiesça, puis cessa de lutter. Sano relâcha lentement sa prise, prêt à l'empoigner de nouveau ou à s'enfuir.

— Il recommence, hein ? murmura-t-elle en désignant la maison.

— Ah bon ? Il tue souvent des garçons pour son plaisir ?

Sano revit le seigneur Niu couper la gorge du jeune samouraï. Il devait le sauver... s'il n'était déjà trop tard. Il fit deux pas vers le shinden, puis se rappela les gardes, et s'arrêta. Ils le tueraient avant qu'il n'atteigne la chambre. Cependant, il devait intervenir, quitte à mourir en essayant de sauver la victime. La main crispée sur sa dague, il récita une prière silencieuse pour que les dieux lui donnent la force et le courage. Mais avant de s'élancer, il se retourna vers O-hisa. Il y avait une chose qu'il devait savoir avant d'affronter la mort.

— Yukiko était-elle au courant ? demanda-t-il, persuadé maintenant que Noriyoshi, de mèche avec Croque-Cerise, le savait, lui.

— Oh, non ! Non !

O-hisa branla la tête avec véhémence, et Sano pensa d'abord qu'elle parlait de Yukiko, mais elle ajouta :

— Il ne les tue pas. Il les coupe un peu, puis il les renvoie chez eux.

Sano ne la crut pas. Il avait vu le sang, et la soif meurtrière de l'assassin. Il courut jusqu'au shinden et colla son œil au trou.

Agenouillé au centre de la pièce, drapé dans un sous-kimono blanc, le seigneur Niu tournait le dos à Sano. Deux gardes enveloppaient le corps dans une couverture. Les yeux du garçon étaient toujours fermés, mais il gémissait doucement. La coupure superficielle, nettoyée, encerclait sa gorge comme un fil rouge.

Sano poussa un soupir de soulagement. Le garçon ne mourrait pas ce soir, et lui non plus. Rengainant sa dague, il retourna près d'O-hisa.

— Moi non plus, je ne comprenais pas, bégaya-t-elle, la voix aiguë. C'est de ma faute si Damoiselle Yukiko est morte !

— Chut !

Sano prit O-hisa par le bras et l'entraîna plus loin dans les bois.

— Qu'est-ce que vous me chantez ? Vous ne l'avez pas tuée, n'est-ce pas ?

Non, cette frêle servante n'était pas une meurtrière, impossible !

O-hisa réagit comme il fallait s'y attendre : elle fondit en larmes. Sano l'aurait bien réconfortée, mais ils ne pouvaient rester là indéfiniment. Une patrouille risquait d'arriver à tout moment. Il prit O-hisa par les épaules et la secoua avec rudesse.

— Expliquez-vous !

O-hisa hoqueta, lui lança un regard outragé, puis dit d'une voix précipitée :

— Damoiselle Yukiko est morte parce que je croyais que le jeune seigneur Niu tuait les garçons.

Puis elle se redressa, et ajouta avec une bravoure pathétique :

— L'honneur exige que je le paye de ma vie, mais je suis trop lâche. Arrêtez-moi, je vous en supplie !

Sano lâcha O-hisa et lança un regard inquiet vers le shinden.

— Vous feriez mieux de m'expliquer pourquoi vous vous jugez responsable de la mort de Damoiselle Yukiko, murmura-t-il.

Il tenait enfin un témoin qui savait pourquoi le jeune Niu avait tué Yukiko et Noriyoshi. Mais si elle continuait à dire n'importe quoi, il devrait la laisser et s'enfuir.

O-hisa libéra un torrent de paroles, comme pressée de partager un secret trop lourd à porter.

— J'ai commencé à travailler pour Dame Niu l'automne dernier. Après trois semaines au yashiki, l'intendante m'a envoyée ici pour servir le jeune seigneur Niu, qui vient au pavillon d'été quand sa santé l'oblige à quitter la ville. Il faisait chaud ; la fenêtre du jeune maître était ouverte, et j'ai jeté un coup d'œil en passant... J'ai vu... ce que vous savez.

« Deux nuits plus tard, la même chose, avec un autre garçon ! Je croyais qu'il les tuait. Tout ce sang... et ils ne bougeaient pas. Après, les hommes du jeune maître emportaient le corps. Au début, je n'ai rien dit à personne. Ce n'est pas à moi de dénoncer mon maître. Mais après la troisième fois, je ne pouvais plus le laisser tuer d'autres garçons. Alors, j'ai... je l'ai dit à Damoiselle Yukiko, qui était toujours si gentille avec moi.

La voix de O-hisa se brisa.

— Qu'a-t-elle fait ? demanda Sano qui dissimula son impatience tandis que O-hisa luttait pour recouvrer son calme.

— Elle ne m'a pas crue. Elle aimait trop son frère pour penser du mal de lui. Mais elle a voulu vérifier. Dès que le jeune maître est revenu au pavillon d'été, elle l'a suivi. J'étais là quand elle est arrivée, précisa O-hisa en montrant la fenêtre. Elle est entrée dans la pièce sans frapper.

O-hisa mit sa main devant sa bouche pour étouffer un cri. Sano se souvint que Midori lui avait dit que Yukiko était sortie seule, un soir. Le fait ne l'avait pas frappé, à ce moment-là ; maintenant, il comprit pourquoi elle était sortie. Il admira le courage de Yukiko et la confiance qu'elle avait en son frère, mais il regretta la naïveté qui l'avait poussée à s'immiscer dans la vie privée du seigneur Niu.

— Le seigneur Niu était avec un garçon, devina Sano.

O-hisa acquiesça vivement.

— Il avait des coupures à la gorge et à la poitrine. Le jeune maître se rhabillait. Quand il a vu Damoiselle Yukiko, il est entré dans une colère monstre. Il lui a reproché d'être entrée sans sa permission, et il l'a giflée. Damoiselle Yukiko s'est mise à pleurer. Elle lui a demandé comment il pouvait tuer des innocents et l'a supplié d'arrêter. Moi aussi, je pleurais. J'étais terrorisée. Le jeune maître a rétorqué que les garçons étaient simplement drogués, qu'il ne leur avait fait aucun mal. Alors, le garçon a gémi, puis il s'est redressé. Quand il a vu Damoiselle Yukiko et le jeune maître, et les coupures sur son corps, il s'est mis à hurler : « Qu'est-ce que vous m'avez fait ? Qui êtes-vous ? Où suis-je ? »

« Damoiselle Yukiko hurlait, elle aussi. Le jeune maître leur a ordonné de se taire. Oh, il était furieux ! Comme le garçon continuait à crier, il... il...

La voix d'O-hisa se fit si ténue que Sano dut se pencher pour l'entendre.

— Le jeune maître a dégainé son sabre et il a tranché la tête du garçon.

O-hisa enfouit son visage dans ses mains, et éclata en sanglots. Sano compléta mentalement le récit. La chambre éclaboussée de sang, l'horreur de Yukiko ; derrière la fenêtre, O-hisa pétrifiée. Le seigneur Niu, dont la fureur était retombée, s'empressant de camoufler son crime. Regrettait-il son penchant pour les garçons de sa caste de préférence aux eta ou aux vilains qu'il aurait pu tuer en toute impunité ?

— Damoiselle Yukiko s'est évanouie. Le jeune maître a appelé ses hommes, puis il a emporté Damoiselle Yukiko.

D'une voix tremblante, O-hisa raconta la scène telle que Sano l'avait imaginée.

— Les hommes sont arrivés. Ils ont emporté le corps. Après leur départ, j'ai entendu Damoiselle Yukiko pleurer dans le couloir. Et j'ai entendu le jeune maître la menacer : « Si tu racontes ce que tu as vu, je te tue ! »

Ainsi, il avait bien tué sa sœur ! La haute morale de Yukiko l'aurait empêchée de garder le silence, et il le savait.

Noriyoshi avait dû découvrir le meurtre, lui aussi, soit en espionnant, soit parce que Niu ne lui avait pas renvoyé le garçon qu'il lui avait procuré.

— Il savait que Yukiko le dénoncerait, alors il l'a tuée, reprit O-hisa, confirmant les soupçons de Sano. Ah, si j'avais parlé ! Elle serait encore en vie. C'était mon devoir de me sacrifier pour elle, mais j'ai failli.

O-hisa se jeta sur Sano, lui laboura la poitrine de ses ongles.

— Son esprit hante mes rêves. Je dois mourir pour qu'il aille en paix. Arrêtez-moi !

Sano la maîtrisa.

— Ce n'est pas de votre faute, O-hisa, assura-t-il, déplorant la loyauté tenace qui la poussait à préférer la punition pour elle-même plutôt que pour son maître. Si ce que vous dites est vrai, le seigneur Niu est le seul responsable de la mort de sa sœur. M'aiderez-vous à le faire payer pour son crime ?

O-hisa parut désemparée.

— Moi ? Oh, non !

— Si vous m'aidez, s'empressa Sano, vous rendrez la paix à l'esprit de Yukiko. Je vous en prie.

— Que puis-je faire ? demanda O-hisa avec une lueur d'espoir.

— Venez avec moi au conseil des Anciens. Vous leur raconterez ce que vous savez. Ils châtieront le jeune seigneur Niu.

Ils ne pourraient faire autrement quand ils entendraient le témoignage d'O-hisa. Fils de daïmio ou pas, pour un crime de cet ampleur, Niu Masahito n'échapperait pas à son juste châtiment.

Sano regarda O-hisa soupeser sa proposition. Puis elle s'arracha à son étreinte et hocha la tête.

— Non, marmonna-t-elle, je ne puis trahir mon maître. Je ne crains rien pour moi, mais il risquerait de punir ma famille. Et ça, je ne peux l'accepter. Je dois retourner là-bas, fit-elle en reculant. Je suis restée absente trop longtemps, ils vont me rechercher.

Sano était conscient du risque qu'il lui faisait courir, mais il comprenait mieux qu'elle où était son propre intérêt.

— Le seigneur Niu soupçonne sans doute que vous êtes au courant des meurtres, dit-il. Il sait que vous étiez là, le fameux soir. Pour l'instant, il vous laisse la vie sauve. Mais il préfère que le moins de domestiques possible connaissent ses vices et même si vous persistez à ne rien dire, il décidera de vous éliminer un jour ou l'autre pour avoir la paix. Vous subirez le même sort que Damoiselle Yukiko. Il n'y a qu'un moyen de vous protéger, vous et votre famille : remettre le seigneur Niu aux mains des autorités avant qu'il ne vous tue. Vous ne comprenez donc pas ?

O-hisa remua les lèvres en silence. Elle jeta des coups d'œil à droite et à gauche, comme pour chercher une issue.

— D'accord, finit-elle par déclarer. Le jeune maître rentre à Edo demain matin. Je l'accompagnerai avec les autres domestiques. J'irai alors devant le conseil des Anciens avec vous.

— Merci, O-hisa, s'empressa Sano. Où pourrions-nous nous rencontrer ? (Il eût été imprudent qu'il la rejoigne au yashiki.) Pourquoi pas devant l'armurerie de Musashi, à midi ? suggéra-t-il, sachant que tout le monde connaissait la boutique du Nihonbashi.

— D'accord. Au revoir.

Sur ce, O-hisa s'inclina prestement, puis tourna les talons et courut jusqu'aux communs.

Sano la regarda s'éloigner. Changerait-elle d'avis d'ici demain ? Parlerait-elle de leur plan aux autres domestiques qui risquaient d'en informer le seigneur Niu ? Sano n'avait pas le temps de s'en soucier. Il avait eu de la chance jusqu'à présent. Les gardes ne l'avaient pas vu. Il fallait partir avant qu'il ne soit trop tard. En outre, il était trempé jusqu'aux os, et le froid avait engourdi ses membres.

Néanmoins, il hésita, se souvenant de la conversation des gardes, de l'impatience du seigneur Niu, des préparatifs du banquet. Quels autres sinistres événements présageaient-ils ? N'y avait-il pas moyen d'obtenir des révélations supplémentaires sur les mobiles de Niu ?

Sano rampa jusqu'à ce qu'il aperçoive la façade du pavillon. Accroupi dans la fourche basse d'un gros arbre, il guetta. Il entendit bientôt des sabots marteler le sentier, au-delà du mur d'enceinte. La porte s'ouvrit pour laisser passer deux samouraïs qui suivirent l'allée bordée de torches au galop, descendirent de cheval devant le shinden et disparurent à l'intérieur. Quelques instants plus tard, deux autres cavaliers l'imitèrent, puis un seul. Et encore d'autres, seuls ou par deux. Il y eut bientôt vingt chevaux devant le shinden. Sano regretta de ne pas voir ce qui se passait à l'intérieur. Le rassemblement devait avoir un but secret ; sinon, le seigneur Niu aurait pu recevoir plus à l'aise au yashiki.

Un mouvement brusque sur sa gauche fit frémir Sano. Il vit alors des points lumineux à l'endroit où il avait été surpris par O-hisa. Les lumières convergèrent vers lui. Sano distingua alors les silhouettes trapues des gardes, éclairés par les torches qu'ils portaient. La peur lui tenailla les entrailles quand il comprit ce qu'ils disaient :

— L'intendante affirme qu'elle a entendu une voix inconnue par ici.

— Oh, elle a des hallucinations, satanée vieille pie.

— Vaut mieux pas prendre de risques.

Un sifflement aigu perça la nuit. Au grand désarroi de Sano, un des gardes du portique d'entrée quitta son poste et vint rejoindre les deux autres. Des brindilles craquèrent quelque part devant lui. Ils étaient à moins de cent pas.

Sano sauta de son observatoire et s'enfuit à toutes jambes. Il s'enfonça dans l'obscurité du bois. Il essaya d'avancer en silence, mais il ne voyait pas où il mettait les pieds. Des branches invisibles lui cinglèrent le visage ; il pataugea dans des flaques de boue.

— Hé, je crois avoir entendu du bruit par là !

Les gardes étaient sur ses talons. Une flèche siffla à ses oreilles ; une autre se ficha dans un arbre sous son nez. Sano plongea à plat ventre. Il bloqua sa respiration quand les pas des gardes s'arrêtèrent, puis il les entendit approcher furtivement. Luttant contre la panique, il rampa dans l'herbe et la boue. Il refréna un cri quand il roula le long d'une pente, courte mais abrupte. Il s'écorcha les genoux sur un sol caillouteux. Non loin luisait un petit ruisseau, faiblement éclairé par les étoiles qui brillaient entre les nuages gros de pluie. Sano trouva alors un refuge sous la forme d'un grand arbre mort qui se dressait en haut de la pente. Ses racines enchevêtrées dessinaient une grotte au bord du ru. Il rampa au plus profond qu'il put.

Les pas s'arrêtèrent au-dessus de sa tête : au son, il devina que les trois gardes étaient restés ensemble. Leurs torches miroitèrent dans l'eau du ru. Sano retint son souffle, de crainte que la buée de son haleine ne le fasse découvrir. Puis une voix déclara :

— Je crois qu'il a pris cette direction.

— Non. Il a dû sauter par-dessus le mur.

— Autant s'en assurer, répondit l'autre. Les ordres du jeune maître sont clairs : ne laisser entrer aucun étranger.

Les voix faiblirent à mesure que les gardes s'éloignaient. Sano rampa hors de sa cachette, et pointa sa tête au-dessus de la pente. Il vit les trois lumières s'agiter parmi les arbres ; l'une près du mur, les autres dans le bois. Il se détendit, mais s'aperçut aussitôt que ses soucis n'étaient pas terminés. La présence des gardes compliquait sa retraite. Il ne pouvait plus repartir par où il était entré, et il ne savait pas où se trouvait le mur d'enceinte opposé. En outre, il craignait de se perdre dans le bois, et il ignorait si d'autres patrouilles ne sillonnaient pas la propriété.

Une idée lui vint. Comme les trois gardes étaient partis à sa recherche, le pavillon était sans doute moins bien gardé. De plus, on s'attendait à ce qu'il fuît, et non qu'il retournât dans la gueule du loup. Pourquoi ne pas ramper sous les pilotis, et foncer ensuite vers le mur, à l'opposé du portique ?

Il avança prudemment vers le shinden, tâtonnant avant chaque pas afin de faire le moins de bruit possible. Il atteignit finalement l'orée de la clairière. Là, il resta un instant allongé à scruter la maison.

Un garde surveillait la porte d'entrée ; un autre patrouillait le long du shinden. Sano regarda l'homme faire deux rondes complètes afin de mémoriser son parcours. Aller devant le shinden, pause, scruter les environs, demi-tour, longer le pavillon jusqu'au corridor couvert, puis jusqu'au pavillon secondaire tout en surveillant les bois. Demi-tour, et même chose en sens contraire. Sano attendit que le garde ait presque atteint le pavillon secondaire, puis il traversa l'espace découvert comme une flèche et plongea sous la maison.

Il avança à croupetons jusqu'au corridor, et atteignit le shinden. Là, des voix étouffées et le craquement des pas lui parvinrent à travers le plancher. Le seigneur Niu et ses invités. Rampant jusqu'à l'arrière du shinden, Sano pointa sa tête au-dehors. Il ne vit personne sur la véranda ni dans le jardin. Les gardes de faction devaient être occupés à fouiller les bois. Sano sortit entièrement à l'air libre. Les voix se firent plus sonores, filtrant par les panneaux de papier des fenêtres à meneaux. Les hommes paraissaient agités, ils parlaient tous en même temps, et leurs propos étaient malheureusement inintelligibles. Craignant de recevoir une volée de flèches à tout moment, Sano comprit qu'il devait partir avant le retour des gardes. Il avait toujours la sandale et la pelote de ficelle, que demander de plus ?

Mais au lieu de s'enfuir en courant, il sortit sa dague. Il avait trop risqué pour repartir sans apprendre le fin mot de l'affaire. Grâce au vacarme des invités, il put à loisir découper un trou dans le papier de la fenêtre. Prudemment, il y colla son œil.

Des lampes à huile et des braseros enveloppaient la pièce dans un étrange brouillard lumineux. Au centre, vingt jeunes gens, assis en demi-cercle, discutaient avec passion, inconscients de ce qui pouvait se passer dehors. Sano reconnut quelques hommes que Niu avait rencontrés chez l'armurier et à l'académie d'arts martiaux. Ainsi, il ne s'était pas promené au hasard comme Sano l'avait cru. Il avait arrangé des rendez-vous « fortuits » pour convoquer les participants à la future réunion. Là, agenouillé sur une estrade, devant un paravent peint, il faisait face à ses invités. Un malaise, ponctué par des raclements de gorge, tomba sur les jeunes gens, comme s'ils redoutaient l'avis de leur chef.

Bien que des restes de repas encombre les plateaux, Sano trouva que la scène ressemblait davantage à un pique-nique improvisé qu'à un banquet. Les expressions sérieuses et la tension palpable lui apprirent qu'il ne s'agissait nullement d'une réunion banale. En outre, les hommes avaient gardé leurs armes, ce qui ne se faisait pas dans une réception mondaine. Sano faillit pousser un cri de surprise lorsqu'il reconnut les armoiries qui ornaient les kimonos : Maeda, Date, et Hosokawa. Le jeune seigneur Niu avait rassemblé les représentants des daïmio les plus importants, à l'exception des Tokugawa.

L'homme des Maeda prit la parole :

— Je trouve le plan trop risqué. Ça ne marchera jamais. Je propose qu'on étudie les autres solutions.

Sa remarque déclencha un concert de protestations passionnées ou d'approbations fiévreuses.

— Il a raison !

— Non ! Il faut appliquer le plan !

— Il n'y a pas de temps à perdre, il faut passer à l'action !

— Suffit ! tonna le seigneur Niu, qui avait regardé avec un sourire amusé ses compagnons se disputer.

Les visages se tournèrent vers lui, reflétant la crainte, le respect, et l'admiration. Sano comprenait que le seigneur Niu provoquât de telles réactions. Le fils du daïmio brûlait d'une passion qui enflammait son regard et grandissait son corps chétif. Même son teint, empourpré par sa récente décharge d'énergie sexuelle, suggérait un feu intérieur dont la chaleur attirait les jeunes gens. Dans quel but les avait-il rassemblés ? Sano se demanda s'il y avait un lien avec les meurtres ou s'il perdait son temps inutilement.

— Nous ne discuterons plus du plan, déclara le seigneur Niu, à la grande déception de Sano. (Il se leva, son infirmité à peine visible, et reprit :) Mais au cas où vous l'auriez oublié, laissez-moi vous rappeler pourquoi nous devons agir, et contre quoi nous nous élevons.

Sa voix, sonore et haut perchée, dominait la pièce, et retenait les hommes dans une attention figée, tandis qu'il arpentait l'estrade.

— Ne sommes-nous pas las à en mourir de la répression et des humiliations de nos oppresseurs ? Nos aïeux n'ont-ils pas été dépouillés de leurs fiefs ancestraux ? Ne les a-t-on pas obligés à se satisfaire de parcelles à l'autre bout du monde ? N'ont-ils pas souffert l'indignité d'une assignation à résidence, alternativement dans leurs provinces et à Edo ? Sont-ils libres d'aller et de venir selon leur gré ?

Un grondement courroucé parcourut l'assemblée. Les dos se redressèrent, les poings se crispèrent.

— Allons-nous laisser les Tokugawa nous ruiner impunément en nous forçant à financer la réfection de leurs châteaux, de leurs routes, de leurs canaux ? rugit le seigneur Niu, dont les yeux jetaient des éclairs. Pourquoi financer le gouvernement quand le shogun gaspille son argent avec son harem d'acteurs et de vilains ? Pourquoi devrions-nous le laisser nous dicter comment meubler nos maisons, ou même comment nous habiller ? Devrions-nous supporter ses espions ? Ou l'abominable harcèlement de ses inspecteurs quand nous empruntons le Tokaïdo ?

Le grondement devint un véritable vacarme.

— Nous ne l'admettrons plus ! lança une voix.

D'autres cris s'élevèrent, mais cessèrent dès que Niu reprit la parole.

— Tokugawa Tsunayoshi est un pauvre fou qui laisse son armée et son chambellan, le méprisable Yanagisawa, diriger le gouvernement et courtiser les femmes et les filles de ses ministres. Avec sa paix forcée, il cherche à nous abaisser à son niveau de dépravation. Allons-nous le laisser nous priver de notre occupation légitime : faire la guerre pour défendre notre honneur ?

— Non ! Non ! À bas les Tokugawa !

Sano dut ravaler un cri de surprise. Il bouillait littéralement. Le rendez-vous secret, le cadre isolé de la réunion, et le discours enflammé du seigneur Niu ne pouvaient signifier qu'une chose. Le plan en question constituait un complot contre le gouvernement des Tokugawa. Haute trahison ! Pour laquelle Niu Masahito, s'il était pris, serait exécuté et disgracié plus sûrement que s'il devait répondre du meurtre d'un enfant samouraï. Et pour laquelle sa famille partagerait son châtiment. Arrivé à ce point, Sano se demanda si Yukiko avait péri parce qu'elle avait assisté à un meurtre ou parce qu'elle avait découvert la conjuration. Et Noriyoshi ? Était-il au courant, lui aussi ?

— Laisserons-nous Tsunayoshi nous voler notre patrimoine de samouraï en même temps que nos valeurs, en nous rabaissant au rang de fonctionnaires efféminés qui protègent les chiens, ou de vulgaires ivrognes qui se chamaillent parce qu'ils n'ont rien de mieux à faire ?

— Non ! rugirent vingt gosiers à l'unisson.

— Alors, nous devons agir sans délai. Nous devons combattre comme notre naissance l'exige. Nous rendrons à nos noms l'honneur et la gloire qu'on leur a trop longtemps déniés !

Remis de son choc initial, Sano perçut dans la prestation du seigneur Niu une fausse note sous-jacente. Sa démarche fiévreuse, ses gestes enflammés, sa colère explosive et son élocution ampoulée avaient un côté exagérément théâtral. Le seigneur Niu jouait avec son public comme l'aurait fait un acteur, exploitant leur haine légitime des Tokugawa. Mais se souciait-il vraiment du traitement que le shogun infligeait à son clan ou à celui des autres daïmio ?

Néanmoins, son discours enthousiasma les jeunes gens.

— Oui ! Oui !

Le plancher vibra quand ils bondirent comme un seul homme, le métal cliqueta quand ils dégainèrent leurs épées et les brandirent bien haut.

Le seigneur Niu se baissa pour prendre derrière le paravent deux objets qu'il présenta avec solennité : un parchemin déroulé, à demi couvert de caractères, et un pinceau.

— Il est temps de prêter serment, annonça-t-il.

Il s'agenouilla, posa le parchemin et le pinceau sur l'estrade, puis dégaina sa dague. Un murmure parcourut la pièce quand il s'entailla la paume de la main. Il trempa le pinceau dans son sang, et dessina les caractères de son nom sous le texte. Son visage ne trahit aucun signe de douleur, mais certains jeunes gens grimacèrent. Un par un, ils montèrent ensuite sur l'estrade, entaillèrent leur paume, apposèrent leur signature sur le parchemin, puis retournèrent à leur place.

Sano ressentit des picotements dans la paume de sa propre main. Ces jeunes gens, bien qu'imprudents, ne plaisantaient pas. Un serment de sang était chose sérieuse. Sano aurait donné cher pour savoir ce que le texte disait.

Lorsque chacun eut signé, Niu se releva.

— Un poème pour commémorer cette occasion, annonça-t-il avec l'esquisse d'un sourire.

Puis, un doigt pointé sur le parchemin, il récita avec grandiloquence :

Le soleil se lève sur la plaine…
Bonne fortune à l'approche du Nouvel An.

Sano ne connaissait pas ce poème, qui ne lui sembla d'ailleurs pas très bon. Et sa signification lui échappa. Mais les conspirateurs l'accueillirent avec des applaudissements et des rires qui brisèrent la tension provoquée par le serment. Alors, le seigneur Niu se mit à déclamer des injures contre les Tokugawa, incitant ses hommes à la rébellion. La maison retentit de leurs cris.

— Nous prouverons bientôt à nos pères que nous sommes de vrais samouraïs ! tonna le jeune seigneur Niu. Ils seront fiers de nous appeler leurs fils !

Pour la première fois, la passion du seigneur Niu ne semblait pas feinte. Sano comprit que si les jeunes gens recherchaient le pouvoir et la gloire pour leur génération, le seigneur Niu, lui, agissait pour son père. Cette découverte lui permit paradoxalement de s'identifier au meurtrier. L'un comme l'autre, ils étaient soumis au devoir filial. Toutefois, chez Niu Masahito, une forme pervertie d'amour filial l'entraînait à exposer le daïmio aux bénéfices douteux et aux risques certains d'avoir un traître dans sa famille. Sano commença à désespérer d'apprendre les détails de la conjuration, même s'il n'en avait pas besoin pour clore son enquête. Le devoir exigeait qu'il dénonce le projet aux autorités. Mais il ne pouvait rester indéfiniment sans risquer de se faire prendre. Il jeta un regard par-dessus son épaule. Où étaient les gardes ?

Un silence soudain dans la pièce le força à reporter son attention sur la réunion. Il colla de nouveau son œil à la fenêtre. Il vit les hommes entourer un garde qui venait d'entrer dans la pièce.

— Que se passe-t-il ? demanda Niu.

Sa prestation l'avait épuisé ; haletant, il s'essuya le front d'un revers de manche. Le garde s'inclina.

— Je suis au regret de vous interrompre, maître, dit-il, mais je dois vous avertir qu'un étranger s'est introduit dans les lieux. Nous l'avons presque arrêté dans le bois, mais il a réussi à s'échapper.

Sano écouta, pétrifié. Puis il ressentit le besoin urgent de s'enfuir. Seul son désir d'en apprendre davantage le retint.

— Un espion ! s'exclama l'homme des Hosokawa.

Les autres lâchèrent une bordée de questions épouvantées et de lamentations.

— Non ! Serions-nous découverts ?

— Qui nous a trahis ?

— Qu'allons-nous faire ?

Ils paraissaient si jeunes, si impressionnables, et si aisément terrifiés que Sano se demanda comment ils espéraient mener à bien le plan qu'ils avaient concocté.

Le seigneur Niu s'avança au bord de l'estrade. Lui seul affichait le plus grand calme.

— Sots que vous êtes ! lança-t-il avec un rire sardonique. Pourquoi perdre du temps à jacasser et à s'inquiéter ? Attrapez-le et tuez-le ! Il ne nous espionnera plus.

— Il a raison ! Allons-y !

Sabre à la main, les jeunes gens se ruèrent vers la porte.

— Et ne cherchez pas seulement dans les bois... fouillez toute la propriété ! ordonna Niu.

Il resta sur l'estrade, bras croisés, immobile et sévère.

Sano n'attendit pas que la horde assoiffée de sang envahisse les lieux. Il fonça droit vers le mur d'enceinte, l'escalada et se perdit dans le noir protecteur des sous-bois.

22

Vêtu de robes de cérémonie blanches, comme un prêtre shintoïste, l'armurier, muni de ses pinces, sortit du fourneau une barre métallique chauffée au rouge. Son assistant s'empara de l'autre extrémité, et plia la barre en deux. Puis, psalmodiant des prières, les deux hommes se mirent à battre la barre métallique avec de lourds marteaux, premier pas du processus de pliage et de repliage de l'acier en un million de couches qui donneraient à la lame sa flexibilité et sa résistance. Chaque coup de marteau résonnait distinctement dans l'air matinal. Des apprentis s'empressaient, puisant de l'eau pour le trempage final, alimentant le fourneau en charbon. Une chaleur insoutenable enveloppait la ruelle qui séparait l'armurerie des fonderies où les artisans fabriquaient les fers à cheval et autres objets plus ordinaires.

Accoudé à une clôture en bois, Sano contemplait le travail des artisans tout en jetant des coups d'œil vers la ruelle. Des ouvriers passaient, chargés de métal brut et d'objets achevés. Chaque fois qu'une femme approchait, Sano se redressait, puis reprenait sa position en voyant que ce n'était pas O-hisa. Mais il ne s'inquiétait pas. Il était arrivé en avance au rendez-vous, et une brève attente n'était pas pour lui déplaire.

La veille, les hommes du seigneur Niu n'avaient pas réussi à l'attraper. Un bain chaud et quelques heures de sommeil dans une auberge avaient effacé les fatigues de la longue marche jusqu'à Edo, et le séjour tout aussi long dans une minable maison de thé où il avait patienté en attendant l'ouverture des portes de la ville. Vêtu de sec, ses deux épées à la ceinture, Sano envisageait l'avenir avec confiance. Le temps clair et vif épousait son optimisme renouvelé. Seul le souci constant que la santé de son père lui procurait obscurcissait ses pensées. Patience ! s'enjoignit-il. La sandale de Noriyoshi et la corde étaient toujours sous son manteau, prêtes à être présentées devant le conseil des Anciens. Et bientôt, O-hisa serait là, pour apporter son témoignage.

Sano retrouverait sa position et son honneur. Son père vivrait.

Midi passa. Dans la ruelle, l'activité se calma quand les artisans s'interrompirent pour manger, puis reprit de plus belle avec le retour au travail. Toujours pas d'O-hisa. L'optimisme de Sano déclina. Il commença à fabriquer des excuses à la servante. Le seigneur Niu avait décidé de prolonger son séjour au pavillon d'été et il l'avait gardée auprès de lui. Dame Niu l'avait retenue pour une tâche quelconque. O-hisa se libérerait dès qu'elle le pourrait. Peu à peu, cependant, Sano dut envisager le pire : O-hisa avait changé d'avis. Ou elle avait été découverte et réduite au silence. Elle ne viendrait plus. Sano avait perdu l'occasion de sauver l'honneur de la famille, et tout espoir de guérison pour son père.

La panique le poussa à l'action. Il traversa le Nihonbashi et fonça au quartier des daïmio. Il arrivait devant le portique des Niu quand la porte s'ouvrit. Il eut une brève bouffée d'espoir, vite réprimée, quand, au lieu d'O-hisa, il vit un samouraï à cheval sortir au galop. Un coup d'œil vers l'homme obligea Sano à se cacher précipitamment. C'était le jeune Niu.

Sano soupesa vivement l'alternative. Il pouvait attendre O-hisa, qui ne viendrait peut-être jamais. Ou suivre le fils du daïmio et obtenir, qui sait ? des précisions sur la conjuration. Sa curiosité lutta avec son engagement envers O-hisa. Il fit un pas dans la direction du seigneur, hésita, revint vers le portique. Finalement son besoin d'action positive emporta sa décision. Il s'élança à la poursuite du cavalier.

Il eut plus de mal à le suivre que la veille, non parce qu'il était à pied et le seigneur Niu à cheval mais à cause de la foule. Bien que le Setsubun ne commencerait officiellement qu'à la tombée de la nuit, les rues du Nihonbashi grouillaient de citadins qui avaient déjà commencé à fêter l'événement. Des jeunes gens déguisés en femmes abordèrent Niu avec des mimiques aguicheuses, ils ne s'écartèrent que lorsque le seigneur les menaça de son sabre. Des enfants lancèrent des pétards sous les sabots de son cheval effrayé. Des maîtresses de maison se hâtaient, chargées des emplettes de dernière minute. Dans cette confusion, un homme à cheval n'allait pas plus vite qu'un piéton. Mais sans son déguisement, Sano était obligé de traîner loin derrière sa proie s'il ne voulait pas se faire reconnaître. Des gens lui bouchèrent le chemin, la vue. Et s'il confondait Niu avec un quelconque cavalier tout de noir vêtu ? Un ivrogne accosta Sano, l'éclaboussant de saké. Engagés dans une furieuse bataille avec des épées en bois, un groupe d'adolescents se mit en travers de sa route. Sano émergea avec soulagement de la foule dans une vaste rue relativement paisible, bordée de magasins luxueux et de maisons de riches marchands. Il vit juste à temps le cheval et son cavalier disparaître dans une allée de traverse. Il pressa le pas, mais un tohu-bohu de cris, de cavalcades et de piétinements lui fit barrage.

Une horde de samouraïs à cheval déboucha du coin de la rue. Les hommes portaient des bannières ornées du cercle barré d'une croix, blason des Asano. Au-devant, des éclaireurs écartaient la foule en hurlant :

— Place ! Place ! Prosternez-vous !

Autour de Sano, les gens s'exécutèrent en hâte. Ils lâchèrent leurs paquets et tombèrent à genoux dans le caniveau, bras tendus devant eux, front contre terre. Ils savaient que les samouraïs n'hésiteraient pas à exercer le *kirisute* — leur droit de trancher la tête des manants qui ne se prosternaient pas assez vite devant le passage d'un daïmio. Sano bondit, espérant traverser la rue devant le cortège, mais des rangées de corps lui bouchèrent la voie.

Le cortège défila en fanfare. D'abord les cavaliers, hautains et raides. Puis des centaines de domestiques portant des paniers de provisions et de trésors. Ensuite des soldats, coiffés de larges chapeaux ronds en osier, qui avançaient en « fendant l'air » de leur démarche caractéristique. Enfin le luxueux palanquin du daïmio, suivi par un interminable régiment de samouraïs et de domestiques.

Sano courut en crabe, espérant traverser la rue après leur

passage. Il ne pouvait se permettre de perdre le seigneur Niu. Mais il ne parvint pas à tourner le coin de la rue ; là, une muraille de piétons l'empêcha d'avancer. Piaffant d'impatience, Sano dut attendre que la procession passe son chemin.

La rue se vida enfin. Les manants ramassèrent leurs affaires et retournèrent à leurs occupations. Sano traversa en courant, s'engagea dans l'allée, pour s'apercevoir que sa proie avait disparu sans laisser de traces.

Maudissant son infortune, Sano parcourut les rues, demandant aux piétons et aux marchands :

— Avez-vous vu un jeune samouraï passer à cheval ?

Personne ne l'avait vu. Soit que la procession ait retenu toute leur attention, soit parce qu'un cavalier était chose trop banale pour être remarquée.

Sano refusa d'abandonner. Il escalada l'échelle branlante d'une tour de guet et scruta le lacis des rues. Au loin, il vit plusieurs cavaliers, mais il lui fut impossible de distinguer celui qu'il cherchait parmi eux, si toutefois il y était. Il descendait de son perchoir quand il remarqua une silhouette familière sortir d'une auberge.

Croque-Cerise, la main en visière pour se protéger du soleil, tendait le cou, comme s'il cherchait quelqu'un. Il portait sur l'épaule un gros ballot qui rebondit contre ses reins quand il se mit à courir.

Sano sauta des derniers échelons, atterrit en trébuchant, et s'élança à la poursuite du marchand de shunga. Il se souvint que, la veille, Niu lui avait dit qu'il lui remettrait son argent ce matin même. Peut-être que les deux hommes s'étaient déjà vus, et qu'ils s'étaient arrangés pour se rencontrer de nouveau loin de la propriété des Niu. Si Croque-Cerise ne le conduisait pas jusqu'à Niu, Sano retournerait devant l'armurerie, et il attendrait O-hisa.

Croque-Cerise paraissait se méfier. Il ne cessait de regarder par-dessus son épaule, bifurquait soudain dans une rue, ou se cachait derrière des pancartes. Il entrait dans des magasins, des maisons de thé, y restait un instant, puis jetait des coups d'œil inquiets à la ronde avant de ressortir. Une fois, il resta si longtemps que Sano se demanda quelle mésaventure lui était arrivée à l'intérieur. Puis, comprenant le piège, il fit le tour du pâté de maisons, juste à temps pour voir Croque-Cerise s'esquiver par la porte de derrière.

Il faillit le perdre une seconde fois dans le marché aux poissons qui s'étendait sur les rives du canal, à côté du pont Nihonbashi. Croque-Cerise plongea dans le vaste bâtiment, se fraya un chemin dans la foule bruyante qui bouchait les étroites travées bordées d'étals. Sano zigzagua entre les barriques de maquereaux et de thons vivants, les paniers de palourdes et de coquilles Saint-Jacques. Les relents de poisson pourri lui heurtèrent les narines. Il tomba sur un attroupement de clients qui marchandaient le prix de trois énormes requins, pendus à des crochets. Quand il réussit à se frayer un chemin à coups de coude, Croque-Cerise était déjà loin. Penché au-dessus d'un étal d'algues, il discutait avec le commerçant.

Sano le rattrapa à temps pour l'entendre s'égosiller :

— J'ai besoin de mon argent tout de suite ! Allez, donne !

— Mais je ne l'ai pas ! protesta l'homme.

Marri, Croque-Cerise poussa un juron, tourna les talons et s'enfuit. Il fonça sous l'arche de la porte et émergea en plein soleil. Sano se précipita. Son pied glissa sur les écailles et les entrailles de poisson qui maculaient le sol, et il manqua tomber. Pourquoi Croque-Cerise avait-il désespérément besoin d'argent après avoir extorqué une fortune au seigneur Niu ? Sano pensa questionner le marchand d'algues, mais craignit de perdre sa nouvelle proie.

Dehors, Croque-Cerise fonça vers le canal, où des pêcheurs avaient amarré leurs barques pour vendre leurs prises à la criée. Sano se rua derrière lui. Croque-Cerise examinait chaque embarcation, puis poursuivait sa route, désabusé. Il adressa la parole à plusieurs pêcheurs, et Sano réussit à grappiller quelques bribes :

— Avez-vous vu... ?... la barque devait m'attendre...

N'obtenant que des réponses négatives, Croque-Cerise retourna vers le marché. Mais au lieu d'entrer, il coupa à travers une allée et entra dans l'une des échoppes d'un bâtiment miteux dont les murs de plâtre avaient viré du blanc au gris terreux.

Sano hésita à vingt pas de la porte. « Ici, on sert du sushi frais », proclamait l'enseigne. Des maisons de thé peuplées de pêcheurs encadraient l'échoppe. Voyant que Croque-Cerise ne reparaissait pas, Sano se demanda s'il devait contourner le bâtiment pour l'attendre devant la porte de secours ou patienter dans une maison de thé. Croque-

Cerise avait-il rejoint Niu ou essayait-il de semer un éventuel poursuivant ? Sano s'aventura devant le restaurant de sushi et coula un œil dans l'échoppe.

Un comptoir courait le long de la salle exiguë à hauteur de poitrine, et s'arrêtait juste devant le mur du fond où un rideau fermait la porte donnant sur la cuisine ; derrière le comptoir, le chef, un bandeau bleu cerclant son crâne, découpait des tranches de poisson cru, les recouvrait de riz et d'algues, et les distribuait à ses sept clients avec une rapidité et une précision remarquables. Croque-Cerise était debout au comptoir, dos à la porte d'entrée. En grande conversation avec son voisin, il se désintéressait de son plat.

La pièce était sombre et enfumée. Sano risqua le tout pour le tout. Il entra dans le restaurant, s'installa au comptoir, séparé de sa proie par deux solides gaillards, des pêcheurs empestant la pipe qui grognèrent un salut et se poussèrent de mauvaise grâce pour lui faire une place.

— Qu'est-ce que ce sera, maître ? demanda le chef sans lever les yeux.

— N'importe quoi, pourvu que ce soit bon, répondit machinalement Sano.

La tête dans les épaules, il s'efforçait de capter la conversation de Croque-Cerise.

Ce dernier avait déposé son ballot. Il gémit en tordant ses mains d'insecte :

— Oui, je sais que c'est une somme, et qu'elle dépasse même notre accord.

Pour une fois, il avait abandonné ses plaisanteries douteuses et ses insultes voilées ; l'angoisse avait cassé son esprit de repartie.

— Mais j'en ai besoin, et tout de suite.

Son compagnon n'était pas le seigneur Niu, mais un gros homme aux cheveux gris et aux vêtements élimés qui marmonna un grognement que Sano ne déchiffra pas. Était-ce un usurier ? Ou une autre victime du chantage de Croque-Cerise ? Hélas, le chef choisit ce moment pour intervenir.

— Sushi dansant, le meilleur de la ville, aboya-t-il en glissant une assiette sous le nez de Sano. Régalez-vous !

— Merci.

À l'aide de ses baguettes, Sano saisit une crevette encore frétillante et la croqua, maudissant le chef trop bavard.

Il avait manqué la réponse complète de Gras-Double.

— Pas m'inquiéter ? rugit Croque-Cerise. C'est facile à dire, tu n'es pas en danger de mort !

Sano avala ses crevettes sans les apprécier. Il comprenait maintenant la signification du ballot de Croque-Cerise, sa fuite angoissée, son besoin d'argent, et le bateau. Quelque chose, ou quelqu'un, l'avait effrayé au point de le forcer à quitter précipitamment Edo. Était-ce le seigneur Niu ? Croque-Cerise avait peut-être reçu de lui une menace de mort en guise de paiement.

Grognements inaudibles de Gras-Double.

— Je dois partir, dit Croque-Cerise. Où est l'argent que tu me dois ?

— Thon et dorade, annonça le chef en glissant deux plats sur le comptoir.

Sano leva une main pour signaler qu'il ne voulait plus rien. Il vit Gras-Double prendre une bourse sous son manteau miteux et la tendre à Croque-Cerise. Puis, il fronça les sourcils en remarquant ses mains. Trop blanches, trop fines et trop gracieuses pour appartenir à un manant, elles lui parurent familières. Une image passa devant ses yeux : les mêmes mains agitant un éventail. Il regarda Gras-Double de plus près, et se figea, bouche bée, les baguettes en l'air.

La perruque grise et les vêtements rembourrés transformaient efficacement l'âge et la silhouette de l'inconnu. Son visage était potelé, probablement grâce à des boules de tissu dans les joues et les narines, mais il n'avait pas pu déguisé ses mains, qui révélèrent à Sano sa véritable identité.

Gras-Double n'était autre que Kukinojo, le grand acteur de kabuki, habillé en homme pour un rendez-vous secret.

Sano détourna vivement la tête avant que Kikunojo ne puisse le reconnaître. Il avait plus ou moins rejeté la culpabilité de l'acteur, mais sa soudaine réapparition soulevait d'importantes questions. Kikunojo avait menti en prétendant qu'il avait refusé de payer le maître chanteur, mais était-ce son seul mensonge ? Son aventure amoureuse avec une femme mariée ne cachait-elle pas une relation avec Yukiko ? Aurait-il pu la tuer, et Noriyoshi avec, de crainte que l'une ou l'autre en avertisse les Niu, qui l'auraient massacré s'ils l'avaient appris ? S'était-il déguisé pour suivre Sano sur le Tokaïdo et avait-il tué Tsunehiko ?

Autant de questions qui restaient sans réponse. Dans sa panique, pressé de s'enfuir, Croque-Cerise monopolisait la parole. Sano tendit l'oreille.

— ... j'aurais jamais dû augmenter mes tarifs... ignorais qu'il était aussi dangereux... il me coupera la tête si je ne décampe pas vite fait...

Croque-Cerise murmurait à peine, mais Sano saisit le sens général. Le seigneur Niu n'avait pas toléré l'extorsion. Est-ce que Croque-Cerise croyait — comme Sano, bien que Kukinojo fît aussi un suspect de choix — que le seigneur Niu avait tué Yukiko, Noriyoshi, et le jeune samouraï, et qu'il n'hésiterait pas à commettre un autre meurtre pour se protéger ? La terreur du marchand de shunga laissait penser que oui. Alors, pourquoi avait-il persisté à le faire chanter ? Sano ressentit une certaine admiration pour l'audace de Croque-Cerise et pour son esprit d'entreprise. L'affreux nabot sautait sur toutes les occasions de remplir sa bourse.

Kikunojo marmonna une réponse inaudible.

— Mais au début, l'idée n'était pas si téméraire ! (Dans son agitation, Croque-Cerise avait oublié de baisser la voix.) Tu me crois assez bête pour suivre l'exemple de mon misérable employé ? s'écria-t-il avec un petit rire hystérique. Non, j'ai simplement suggéré qu'une augmentation de ma commission était inévitable. À cause de la mort du garçon. J'ai dû payer une fortune à ses parents pour qu'ils ne préviennent pas la police. Comment aurais-je pu savoir que le seigneur... qu'une certaine personne se méprendrait sur mes intentions et s'imaginerait que, moi aussi, j'étais un informateur des metsuke, et que j'exigeais de l'argent pour ne pas révéler sa conjuration aux autorités ?

Sano faillit avaler sa dorade de travers. Que Noriyoshi ait appris le complot ne le surprenait pas, ni qu'il ait essayé d'en profiter pour arrondir son magot. Mais il n'aurait jamais imaginé que l'artiste fût un informateur des espions des Tokugawa. Cette révélation renforçait sérieusement le mobile du seigneur Niu. Un secret était incontestablement plus dangereux dans les mains d'un informateur que dans celles d'un simple maître chanteur ! Sano comprit que Noriyoshi, avant de rapporter ses informations aux metsuke, s'efforçait d'en tirer un profit maximum. Hélas pour lui, Niu avait fait en sorte qu'il ne vive pas assez vieux pour dénoncer le complot.

— La conjuration des Vingt et Un... s'écria Croque-Cerise, de plus en plus hystérique. Tous âgés de vingt et un ans. Tous des fils de daïmio. Noriyoshi disait qu'ils voulaient restaurer l'ancienne gloire de leurs clans. Oh, dangereux, oui, dangereux, parce que le seigneur Niu est fou et que rien ne l'arrêtera avant qu'il n'ait atteint son but... (Croque-Cerise éprouva le besoin de souffler.) Tu permets ? fit-il en désignant la bouteille de saké que Kikunojo avait posée sur le comptoir.

L'acteur acquiesça ; Croque-Cerise l'éclusa, toussa, puis s'essuya la bouche.

— Noriyoshi prétendait que, aussi bizarre que ça paraisse, ils risquaient même de réussir ! Il disait...

Allez ! l'encouragea Sano en silence, *allez ! Tu m'as appris qui ils étaient. D'ailleurs, j'aurais deviné tout seul, à cause des armoiries. Je sais déjà ce qu'ils veulent. Dis-moi maintenant ce qu'ils ont décidé !*

— Ils veulent assassiner le shogun ! conclut Croque-Cerise, comme en réponse à la question de Sano.

Les mots firent courir un frisson d'horreur sur la peau de Sano, puis ses doigts cherchèrent convulsivement ses baguettes. Tuer le shogun ? Au mieux, attirer les foudres des Tokugawa sur leurs clans ; au pire, déclencher une nouvelle ère de guerre civile, si chacun prétendait s'approprier le poste vacant de la dictature militaire suprême. Folie ! Mais avant que Sano n'ait repris ses esprits, une main s'abattit sur son épaule.

— Sano-san !

Lâchant ses baguettes, Sano grimaça en entendant son nom. En tournant la tête vers celui qui l'avait apostrophé, il vit Croque-Cerise lui lancer un coup d'œil effaré.

— Qu'est-ce qui vous amène ici, maître ?

C'était le petit marchand ratatiné qui vendait du poisson dans le quartier de ses parents.

— Je croyais que vous travailliez pour le magistrat. Vous êtes yoriki, non ?

— Chut ! fit Sano, qui essaya de faire taire l'intrus d'un geste irrité.

En même temps, il coula un regard vers Croque-Cerise et Kikunojo. Trop tard ; les dégâts étaient faits.

Les deux hommes le regardaient avec insistance, et leur expression ne laissait aucun doute : ils l'avaient reconnu ! Ils bondirent aussitôt dans deux directions opposées. Kikunojo se rua vers la porte d'entrée, se débarrassant de son manteau dans la foulée. Les coussins qui avaient dessiné son obésité se répandirent par terre. Croque-Cerise, quant à lui, empoigna son ballot et disparut derrière le rideau qui masquait la porte de la cuisine.

— J'ai parlé à votre mère, hier, poursuivit le poissonnier, surpris de l'accueil glacial de Sano. Il paraît que votre père n'est pas au mieux. Ah, sale nouvelle ! Je lui apporterai du foie de baleine la prochaine fois que je... hé, Sano-san, où courez-vous comme ça ?

Sano jeta des pièces sur le comptoir. Il regrettait amèrement de laisser filer Kikunojo, à qui il aurait aimé poser quelques questions, mais il devait rattraper Croque-Cerise et tâcher d'en apprendre davantage sur le complot contre le shogun, à qui il devait loyauté et obligation. Il écarta le rideau, s'engouffra dans la cuisine. Une femme vidait des poissons. Elle hurla quand Sano la renversa en se ruant vers la sortie.

— Pardon ! Excusez-moi ! bredouilla-t-il.

Il déboucha dans une ruelle fétide, et aperçut Croque-Cerise détaler vers le canal.

— Attendez ! cria-t-il. Je veux seulement vous parler !

Croque-Cerise poursuivit sa course, entravée par son ballot encombrant. Sano gagna du terrain, mais il le reperdit quand des hommes, sortis à l'improviste d'une maison de thé, lui bouchèrent le chemin. Sano se dégagea juste à temps pour voir Croque-Cerise entrer dans l'eau et grimper sur un bateau de pêche.

— Attendez, Croque-Cerise ! cria Sano, haletant, zigzaguant entre les chiens, les piétons et les monceaux de filets.

— Vite ! Vite ! pesta Croque-Cerise qui, dans sa hâte, faillit faire chavirer l'embarcation.

D'un coup de godille, le pêcheur lança sa barque vers la rivière Sumida.

Sano s'enfonça jusqu'aux genoux dans l'eau froide et putride, et s'agrippa au bateau.

— Je vous en prie, Croque-Cerise, expliquez-moi tout ! Quand veulent-ils opérer ? Où ? Comment ? Il faut qu'on les arrête, vous ne comprenez donc pas ? Je vous en prie !

Croque-Cerise martelait les mains de Sano en tempêtant :

— Laissez-moi tranquille ! Foutez le camp !

Le bateau roula, tangua, et chavira. Croque-Cerise et le pêcheur tombèrent à la renverse au milieu de cris et d'éclaboussures. Sano saisit le marchand de shunga par le col et lui plongea la tête sous l'eau. Une fois, deux fois.

— Tu vas parler, oui ?

Croque-Cerise suffoquait ; il gémissait chaque fois qu'il émergeait, mais refusa de parler. Sano lui maintint la tête sous l'eau aussi longtemps qu'il le put sans le noyer. La résistance de Croque-Cerise faiblit. Sano le tira hors de l'eau et demanda :

— Quand ? Où ? Comment ?

Écarlate, ses yeux de punaise emplis de terreur, le marchand de shunga toussa et s'étrangla. Il cracha de l'eau par la bouche, par le nez, mais persista à se taire.

— Tuez-moi si vous voulez, maître, geignit-il, mais ça ne vous servira à rien. J'ignore quand, où et comment le seigneur Niu compte assassiner le shogun !

23

O-hisa n'avait pas envie d'être assise dans la salle de couture de la propriété des Niu. Elle n'avait pas envie de fabriquer des vêtements de poupée pour les filles du daïmio, sous la direction de Yasue, la couturière-chef. Voyant l'heure de son rendez-vous avec Sano s'éloigner, son esprit vagabonda vers l'armurerie où il l'attendait pour l'emmener devant le conseil des Anciens. Mais elle ne pouvait faire autrement que de rester assise à coudre, et à rêver de fuite

— Quand tu auras fini celui-là, dit Yasue en montrant le minuscule kimono dont O-hisa cousait l'ourlet, il y en aura encore plein d'autres. (Elle désigna les soieries aux couleurs vives qui s'entassaient à côté d'elle.) La fête des Poupées a lieu dans un mois, et il nous reste deux cents poupées à habiller. Nous attirerons le malheur sur cette maison si nous n'avons pas terminé à temps.

Yasue ne quittait pas O-hisa des yeux.

— Oui, Yasue-San, soupira cette dernière.

Autrefois, O-hisa aurait adoré ce travail qui lui rappelait son foyer, et son enfance heureuse. Sa mère et sa grand-mère étaient toutes deux veuves ; la couture était leur maigre gagne-pain. Mais elles lui offraient toujours une poupée pour la fête annuelle des jeunes filles. Le soir, après leur journée de travail, elles s'asseyaient autour du poêle de leur unique pièce, dans le quartier le plus pauvre du Nihonbashi, et elles cousaient les vêtements de poupée à la lueur de la lampe. O-Hisa les revoyait : sa mère, les traits tirés, qui lui apprenait les points avec douceur et patience. Sa grand-mère aveugle, qui l'encourageait en souriant tandis que ses mains expertes façonnaient miraculeusement des vêtements qu'elle ne pouvait voir. Pour toutes trois, la dixième et dernière fête des Poupées d'O-hisa, juste avant son départ pour son premier emploi, avait été particulièrement émouvante.

— Ne pleure pas, O-hisa, lui avait dit sa grand-mère. Tu reviendras nous voir pour le Jour de l'An, quand les domestiques sont toutes de congé.

— Sois brave et obéissante, ma fille, avait recommandé sa mère, baissant la tête pour cacher ses larmes.

Une atroce nostalgie poignarda O-hisa. Elle soupira, affligée par la comparaison entre le passé et le présent. Ses mains manipulaient de la soie, au lieu des chutes de coton que sa mère mettait de côté. Les poupées seraient en porcelaine, et non en bois ou en paille. Mais c'étaient celles des filles du daïmio, pas les siennes. Et le rituel familial était dépouillé de tout plaisir à cause de la présence de ses compagnes actuelles.

Les doigts noueux et arthritiques de Yasue ne pouvaient plus tenir une aiguille. Elle ne gardait sa place que parce qu'elle avait autrefois servi la famille de Dame Niu et qu'elle était venue à Edo avec sa maîtresse quand celle-ci s'était mariée. O-hisa savait que sa véritable fonction était de rapporter à Dame Niu tout ce qui se passait dans les appartements des femmes.

À côté de Yasue était assise la servante O-aki. Une fille robuste, qui ne souriait jamais, et dont les mains, de véritables battoirs, pouvaient tordre le cou d'un bœuf. Les autres domestiques l'évitaient parce qu'elle rapportait tout à Dame Niu : les erreurs, les moindres ragots, les petits larcins et les écarts de conduite. Un jour, elle avait surpris un marmiton en train de voler du riz dans l'office. Elle lui avait cassé le bras et l'avait conduit devant Dame Niu.

— Tes points sont bien trop gros, gronda Yasue. Fais-les plus petits. Quelle empotée ! Ta mère ne t'a donc rien appris ?

— Mille excuses, Yasue-san.

La pièce où elles travaillaient était comme une oasis de paix dans l'agitation ambiante. Bien que la mort de Yukiko et la période de deuil traditionnelle eussent modéré les festivités, les préparations du Setsubun allaient bon train. À son retour du pavillon d'été, O-hisa avait trouvé la maisonnée dans un état d'effervescence contenue.

On entendait les autres domestiques se hâter pour achever le ménage avant le Nouvel An. Les enfants surexcités se poursuivaient dans les couloirs en faisant un raffut infernal. Des rires et des gazouillis parvenaient des appartements des femmes, où les filles du daïmio, ses concubines et leurs dames d'atours essayaient les robes qu'elles porteraient aux réceptions. Des domestiques s'affairaient à leurs différentes tâches : faire chauffer l'eau des bains, coiffer les dames et les demoiselles, administrer les massages, servir le thé. Des cuisines montaient les odeurs alléchantes des repas du lendemain. O-hisa avait cru qu'elle pourrait profiter de la confusion pour s'enfuir et rejoindre Sano. Clouée dans la salle de couture, elle comprit qu'elle ne participerait pas aux préparatifs du Setsubun et qu'elle n'arriverait jamais à s'esquiver. Combien de temps Sano l'attendrait-il ? Comment le retrouverait-elle s'il était déjà parti ? Ah, pourquoi ne lui avait-elle pas parlé plus tôt ?

Mais quand et où l'aurait-elle fait ? Même si le seigneur Niu ne lui avait pas dit un mot, ni fait comprendre qu'il savait qu'elle avait assisté au meurtre, elle faisait l'objet d'une étroite surveillance depuis la mort de Damoiselle Yukiko. Combien de fois avait-elle remarqué ou entendu des portes s'ouvrir et se refermer sur son passage tandis que des observateurs invisibles espionnaient ses moindres faits et gestes ? Elle ne sortait plus faire des courses sans être accompagnée. O-aki avait emménagé dans la chambre qu'elle partageait avec trois autres domestiques. Et dès qu'O-hisa était rentrée du pavillon d'été, le filet s'était resserré sur elle. Yasue et O-aki l'avaient accueillie à la porte, et ne l'avaient plus quittée depuis.

O-hisa leur coula un regard inquiet. Que se passerait-il si elle tentait de s'enfuir ? O-aki lui briserait-elle le bras ? Ou bien Yasue en aviserait-elle simplement le seigneur Niu ? Peut-être la ferait-il tuer ? O-hisa avait presque envie de se rendre. Après tout, elle avait mérité la mort. Mais elle avait encore rêvé de Damoiselle Yukiko la veille. Ses yeux noirs implorants dans un visage blême. Ses doigts fins, déjà rongés par les vers, noués dans une prière déchirante. Ses longs cheveux noirs ondoyant dans les remous du torrent. Si elle pouvait rendre la paix à ce fantôme désespéré en aidant Sano à conduire le seigneur Niu devant la justice, elle était prête à essayer. Le jeune yoriki l'avait convaincue que c'était le seul moyen de protéger sa famille de la colère du seigneur Niu. La partie de son être qui tenait à la vie espérait que Sano avait raison, et qu'elle trouverait un plan pour échapper à ses geôliers.

— O-hisa !

La voix aigre de Yasue la tira de ses pensées.

— Tu viens de coudre l'ouverture de la manche ! À l'avenir, tâche de faire attention.

— Oui, Yasue-san. Pardon, Yasue-san.

Penaude, O-hisa courba la tête et défit les points. Lorsqu'elle reprit sa couture, ses mains tremblaient tellement qu'elle planta l'aiguille dans son doigt. La violence de la douleur lui fit monter les larmes aux yeux. Suçant le sang qui perlait, elle pleura son enfance perdue. Catastrophée, elle imagina Sano quitter le rendez-vous sans l'attendre.

Deux domestiques passaient dans le couloir ; O-hisa entendit leur conversation.

— Tu as nettoyé le pavillon du jardin nord ?

— Non, je croyais que tu t'en occupais.

— On ferait mieux d'y aller tout de suite. Sinon, Dame Niu sera fâchée.

Le jardin nord n'était pas loin du portique secondaire.

— Je devrais peut-être aller les aider, suggéra timidement O-hisa.

— Non, tu resteras ici, rétorqua Yasue d'un air sévère.

Voyant O-aki sourire perfidement, O-hisa sentit ses forces l'abandonner. Puis une idée lumineuse lui vint. Elle se leva, s'inclina, et afficha son air le plus innocent, un sourire d'excuse aux coins des lèvres.

— Où crois-tu aller comme ça ? gronda Yasue.

— Aux soulagements, si vous permettez, dit O-hisa, utilisant la formule polie en vigueur dans la maison pour désigner les lieux d'aisances.

Yasue fit la moue, visiblement ennuyée, craignant de désobéir aux ordres, mais incapable de refuser une demande aussi légitime.

— Va, et tâche de faire vite. O-aki va t'accompagner.

Assombrie par la présence lugubre de sa garde du corps, O-hisa se rendit aux cabinets des servantes, une minuscule bâtisse, à l'écart du reste de la maison. On l'atteignait par un couloir exigu et une volée de marches. Une fois dans la pièce sans fenêtres, elle ferma la porte et pria en silence. Puis, l'estomac révulsé par l'horreur qu'elle s'apprêtait à faire, elle souleva ses robes et les attacha autour de sa taille afin d'être libre de ses mouvements. Ah, si elle avait gardé ses chaussures ! Mais mieux valait s'enfuir pieds nus que de ne pas s'enfuir du tout. Ravalant son dégoût, elle s'agenouilla devant le trou.

Malgré les fréquents nettoyages et l'utilisation généreuse d'herbes aromatiques, le trou émettait une forte odeur d'urine et d'excrément. O-hisa scruta le compartiment obscur sous le plancher surélevé des lieux, où elle aperçut la bassine à moitié pleine. Luttant contre la nausée, elle s'assit sur le rebord du trou et y glissa lentement ses jambes.

O-hisa retint son souffle, chercha la bassine de la pointe des pieds, la trouva, puis se laissa tomber en faisant un brusque écart pour l'éviter. Mais elle avait mal jugé. En atterrissant, son pied renversa la bassine. Une infâme boue tiède éclaboussa ses jambes et souilla ses chaussettes. En même temps, elle éprouva le besoin urgent de respirer. La puanteur l'assaillit ; O-hisa eut un haut-le-cœur. Accroupie dans le compartiment fétide, elle plaqua une main contre sa bouche, priant pour que O-aki n'ait rien entendu. L'obscurité la désarçonna. Où était la trappe par laquelle les domestiques vidaient et nettoyaient la bassine ?

Elle explora le réduit à tâtons, trouva la trappe, et l'ouvrit précipitamment. Ajoutée à sa panique, son envie de vomir lui fit perdre toute prudence. Elle se faufila par l'ouverture de la trappe sans se soucier d'être découverte. Libre ! Elle resta un instant étendue au sol, respirant l'air pur à pleins poumons. Puis elle se releva, et courut à toutes jambes, tout en arrangeant son kimono. La peur l'affaiblissait ; son cœur battait à se rompre, mais elle trouva force et courage en pensant à sa mère et à sa grand-mère. Après sa visite au conseil des Anciens avec Sano, elle rentrerait chez elle pour toujours. Plus question de retourner chez les Niu.

Chacune des nombreuses ailes de la propriété recelait des dangers potentiels. O-hisa évita les appartements des femmes et les cuisines. Elle préféra foncer vers les appartements inoccupés des hommes, où le daïmio, ses fils aînés, et leurs proches conseillers résidaient quand ils étaient à Edo. Là, elle serait loin du seigneur Niu, qui habitait dans une aile séparée, et loin des regards indiscrets des domestiques.

Elle s'arrêta pour s'orienter. Elle n'était jamais venue dans cette partie du yashiki, et les fenêtres closes, les jardins déserts, la prirent au dépourvu. Où se trouvait le portique secondaire ?

O-hisa choisit une direction au hasard. Elle n'avait pas de temps à perdre. O-aki ouvrirait bientôt la porte, s'apercevrait de sa fuite, et préviendrait Yasue. On enverrait des gardes à sa recherche.

Traversant un sentier étroit qui courait entre deux bâtiments, O-hisa entendit un frottement. Une porte qui s'ouvrait ? Elle laissa échapper un petit cri, se retourna d'un bond, puis respira avec soulagement en comprenant d'où venait le bruit : une branche que le vent agitait contre un mur. O-hisa avait presque envie qu'on l'attrape pour mettre fin à sa peur et à l'incertitude. Mais le souvenir de sa famille raviva sa détermination. Dans quelques heures, elle serait chez elle. Elle imagina la joie de sa mère et de sa grand-mère quand elles la verraient arriver leur souhaiter la Bonne Année avec un jour d'avance. Elle se pelotonnerait dans les bras de sa mère, oublierait le meurtre auquel elle avait assisté, et la terreur qui ne l'avait plus quittée depuis. Elle ne penserait plus à rien qu'à ce doux moment de joie exquise. Elle ne penserait pas à l'inquiétude ni au malheur de sa mère quand elle apprendrait pourquoi elle avait déserté son poste, et comment les Niu risquaient de les châtier.

O-hisa avala les derniers mètres du sentier et déboucha dans un jardin où d'énormes rochers escarpés ornaient une esplanade de graviers blancs. Ses pieds laissèrent des empreintes dans les lignes parallèles soigneusement ratissées.

Elle allait atteindre le portique, à l'autre bout du jardin, quand elle entendit des crissements de pas derrière elle. Elle se retourna à demi, sans s'arrêter. Elle voulut pousser un cri lorsqu'elle reconnut son poursuivant et vit son regard impitoyable. Mais le cri ne sortit jamais de sa gorge.

Une corde jaillit au-dessus de sa tête, s'enroula autour de son cou, le serra, serra. Une ombre rouge explosa dans son crâne, O-hisa toussa, étouffa. Elle se débattit, empoigna la corde ; ses ongles s'enfoncèrent dans sa chair ; le sang bouillonna dans ses tympans. Ses dents se refermèrent comme un piège sur sa langue. Elle chercha aveuglément les mains de son agresseur, mais elle ne rencontra que le vide.

— Aaah, aaah ! gargouilla-t-elle dans un dernier effort pour appeler à l'aide.

Personne ne vint. Le rouge vira au noir intense. O-hisa se sentit sombrer dans un tourbillon de plus en plus rapide. Avant de perdre conscience, elle revit l'image bénie de son foyer, sa mère et sa grand-mère assises près du poêle. Elles lui souriaient avec amour et lui faisaient des signes de bienvenue. O-hisa voulait tellement les serrer dans ses bras. Rassemblant ses dernières forces, elle lutta pour sa vie. Elle devait survivre afin de les revoir. Mais l'image se troubla, et une autre s'imposa à elle.

Damoiselle Yukiko. Radieuse, un sourire d'infinie compassion aux lèvres, elle tendit une main pour accueillir O-hisa dans la mort.

24

Le château d'Edo se dressait sur une colline boisée. C'était une immense fortification, véritable ville dans la ville qui abritait dans ses murs massifs le shogun Tokugawa Tsunayoshi, sa famille, ses alliés les plus proches, et une armée de soldats, de fonctionnaires, et de serviteurs.

En grimpant vers les douves, Sano jetait des regards respectueux vers ce symbole de la suprématie des Tokugawa, qui lui avait toujours inspiré une crainte mêlée d'effroi. Pour la première fois, il comprit toute la folie du seigneur Niu. Quel hommc sain d'esprit oserait défier une telle puissance ? Le château se dressait depuis près de cent ans, et il semblait prêt à résister encore plusieurs siècles, à en juger par la solidité de ses défenses. D'innombrables samouraïs occupaient les salles de garde qui couronnaient les murailles. D'autres faisaient le guet dans les tours. Au-dessus des murs, le donjon s'élevait sur cinq étages, tour carrée blanche à laquelle s'accrochaient de nombreuses tours plus petites. Ses pignons et ses fenêtres munies de barreaux procuraient autant de lignes de feu aux archers et aux artilleurs ; ses murs et ses toits de tuile pouvaient résister aux flèches enflammées et aux boulets. Au niveau du sol, un bataillon de gardes surveillait la porte principale renforcée de plaques de fer. Armés de mousquetons et d'épées, ils contrôlaient le flot ininterrompu du trafic.

En observant les visiteurs, surtout des samouraïs que des occupations légitimes attendaient à l'intérieur des murs, Sano se sentit plus qu'intimidé. Il n'avait jamais franchi la porte du château ; sa famille n'était pas assez importante, et lui d'un rang trop inférieur pour avoir eu cet insigne honneur. Cependant, il savait que, quelque part dans les profondeurs du palais, se trouvait le quartier général des espions des Tokugawa. Là, les metsuke collectaient et interprétaient les renseignements réunis par leurs agents et leurs informateurs à travers le pays, renseignements qu'ils remettaient ensuite au shogun et à ses conseillers. C'était à eux que Sano devait apporter les informations qu'il possédait sur la conjuration des Vingt et Un.

Et cependant il hésita à franchir le pont. À part la parole de Croque-Cerise, il n'avait aucune preuve que la conjuration se proposait de tuer le shogun. Il ignorait quand, comment et où la tentative d'assassinat devait avoir lieu. Sa propre conviction que le complot fournissait le mobile du seigneur Niu pour ses meurtres n'influencerait pas les autorités. Après tout, Raiden avait été exécuté pour les assassinats de Yukiko et de Noriyoshi, et la mort de Tsunehiko avait été attribuée à un brigand de grand chemin. Sano devrait raconter son histoire depuis le début, présenter ses conclusions, et espérer que les metsuke tirent de son récit les mêmes que lui. Il prit son élan, redressa le torse et traversa le pont.

— J'aimerais avoir une audience avec les metsuke, dit-il aux gardes après s'être identifié.

Ils le toisèrent d'un air blasé, et l'un d'eux ordonna :

— Montrez-moi votre laissez-passer !

— Je n'en ai pas. Mais il s'agit d'une affaire d'une extrême importance.

Sano avait prévu qu'il lui serait difficile de franchir le rideau de sécurité qui protégeait les occupants du château des menaces physiques, mais aussi des gêneurs.

— J'apporte des nouvelles d'une importance vitale pour le shogun, ajouta-t-il. Je vous prie de me laisser en avertir les metsuke.

— D'une importance vitale, hein ? s'amusa le garde, appuyé sur sa lance. Et si vous me disiez de quoi il s'agit ? J'en ferai part à qui de droit, rassurez-vous.

Devinant comment son récit serait altéré en passant par le canal bureaucratique du château — sans compter qu'il risquait de ne jamais arriver aux oreilles des metsuke —, Sano refusa énergiquement.

— Je dois parler aux metsuke, personnellement.

— Eh bien, c'est impossible, rétorqua le garde, qui avait abandonné son vernis de courtoisie.

Il appartenait à l'infanterie des Tokugawa, connue pour son arrogance et sa grossièreté.

— Laissez un message ; les metsuke vous convoqueront s'ils veulent vous voir. Sinon décampez. On n'a pas que ça à faire.

Et il se tourna vers un groupe de samouraïs qui venait d'arriver.

Sano avait réussi à arracher un renseignement important de Croque-Cerise avant de le libérer : le nom du metsuke avec qui Noriyoshi était en rapport. Mais Croque-Cerise avait hésité entre Jodo Ikkyu et Toda Ikkyu. Sano risqua le tout pour le tout.

— Toda Ikkyu réclamera vos têtes si vous ne me conduisez pas à lui sur-le-champ.

Le garde se retourna d'un coup.

— Vous êtes une créature de Toda ? fit-il avec un rictus narquois. Pourquoi ne pas l'avoir dit plus tôt ?

Il frappa sur la porte avec sa lance et cria un ordre. Un garde sortit.

— Conduis cet homme à Toda Ikkyu.

Le garde fit signe à Sano de le suivre. On l'avait pris pour un informateur de Toda. Eh bien, c'était vrai, en quelque sorte. Sano avait aussi compris comment fonctionnait la bureaucratie : par la manipulation et la peur.

À l'intérieur, d'autres murs formaient un enclos carré destiné à piéger les ennemis qui auraient réussi à pénétrer les premières défenses du château. Au moins vingt soldats montaient la garde, raides et froids. Ils délestèrent Sano de ses épées et le fouillèrent. Puis ils ouvrirent une autre porte, perpendiculaire à la première.

Celle-ci donnait sur une vaste cour bordée de longs appentis en bois tendus de rideaux rouges. À l'intérieur, Sano aperçut des rangées et des rangées d'armes : épées, arcs, lances, mousquetons. Des centaines de samouraïs en armure se tenaient devant ou sous les appentis. D'autres encore, montés sur des chevaux caparaçonnés pour le combat, sillonnaient la cour. L'odeur des chevaux flottait dans l'air ; les bruits de pas et le grondement des voix résonnaient. Sano et son escorte franchirent une deuxième douve, et arrivèrent devant une autre muraille. Le donjon, qui s'élevait au-dessus, paraissait encore plus sinistre et plus indestructible. Sano se sentit tout petit, insignifiant, devant cet étalage de puissance militaire. Décidément, la folie du seigneur Niu le dotait d'un courage surhumain !

Passé une seconde barrière de sentinelles, passé un pont, Sano pénétra dans un autre enclos, peuplé de gardes armés jusqu'aux dents, puis il dut franchir une autre porte. Celle-ci ouvrait sur une rampe étroite qui montait en tournant à angles droits. Des meurtrières trouaient les murs des chemins de ronde qui couraient le long des hautes murailles. À intervalles réguliers, des ouvertures assez larges permettaient aux défenseurs de déverser des pierres sur les assaillants qui auraient tenté d'escalader les murs. Des sentinelles campaient devant les ouvertures, les meurtrières. Les visiteurs que Sano croisa étaient tous accompagnés de gardes. Seuls les samouraïs arborant fièrement les armoiries des Tokugawa déambulaient en armes et sans escorte. Sano perdit bientôt le compte des salles d'armes et des portes qu'il franchit. Tokugawa Ieyasu avait bâti sa forteresse pour soutenir un long siège, mais ses descendants étaient-ils à l'abri d'une trahison ? En se souvenant de la lueur fanatique qu'il avait surprise dans les yeux de Niu, Sano s'interrogea. Mais peut-être que la conjuration des Vingt et Un avait prévu de tendre une embuscade au shogun à l'extérieur du château, loin de ses légions de soldats ?

L'ultime porte amena enfin Sano et son garde dans l'enceinte proprement dite. Là, des escouades de gardes patrouillaient un jardin impeccablement dessiné, parsemé de platanes, de pins et de rochers. Une vaste allée de gravier menait au palais.

Sano s'arrêta machinalement pour contempler l'édifice qu'il n'avait jamais imaginé voir un jour. Vaste, peu élevé, le palais était blanc, avec des boiseries, des volets et des portes en cyprès sombre. Son lourd toit de tuiles foncées était agrémenté de nombreux pignons, chacun surmonté d'un dragon doré. Paisible et élégant, le palais somnolait dans une oasis de tranquillité, loin de l'effervescence des rues d'Edo. Seuls les faibles échos de la musique et des pétards venaient troubler sa sérénité : on célébrait le Setsubun à l'intérieur de l'enceinte, dans les cours et les pavillons des daïmio. Sano repensa au discours du seigneur Niu, et il se dit que les Niu et les autres clans avaient financé une bien belle demeure pour les Tokugawa.

Le garde interrompit ses pensées.

— Dépêchez-vous ! ordonna-t-il.

Ils traversèrent le jardin, puis les gardes de faction leur ouvrirent la porte sculptée du palais. Ôtant ses chaussures dans le grand vestibule, Sano s'émerveilla de sa chance inouïe : il aurait visité le palais au moins une fois dans sa vie !

À l'intérieur, un labyrinthe de corridors s'étendit devant Sano, qui serpentaient à travers la partie périphérique du bâtiment, occupée par les bureaux du gouvernement. Tombant des fenêtres munies de lourds barreaux, le soleil dessinait des rais lumineux sur les planchers en cyprès. De vastes salles conduisaient vers des salons de réception aérés, où Sano admira estrades, dais brodés, plafonds marquetés, luxueuses peintures murales... Les plus petites salles étaient bordées de cabinets. Là, par quelques portes ouvertes, on apercevait un fonctionnaire dicter un mémoire à son secrétaire, ou une réunion en cours. À deux reprises, le garde qui escortait Sano salua une patrouille ; une autre fois, ils s'inclinèrent ensemble devant un officiel qui les croisa dans un déploiement de robes. Pour le reste, le palais semblait désert. Un calme étrange habitait le grand complexe qui devait d'ordinaire grouiller d'activité. Sous leurs pas, les craquements du plancher résonnaient à travers les couloirs vides. D'autres bruits étouffés parvenaient de temps à autre du cœur du palais. Tendu, impressionné, Sano sursautait à chaque craquement.

— Le Setsubun grommela le garde. Tous ces fainéants qui travaillent dans les bureaux sont en vacances.

Il conduisit Sano le long d'un passage exigu et sombre, puis ouvrit la seule porte du couloir. Ils débouchèrent dans une longue pièce étroite, divisée en compartiments par des cloisons de papier et de bois. Chaque compartiment possédait sa propre fenêtre. En passant devant ceux-ci, Sano vit des bureaux et des étagères surchargés de rouleaux de parchemin, de livres, de nécessaires à écriture. Des cartes géographiques tapissaient les murs, dont certaines plantées de punaises multicolores. Ainsi, c'était cela le service de renseignements du château ! Une forte odeur de tabac se mêlait aux herbes aromatiques qu'on brûlait pour la Nouvelle Année. Mais les metsuke, dont la fumée des pipes avait noirci les boiseries, n'étaient pas là. La pièce était froide, silencieuse et sombre, la plupart des volets fermés. Aucune lampe ne brûlait, sauf dans le dernier compartiment.

Là, un homme vêtu de noir contemplait un mur d'étagères. Au bruit de leurs pas, il fit le geste de redresser quelques livres, puis se retourna.

— Qu'est-ce que c'est ? demanda-t-il au garde. Qui est cet homme ?

— Un de vos informateurs, Toda-san, répondit le garde, surpris.

Sano étudia Toda Ikkyu avec curiosité. C'était le premier metsuke qu'il rencontrait. Il n'avait jamais vu un personnage aussi banal. Toda n'était ni grand ni petit, ni gros ni maigre. D'âge indéterminé, ses épais cheveux noirs auraient pu laisser croire qu'il était jeune, n'eût été la profonde lassitude qu'on lisait dans ses yeux. Ses traits réguliers, dénués de signes particuliers ou de beauté, auraient pu être ceux de n'importe qui. Même après l'avoir étudié minutieusement, Sano n'était pas sûr de pouvoir se souvenir de son visage. Sans doute cette extrême banalité était-elle un avantage dans la profession de Toda.

— Ce n'est pas un de mes informateurs, déclara Toda d'une voix aussi lasse que son regard. Je ne l'ai jamais vu.

— Mais... il affirme que...

— Je me moque de ce qu'il affirme, coupa Toda. Remmenez-le. Et faites en sorte qu'on ne m'interrompe plus. Est-ce trop vous demander, ou dois-je en aviser vos supérieurs ?

Le visage du garde s'assombrit.

— Venez ! ordonna-t-il à Sano, en le poussant vers la porte. Je m'occuperai de vous dehors.

— Attendez ! fit Sano. Toda-san ! (Il s'inclina profondément.) Accordez-moi un instant, je vous en prie. J'ai une chose très importante à vous dire. Il s'agit d'un complot contre le shogun. (Voyant la moue sceptique de Toda, il ajouta :) Cela concerne aussi votre ancien informateur, Noriyoshi.

Une lueur d'intérêt alluma le regard las de Toda.

— Très bien, dit-il. Mais que ce soit bref. Attendez dehors, ordonna-t-il au garde.

Lorsqu'ils furent seuls, Toda s'agenouilla et fit signe à Sano de l'imiter.

— D'abord vos noms et antécédents, afin que je sache à qui je parle.

Ou si tu peux me croire, ajouta Sano en silence, tandis qu'il déclinait son nom et sa lignée.

Toda fronça les sourcils.

— N'êtes-vous pas le yoriki que le magistrat Ogyu a récemment congédié ?

Les mauvaises nouvelles voyagent vite ; Sano perdit aussitôt toute crédibilité.

— C'est exact, admit-il. Cependant, je vous prie d'oublier vos préjugés et de m'écouter. Ensuite, vous déciderez si je dis ou non la vérité, et si mon information est digne de parvenir au shogun.

Sans attendre la permission, il déballa son histoire, en commençant par son affectation à l'affaire du shinju.

L'insignifiant Toda avait tout de même un tic distinctif. Il tapotait machinalement chaque ongle de sa main gauche de l'ongle de l'index droit. Il fit cela sans qu'on perçoive aucun bruit pendant que Sano parlait, et continua, son regard impénétrable fixé sur le visiteur, pendant une éternité après que celui-ci eut fini de raconter son histoire. Au loin, des pétards crépitèrent, un battement régulier de tambours résonna. Sano tressaillit intérieurement.

— Ainsi, dit finalement Toda, vous prétendez que Niu Masahito, et non le lutteur Raiden, récemment exécuté, a tué Noriyoshi afin de l'empêcher de m'avertir de la conjuration des Vingt et Un ?

— C'est exactement cela.

Le metsuke était-il convaincu ? Son ton neutre ne trahissait rien. Sano essaya de tirer espoir du fait que Toda ne l'avait pas encore fait jeter dehors. S'apercevant qu'il avait oublié la sandale et la ficelle, Sano les déposa sur le plancher pour que Toda les inspecte, et il lui expliqua leur signification.

— Voici mes preuves.

— Vous croyez que le jeune seigneur Niu a tué aussi sa propre sœur, soit parce qu'elle était au courant du complot, soit parce qu'elle avait assisté à un meurtre ? Et que le meurtre de votre secrétaire, également perpétré par le seigneur Niu, était en fait une tentative d'assassinat contre vous ?

— Oui.

Toda hocha lentement la tête en tapotant ses ongles.

— Une version romanesque très ingénieuse, murmura-t-il.

Sano défaillit.

— Vous ne me croyez pas ?

Il maudit sa naïveté. Les officiels de haut rang n'atteignaient leur position qu'en apprenant à naviguer avec le courant, pas en lui résistant. Il aurait dû s'y attendre.

— Si vous pensez que je doute de votre bonne foi, je m'en excuse, Sano-san. Je vous assure que ce n'est pas le cas. Si, si, je vois bien que vous croyez à votre version. Mais votre parti pris vous aveugle. Vous cherchez d'abord à vous venger des Niu que vous rendez responsables de vos malheurs. Ensuite, vous essayez de prouver que vous pouvez mieux résoudre une affaire criminelle que votre ancien supérieur. Et enfin, vous voulez vous libérer de la culpabilité que vous éprouvez à cause de la mort de votre secrétaire. Vu votre position, comment espérez-vous qu'on vous croie ?

— Non ! protesta vivement Sano. Je n'ai rien inventé, et vous vous trompez si...

Il s'arrêta en comprenant que Toda s'était fermé à ses arguments dès qu'il avait appris son nom. L'injustice le remplit d'une rage impuissante. Mais il tempéra ses émotions, sachant qu'il y avait des choses plus importantes que sa fierté blessée. Il ne pouvait se permettre de s'aliéner davantage Toda.

— Avant de rejeter mes informations, enquêtez au moins sur le seigneur Niu et sur ses amis, plaida-t-il. Faites-le pour le shogun. S'il existe ne serait-ce qu'une infime possibilité de tentative d'assassinat, ne pensez-vous pas qu'il serait bon qu'il soit au courant afin de prendre les mesures de protection adéquates ?

— Le shogun est déjà fort bien protégé... et contre des dangers *réels*. Sa puissance militaire est absolue, et des conspirateurs tels que vous les décrivez — s'ils existent — n'ont aucune chance de parvenir à leurs fins. L'époque où un soulèvement comme celui de la Grande Conspiration des Ronin pouvait réussir est révolue depuis longtemps. En outre, je vous assure que les clans des daïmio, y compris celui du seigneur Niu, ont de puissants intérêts à soutenir le régime. Ils régissent leurs provinces et détiennent une grande part de la richesse du pays. Dans une guerre contre les Tokugawa, ils risqueraient de tout perdre.

Avec une ironie qui le fit presque sourire, Sano para les arguments qu'il avait lui-même utilisés contre Katsuragawa dans des circonstances différentes.

— Les conspirateurs sont des jeunes gens téméraires et ambitieux qui ne possèdent pas l'instinct de conservation de leurs aînés. Et d'après ce que je sais du seigneur Niu, il n'est pas homme à laisser la logique gouverner ses passions. Sans doute à cause de la folie qui habite sa famille.

— Nous sommes parfaitement conscients des tendances du jeune seigneur Niu. Il n'y a rien que vous puissiez nous dire sur lui que nous ne sachions déjà. Il ne représente pas une menace crédible pour le shogun.

Malgré le ton condescendant de Toda, et son impassibilité, une certaine raideur du metsuke apprit à Sano qu'il venait de marquer un point. Pourquoi pas un second ?

— Peut-être sous-estimez-vous le seigneur Niu à cause de son infirmité, suggéra-t-il.

Mais Toda se contenta de hocher la tête d'un air encore plus las. Il se leva, alla à l'étagère et prit un carnet. Puis il revint s'agenouiller, et l'ouvrit sur ses genoux.

— Seigneur Niu Mahasito, lut-il lisait en suivant les colonnes de caractères du doigt. Né avec la jambe droite déformée, infirmité due au... (Il cita l'avis des médecins et des astrologues qui avaient assisté à la naissance.) Réside à Edo avec sa mère parce que son père ne supporte pas sa vue.

Toda tourna quelques pages, et poursuivit :

— À l'âge de quinze ans, il tua un ronin dans un duel qu'il avait lui-même provoqué. La même année, il conduisit une bande dans une attaque contre un campement d'eta et tua dix personnes. À seize ans, il frappa un jeune prostitué à mort et fut banni du Yoshiwara. Depuis, il se fait apporter des garçons à son pavillon d'été d'Ueno. Il préfère la masturbation et la mutilation superficielle d'un partenaire assoupi par les drogues à l'acte sexuel lui-même. À l'âge de dix-sept ans...

La liste était longue. Incident après incidents, tous plus barbares les uns que les autres, entrecoupés de détails intimes sur la vie du seigneur Niu. Atterré par les excès du jeune homme, Sano n'en était pas moins impressionné par la richesse des informations à la disposition des metsuke. Avaient-ils réussi à introduire des espions parmi les serviteurs et les vassaux des Niu ? Peut-être savaient-ils tout ce qu'il y avait à savoir sur le jeune seigneur Niu. Peut-être le complot n'était-il rien d'autre qu'une comédie jouée par de jeunes oisifs.

— Tous ces incidents ont été étouffés grâce à la fortune et à l'influence des Niu, conclut Toda. Mais cela ne nous a pas empêchés de les connaître. Vous pouvez constater que nous possédons suffisamment d'informations pour juger de la personnalité du seigneur Niu. Nous ne le sous-estimons pas... et nous ne le surestimons pas davantage.

Les metsuke s'imaginaient peut-être que le seigneur Niu, n'ayant encore blessé personne d'importance, ne commencerait jamais. Cette certitude, jointe à leur foi inébranlable en la toute-puissance du shogun, les aveuglait.

— Comment être sûr que votre réseau d'espions fonctionne comme il le devrait ? demanda Sano. J'ai l'impression qu'en engageant des maîtres chanteurs vous courez le risque qu'ils utilisent leurs informations pour leur compte personnel avant de vous en faire part. C'est d'ailleurs ce qu'a fait Noriyoshi.

— Noriyoshi n'était pas un de nos informateurs.

Voyant la surprise écarquiller les yeux de Sano, Toda expliqua :

— C'est vous qui l'avez dit ; je ne l'ai jamais confirmé. Noriyoshi était un simple particulier que nous surveillions de temps à autre, comme n'importe quel habitant du Yoshiwara en contact avec des personnages importants. Mais nous ne l'avons jamais employé dans nos services. Comme vous l'avez justement souligné, les maîtres chanteurs ne font pas des informateurs fiables.

Là-dessus il grimaça un sourire de façade qui ne rida même pas ses yeux. Sano le contempla, désorienté. Il était persuadé que le metsuke mentait. Mais pourquoi ? Pour sauver la face ? Pour protéger son réseau ? Noriyoshi mort, qu'est-ce que cela changeait qu'on sache qu'il travaillait pour Toda ?

— Vous m'avez consenti une audience parce que je savais que Noriyoshi était votre informateur, rappela-t-il à Toda.

De cela, Sano était sûr. Cependant, il traversa un moment

de doute ; comme lors des tremblements de terre, il eut l'impression troublante que le sol se dérobait sous ses pas. Le déni pur et simple de Toda sembla tout remettre en cause. Avait-il fabriqué l'histoire pour les raisons que Toda avait définies ? Était-il crédule au point d'être la proie d'illusions mensongères ? Certes, le magistrat Ogyu et Katsuragawa Shundaï soutiendraient cette version. De même que le conseil des Anciens s'il s'avisait d'aller les voir sans O-hisa. Un désespoir grandissant le fit parler avec un ton plus acerbe qu'il ne l'aurait voulu.

— Vous étiez prêt à m'écouter avant de connaître mon nom. Croyez-vous servir le shogun en réfutant la thèse d'un complot sans même avoir vérifié si elle était fondée ?

Il se leva et brandit la sandale et la corde qu'il venait de récupérer.

— Vous rejetez les informations qu'on vous apporte, est-ce ainsi que vous faites votre devoir ?

— Je vous ai accordé une audience parce qu'il eût été négligent de ma part de fermer les yeux sur des renseignements potentiels, corrigea Toda d'une voix onctueuse. Contrairement à ce que vous pensez, nous accueillons avec empressement toute information fiable d'où qu'elle vienne. Nous dirigeons un département efficace qui a bien servi les Tokugawa et les a aidés à conserver le pouvoir depuis quatre-vingt-huit ans. Nous enquêtons sur tout ce qui mérite de l'être. Maintenant, Sano-san, vous voudrez bien m'excuser. (Il frappa dans ses mains pour appeler le garde.) Votre audience est terminée. Au revoir.

Frigorifié, affamé, perclus de fatigue, Sano ralentit l'allure en approchant du quartier où résidaient ses parents. Il ne voulait pas affronter son père, mais il était attiré par le confort et la sécurité de son foyer. Il ne pouvait supporter l'idée d'une auberge triste et impersonnelle ; en outre, il n'avait pas la force de continuer à marcher. Son extrême état de fatigue lui procurait un sentiment de défaite accablant.

Il se dut d'admettre que son ambition, à laquelle il avait sacrifié son père, avait débouché sur une impasse. Il avait appris la vérité, mais n'avait pas réussi à en tirer profit. Il avait découvert que le seigneur Niu complotait d'assassiner le shogun, mais comment l'en empêcher ? Inutile d'essayer encore d'en avertir les autorités. En rompant sa promesse, O-hisa avait détruit son espoir de conclure victorieusement son enquête. Sans son témoignage, le conseil des Anciens ne prendrait aucune mesure contre le seigneur Niu... en tout cas pas sur la foi de théories sans preuve... hormis une sandale et une corde. La mort de Tsunehiko ne serait pas vengée, pas plus que celles de Noriyoshi et de Yukiko. Sano avait déjà perdu le patronage de Katsuragawa. Aujourd'hui, il venait de perdre sa foi dans sa capacité à réaliser ses désirs : étaler la vérité, retrouver son statut et le respect de lui-même, présenter un coupable devant la justice, sauver la vie de son père. Devant la porte qui conduisait au canal, au pont et à la rue de son enfance, il embrassa l'étendue de sa faillite.

Autant arrêter tout de suite, se dit-il. Fini le danger, la frustration, l'ambivalence, l'incertitude. Il n'avait qu'à retourner à la vie qu'il menait avant de devenir yoriki. Que triomphe la version de la justice du magistrat Ogyu ; les véritables victimes — Noriyoshi, Yukiko, Tsunehiko, Raiden — comptaient si peu. Que Toda et ses semblables protègent le shogun comme ils l'entendaient. Cela ne le concernait plus. Mais ces maigres consolations ne firent qu'accroître sa détresse. Son cœur se soulevait à l'idée d'abandonner, même si la raison lui disait qu'il n'avait pas le choix. Il songea que s'il en restait là, il en supporterait les conséquences pour le restant de ses jours. Alors, parce qu'il n'avait nulle part où aller, il franchit la porte, et se dirigea vers la maison familiale. Demain, il trouverait un moyen de sauver son honneur et de s'amender aux yeux de son père... et peut-être de repousser la mort du vieil homme.

Comme il traversait le pont sur le canal, de furieux aboiements retinrent son attention. Il regarda par-dessus la rambarde. Une eau brunâtre stagnait entre les rives escarpées recouvertes de broussailles et couronnées de hautes palissades. En aval, sous un saule aux branches tombantes, trois chiens s'entre-déchiraient. Le plus gros, un bâtard au poil noir luisant, semblait monter la garde devant une forme pâle et indistincte, à moitié cachée sous les branches. Sano allait repartir, croyant que les chiens affamés avaient tué un de leurs congénères dont ils se disputaient la carcasse. L'édit sur la protection des chiens lui interdisait d'intervenir. Mais il se pouvait aussi qu'un enfant se soit noyé dans le canal. Dans ce cas, il devrait chasser les chiens avant qu'ils ne déchiquettent son cadavre. Il devrait s'efforcer de l'identifier et de retrouver sa famille.

Il courut jusqu'à l'extrémité du pont, et dévala la berge, puis avança sur la langue de terre boueuse, entre l'eau et les broussailles. Presque arrivé au saule, il se figea. Horrifié et incrédule, il sentit un frisson glacé lui parcourir l'échine. Il poussa un juron, et resta pétrifié.

Le bâtard noir grondait devant le corps nu d'une femme menue aux longs cheveux noirs emmêlés, et aux petites fesses rondes. Elle gisait face contre terre, un bras collé au corps, l'autre tordu et replié comme si elle cherchait à se caresser la tête... sauf qu'elle n'avait plus de mains. Ses bras se terminaient en moignons sanguinolents, tranchés au ras des poignets. Ses jambes avaient subi une mutilation encore plus horrible : les pieds, les chevilles et les mollets manquaient.

Pantois, Sano contempla les atroces blessures. De profondes entailles sur les côtes et le dos exposaient les os et les tissus sanglants. Les fesses étaient couvertes de bleus. Lorsqu'un coup de vent souleva les cheveux, Sano aperçut un autre bleu autour du cou, et la marque d'une corde avec laquelle le meurtrier avait étranglé sa victime.

— Bouddha miséricordieux ! s'exclama Sano, qui récita machinalement une prière muette.

Le chien noir aboya et se jeta soudain sur Sano, prêt à le mordre. Aussitôt, les deux autres se mirent à gronder. Leurs crocs acérés brillants dans leurs gueules rouges, ils essayèrent de le chasser loin de leur proie.

Remis du choc qui l'avait paralysé, Sano retrouva sa voix.

— Allez-vous-en ! hurla-t-il, et il leur décocha un coup de pied. Ouste !

Toujours grondant, les chiens battirent en retraite. Sano s'agenouilla près du corps. Après avoir assisté à la dissection de Noriyoshi, avoir vu le cadavre de Tsunehiko, il se croyait immunisé. Mais la dissection avait un but, et la mort de son secrétaire, aussi horrible fût-elle, avait été causée par un simple coup d'épée. Cette cruauté gratuite l'ébranla jusqu'au tréfonds de son être. Quelle sorte de monstre avait commis un tel acte ?

Sano coula un œil vers le pont. Il devrait appeler les gardes, la police. Mais il voulait d'abord voir le visage de la misérable. Si c'était une voisine, il ferait mieux de prévenir sa famille avant d'avertir les doshin ou un quelconque officiel. Empoignant avec précaution le cadavre par les hanches et les épaules afin d'éviter le contact des entailles, il le retourna sur le dos. Il eut un haut-le-cœur en voyant les deux blessures circulaires : le monstre lui avait découpé les seins. Pris de nausée, il contempla le visage de la morte.

Il nota les yeux exorbités encore remplis de terreur pure, les joues et le nez boursouflés. Deux filets de sang caillé maculaient les commissures de ses lèvres. Bien qu'altérés par la mort, les traits étaient familiers et aisément reconnaissables.

— O-hisa !

25

Cherchant à comprendre le sens de son abominable découverte, Sano perdit conscience du monde extérieur. Les chiens aboyaient et grondaient sur la berge ; les corbeaux planaient en croassant au-dessus de la proie. Sano n'entendait rien. Qui avait tué O-hisa, et pourquoi ?

Les réponses s'imposèrent à lui avant qu'il n'ait formulé les questions : Niu Masahito, bien sûr, pour l'empêcher de dévoiler son secret. Parce qu'il avait découvert qu'O-hisa avait eu connaissance de son crime et de l'ignominie qu'il s'apprêtait à commettre, et que, incitée par Sano, elle était sur le point de le dénoncer. Accablé de culpabilité, Sano se maudit. Il ressentit les mêmes griefs qu'à la mort de Tsunehiko. O-hisa avait péri à cause de lui. Il avait un nouveau meurtre sur la conscience, or cette fois c'était pire parce qu'il avait fait courir des risques à la servante en connaissance de cause. Mais que faisait O-hisa près de chez lui ? Il était impossible qu'elle soit venue le voir, il ne lui avait pas dit où il habitait. Il y avait peu de sang autour du cadavre, et pas de trace des mains, des jambes ni des vêtements. Les palissades cachaient le canal à la vue des maisons, mais quelqu'un aurait certainement entendu les cris et se serait précipité à temps pour voir le meurtrier. On aurait alerté la police, peut-être trop tard pour empêcher le crime, mais au moins le corps aurait été enlevé. O-hisa avait été tuée ailleurs. Alors, pourquoi avoir déposé son cadavre ici, à moins de cent pas de chez lui ?

Des bruits de course retentirent sur le pont en bois. Sano se retourna. Il comprit aussitôt ce qui l'attendait en voyant trois hommes se ruer vers lui. Un doshin accompagné de ses deux assistants : l'un d'eux portait un rouleau de corde, et chacun brandissait un bâton clouté. Le seigneur Niu avait déposé le cadavre d'O-hisa dans l'espoir que Sano le trouverait, ou au moins pour le faire accuser.

Le doshin atteignit le bout du pont. Gros gaillard musclé, il descendit maladroitement sur la berge.

— Assassin ! cria-t-il. Pour cela, tu mourras comme un vulgaire vilain, Sano Ichiro ! À l'aube, ta tête trônera au bout d'une pique, près de la rivière.

C'était un piège. L'assassin, non content de l'avoir fait renvoyer, avait trouvé le moyen d'interrompre définitivement son enquête en lui collant le meurtre d'O-hisa sur le dos. Peu importait que son sabre ne fût point souillé du sang de la victime, qu'on ne l'eût pas surpris sur le fait, qu'il n'eût aucune raison de la tuer. La fortune et l'influence des Niu avaient déjà scellé son sort. Le magistrat Ogyu y veillerait. Bien qu'un samouraï ne fût pas traité comme un criminel pour le meurtre d'un vilain, l'odieuse mutilation d'O-hisa faisait d'un meurtre insignifiant un délit atroce et punissable. Même son rang ne le sauverait pas de l'exécution. Le seigneur Niu n'aurait plus à s'inquiéter de ses investigations.

Sano comprit tout cela dans un éclair de lucidité. Mais tandis qu'il restait planté, pétrifié par l'horreur, les assistants du doshin dévalaient la pente devant leur maître. Sano savait que, quoi qu'il entreprît, il ne pouvait les laisser le capturer. Dans la prison d'Edo, comme Raiden et bien d'autres, il finirait par avouer sous la torture. Son seul espoir de survie était de rester libre le temps de prouver son innocence, et de démontrer que Niu était un assassin doublé d'un traître.

— Laisse-toi faire et tout ira bien, lança le doshin qui accourait en haletant derrière ses hommes. Inutile de te défendre. Nous sommes trois contre toi. Accepte ton destin en vrai samouraï.

Les assistants se ruèrent sur Sano. L'un d'eux déroula la corde, l'autre brandit sa masse d'armes. Sano battit en retraite tout en lançant des coups d'œil autour de lui. S'enfuir comme un lâche — la première solution qui venait à l'esprit — n'aurait servi à rien. Sano connaissait trop bien les lieux. À quelques pas derrière lui, les berges du canal tombaient presque à la verticale. La pierre lisse n'offrait aucune prise. Dans son enfance, Sano avait souvent essayé de l'escalader, mais, chaque fois, il était tombé à l'eau. Le canal lui-même était peu profond à cette saison, l'eau n'arrivait qu'à la taille, mais avec un fond vaseux qui emprisonnerait ses pieds et l'aspirerait inéluctablement. En outre, inutile de remonter la pente. Ils l'arrêteraient avant qu'il n'escalade la haute palissade. Cerné, Sano fit la seule chose qu'il pouvait faire : il dégaina son sabre.

Prenant sans doute son hésitation initiale pour le signe qu'il ne se défendrait pas, le plus proche assistant fonçait sur lui sans se méfier. Il vit le sabre trop tard, s'arrêta trop tard, et abaissa trop tard sa masse pour se protéger.

La lame le frappa en diagonale, de la gorge à la taille. Il s'effondra en hurlant, les mains étreignant la déchirure de son kimono qui se teinta aussitôt de sang.

Les deux autres le heurtèrent de plein fouet. Ils tombèrent à la renverse, poussant des cris de surprise offensée. Sans attendre qu'ils se relèvent, Sano prit ses jambes à son cou. En filant, il eut le temps de reconnaître le doshin qui avait failli arrêter un innocent le jour où il avait entendu parler du shinju pour la première fois. Comme cela semblait loin ! Voyant la soif de vengeance dans les yeux cruels du doshin, il gravit en hâte l'escarpement qui menait au pont. Il aurait voulu s'assurer que le blessé n'était pas gravement touché. Il n'avait pas eu l'intention de le tuer, mais avait-il bien jugé la force de son coup ? Cependant, les autres s'élançaient déjà à sa poursuite.

— Arrête ! rugit le doshin. Je t'ordonne de t'arrêter !

Son assistant valide, plus jeune et plus rapide, se rua sur Sano. Un coup atterrit sur ses épaules. Sano hoqueta quand les clous mordirent ses chairs, mais continua sa course. Il ne voulait pas se battre ni tuer son agresseur, mais il refusait de mourir pour un crime qu'il n'avait pas commis. Le traumatisme de son arrestation, sa condamnation et son exécution hâteraient la mort de son père. Il ne pouvait pas non plus laisser impunis les meurtres de Noriyoshi, de Yukiko, de Tsunehiko, et maintenant celui d'O-hisa. En outre, il avait une autre raison, plus impérative, de vivre. Il était le seul à croire que le seigneur Niu songeait réellement à assassiner le shogun, donc le seul capable de contrecarrer ses plans.

Il grimpa sur le pont. Là, des badauds l'accueillirent avec des cris d'effroi.

— C'est le fils de Sano Shutaro.

— Qu'a-t-il fait ?

— Il a tué quelqu'un, on dirait.

Que les gens qui le connaissaient depuis son enfance puissent le prendre pour un assassin emplit Sano de honte. Il aurait voulu s'arrêter et leur expliquer qu'il s'agissait d'un coup monté, mais il n'avait pas le temps. Il devait sauver sa peau, ou perdre son unique chance de prouver son innocence.

— Arrêtez-le ! hurla l'assistant du doshin, essoufflé, et il abattit de nouveau son bâton clouté sur l'épaule de Sano.

Loin derrière, le doshin s'époumonait :

— Tu es un homme mort, Sano Ichiro ! Tu ne pourras fuir indéfiniment.

Sano brandit son épée. La foule s'éparpilla. Des badauds se collèrent contre la rambarde, un homme sauta par-dessus et atterrit dans le canal dans une gerbe d'éclaboussures. Sano traversa le pont comme une flèche, aiguillonné par le désespoir. Mais lorsqu'il atteignit la porte, des ennuis l'attendaient : les deux gardes.

— C'est un assassin ! leur lança l'assistant. Attrapez-le !

Sano venait à peine de franchir la porte quand les gardes s'élancèrent à sa poursuite. Son cœur sautait dans sa poitrine, ses poumons s'enflammaient à chaque respiration. Sano entendit d'autres cris. Il perçut le bruit des épées qu'on dégaine, le martèlement des pieds, plus nombreux que ceux qui le poursuivaient auparavant. En s'engouffrant dans le dédale des ruelles, une brûlure fulgurante lui vrilla le flanc gauche. Impossible de continuer à courir. Un coup d'œil par-dessus son épaule lui apprit que ses poursuivants gagnaient du terrain. Sano sanglotait plus qu'il ne haletait. Le goût amer de la défaite dans la bouche, il se força à avancer. Il sentait presque sur sa peau la morsure du sabre, et l'agonie mortelle quand la lame plongerait dans ses reins.

C'est alors qu'il aperçut son salut : un voisin, un vieux samouraï monté sur un cheval brun, arrivait à sa rencontre.

— Je vous prie de m'excuser, Wada-san, mais il faut que je vous emprunte votre cheval.

Le vieil homme poussa un grognement ébahi quand Sano le désarçonna.

— Je vous promets que je vous le rapporterai, cria Sano en enfourchant le cheval qu'il éperonna aussitôt.

Les dieux fassent qu'il vive assez longtemps !

Poussant sa monture au galop, Sano risqua un œil derrière lui. Les hommes le poursuivaient toujours, mais ils perdaient rapidement du terrain. Le doshin agita son jitte, brailla un juron, puis s'arrêta, une main contre la poitrine.

Le triomphe jaillit dans les veines de Sano. Libre ! Pour combien de temps, il l'ignorait. Le doshin alerterait ses collègues ; bientôt tous les doshin et leurs assistants se joindraient à la chasse au meurtrier, Sano Ichiro. Comment exactement comptait-il profiter de sa liberté provisoire, Sano l'ignorait pareillement.

La ruelle était sombre, déserte, menaçante. De chaque côté, des bâtiments délabrés penchaient et se rejoignaient presque de sorte qu'on voyait à peine le ciel. Trois cabinets publics dégageaient une forte odeur et répandaient un liquide répugnant sur le sol. Cependant, pour Sano, c'était un havre de paix, loin des rues grouillantes de cette partie du Nihonbashi, où les festivités du Setsubun connaissaient une ferveur croissante. Sano coula un regard derrière lui pour s'assurer qu'il n'était pas suivi, puis il guida le cheval de Wada-san dans la ruelle. Avisant deux vérandas adjacentes aux fenêtres à meneaux de bambou, il descendit de cheval, et se glissa avec sa monture dans l'espace exigu entre les deux maisons. Si un de ses poursuivants s'aventurait dans la ruelle, il ne le verrait pas. Sano s'adossa au mur et ferma les yeux afin de se reposer et réfléchir.

Il avait galopé sans but à travers Edo durant une bonne partie de l'après-midi. Il n'avait eu le temps de penser qu'à une seule chose : s'éloigner le plus possible du canal où gisait le cadavre d'O-hisa. Il n'avait eu d'autre plan que de se perdre dans la masse afin d'échapper à la police. En cela il avait réussi, de justesse. La foule des fêtards offrait un camouflage béni, mais les policiers qu'il avait rencontrés lui avaient semblé en état d'alerte. Singulièrement tolérants à l'égard des excès de la foule, ils scrutaient chaque visage comme s'ils recherchaient quelqu'un.

Lui, bien sûr. Déjà !

Sano passa une main tremblante sur sa figure. Il lui fallait échafauder un plan, vite. Il ne pouvait se permettre de gaspiller un seul instant de sa précieuse liberté. Mais le vacarme des rues avoisinantes résonnait dans son crâne ; son esprit dévasté refusait de penser. Les blessures de ses épaules enflaient. Le sang collait ses vêtements à sa peau meurtrie. Déjà, ses muscles se raidissaient ; il ne pouvait plus tourner la tête ni bouger les bras sans ressentir une vive douleur. La peur s'était incrustée en lui comme un squelette de fer. Il tombait de fatigue, et il ne s'était jamais senti aussi seul. Frissonnant malgré son manteau, il médita sur les changements que les dernières heures avaient apportés dans sa vie.

Avant de découvrir le corps d'O-hisa, il se demandait encore s'il devait ou non continuer de poursuivre l'assassin. Dorénavant, il n'avait plus le choix. Il ne pouvait plus tourner le dos aux événements des derniers jours, et rentrer chez lui comme si de rien n'était. Le doshin l'y attendrait, nul doute avec une petite armée ; on l'emmènerait en prison ou on le tuerait sur place. À côté de ce qui l'attendait, la disgrâce qu'il avait infligée à sa famille semblait dérisoire.

Il ne pouvait plus se retrancher dans le confort de l'anonymat. Fugitif, il passerait le restant de ses jours en se cachant, pourchassé par le pays tout entier. Même s'il possédait l'argent nécessaire à sa survie, et s'il avait encore le cheval de Wada-san, il était inutile de tenter de rejoindre les provinces. Le magistrat Ogyu avait déjà envoyé des messagers avertir les gardes des grands axes et les chefs de village. La soif de vengeance céda le pas devant une nécessité impérieuse : la simple survie.

Sano fit appel à ses dernières forces, une faible mais courageuse énergie, réduite au caractère d'acier du samouraï que son père lui avait inculqué. Sano n'avait d'autre choix que de prouver son innocence ou de mourir en essayant. De toute façon, sa vie était fichue. S'il restait un fugitif, il perdrait ceux qu'il aimait, il perdrait sa famille, il perdrait ses amis, il perdrait son honneur. S'enfuir pour garder la vie sauve, laisser le seigneur Niu et ses conjurés assassiner le shogun serait un manquement à son devoir suprême envers le plus grand seigneur de la terre. La pire des disgrâces. S'il avait eu du mal à trouver assistance auprès des autorités, il était désormais inutile même d'essayer. Le premier officiel qu'il approcherait le ferait arrêter avant qu'il n'ait commencé à s'expliquer.

Un bruit de pas sortit Sano de sa méditation lugubre. Il caressa l'encolure du cheval pour l'apaiser, et coula un œil au coin. Soulagé, il vit non pas un doshin venu l'arrêter, mais un homme vêtu d'un manteau criard, mauve et or, avec une étrange coiffe plate. Visiblement ivre, l'homme se rendait aux cabinets en zigzaguant. Sano s'aperçut alors que la coiffe était en fait un masque relevé sur le front. L'ivrogne choisit la cabine du milieu, et entra en titubant.

La vue du costume de Setsubun réveilla Sano. Un déguisement était indispensable à quelque plan qu'il échafaude. Remontant sur son cheval, il s'avança jusqu'aux cabinets et attendit.

L'ivrogne sortit d'un pas incertain. D'un geste vif, Sano lui arracha son masque et son manteau.

— Hé, qu'est-ce que... ?

L'homme se retourna, et tomba sur ses fesses.

Sano éperonna son cheval, glissa le manteau sous son bras et ajusta le masque sur sa figure. Il s'aperçut qu'il s'agissait d'un heaume qui avait dû appartenir à un général ou à un officier supérieur. Fait de métal noir, il était troué de fentes pour les yeux et la bouche, et orné d'une moustache en crins de cheval.

— Saloperie de samouraï ! grogna l'ivrogne en agitant son poing. Ça se croit tout permis !

Voleur par nécessité, Sano décampa au galop. Quelle ironie ! Sa croisade contre le crime avait fini par faire de lui un criminel ! Il fit volte-face, prit des pièces dans sa bourse et les lança au malheureux. Elles s'éparpillèrent sur le sol en tintant.

— Payez-vous ! lança Sano.

Risquant de mourir à tout moment, il ne voulait pas que sa dernière action fût un vol. D'ailleurs, inutile de faire des économies. S'il survivait à la nuit à venir — si son plan réussissait —, il trouverait bien le moyen de gagner sa vie. S'il échouait, le peu qui lui restait ne réglerait même pas ses funérailles. Il regretta de ne pas avoir payé Wada-san pour le cheval qu'il ne rapporterait peut-être jamais.

Au bout de l'allée, il ralentit afin d'enfiler le manteau mauve frappé de pivoines d'or. Dans la rue, il fut pris dans le tourbillon de la foule. Visages masqués — dragons, singes, démons, tigres —, troupes de musiciens jouant du tambour, de la flûte, et des claquettes. Était-ce l'effet du déguisement, un plan s'échafaudait dans son esprit, presque inconsciemment. Une pluie de graines s'abattit sur Sano quand il passa devant une maison sur le toit de laquelle des femmes s'étaient réunies.

— Les démons sont partis ! Dame Fortune est de retour ! chantaient-elles, jetant des graines de soja grillées, censées porter bonheur.

Sano sortit du Nihonbashi et se dirigea vers le quartier des daïmio, l'œil aux aguets au cas où il tomberait sur un doshin ; le reste de son attention consistait à éviter de piétiner quelqu'un tout en cherchant le bâtiment où devait commencer le plan mis au point.

Il descendit de cheval devant le portique torii d'un sanctuaire shintô coincé entre deux échoppes, et attacha la bride à un anneau. Puis il pénétra dans l'enceinte du sanctuaire ; les habitants du coin se pressaient autour des étals où l'on vendait des collations et le riz au gingembre du Nouvel An, sucré et fermenté. Les portes intérieures, qui délimitaient le lieu sacré, étaient tendues de cordes de paille de riz tressées de papillotes de papier et de fougère. Devant le petit temple au toit de chaume enguirlandé de rameaux de pin et de bambou, et orné des bannières blanches frappées des armoiries des Tokugawa, Sano se rinça les lèvres à la vasque. Il jeta une pièce dans l'urne aux offrandes, tira la corde pour sonner le gong, frappa deux fois dans ses mains pour une prière. Puis, après avoir laissé ses chaussures à côté de la porte avec celles des autres, il entra dans le temple.

Cherchant le prêtre, il vit une famille — le père, la mère, et leurs deux enfants — debout devant l'autel. La mère déballait un paquet de gâteaux qu'elle s'apprêtait à offrir à la statuette de pierre d'Inari, la déesse des moissons.

— C'est pour qu'elle nous bénisse et qu'elle nous apporte de bonnes choses pour l'Année Nouvelle, expliqua le père à ses enfants.

Son propre avenir plus qu'assombri, Sano se sentit très loin de cette famille, comme si un écran invisible le retranchait du reste du monde.

— Eh bien, pourquoi tant de tristesse ? Le jour est aux réjouissances.

Sano se retourna ; il se trouva nez à nez avec le prêtre, un vieil homme à la face parcheminée comme une pomme séchée. Il portait le chapeau en tube sur son crâne chauve, et une robe violette par-dessus un kimono blanc. Des rides profondes plissaient ses yeux et sa bouche qui tenta un sourire, de compassion peut-être.

— Vous avez des ennuis ? s'enquit-il. Y a-t-il quelque chose que je puisse faire ?

Non, personne ne pouvait l'aider. Mais il était venu demander au prêtre un petit service qui aiderait peut-être ceux qu'il aimait.

— Oui, fit-il. Puis-je avoir un pinceau, de l'encre, et un morceau de papier ? Et aussi un endroit où m'asseoir pour écrire un mot ?

Si le prêtre trouva la requête farfelue, ou jugea étrange que Sano n'ôte pas son masque, il n'en montra rien. Il fit simplement signe à Sano de le suivre dehors, et le conduisit à un appentis situé derrière le temple. Là, dans une petite pièce qui servait de remise, de cuisine et de bureau, il disposa le matériel d'écriture sur un secrétaire. Puis il salua d'un signe de tête et se retira.

Sano ôta son masque pour mieux voir dans l'appentis mal éclairé. Il tâpa l'encre, la mélangea à l'eau, et y trempa le pinceau.

Setsubun, Genroku
Otosan et *Okasan*,

écrivit-il, regrettant que l'urgence ne lui permît pas d'employer les formules de respect avec lesquelles il aurait normalement commencé une lettre à ses parents.

Lorsque vous lirez cette lettre, je serai sans doute mort. Si c'est le cas, je tiens à vous jurer solennellement que je n'ai pas tué la femme qu'on a retrouvée aujourd'hui près du canal, quoi qu'on tente de vous faire accroire.

Plutôt que d'accepter passivement mon destin et la disgrâce que ma condamnation et mon exécution apporteraient sur notre famille, je dois prouver mon innocence et amener le véritable assassin devant la justice. J'ai l'intention de procéder en volant, puis en remettant aux autorités un certain parchemin actuellement en possession du seigneur Niu Masahito. Il démontre qu'il est coupable de trahison, et confirme ma thèse selon laquelle il aurait tué quatre personnes, puis aurait fait de moi un fugitif pour que je ne puisse dévoiler son complot.

Si je réussis, je remplirai aussi mon devoir envers notre plus grand seigneur en le sauvant de la mort des mains du seigneur Niu et de ses complices.

Je dois vous quitter à présent, sachant que je ne vous reverrai peut-être plus. Je vous prie de me pardonner pour les souffrances que je vous ai infligées.

Avec mon éternelle gratitude, ma dévotion et mon respect,

Ichiro

Sano relut sa lettre, trop vite écrite, mal formulée. Malgré tout, il espérait qu'elle apporterait quelque réconfort à ses parents, ou au moins qu'elle expliquerait ses actes. Il sécha l'encre, plia et scella la missive. Il écrivit dessus les noms de ses parents et l'adresse complète de leur maison. Puis il remit son masque et sortit de l'appentis. Le prêtre l'attendait dehors.

— Auriez-vous l'amabilité de faire en sorte que ce message soit délivré aujourd'hui même ? demanda-t-il, et il tendit la lettre au prêtre avec l'argent qui lui restait. C'est de la plus haute importance.

Le prêtre fronça les sourcils, mais non parce qu'il considérait que Sano abusait de son aide. Il avait accepté, sans poser de questions, la gravité de la situation dans laquelle Sano semblait se débattre, ainsi que le prouva la suite :

— N'y a-t-il pas moyen de faire marche arrière avant de vous lancer dans votre dangereuse entreprise ?

Sano évita le regard du prêtre, et regarda vers l'enceinte extérieure du sanctuaire où une troupe de comédiens amateurs avait monté une sorte d'estrade. Le héros, vêtu en samouraï, chantait une complainte sur un fils mort au champ d'honneur. Le public enthousiaste applaudissait ses cris d'agonie et ses mimiques théâtrales.

— Non, répondit Sano. Je ne peux revenir en arrière.

Son destin était déjà tracé, comme celui des personnages de la pièce.

26

Lorsqu'il arriva dans le quartier des daïmio, juste après la tombée de la nuit, Sano s'aperçut que les avenues avaient connu un changement spectaculaire. Là, comme dans le Nihonbashi, la magie du Setsubun avait œuvré, avec, toutefois, un luxe flamboyant. Les lanternes rondes qui pendaient aux murs des propriétés coloraient la nuit froide d'une multitude de lueurs orange. Les portiques restaient ouverts pour accueillir des processions de palanquins richement décorés, accompagnés d'une foule de serviteurs. À pied ou à cheval, des samouraïs revêtus de leurs plus belles soieries, ou somptueusement déguisés en enfant, en femme-soldat, ou en héros légendaire, entraient en se saluant bruyamment. Un feu de joie diffusait une fumée odorante qui se mêlait aux parfums capiteux et aux arômes entêtants des lotions capillaires. Des jongleurs, des comédiens et des musiciens jouaient avec entrain pour soutirer quelques pièces aux riches passants ; des mendiants lançaient des suppliques ; des moines vendaient des charmes, censés porter bonheur pour l'année à venir.

Toujours dissimulé sous son manteau et son masque, Sano galopait vers le yashiki des Niu. Son cœur battait au rythme du martèlement des sabots : vite, vite, vite ! Il devait profiter de son déguisement, de la foule en liesse, des festivités du Setsubun, et de la confusion ambiante qui détournait la police de sa tâche. La peur et l'excitation le maintenaient sur le qui-vive. Agir ce soir était son unique chance d'arrêter les conjurés et de s'innocenter. Il n'avait pas le droit à l'échec.

Il avait eu tout le temps d'apprécier les difficultés de son plan. S'introduire dans le yashiki abondamment gardé lui avait d'abord paru un défi insurmontable. Toutefois, il nota que la surveillance s'était anormalement relâchée dans le quartier. La plupart des gardes avaient quitté leur poste pour se mêler à la foule, et déambulaient parfois loin des portiques qu'ils étaient censés surveiller. Des rires et des chants s'élevaient des baraquements, juste à l'intérieur des murs : les vassaux des seigneurs festoyaient au lieu de monter la garde. Un jour de fête en temps de paix ; personne ne s'attendait à une attaque. Sano décida de tenter sa chance. Mais quand il atteignit le portique des Niu, ce qu'il vit lui fit tirer si fort sur les rênes que son cheval se cabra. Une peur lancinante le reprit.

En grande conversation avec les gardes, le doshin qui avait failli l'arrêter au bord du canal, accompagné d'un autre doshin et de cinq assistants. Armes à la main, les yeux plissés, le regard suspicieux, ils scrutaient la foule.

Sano se força à passer devant eux avec nonchalance. Son dos se hérissait sous leurs regards, mais en s'enfuyant il n'aurait fait qu'attirer l'attention sur lui. Les nerfs tendus à se rompre, les muscles crispés finirent par réveiller sa blessure. Les plaies, brûlantes de fièvre, lui infligeaient une douleur aiguë et insoutenable. Il s'efforça de respirer à fond sous son masque. Son corps se détendit légèrement, pour se crisper de nouveau quand il entendit un cri derrière lui. L'homme le dépassa en courant, mais le malaise de Sano persista.

Il chevaucha jusqu'à l'arrière du yashiki, ce qui lui prit une bonne heure à cause de la foule et des dimensions de la propriété. Une allée séparait le yashiki des Niu de celui de leurs voisins. Lorsqu'il l'atteignit, Sano descendit de cheval.

C'était une longue allée étroite, à peine éclairée par les lanternes de la rue adjacente et la faible lueur des étoiles. L'oreille aux aguets, Sano s'y avança en tenant sa monture par la bride. Il ne rencontra personne. Aucun bruit ne parvenait de l'intérieur des murs, du moins assez fort pour surmonter le vacarme de la rue voisine. Le portique arrière des Niu faisait face à celui de leurs voisins. Ni l'un ni l'autre n'était gardé. Il pouvait entrer dans le yashiki sans être vu — si toutefois il réussissait à entrer.

Il examina le mur. La surface lisse, plâtre et tuile, n'offrait aucune prise. Au-dessus, les fenêtres défendues par des barreaux étaient inaccessibles. Les baraquements eux-mêmes s'étendaient sans interruption le long du mur, sauf à l'endroit où ils s'élevaient pour former une salle de garde au-dessus d'une lourde porte en bois. Sano scruta le toit... ah, voilà...

Des fleurons alambiqués couronnaient le faîtage de chaque côté du toit de la salle de garde. Sano sortit sa corde, la déroula, et fit un nœud coulant à une extrémité. Il jeta un œil à droite, à gauche ; personne. Il visa le fleuron de droite et lança la corde.

Aux deux premiers essais, la corde manqua complètement le fleuron. Sano commença à transpirer. Son masque de métal prenait des allures d'étuve. Sano lança de nouveau la corde. Cette fois, la boucle retomba sur le fleuron. Il tira, le nœud se resserra et tint bon.

Les rênes à la main, Sano hésita. Il ne pouvait laisser le cheval en vue pour que la première patrouille de doshin ou de gardes tombe dessus. Le mieux eût été de le renvoyer. Mais Sano n'était pas partisan de se débarrasser de son moyen de retraite. En dépit du risque énorme, il voulait faire entrer le cheval dans le yashiki, une fois qu'il serait à l'intérieur.

Il passa les rênes autour d'un poteau, saisit la corde, et commença l'escalade en s'aidant du mur. L'effort le fit grimacer de douleur. Le liquide tiède qui coula le long de son dos lui apprit que ses plaies s'étaient rouvertes. La corde rugueuse lui brûlait les mains. Pourtant, d'en bas, le mur ne lui avait pas paru si haut ! Il atteignit enfin le faîte du toit. Haletant, il resta étendu, incapable de bouger. Si on le surprenait, il serait obligé de se rendre sans combattre. Lorsqu'il eut récupéré assez de force pour lever la tête, il scruta la propriété.

Des bâtiments sombres se dressaient au-delà d'un terrain à découvert. Aucun bruit, aucun mouvement. Les habitants étaient sortis pour la fête, ou appelés quelque part sur le devant de la propriété. Mais pour combien de temps ?

Sano dénoua vivement la corde et la rangea sous son manteau. Il valait mieux ne pas laisser de traces de son entrée clandestine ; en outre, il risquait d'en avoir besoin. Puis il se laissa glisser à plat ventre le long du toit incliné. Il empoigna la gouttière et descendit lentement.

Il allait lâcher prise quand il entendit, de l'autre côté du mur, des pas précipités et des voix d'hommes. Les gardes des Niu ! S'il faisait du bruit en tombant, ils viendraient voir sur place. Agrippé à la gouttière, il se balança au-dessus du sol.

Les pas se rapprochèrent. Sano sentit ses bras et ses mains se raidir douloureusement, puis trembler de fatigue. Des spasmes traversèrent ses épaules endolories. Il serra les dents. Il réussit bientôt à saisir ce que les voix disaient.

— Cet endroit est plus calme qu'un tombeau.

— Ouais, on va tout de même jeter un œil, et on retourne devant l'entrée.

Sano reconnut la voix de celui qui venait de parler. Le doshin ! Pensant à son cheval, resté devant le portique à la vue de tous, Sano n'avait pas lieu d'être rassuré. Il s'efforça d'oublier la douleur, et pria pour que ses poursuivants s'en aillent.

— Il n'y a personne, ici, déclara alors le doshin. Allons-nous-en.

Les bruits de pas puis les voix s'estompèrent. Sano remercia les dieux pour l'incompétence de la police. Quelle chance que ce doshin-là soit aussi inapte à poursuivre des fugitifs qu'à arrêter un pyromane ! Sano lâcha la gouttière.

Le sol fonça sur lui et le frappa. Sano fléchit les genoux, fit une culbute arrière pour éviter de se casser une jambe, et atterrit sur son épaule gauche, la plus sensible. Il faillit hurler de douleur. Il étouffa son cri en se mordant la joue jusqu'au sang. Lorsqu'il se releva, il avait les larmes aux yeux.

Il fit coulisser la lourde barre de fer qui fermait le portique, l'ouvrit et amena son cheval dans la propriété. Puis il l'attacha au portique. Espérant qu'il serait encore là à son retour, il se dirigea vers la demeure.

Ayant réussi à pénétrer dans le yashiki et à y introduire son cheval, Sano rencontra de nouvelles difficultés. Comment trouver le parchemin ? Était-il seulement dans la maison ? Avait-il raison de croire que le seigneur Niu, désireux de garder avec lui un document aussi précieux, l'avait rapporté à Edo ? Et même s'il réussissait à s'enfuir avec le parchemin, comment aborder les plus hautes autorités sans se faire tuer ? Il chassa cette noire pensée. Autant affronter chaque problème en son temps. Il devait d'abord trouver les appartements du seigneur dans cette vaste demeure inconnue.

Il traversa prestement le terrain à découvert qui s'avéra être un sentier cavalier. Avec la fâcheuse impression d'être exposé et vulnérable, malgré l'obscurité, il contourna un étang et sa prairie où les hommes du daïmio pouvaient s'entraîner à la nage et à la lutte en armure. Deux silhouettes surgissant dans la nuit le firent tressaillir. Il s'arrêta net, puis s'aperçut qu'il s'agissait de cibles de tir à l'arc. Soulagé, il rejoignit les bâtiments, harassé et déjà à l'affût des dangers qui l'attendaient.

Le premier se présenta quand il passa devant les écuries. Au milieu des piétinements et des hennissements des chevaux, il entendit des éclats de rire ; des lampes brûlaient dans les quartiers des palefreniers. Il vit aussi des lumières dans les communs et les appartements des vassaux. Courbé en deux, Sano se faufila entre les bâtiments. Il traversa un jardin identique à celui qu'il avait vu lors de sa première visite, et arriva enfin devant la masse imposante de la demeure principale.

Dans la nuit étoilée, ses murs blancs luisaient, surmontés de multiples toits qui dessinaient des vagues sombres. La demeure était constituée en fait d'une série de pavillons reliés par des murets ou des corridors. Sano comprit que la propriété était plus vaste et plus complexe que le pavillon d'été des Niu. Comment trouver les appartements du jeune seigneur dans ce dédale, sans parler du parchemin ?

La porte la plus proche ouvrait sur un étroit sentier qui courait entre les murs nus d'entrepôts ignifugés. Il le suivit jusqu'à un muret, et dut alors bifurquer sur sa gauche. Un sentier plus large l'entraîna entre deux hautes palissades couvertes de tuiles ; le sentier tournait et virait sans cesse, de sorte que Sano perdit vite tout sens de l'orientation. Il pria pour que le sentier l'amène au cœur de la demeure. Les murs absorbaient et altéraient les sons. S'éloignait-il de l'avenue ou s'en rapprochait-il au contraire ? Les voix qu'il entendait provenaient-elles de l'extérieur de la propriété, ou du sentier, quelque part devant ou derrière lui ? À chaque tournant, il s'arrêtait longuement, tendait l'oreille, méfiant.

Puis il aperçut une porte dans la palissade. Il la poussa.

Elle s'ouvrit avec un grincement qui le fit grimacer. Il risqua un œil, vit un jardin spacieux, bordé sur trois côtés par des bâtiments ornés de larges vérandas. Devant chaque porte brillait une lanterne qui jetait une faible lumière sur une mare, des buissons et un pavillon. Les fenêtres n'étaient pas éclairées, et rien n'indiquait qui résidait dans ces pièces. Elles pouvaient tout aussi bien appartenir à des membres de la famille qu'à des vassaux de haut rang. Mais Sano comprit qu'en entrant il aurait accès au reste de la demeure, et aux appartements qu'il cherchait.

Il s'avança à l'ombre des arbres et des buissons, puis essaya l'ouverture de la porte d'une véranda. Fermée. Il la secoua, tenta de la forcer à coups d'épaule, sachant que les serrures des riches demeures étaient souvent désuètes. Pourquoi gaspiller de l'argent en serrures quand des patrouilles continuelles assuraient une protection autrement plus efficace ? Cependant, la porte refusa de céder, et la lame de son sabre était trop épaisse pour se glisser entre le panneau et le chambranle. Il essaya les autres portes sans succès, puis se rabattit sur les fenêtres.

Elles étaient défendues par de légers barreaux de bois. Il choisit la fenêtre la plus éloignée de la lanterne, et força les barreaux à l'aide de son sabre. Ils se brisèrent avec une série de claquements secs qui auraient pu passer, du moins Sano l'espérait, pour une pétarade de feux d'artifice. Il découpa ensuite le papier des fenêtres et passa sa tête par le trou aménagé.

Un couloir désert conduisait vers plusieurs portes fermées, séparées par des cloisons de papier et de bois. L'épée à la main, Sano enjamba la fenêtre, traversa le couloir à pas de loup, et fit coulisser une porte. Elle ouvrait sur un autre couloir, sombre et désert, donnant lui aussi sur de nombreuses portes. La satisfaction d'avoir réussi à pénétrer dans le sanctuaire des Niu s'estompa bien vite. Il s'aventura dans le couloir, dégrisé et inquiet.

Un parfum fleuri flottait dans l'air. Dans la première pièce, Sano vit l'ombre de meubles qui ressemblaient à des bahuts et à des coiffeuses. La faible lueur des lanternes extérieures se reflétait dans un miroir et faisait scintiller les plis satinés de kimonos éparpillés sur le sol. Ainsi, il se trouvait dans les appartements des femmes. Il longea le couloir sur la pointe des pieds, le dos plaqué contre le mur, cherchant à rejoindre le cœur de la maison.

L'obscurité amplifiait les sons ; les faibles craquements de ses pas explosaient à ses oreilles en alerte. Les bruits de la maison, un cri venu du dehors, le faisaient sursauter chaque fois.

Soudain, il se figea. Une lueur vacillante s'avançait à sa rencontre. Une lampe à huile, portée par une jeune fille qui marchait sans bruit, en chaussettes. Comme elle approchait, Sano distingua son visage, éclairé par la flamme. La jeune fille ne tarderait pas à le voir.

Il devait battre en retraite. C'est alors qu'il perçut le glissement d'une porte coulissant derrière lui, et des bruits de pas approcher. Sa bouche se dessécha, son estomac se noua. Était-ce Dame Niu ? Une autre femme ? Ou un garde qui avait vu le panneau de la fenêtre découpé ? Les bruits de pas se firent plus sonores. Sano entendit aussi la jeune fille fredonner. Ne pouvant fuir, il ouvrit la première porte qu'il trouva, pensant s'y cacher jusqu'au départ de la jeune fille et de l'autre inconnu. Hélas, elle ne donnait pas dans une chambre mais dans un placard tellement encombré de boîtes et de coffres qu'il ne lui restait pas de place pour s'y glisser. Il devait donc s'enfuir en courant, soit devant, soit derrière. Plutôt que d'affronter l'inconnu, sans doute plus menaçant, il fonça vers la jeune fille.

Elle poussa un cri étouffé quand il la croisa en coup de vent. Puis elle se mit à hurler :

— Au voleur ! Au secours !

Sano s'engouffra par la première porte sur son chemin, mais au lieu de déboucher dans un corridor donnant sur le jardin, il se retrouva devant un long passage exigu. La jeune fille hurlait toujours. Sano avala le passage. Au bout, une porte ouvrait sur une autre partie de la maison. Il se rua dans un labyrinthe de corridors. Les cloisons de bois étaient percées par des fenêtres à meneaux qui donnaient dans des pièces obscures. Par les ouvertures de la paroi extérieure, il entrevoyait parfois la faible lueur provenant du jardin, mais de solides barreaux en interdisaient l'accès. Où se trouvait donc la porte ? Partir sans le parchemin le désolait mais partir il devait. Sans tarder. Avant l'arrivée des gardes.

Le couloir tourna. Horrifié, Sano s'aperçut que le plancher émettait des gazouillis aigus à chacun de ses pas. Il venait de pénétrer dans un passage équipé de rossignols, un plancher spécialement conçu pour donner l'alerte en cas d'intrusion intempestive. Les moines, les nobles, les seigneurs de la guerre utilisaient ce procédé depuis des temps immémoriaux ; Sano aurait dû deviner que les Niu y avaient recours. Il essaya de courir sur la pointe des pieds, rasant le mur, mais les rossignols chantaient toujours.

Après un angle droit, le couloir se prolongeait par un autre. Un courant d'air froid frappa Sano. Il provenait d'une porte ouverte par laquelle on apercevait un morceau de jardin éclairé par une lanterne. Mais lorsque Sano se rua vers la sortie, une lampe s'alluma dans une chambre devant lui, et une porte coulissa. La lumière envahit le couloir. Une haute silhouette lui boucha le passage.

Sano l'esquiva et fonça vers le jardin.

— Eii-chan ! lança une voix de femme derrière lui.

Sano vit trop tard la forme sombre émerger des taillis, sur sa droite. Il tenta de l'éviter, mais ne fut pas assez prompt, percuta l'homme de plein fouet, et s'écroula, à demi assommé. Son masque glissa, son épée lui tomba des mains. Une douleur aiguë lui traversa la hanche gauche qui avait absorbé le plus gros de la chute. Il se débattit, tenta de récupérer son épée. Mais son assaillant le retourna sur le ventre d'une poigne de fer, et écrasa son visage dans la poussière. Une paire de genoux s'enfonça dans ses reins. Deux bras emprisonnèrent ses épaules et son torse dans leur étau d'acier. Lentement, mais inexorablement, l'homme lui cabrait les reins. Sano laissa échapper un cri de douleur. L'homme s'apprêtait à lui briser la colonne vertébrale ! Serrant les dents, en sueur, Sano tenta de résister. Mais l'autre s'acharnait. Sano sentit presque le claquement fatidique...

— Non ! ordonna la même voix de femme.

Au grand soulagement de Sano, son bourreau le relâcha. Anéanti, Sano se retourna sur le dos — meurtri mais intact — afin de voir ses adversaires.

Dame Niu se dressait à côté de lui. Ses cheveux tombaient librement sur ses épaules. Dans la lueur vacillante de la lanterne, son visage sévère, maquillé de blanc, ressemblait à celui d'un fantôme. Les plis scintillants de son kimono noir sans ceinture rehaussaient l'effet surnaturel. Elle brandissait à deux mains une lance menaçante au-dessus de la poitrine de Sano.

Alors, elle sourit, dévoilant ses dents noires luisantes, et abaissa son arme.

— Amène-le dans la maison, Eii-chan, dit-elle à la brute qui se tenait à ses côtés. Nous n'allons pas le tuer... pas encore.

27

Le triomphe cruel que Sano lut dans les yeux de Dame Niu effaça le bref soulagement qu'il avait ressenti en s'apercevant qu'il avait été capturé par elle plutôt que par son fils. Tout espoir s'évanouit en lui. Dame Niu lui tourna le dos et s'éloigna. Ses robes sombres effleurèrent le sol en bruissant, et balayèrent les marches de la véranda quand elle pénétra dans la maison.

Eii-chan se baissa pour empoigner Sano. Ce dernier essaya de dégainer son sabre. Il fit un bond en arrière, plongea la main sous ses robes, mais pris dans les plis, son sabre se déroba. Il donna un violent coup de pied dans les tibias d'Eii-chan qui ne broncha pas, l'agrippa et le remit debout d'un geste si brusque que Sano sentit son épaule se déboîter. Une vive poussée l'envoya tituber vers la maison. Son pied heurta la marche et il gémit en s'écrasant contre la véranda. Eii-chan saisit Sano par le collet et le souleva de terre. D'une poigne de fer, il lui emprisonna les deux mains derrière le dos, et lui enlaça la poitrine d'un bras ferme. Sano se débattit, puis se figea quand il sentit la froidure d'une lame contre son cou.

Eii-chan lui fit escalader les marches sans ménagement, le poussa par la porte. Sano goûta le parfum de sa propre mort. Une terreur animale le saisit. Il la chassa en se forçant à se concentrer sur des détails minutieux : les carillons éoliens qui tintaient sur les toits, le corridor, à présent illuminé par les lampes qui filtraient à travers les cloisons translucides de la pièce où Dame Niu l'attendait. L'étrange odeur musquée, et quelque peu familière, du serviteur qui faillit le faire éternuer. Où l'avait-il sentie ? Il allait s'en souvenir quand Eii-chan le propulsa dans la pièce de Dame Niu et le força à s'agenouiller.

Sano embrassa la chambre du regard : spacieuse, une cloison recouverte de peinture murale, l'autre de placards encastrés ; plusieurs bahuts laqués ; un vase de fleurs dans l'alcôve. Sano s'intéressa ensuite à la femme du daïmio.

— Attache-le ! ordonna Dame Niu.

Elle était agenouillée sur un coussin de soie ; d'autres soutenaient son dos et ses bras. Malgré la chaleur qui se dégageait des braseros encastrés dans le sol, elle avait passé une courtepointe autour de ses épaules.

Sano resta de marbre quand Eii-chan lui attacha les chevilles et les poignets, malgré la morsure des liens qui engourdirent aussitôt ses pieds et ses mains. Il étouffa un cri de protestation quand le serviteur lui prit son sabre — symbole de sa classe et de son honneur — et le jeta sur le sol comme un vieux chiffon. Mais il ne quitta pas Dame Niu des yeux. En fait, la pâleur de son visage n'était pas due au maquillage, comme il l'avait d'abord cru, mais à la maladie. À côté d'elle, une coupe de liquide fumant dégageait la même odeur que les infusions d'herbes amères avec lesquelles son père soulageait ses maux de tête. Quelle malchance que Dame Niu, souffrante, n'ait pu participer aux fêtes du Setsubun ! Les sens aiguisés par la peur, Sano l'étudia, à l'affût des indices qui lui indiqueraient comment la convaincre de lui laisser la vie sauve.

Le visage de Dame Niu gardait la même impassibilité que lors de leur précédente entrevue. Sano ne prononça pas les mots auxquels il pensait, de peur de paraître implorant, ce qui n'eût fait qu'accroître son humiliation. Il essaya de puiser son courage dans le fait que Dame Niu n'avait pas voulu le tuer sur-le-champ. Était-elle ouverte à la négociation ? Ou voulait-elle seulement jouir de le voir torturer ?

— Eii-chan, fit-elle en dressant le menton.

Après avoir serré une dernière fois ses liens, le serviteur se recula. Il traversa la pièce pour aller se planter entre Sano et Dame Niu, légèrement en retrait. Il lança à Sano un regard bref mais éloquent pour le prévenir du châtiment qui l'attendait s'il lui venait l'idée de s'enfuir ou de maltraiter sa maîtresse. Puis son visage redevint de marbre, comme s'il n'avait pas été à deux doigts de tuer un homme, et qu'il ne s'apprêtait pas à le faire d'ici peu. Il s'empara de la bourse qui pendait à son cou, la renifla rapidement, puis croisa les bras sur sa poitrine et regarda droit devant lui, immobile, mais aux aguets, prêt à bondir au moindre geste.

— Vous m'intriguez, Sano-san, dit Dame Niu d'un ton égal, comme s'il s'agissait d'une banale conversation de salon. (Elle but une gorgée de tisane, puis poursuivit :) Avant que Eii-chan ne dispose de vous, j'aimerais savoir pourquoi vous vous êtes entêté dans une démarche qui vous a déjà coûté votre position et qui va bientôt vous coûter la vie. Pourquoi avoir aggravé vos ennuis en pénétrant chez moi comme un vulgaire voleur ? Je ne vous crois pas inintelligent. Expliquez-vous, je vous prie.

Bien que le temps qui lui restait à vivre dépendît de sa réponse, Sano résista à l'envie de tout lui révéler. La rage s'empara de lui quand il comprit que Dame Niu s'amusait avec sa vie. Mais il était obligé de jouer son jeu, tout en espérant profiter de la moindre ouverture qui se présenterait de marchander sa survie.

— Je suis venu ce soir chercher les indices qui prouvent que votre fils est coupable d'au moins un des crimes dont je l'accuse, dit-il de sa voix la plus calme, ignorant la première question.

— Vraiment ? fit Dame Niu avec une surprise polie. Et quels sont ces crimes ?

Que savait-elle au juste ? La prendrait-il au dépourvu en lui apprenant tout ce que son fils avait fait ?

— Il s'agit des meurtres de sa sœur Yukiko et de Noriyoshi, l'artiste. Du meurtre de mon secrétaire, Hamada Tsunehiko, qu'il a tué à ma place. Du meurtre d'un certain samouraï adolescent, et de celui de votre servante, O-hisa. Et...

Sano s'interrompit en voyant que Dame Niu le regardait, un sourire condescendant sur ses lèvres sans maquillage. Son air détendu reflétait une absence totale de scrupules. Elle n'était ni choquée ni même étonnée.

— Vous le saviez ! s'exclama-t-il, atterré. Vous saviez ce qu'a fait votre fils, et cela vous est égal !

Le sourire de Dame Niu s'élargit.

— Vraiment, Sano-san, vous me décevez. Je vous ai sans doute surestimé.

Comme touché par une grâce soudaine, Sano reçut une

onde de choc qui le fit vaciller. Des détails oubliés prirent sens sous ses yeux ahuris, formant un dessin complètement différent de ce qu'il avait imaginé en s'appuyant sur les faits principaux.

Le seigneur Niu, malgré la force acquise par un entraînement rigoureux et une autodiscipline de fer, souffrait néanmoins d'un handicap physique sérieux. Il pouvait tuer — et il l'avait fait — mais aurait-il été capable de transporter seul les cadavres de Noriyoshi et de Yukiko ? Ses hommes l'avaient aidé à se débarrasser du jeune garçon qu'il avait décapité dans un accès de colère, mais se serait-il fié à eux pour l'aider à commettre un double meurtre prémédité ? Surtout sachant que l'une des victimes n'était autre que la propre fille du daïmio ? Sano pencha pour la négative.

Midori avait été envoyée à Hakone sur les ordres de sa belle-mère, et non de son beau-frère. Et c'était Dame Niu qui avait été se plaindre de Sano auprès du magistrat Ogyu. Il y avait aussi l'odeur particulière du serviteur. Elle provenait de la bourse qu'Eii-chan portait autour du cou, et qui contenait probablement des herbes médicinales. Sano reconnut l'odeur qui flottait dans la pièce de l'auberge de Totsuka, la nuit où Tsunehiko avait été assassiné. Il nota les griffures qui zébraient les mains d'Eii-chan — infligées par le veilleur de nuit qu'il avait étranglé ou par O-hisa. Sano avait cru que le seigneur Niu avait commis ces crimes pour se protéger. Il comprenait à présent que Dame Niu avait ordonné à Eii-chan de tuer Yukiko, Noriyoshi, et O-hisa. Ellc avait envoyé son fidèle serviteur sur le Tokaïdo, avait ensuite fait renvoyer Sano et avait manigancé le meurtre d'O-hisa pour le lui coller sur le dos. Et tout cela pour protéger son fils. Les mobiles étaient exacts, mais Sano s'était trompé de coupable. Ébahi, il venait enfin de résoudre l'énigme, dont la solution était loin de celle qu'il avait imaginée.

— Ah, je vois que vous commencez à comprendre, s'amusa Dame Niu, dont le rire cristallin résonna dans la pièce silencieuse. Hélas, un peu tard pour que votre destin en soit modifié.

Sano comprit qu'il devait continuer à la faire parler, ne fût-ce que pour repousser l'inévitable.

— Vous avez envoyé Yukiko au pavillon d'été, dit-il. Vous y avez attiré Noriyoshi en lui promettant une somme assez importante pour ouvrir sa propre échoppe. Et pendant que vous écoutiez de la musique chez le seigneur Kuroda, Eii-chan les assassinait et jetait leurs corps à la rivière.

Dame Niu éclata de rire.

— On comprend facilement quand on connaît les faits, n'est-ce pas ? (Elle se tourna alors vers Eii-chan.) Tue cet intrus et remets son cadavre au doshin.

Tandis que le serviteur s'avançait, Sano dit précipitamment :

— Inutile de commettre un autre meurtre pour sauver votre fils, Dame Niu. Vous ne pouvez le protéger contre lui-même, et sa trahison ne vous apportera rien. Il mourra. Il faut que vous le sachiez.

L'expression de Dame Niu ne changea pas, elle garda son maintien altier, mais elle se raidit imperceptiblement.

— Sa trahison ? Vraiment, Sano-san, je dois vous mettre en garde contre des accusations gratuites qui offensent mon honneur. Votre position est suffisamment délicate. Tenez-vous donc tant à ce que je demande à Eii-chan de prolonger votre agonie au-delà du supportable ?

Malgré sa voix égale, Sano perçut à son infime tremblement qu'il avait visé juste. Elle ne trichait pas — pourquoi aurait-elle menti puisqu'elle avait l'intention de le tuer, de toute façon ? Elle ignorait la conspiration de son fils ! Elle n'avait arrangé les quatre meurtres précédents que pour couvrir le moindre des crimes du seigneur Niu. Mais la surprise de Sano n'était rien comparée à l'étonnement effaré qu'il lut dans les yeux de Dame Niu. Elle refusait de croire son fils coupable de trahison... et cependant, elle savait que Sano disait vrai. Elle en savait son fils capable.

Eii-chan traîna Sano vers la porte.

— Votre fils, poursuivit prestement Sano, et certains fils cadets des autres daïmio envisagent d'assassiner le shogun et de renverser les Tokugawa.

Ils avaient atteint la porte quand Dame Niu prit la parole.

— Attends, Eii-chan... ramène-le.

Elle avait l'air impatiente et hésitante ; elle balançait entre la curiosité et la crainte de ce qu'elle allait découvrir.

— Comment savez-vous cela ? demanda-t-elle à Sano.

De nouveau agenouillé devant elle, Sano raconta ce qu'il avait appris. Lorsqu'il eut terminé, elle garda le silence. Sano l'observa le cœur battant ; elle était perdue dans ses pensées, soucieuse. Qu'allait-elle faire ? Il avait une chance de sauver sa peau, mais il attendit la réaction de Dame Niu pour décider d'une tactique.

Le visage de Dame Niu se recomposa.

— Faut-il que vous possédiez une imagination fertile, Sano-san, pour rêver d'un conte pareil ! Je suis émerveillée que vous ayez réussi à vous convaincre que ce parchemin existait, au point même de risquer votre vie pour le voler.

Le cœur de Sano se serra quand il comprit que Dame Niu avait surmonté ses doutes. Mais il ne lui laissa pas voir sa déception.

— Qui vous dit qu'il n'existe pas ? Pouvez-vous jurer qu'il n'est pas en possession de votre fils ? Que croyez-vous qu'il fasse quand il se rend dans le pavillon d'été en plein hiver ?

Luttant contre son penchant naturel qui le poussait à s'adresser à la femme d'un daïmio avec toute la déférence voulue, Sano avait lancé ses questions avec fougue. Sa récompense fut un soupçon de doute dans l'œil serein de Dame Niu.

— Allons plutôt dans les appartements de votre fils vérifier si le parchemin s'y trouve ! Je suis sûr que vous aimeriez me prouver que j'ai tort... si vous le pouvez.

Il avait parié que Dame Niu relèverait le défi. Elle ne le déçut point.

— Très bien, fit-elle, dédaigneuse et méprisante. Allons-y de ce pas. Et lorsque cette épreuve futile sera terminée, Eii-chan s'assurera que vous souffriez doublement pour m'avoir fait perdre mon temps, et pour m'avoir parlé sur ce ton impertinent.

Elle se leva et prit une lampe.

Les appartements du jeune seigneur se trouvaient dans un pavillon séparé de ceux de sa mère par un jardin. Avec Eii-chan sur ses talons qui tenait fermement ses liens, Sano suivit Dame Niu. Elle fit coulisser la porte d'entrée.

— Amène-le, Eii-chan, lança-t-elle par-dessus son épaule en pénétrant dans la pièce.

Les dimensions de la chambre surprirent Sano, ainsi que l'austérité des murs et du plafond nus. On n'y retrouvait pas le luxe qui habillait le reste de la demeure ; elle ressemblait davantage à une cellule de moine. Même dans la lueur diffuse de la lampe brandie par Dame Niu, Sano remarqua le plâtre écaillé, le tatami élimé, et le papier rafistolé des fenêtres. En outre, la pièce était froide et, cependant, il n'y avait pas de brasero. Sano s'était attendu à trouver un étalage de richesses dans les appartements d'un fils de daïmio. Toutefois, il trouva que ce genre de cellule allait bien à Niu Masahito. Le refus du confort et la rigueur du décor reflétaient les strictes valeurs guerrières dont il s'était fait le champion.

— À présent, je vais vous prouver que vous vous trompez sur mon fils, déclara Dame Niu, d'un ton trop gai, comme si elle pensait qu'en convainquant Sano elle se convaincrait elle-même.

Elle déposa la lampe par terre et commença à ouvrir les placards qui tapissaient un mur.

Ils renfermaient peu de choses — des literies en coton, des articles de toilette, quelques kimonos foncés, un coffre de livres et un nécessaire d'écriture. Dame Niu souriait en examinant chaque chose dans le moindre détail, mais ses mains tremblaient. Lorsqu'elle fouilla dans le coffre, elle le fit avec réticence, comme si elle craignait la morsure d'un serpent.

Sano l'observait en silence. Il s'aperçut qu'il retenait son souffle. Que se passerait-il si elle ne trouvait pas le parchemin ? Et si elle le trouvait ? L'inciter à rechercher le document n'était peut-être pas une si bonne idée, après tout. Quelle que soit l'issue de la fouille, Dame Niu le punirait, c'était à craindre. Parcouru de sueurs froides, Sano serra les dents pour ne pas trembler. Les muscles de ses épaules meurtries se crispèrent ; la douleur empira.

Dame Niu se baissa pour fouiller la dernière étagère du placard, garnie de sous-vêtements. Elle sortit chaque article et le replaça, tâtant le tissu d'un geste machinal.

Finalement, elle se redressa et ouvrit les bras avec un sourire franc.

— Vous voyez, fit-elle, visiblement soulagée, il n'y a pas de parchemin. Il n'y a pas de complot. (Puis elle baissa les bras et son sourire s'évanouit.) Pour avoir sali mon fils, pour m'avoir insultée, vous paierez chèrement, Sano-san. Eii-chan, ajouta-t-elle. Fais ce que tu as à faire.

Tandis qu'Eii-chan le tirait vers la porte, Sano jeta un regard désespéré vers le placard. Un détail qu'il n'avait pas remarqué lui donna un regain d'espoir.

— Regardez, Dame Niu ! s'écria-t-il en désignant un panneau plein au milieu du placard. Là... dans le placard. Vous n'avez pas vérifié cet endroit. Vous le voyez ?

Dame Niu fronça les sourcils, mais ses yeux se posèrent sur le placard. Elle ouvrit la bouche pour parler, puis se ravisa. Eii-chan s'arrêta, attendant les ordres.

Sachant qu'il jouait sa dernière carte, Sano s'empressa :

— Là, au-dessus des sous-vêtements. Le panneau rectangulaire. C'est une cachette !

Nombreuses étaient les armoires qui possédaient un tiroir secret où l'on entreposait l'argent à l'abri des voleurs. Fasse que le seigneur Niu y ait caché le parchemin !

Dame Niu tapota le panneau d'un doigt hésitant. Il sonna creux. Elle interrompit vivement son geste.

— Ce n'est rien, dit-elle. Un défaut... sans doute. Le placard n'est pas de bonne fabrication, mon fils ne voulait pas de meubles de luxe dans ses appartements...

Sa voix s'éteignit ; elle jeta un regard troublé vers Sano.

Sano devina qu'elle cherchait à nier le crime de son fils, mais son désir de savoir si le parchemin se trouvait bien dans le compartiment secret était plus fort encore. Choqué, il s'aperçut que Dame Niu lui ressemblait sur certains points. Afin de contrôler les forces libérées par la nature turbulente de son fils, elle pouvait échafauder des plans, tuer et détruire. Sa loyauté prenait des voies déplacées, dangereuses. Mais, comme Sano, elle possédait cette soif inextinguible de vérité. Sano eut l'impression amère et poignante de voir son double en négatif. Il devina quelle serait la décision de Dame Niu. Il la laissa se débattre avec sa conscience.

— Eii-chan, ordonna-t-elle enfin. Ote ce panneau.

Tirant Sano avec lui, Eii-chan marcha jusqu'au placard. Le cœur serré, Sano le regarda dégainer sa courte dague de sa main libre, et introduire la lame dans l'interstice du panneau. Dame Niu approcha la lampe. On n'entendit plus que son souffle haletant, le frottement de l'acier contre le bois, et les pétards qui éclataient au loin. Soudain, le panneau céda avec un bruit sec qui les fit tous sursauter. Sano faillit hurler de triomphe. Dame Niu étouffa un cri.

Devant leurs yeux s'ouvrait un étroit compartiment, juste assez large pour y glisser deux mains. Dame Niu se précipita. Son air atterré apprit à Sano qu'elle avait trouvé le parchemin avant qu'elle ne l'extraie de sa cachette.

Avec des gestes lents, comme en transe, Dame Niu tendit la lampe à Eii-chan, qui lâcha les liens de Sano. C'était l'occasion de s'enfuir, songea-t-il, s'apercevant en même temps qu'il venait d'en laisser échapper une première quand Eii-chan avait desserré sa prise pour travailler sur le panneau. Mais son désir de connaître la vérité le cloua sur place. Il brûlait trop de savoir. Et s'il n'apprenait pas le contenu du parchemin, sa vie ne valait pas grand-chose.

Le visage encore plus pâle, mais inexpressif, Dame Niu dénoua le ruban de soie qui attachait le parchemin, et le déroula. Ses yeux balayèrent les colonnes de caractères tandis que ses lèvres articulaient les mots en silence. Puis elle tomba à genoux, tête basse, le parchemin étalé devant elle.

Sano fit un pas en avant. Incertain, Eii-chan ne l'en empêcha pas. Sano lut :

Nous, dont les noms apparaissent ici, signés de notre sang, jurons sur notre vie de renverser les Tokugawa. Mort à Tokugawa Tsunayoshi. Victoire et honneur pour nos clans, souverains légitimes du pays.

La conjuration des Vingt et Un :

Niu Masahito	
Maeda Yoshiaki	*Date Takatora*
Hosokawa Tadanao	*Hosokawa Tadao*
Kuroda Nagaikra	*Kuroda Nagamura*
Asano Naokatsu	*Mori Kagekatsu*
Nabeshima Yorifusa	*Todo Yoshinobu*
Todo Yoshihiro	*Ikeda Hirotaka*
Hachisuka Sadao	*Yamanouchi Hidenari*
Satake Masatoshi	*Arima Iyehisa*
Uyesugi Tadateru	*Uyesugi Tadasato*
Ii Masanori	*Torii Ogami*

Sano remarqua que Dame Niu avait relevé la tête. Une infinie tristesse dans les yeux, elle regardait dans le vague ; Sano comprit qu'elle avait accepté l'évidence de la trahison de son fils. Elle soupesait les dangers qu'il encourait. Trahison d'un serviteur, d'un vassal, ou d'un ami conspirateur :

possible. La mort des mains des gardes du corps de Tokugawa Tsunayoshi ou du bourreau : probable. Ou bien, s'il réussissait à tuer le shogun et à s'enfuir, une chasse à l'homme impitoyable au cours de laquelle il ne serait en sécurité nulle part. Le jeune seigneur Niu mourrait sans gloire, tôt ou tard, après un échec ou un succès, des mains de ses ennemis... ou des siennes propres, ultime tentative d'échapper à la capture et au déshonneur. Sa mère savait tout cela. Sano le vit à son visage qui se chiffonna, comme si ses os se désintégraient. Puis elle parla d'une petite voix caverneuse, méconnaissable.

— Il ne réussira jamais. Il court à sa perte.

Le sort de Sano dépendait de la façon dont il allait manœuvrer. Il risquait de ne jamais faire payer Dame Niu pour ses crimes, mais il pouvait sauver la vie du shogun et prévenir un bain de sang inutile. Il choisit ses mots avec circonspection.

— Si vous l'empêchez d'assassiner le shogun, dit-il, vous pouvez encore sauver votre fils.

Des larmes brillèrent dans les yeux de Dame Niu.

— Non, vous ne comprenez pas, dit-elle. Depuis sa plus tendre enfance, mon Masahito n'obéit qu'à lui-même. Rien ni personne n'a jamais réussi à briser son esprit de contradiction. Et moi qui l'ai aimé, moi qui lui ai tout donné, je n'ai aucune influence sur lui. Je ne peux l'empêcher de commettre l'irréparable.

Elle qui pleurait rarement, sa voix se brisa dans un affreux sanglot.

— Vous devez essayer, dit Sano avec douceur. Sinon...

Il n'avait pas besoin de préciser. Dame Niu savait aussi bien que lui que la haute trahison était punie de mort, non seulement pour le traître, mais pour toute sa famille. Les Niu, avec leur pouvoir, leur richesse et leur influence, pourraient peut-être voir leur sentence réduite à la confiscation de leurs biens et à l'exil. Mais ils préféreraient certainement la mort, une moindre disgrâce.

Dame Niu s'assit, droite et immobile. Seul le tremblement de ses lèvres trahissait la lutte qu'elle livrait pour garder la maîtrise de ses nerfs. Puis elle murmura d'une voix à peine audible :

— Cela ne servira à rien.

— Essayez au moins de lui parler, insista Sano.

Il aurait voulu poser sa main sur son épaule ; une caresse aurait peut-être réussi là où les mots avaient échoué. Il ne le put. Il se pencha vers elle, mais Eii-chan tira aussitôt sur ses liens.

— Allez le trouver pendant qu'il est encore temps.

— Non. Il ne m'écoutera pas. D'ailleurs, j'ignore où il est. Il m'a dit qu'il avait rendez-vous avec une personne déguisée comme une princesse du *Conte de Genji*... ils avaient l'intention de célébrer le Setsubun ensemble. Masahito paraissait très excité...

Visiblement hébétée, Dame Niu marmonnait des propos incompréhensibles.

— Et son père ? s'enquit Sano. Si vous en parlez au daïmio, sûrement lui pourra...

— Non !

Dame Niu se décomposa. Ses yeux s'agrandirent, comme si elle voyait une chose terrifiante, invisible pour tout autre. Puis elle baissa la tête, et des larmes coulèrent sur le parchemin.

Sano ressentit pour elle un élan de sympathie inattendu. Comment sa propre mère réagirait-elle si son fils était perdu ? Ce qui ne tarderait pas, d'ailleurs. Il lutta contre son attendrissement en se souvenant de Tsunehiko et de cette nuit affreuse, à Totsuka.

— Alors, vous devez prévenir les autorités de la conspiration, dit-il, impitoyable. Pour votre sauvegarde, et celle de votre époux, de votre famille. Vous ne pouvez couvrir une tentative d'assassinat sur la personne du shogun comme vous avez couvert les meurtres de Damoiselle Yukiko et de Noriyoshi. La vérité éclatera. Et vous ne pourrez protéger votre fils des conséquences de ses actes.

Dame Niu se raidit soudain, comme si elle essayait justement de trouver un moyen de le faire. Un soupir temblant signa son échec.

— Allons voir le conseil des Anciens, et montrons-leur le parchemin. Ils... (Sano s'apprêtait à dire « Ils arrêteront votre fils », mais il se ravisa et formula sa phrase autrement.) Ils feront en sorte que le seigneur Niu ne blesse personne. Venez. Vous savez bien que vous n'avez pas d'autre choix.

Dame Niu continua de pleurer. Sano patienta. Il patienta encore. Allait-elle accepter ? Son sort dépendait de sa décision. Il avait besoin qu'elle l'accompagne avec ses gens armés pour franchir les mailles du filet tendu par la police et atteindre le château d'Edo. Une fois au château, il était quasiment certain de pouvoir l'obliger à avouer les meurtres et à le disculper. La poigne d'Eii-chan se resserra sur les liens, ajoutant à son inconfort et à son impatience.

Alors, Dame Niu releva la tête et chassa ses larmes. Elle redressa les épaules et recouvra un semblant de fierté.

— Vous avez raison, dit-elle d'un ton ferme et résolu. Je n'ai pas le choix. Eii-chan, détache notre invité et rends-lui ses armes. Ensuite, tu viendras dans ma chambre. Veuillez m'excuser, Sano-san, je dois me préparer.

— Faites, je vous en prie.

Sano poussa un soupir de soulagement quand Eii-chan coupa les cordes de ses poignets. Bientôt, il livrerait un meurtrier aux autorités ; il assouvirait sa vengeance et il servirait la justice. Il serait un homme libre. Et bientôt, le seigneur Niu et ses conjurés seraient arrêtés ; le shogun sauvé. S'imaginant innocenté, son statut de yoriki restauré, son père guéri, Sano lutta contre un débordement de joie prématurée.

— Puis-je avoir le parchemin ? demanda-t-il.

Avec la coopération de Dame Niu, le document avait perdu beaucoup de son importance. Sano avait toujours su qu'il avait peu de chance de convaincre les autorités d'abandonner les charges retenues contre lui — plutôt que de l'arrêter ou de le tuer sur place — et d'agir contre le seigneur Niu, parchemin ou pas. Mais il avait risqué sa vie pour le document, et il ne voulait pas le laisser échapper.

Dame Niu roula le parchemin, refit le nœud, puis se leva, le tendit à Sano avec une courbette, le visage crispé à force de simuler une sérénité de façade.

Sano trouva son comportement étrangement compassé, vu la situation tragique dans laquelle elle se trouvait. Sans doute cherchait-elle un réconfort dans une politesse rituelle. Il lui retourna sa courbette, et glissa le parchemin sous son manteau, avec la corde et la sandale.

Resté seul dans la chambre du seigneur Niu après le départ d'Eii-chan, Sano ajusta ses épées à sa ceinture. Tout en arpentant la pièce, il joua distraitement avec le masque que le serviteur lui avait également rendu. Le temps passa, et toujours pas de Dame Niu. Que faisait-elle donc ? Avait-elle changé d'avis ? Refusait-elle de l'accompagner ? Que faire, dans ce cas ? Ses propres crimes n'étaient pas parvenus à protéger un fils autodestructeur. Elle était bouleversée par la conduite du seigneur Niu, mais c'était la chair de sa chair, et elle l'adorait. Le trahirait-elle ? Ou préférerait-elle sa propre ruine ainsi que celle de sa famille ? Cependant, elle semblait résignée, se dit Sano pour se rassurer. Comme si elle avait accepté le bien-fondé de sa décision...

Sano s'arrêta soudain de marcher. Un sombre pressentiment le saisit.

— Non ! s'exclama-t-il en comprenant le véritable choix de Dame Niu.

Il sortit en courant et se rua dans le couloir. Il traversa le jardin comme une flèche, et déboucha en trombe dans le bâtiment qui abritait les appartements de Dame Niu. En approchant de son salon, il entendit un gémissement sonore. Trop tard ! Il s'arrêta dans l'encadrement de la porte, et poussa un cri en découvrant le drame qu'il avait redouté.

— Non !

Agenouillée sur la natte, les yeux révulsés, Dame Niu serrait encore la poignée de la dague dont la lame sortait de sa gorge. Le sang jaillissait de l'entaille verticale qui zébrait sa peau blafarde, et ruisselait sur son kimono. Debout derrière elle, Eii-chan brandit son sabre au-dessus du cou de sa maîtresse.

— Non ! hurla de nouveau Sano.

Il se précipita et tomba à genoux devant eux. Avec une rapidité et une précision remarquables, le sabre dessina un arc de cercle, et trancha net la tête de Dame Niu. Une fontaine de sang gicla du cou, éclaboussa les murs, le plancher, le plafond. Des gouttelettes tièdes arrosèrent le visage de Sano tandis qu'il regardait, impuissant, le serviteur qui venait d'aider Dame Niu à commettre le *jigaï,* la version féminine du suicide rituel.

Eii-chan avait mis un terme à ses souffrances en lui coupant la tête après qu'elle se fut poignardée. Il avait suivi les ordres de sa maîtresse jusqu'au bout avec une fidélité terrifiante. Sano ne pouvait détester cet homme qui contemplait son épée maculée de sang avec une expression de douleur, de chagrin et d'incrédulité qui lui donnait pour une fois un visage humain. Par bien des côtés, Eii-chan était un meilleur samouraï que lui. Quelle extraordinaire force de caractère fallait-il pour tuer celle qu'il avait juré de servir !

Sano posa un regard sur la chose mutilée qui avait été Dame Niu. Son corps était tombé sur le côté ; ses mains agrippaient encore la dague. Dans une bouffée de pitié, Sano s'aperçut qu'elle avait attaché ses chevilles afin qu'on retrouve son corps sereinement étendu, quelle que fût l'agonie. Il ne ressentit aucune satisfaction devant la mort de la meurtrière de Yukiko, de Noriyoshi, de Tsunehiko et de O-hisa. En revanche, il éprouva un brusque élan de tristesse pour cette femme que la loyauté et l'amour avaient détruite. Sa soif de vengeance se dissipa, le laissant vide et tremblant. Il n'avait jamais imaginé regretter la mort du tueur qu'il avait pourchassé, mais là, épuisé, il souhaita de tout son être rendre la vie à Dame Niu... pour une semaine, un jour, ou même une heure.

Parce que sans elle, comment empêcher le seigneur Niu d'assassiner le shogun ? Et comment s'innocenter ?

28

Tandis qu'il contemplait son épée ensanglantée, Eii-chan sentit un vide insoutenable s'ouvrir en lui. Sa vue se brouilla, il en oublia tout ce qui l'entourait. Il était seul, horriblement, affreusement seul, comme avant que Dame Niu ne pénètre dans sa vie.

Il se souvint de ce jour mémorable, dans la cour de la propriété de son père. Lui-même, âgé de dix ans, laid et déjà trop grand. Atrocement timide, sensible, et gauche. Un enfant confus dans un corps d'adulte qu'il n'avait pas encore appris à contrôler. Un paria. Il s'efforçait de ne pas pleurer quand les jeunes samouraïs l'attaquaient avec leurs sabres de bois.

— Tuez l'affreux démon ! rugissaient-ils.

Quand il crut qu'il ne pourrait retenir ses larmes, elle arriva. Belle et autoritaire, même à sept ans, elle congédia ses bourreaux d'un simple regard. Il la dévisagea, bouche bée, trop stupide et trop étonné pour trouver ses mots.

Mais son silence parut lui plaire ; elle sourit. Pointant un doigt minuscule sur lui, elle déclara de sa voix haut perchée de fillette :

— Tu seras mon serviteur.

Il n'avait jamais compris pourquoi elle l'avait choisi lui, entre tous les vassaux de son père ; il n'avait jamais douté de sa bonne fortune. Il savait seulement que, de ce jour, sa vie avait changé miraculeusement. Sous son patronage, il avait gagné le respect, et un statut privilégié. Aucun enfant n'avait osé le tourmenter depuis ; aucun adulte ne l'avait rabroué pour sa stupidité. Et il avait tout fait pour plaire à sa maîtresse. Il avait perfectionné ses talents de guerrier afin de la protéger. Il lui avait toujours obéi au doigt et à l'œil. Lorsqu'elle s'était mariée, il l'avait aidée à diriger la maison du daïmio ; il avait espionné pour elle, puni pour elle. Il l'aimait, mais n'exigeait rien en retour, hormis l'honneur de la servir. Pour Dame Niu, il avait gaiement tué Noriyoshi, O-hisa, et même Damoiselle Yukiko, dont il appréciait la beauté et la douceur. Lorsqu'il avait découvert qu'il avait tué Tsunehiko à la place de Sano, cela avait été la pire catastrophe de sa vie.

Jusqu'à ce jour fatidique. Jamais avant de porter son épée contre Dame Niu, il n'avait imaginé ressentir un tel désespoir en suivant ses ordres.

Et elle n'était plus. Il n'avait plus rien, plus personne. Le chagrin l'étouffa ; il crut que sa tête allait exploser sous la pression des larmes réprimées. Il baissa les yeux sur le corps de Dame Niu, et vit le visage souriant d'une adorable fillette de sept ans...

Il sentit confusément qu'on lui criait quelque chose. Il cilla, recouvra la vue, la pièce sortit du brouillard, et cet homme qu'il avait oublié se tenait devant lui. Prisonnier de son néant intérieur, il n'arrivait pas à déchiffrer ce que l'homme lui disait, et il ne comprenait pas davantage son agitation. Mais la présence de Sano lui rappela qu'il lui restait un devoir à accomplir pour Dame Niu.

— Eii-chan, vous m'entendez ? criait Sano, au bord du désespoir. Vous comprenez ce que je dis ?

La mort de Dame Niu avait grandement compromis ses chances de prouver son innocence et de sauver sa peau. Mais peut-être était-il encore temps de sauver le shogun. À la réunion secrète du seigneur Niu, il avait eu l'impression que la tentative d'assassinat était imminente. Se déroulerait-elle pendant qu'il était encore en liberté ? Abattu, il s'en remit au silencieux et insensible Eii-chan parce qu'il n'avait personne d'autre vers qui se tourner.

— Savez-vous où se trouve le jeune seigneur Niu ? Savez-vous s'il prépare une attaque contre le shogun ?

Gardant une distance respectueuse, il résista à son envie d'empoigner le serviteur et de le secouer. Eii-chan risquait de s'avérer dangereux sans l'autorité de Dame Niu pour l'arrêter.

— Si vous savez quelque chose, dites-le-moi. Je vous en supplie !

Le serviteur ne sembla ni entendre ni comprendre. Il déposa son sabre à côté du corps de sa maîtresse, puis, évitant soigneusement de marcher dans son sang, il se dirigea vers un secrétaire, près de la fenêtre. Là, il désigna une feuille de papier. Les caractères, encore humides, brillaient à la lueur de la lampe.

Une lettre d'adieu de Dame Niu ! Sano s'en empara d'un geste vif, avec l'espoir futile que son dernier message l'aiderait. La déception l'anéantit quand il parcourut la page.

À mon très cher et unique fils, Masahito,

Sache que je t'aime plus que tout au monde. Afin de te protéger, j'ai fait tuer Yukiko, Noriyoshi, et O-hisa. J'ai aussi ordonné la mort de Sano Ichiro, dont le secrétaire a péri à sa place. Accepte ces terribles actes comme les preuves de ma dévotion que tu ne m'as jamais laissée exprimer en paroles, ni en gestes.

À présent, malgré mon devoir envers ton père, notre famille, et envers notre seigneur shogun, je ne puis te trahir. C'est pourquoi j'ai choisi le jigaï, la seule alternative qui m'était offerte de restaurer mon honneur après avoir failli auprès de toi et auprès de ceux à qui je dois loyauté.

Voici mes deux vœux de mort. Le premier, que tu honores mon esprit en ne commettant pas cette trahison qui ne fera que t'apporter la ruine. Je sais que tu ne m'aurais pas accordé cette requête de mon vivant ; je te prie de me l'accorder maintenant. Fasse que je ne sois pas morte en vain.

Mon second vœu est que Sano Ichiro parvienne à te stopper — si tu ne décides pas de t'arrêter à temps — et qu'il sauve ainsi notre clan de la mort et de la disgrâce. Moi, je ne le puis.

À présent, je dois te dire adieu, mon fils bien-aimé. Si le Bouddha miséricordieux le veut, puissions-nous être réunis un jour dans l'au-delà.

Ta mère

Désemparé, Sano s'adossa au mur, la feuille de papier à la main. La confession de Dame Niu lui fournissait enfin la preuve des meurtres — et de sa propre innocence. Mais comme il risquait d'être tué par les policiers avant d'être entendu, la lettre ne lui servirait pas à grand-chose ! Elle ne sauverait pas non plus le shogun ! Après ce que Dame Niu lui avait dit, Sano doutait que sa requête influençât ce fils obstiné.

— Lisez. Lettre. À moi.

Le son de la voix d'Eii-chan, rouillée d'avoir si peu servi, tira Sano de ses pensées. Ne l'ayant jamais entendu auparavant, il avait cru que le serviteur était muet.

— Lisez, répéta Eii-chan, agitant la tête et étreignant ses mains comme un mendiant.

Sano n'avait plus de temps à perdre au yashiki. Il devait remettre le parchemin et la lettre de Dame Niu aux autorités afin d'empêcher l'assassinat du shogun. Il devait essayer de s'innocenter avant qu'on le tue. Toutefois, il avait toujours pensé que Eii-chan était doué d'intelligence ; sa façon de les poursuivre sur le Tokaïdo prouvait qu'il savait espionner discrètement. Peut-être espionnait-il même dans sa propre demeure. Or, Eii-chan parlait. S'il cédait à sa requête, le serviteur lui ferait peut-être part des projets du seigneur Niu, à supposer qu'il les connût. Sano lut donc la lettre à haute voix.

Lorsqu'il eut terminé, Eii-chan garda longtemps le silence.

— C'est... tout ? grogna-t-il enfin.

Son visage reflétait la même surprise que sa voix.

— C'est tout, confirma Sano. Eii-chan, écoutez-moi, ajouta-t-il vivement en s'approchant et en tendant une main suppliante. Dame Niu souhaite que j'arrête le seigneur Niu, mais je risque de mourir avant de prévenir les gens qu'il faut.

Il s'efforça de dissimuler son impatience.

— Et même s'ils apprennent la conjuration, ils ne pourront peut-être pas agir à temps. Si vous savez où se trouve le seigneur Niu, dites-le-moi, je vous en prie. Faites-le pour le salut de votre maîtresse.

Hochement de tête, mains écartées en signe d'impuissance.

— Savez-vous quand et où il envisage d'attaquer le shogun ?

Mais Eii-chan le bouscula, traversa la pièce et alla s'agenouiller près de Dame Niu. Le sang macula ses habits, mais il ne sembla pas y prêter attention. Sourd aux demandes pressantes de Sano, il contempla d'un air affligé la tête tranchée comme si l'univers avait cessé d'exister.

Découragé, Sano récapitula ce qu'il savait de la conjuration. Il ne trouva rien qui lui indiquât où et quand le complot éclaterait. Il déroula le parchemin, chercha un message secret entre les lignes. Puis, comme il rangeait le rouleau dans son manteau, un souvenir resurgit.

Sano revit Niu au pavillon d'été. Perché sur l'estrade, il agitait le parchemin en récitant un poème. Un poème au sujet d'un lever de soleil sur la plaine, et de la bonne fortune à l'approche de la Nouvelle Année. Sano comprit le poème, bien qu'un peu tard. Il retint son souffle.

— Le lever de soleil, et la venue de la Nouvelle Année. Setsubun ! s'exclama-t-il. « Fortune » et « plaine »... la plaine de la Fortune !

Le célèbre euphémisme pour définir le quartier des plaisirs du Yoshiwara !

Les conspirateurs avaient applaudi parce que leur chef leur avait signifié le lieu et la date de l'assassinat.

Sano expira bruyamment en se souvenant d'un autre détail d'apparence anodine. Grisé, il repensa à Dame Niu disant que son fils — sans doute émoustillé par le risque qu'il allait prendre — était très excité à l'idée de rencontrer une personne déguisée comme une princesse du *Conte de Genji.*

Le shogun, célébrant le Setsubun habillé en femme ! Ce soir, dans le Yoshiwara !

Sano se rua hors de la pièce. L'angoisse, le choc et l'urgence redonnèrent une énergie nouvelle à son corps douloureux et épuisé. Il se faisait tard ; le Yoshiwara était loin. Il ne connaissait pas l'heure exacte ni le lieu de l'attaque, ni comment elle se déroulerait. Cependant, il avait peut-être encore le temps d'avertir le shogun. Le peu qu'il savait valait mieux que rien.

Mais serait-ce suffisant ?

Resté seul, Eii-chan baissa la tête à côté de Dame Niu, las et épuisé par les quelques mots qu'il avait prononcés. Bien qu'il sût parler et composer des phrases dans sa tête, une déficience de la nature l'avait toujours empêché de les formuler à haute voix. Il n'avait pas parlé avant son sixième anniversaire. L'habitude du silence, prise quand les autres enfants se moquaient de sa lente élocution bégayante, s'était peu à peu enracinée en lui. S'il avait brisé le silence, c'était uniquement parce qu'il ne savait pas lire et qu'il tenait absolument à connaître les dernières volontés de Dame Niu. À présent, il le regrettait amèrement.

Il n'arrivait toujours pas à croire que Dame Niu n'ait laissé aucun message pour lui. Pas de remerciement pour ses années de service ; aucun intérêt pour ce qu'il allait devenir après sa mort. Pas même un mot d'adieu ! Il crut mourir de déception. Il s'aperçut qu'il n'était rien pour la femme qui représentait tout pour lui. Elle l'avait toujours considéré comme un simple serviteur — ou pire, comme un objet. Elle avait passé ses derniers instants à écrire à son précieux Masahito. Le fils malveillant, dont l'égoïsme avait causé sa perte. Elle n'avait même pas eu un mot de gratitude pour celui qui l'aimait vraiment. Eii-chan entendit un son effrayant, moitié sanglot, moitié mugissement, sortir de sa gorge. Rien pour lui ! Après tout ce qu'il avait fait pour elle !

Et cependant, il continuait de l'aimer. Il ne pouvait la haïr. Elle était toujours sa maîtresse.

Eii-chan soupira. Il se laissa envahir par une angoisse absolue. Puis, grâce à la discipline de fer de son entraînement de samouraï, il mit de côté regrets et colère. Ses mains agirent avec agilité et promptitude. Il ôta la bourse d'herbes médicinales de son cou, dénoua la ceinture de son kimono, dégaina sa dague, et jeta un dernier regard sur la tête de sa maîtresse. Ce n'était qu'un tas de chair. La véritable Dame Niu vivait dans un au-delà de la terre où il la rejoindrait bientôt.

Anticipant sur la joie de leur réunion, il ne cria même pas quand la lame pénétra profondément dans ses chairs.

29

Sano traversa les marais au galop. Le Yoshiwara se dessinait au loin. Au-dessus de l'enceinte, des feux d'artifice illuminaient les toits d'étincelles rouges, vertes, bleues et blanches. Les éclats de rire, les cris et les pétarades étouffèrent bientôt le martèlement des sabots.

Le cheval ralentit l'allure. Sano sentit ses flancs se soulever de fatigue ; il poussa l'animal éreinté. Lui-même haletait à travers les fentes de son masque comme s'il avait couru tout le chemin. La folle chevauchée depuis le quartier des daïmio leur avait pris deux bonnes heures ; minuit approchait. La conjuration des Vingt et Un avait-elle commencé son attaque contre le shogun ? Sano avait-il le temps de les arrêter ?

Ah, si seulement Dame Niu et son fils lui avaient fourni davantage de détails ! Et s'il avait pu demander de l'aide ! Mais il était encore un fugitif. Dame Niu, qui aurait pu arrêter le drame, gisait dans une mare de sang, un tableau grotesque qui hanterait pour toujours la mémoire de Sano. Même avec le parchemin et sa confession, il ne pouvait approcher le magistrat, la police ni les gardes du château ; on le tuerait avant qu'il n'ait le temps de les convaincre d'envoyer des renforts protéger Tokugawa Tsunayoshi. Sano songea avec regret aux élèves de son père et à son ami Koemon, courageux guerriers, bien entraînés, loyaux à la famille de leur maître. Exactement les alliés dont il avait besoin, mais qu'il ne pouvait contacter. Il n'aurait pu atteindre son quartier, où les doshin patrouillaient certainement dans l'espoir de l'arrêter.

En approchant des portes du Yoshiwara, Sano vit qu'elles étaient grandes ouvertes et virtuellement sans garde. Quelques hommes traînaient alentour : deux gardes appuyés sur leur lance, et six samouraïs. Tous tenaient des tasses ou des flasques. Sano fouetta son cheval et traversa la porte au grand galop.

— Arrêtez ! lança l'un des gardes.

Sano ne se retourna même pas.

Autour de lui, le quartier des plaisirs était noyé dans le bruit, la lumière et la confusion. Des milliers de lanternes illuminaient les avant-toits le long du Naka-no-cho. Sur les toits, des hommes lançaient des fusées. La fumée d'un gigantesque feu de joie enveloppa Sano quand il voulut pousser sa monture parmi la foule. Le Yoshiwara grouillait de noceurs de toutes sortes : samouraïs en tenue de combat, paysans vêtus d'un simple pagne, bandes de musiciens et de tambours. Des visages masqués pointaient çà et là. La musique et les cris se mêlaient en une cacophonie assourdissante. Des ivrognes tanguaient, renversant du saké qui s'ajoutait aux odeurs d'alcool, d'urine et de vomi. Sano dut s'arrêter pour laisser passer un défilé. Vêtues de leurs plus belles soieries, les femmes gloussaient comme des poules surexcitées et s'inclinaient devant lui d'un air moqueur. Les graines de soja grillées crissaient sous les pas. Tous les établissements étaient ouverts, et pleins à craquer. Des rires aigus fusaient des maisons de thé ; une agitation bouillonnante scintillait derrière les fenêtres des maisons de plaisir.

Sano grinça des dents en contournant le défilé des yujo, mais se trouva de nouveau bloqué par une foule dense rassemblée autour d'un jongleur. Il scruta désespérément les visages. Comment retrouver Tokugawa Tsunayoshi dans cet enfer ? Sano se consola en pensant que la police ne l'attraperait jamais.

Il s'aperçut de son erreur en voyant un doshin planté devant une maison de thé qui annonçait une joute entre femmes. Rendu soupçonneux par l'habit ordinaire d'un samouraï et par son visage sévère, le doshin l'accosta à la sortie de la maison de thé et lui hurla des questions au visage. Non loin de là, ses assistants avaient arrêté un samouraï à cheval. Sano les regarda tirer l'homme de sa monture, lui arracher son masque de tigre, une lance pointée sur sa gorge, pendant qu'un autre assistant fouillait son manteau.

Sano entraîna son cheval de l'autre côté de la rue. Les deux samouraïs étaient à peu près de sa taille, de sa corpulence, et de son âge ; le cavalier montait un cheval brun, comme le sien. La police arrêtait et fouillait les hommes qui répondaient à son signalement. Toda Ikkyu, en bon espion, avait dû décrire la sandale et la corde qu'il portait — meilleures preuves de son identité qu'un laissez-passer probablement forgé ou volé. Sano comprit qu'il devait se débarrasser de ces objets compromettants, et de son cheval. Cependant, il ne pouvait jeter les preuves qui accablaient les Niu, pas plus qu'il ne voulait abandonner le cheval de Wada-san. Il avait peut-être encore une chance de le rapporter à son propriétaire, et les preuves pouvaient encore laver son nom et celui de Raiden de l'ignominie, restaurer son honneur, sa position et, par conséquent, la santé de son père.

Il manœuvra avec difficulté son cheval parmi la foule, et reprit ses recherches. Ayant lu une version illustrée du *Conte de Genji*, il avait une idée des vêtements que le shogun porterait. Les femmes de cette époque, quatre siècles auparavant, s'accoutraient de plusieurs kimonos sans ceinture — cinq ou six de couleurs différentes, avec des robes amples qui traînaient par terre et des manches qui recouvraient leurs mains. Elles gardaient leurs cheveux longs et séparés par le milieu.

Mais où était le shogun ? Que faisait-il ?

Sano essaya de se mettre à sa place. S'il avait décidé de se libérer pour un soir du poids du pouvoir et de la célébrité, où irait-il ? Le costume sophistiqué suggérait qu'il souhaitait se mêler aux fêtards, dans les rues et les maisons de thé, protégé de ses ennemis ou des gêneurs par un déguisement qui ne se laisserait pas pénétrer aussi facilement qu'un simple masque. Il pouvait être n'importe où, mais certainement pas seul. Il serait entouré de gardes du corps, sans doute habillés en costumes de la même époque. Armé de ces faibles indices, Sano se tailla une voie dans le Yoshiwara, espérant que Niu ne soit pas mieux informé que lui des projets du shogun.

Et Niu donc, et les conjurés, où étaient-ils ? À leur place, Sano tendrait une embuscade devant le Yoshiwara, loin de la foule, afin de tuer rapidement Tsunayoshi et de s'enfuir tout aussi vite. Toutefois, fallait-il chercher une logique aux actions de ce fou ? Il ne savait pas non plus quel déguisement les conspirateurs adopteraient.

Comprenant qu'il ne pouvait couvrir tout le Yoshiwara, Sano s'arrêta pour questionner les passants. « Avez-vous vu... ? », criait-il, puis il décrivait la troupe du shogun, telle qu'il l'imaginait. Les réponses variaient :

— Non... Oui... Peut-être. J'en sais rien ! fit un marchand ivre.

— Pourquoi tirer cette tête ? Viens donc boire un verre ! répondit un jeune samouraï.

Rien d'utile.

Puis le portier d'une maison de plaisir lui lança :

— Une femme de l'ancien temps, dis-tu ? Pourquoi te casser les pieds pour elle, quand il y a tant de jolies filles d'aujourd'hui, ici même ?

Sano repensa aussitôt à Glycine. Elle l'avait déjà aidé ; peut-être l'aiderait-elle encore. Elle devait avoir des amis dans le Yoshiwara prêts à participer aux recherches, et assez d'admirateurs parmi les samouraïs pour contrer les hommes du seigneur Niu. Il se dirigea vers le Palais du jardin céleste. Puis il aperçut un autre groupe de yujo rassemblé autour d'une maison de thé. Il manqua défaillir de joie quand il trouva la jeune femme à la queue de la petite troupe.

N'eût été ses yeux ronds, il n'aurait pas reconnu Glycine. Plus maigre et plus pâle, elle portait un grossier kimono de coton. Son compagnon, un ivrogne titubant, avait passé un bras autour de ses épaules, et lui malaxait les seins. Le visage de Glycine était crispé par une grimace qu'on aurait difficilement prise pour un sourire.

Sano n'eut pas le temps de se demander comment la belle avait sombré si bas.

— Dame Glycine ! appela-t-il.

Il réussit à la rejoindre sans piétiner personne.

— Dame Glycine ! répéta-t-il, et il ôta son masque l'espace d'un instant pour qu'elle vît son visage. Glycine, vous vous souvenez de moi ?

Son sourire figé s'effaça.

— Vous ! s'écria-t-elle, furieuse. Je vous ai aidé. Je me suis donnée à vous. Et regardez comment j'ai été remerciée !

D'un geste furibond, elle désigna sa tenue miteuse, son

client malotru, sa place à la queue du défilé. Le cœur de Sano se serra. Il se souvint d'avoir rapporté leur conversation au magistrat Ogyu. Le juge avait dû la déclasser au rang de prostituée de bas étage afin que personne ne prête attention aux histoires qu'elle risquait de raconter sur le meurtre de Noriyoshi. Encore une vie de ruinée à cause de lui ! Toutefois, il ne pouvait laisser la pitié ni la culpabilité l'empêcher de faire son devoir.

— Pardonnez-moi, Dame Glycine. Mais j'ai encore besoin de votre aide. Je dois savoir où...

— Allez-vous-en ! fulmina-t-elle. Vous m'avez fait assez de mal comme ça !

Elle se dégagea de l'étreinte du goujat, et décampa. Grâce à sa petite taille, elle se faufila aisément parmi la cohue, de sorte que Sano la perdit rapidement de vue. Le cœur gros, il dut la laisser partir.

Il s'éloigna en hâte en voyant un autre doshin se diriger vers lui. Il descendit de cheval, et continua à pied, tenant sa monture par la bride. Au niveau du sol, il ne pouvait plus embrasser la foule du regard, mais il était au moins à l'abri des éventuels poursuivants, et il pouvait en outre jeter un œil par les fenêtres et les portes ouvertes. Dans les maisons de thé et les restaurants, il vit nombre de grandes et fortes femmes qui auraient pu être des hommes déguisés, mais aucune ne répondait au signalement du shogun.

Il tourna au coin d'une rue, à peine assez large pour laisser passer quatre hommes de front. Elle se terminait par le mur d'enceinte. Suspendues en travers de la rue, des lanternes chatoyantes se balançaient. La foule dense obligea Sano à un arrêt brutal. Il se hissa sur la pointe des pieds, tendit le cou. Autour de lui, les hommes célébraient le Setsubun avec un abandon accru à mesure que les festivités approchaient du moment crucial. Depuis leurs cages, des yujo lançaient des encouragements stridents, et des invitations lascives. Le sol était recouvert d'une boue glissante et malodorante. À une trentaine de pas, Sano aperçut une tête sombre qui dépassait celles des autres. Un moment de répit dans la cohue lui permit une vision plus précise : un large visage blanc sans charme, encadré par de longs cheveux flottant au vent. L'homme-femme sourit et fit un signe à quelqu'un. Sa longue manche bouffante se releva, révélant plusieurs épaisseurs de kimonos : rouge, vert, bleu, blanc.

À peine Sano avait-il reconnu Tokugawa Tsunayoshi que la foule se referma sur lui. Trois samouraïs, masqués mais vêtus d'habits ordinaires, écartaient la foule et s'avançaient devant le shogun. Six gardes du corps, trois à pied et trois à cheval, couvraient le dos et les flancs de leur maître. Sano poussa les gens qui lui bouchaient le passage. Il devait parvenir jusqu'au shogun avant qu'il ne disparaisse dans la mêlée.

— Arrêtez de pousser ! protesta quelqu'un, et il projeta Sano contre une barrière.

— Laissez passer ! Laissez passer ! criaient les gardes du corps du shogun.

Sano attacha les rênes de son cheval à la barrière, puis il se faufila entre deux hommes. Le premier garde du corps était près de lui. Un coude fit glisser son masque ; il le remit vivement en place. En même temps, il vit le garde du corps s'arrêter pour répondre à un appel.

Un doshin l'accosta, et lui murmura quelque chose à l'oreille, bientôt rejoint par deux autres gardes du corps. Sano n'entendit pas ce qu'ils se disaient, mais il devina. Le doshin leur parlait d'un fugitif dangereux.

Sano poursuivit son chemin. Quel qu'en fût le risque, il devait prévenir le shogun. Les conjurés pouvaient frapper à tout moment.

Soudain, un gong lointain retentit. Un murmure parcourut la foule ; chacun s'arrêta de parler, de boire, de danser, de marcher. Les têtes se dressèrent, parmi lesquelles celles du shogun et de sa garde. Un deuxième gong fut suivi d'un troisième. Bientôt éclata la clameur d'un million de gongs et de cloches, certaines aiguës et mélodieuses, d'autres graves et sonores. Des acclamations fusèrent de toutes parts. Il était minuit ; les prêtres des temples avaient commencé à exorciser le mal de la Vieille Année, et annonçaient la bonne fortune de la nouvelle. Carillons et coups de gong se répondirent en écho d'une colline à l'autre. L'air lui-même trembla.

Envoûté, comme tout le monde, Sano faillit ne pas remarquer un mouvement furtif sur sa droite. Il se retourna à temps.

Un samouraï masqué, tout de noir vêtu, rampait le long d'un toit. Sano le vit s'agenouiller, sortir une flèche de son carquois qu'il portait en bandoulière, l'ajuster sur son arc, tendre la corde et viser le shogun.

— Attention, Votre Excellence ! hurla Sano en montrant l'archer. Là, sur le toit !

Sa voix se perdit parmi les carillons et les gongs. Sano avait du mal à s'entendre lui-même ; il continua toutefois à s'égosiller.

— Votre Excellence !

Autour de lui, personne n'avait prêté attention. Sano fonça vers son cheval, dénoua la bride et enfourcha sa monture. Il poussa l'animal parmi la masse des corps. Debout sur les étriers, il faisait de grands signes et hurlait à tue-tête. Personne ne broncha. Le moindre mouvement était impossible tant la foule était compacte. Les cloches et les gongs résonnaient toujours. Le shogun regardait le ciel, fasciné. Avec une panique croissante, Sano s'aperçut que deux autres archers avaient pris position sur le toit.

— Holà, vous autres, là-haut ! rugit-il. Arrêtez !

Son cri coïncida avec un bref intermède entre les carillons. Deux des archers continuaient à viser leur proie, mais le troisième tourna la tête. À peine Sano avait-il deviné son intention que l'homme braqua son arc sur lui et décocha la flèche. Elle troua l'air avec un sifflement aigu. Sano n'eut pas le temps de dire ouf. Sa monture hennit bruyamment et se cabra. Sano vit la flèche plantée dans le cou de son cheval, le sang jaillir à gros bouillons. Il poussa un cri d'effroi, tenta de maîtriser l'animal chancelant. Mais le cheval vacilla et s'écroula sur le flanc. Sano tomba avec lui. Dans sa chute, il vit les archers décocher leur flèche. Le shogun disparut comme aspiré vers le sol.

Une hystérie soudaine s'empara de la foule. Les gens se bousculaient, trépignaient, cognaient, chacun voulant se mettre à l'abri. Les cris couvrirent les carillons des cloches. Sano atterrit sur des corps jetés au sol par les convulsions de son cheval. On le piétina. Il réussit à se libérer d'un corps qui s'était écroulé sur lui, mais un crochet au menton le fit retomber aussitôt. Il se remit debout juste à temps pour voir deux gardes du corps du shogun se hisser sur le toit et prendre les archers en chasse. Certains serrèrent les rangs autour de leur maître à terre, pendant que d'autres fendaient la foule. Un effroyable sentiment d'échec assombrit Sano. Le shogun était-il mort ?

— Dégagez la rue ! criaient les gardes du corps. Allez, circulez ! Circulez !

Le doshin qui avait discuté avec eux un peu plus tôt reparut avec deux assistants ; il agitait son jitte tandis que ses hommes faisaient tournoyer leur masse d'armes au-dessus de leur tête. La foule battit en retraite vers le Naka-no-cho. Des cris et des hurlements fusèrent :

— Que se passe-t-il ?

— À l'aide !

— Il est arrivé quelque chose ?

Sano comprit qu'il pouvait les entendre parce que les cloches s'étaient tues. Il lutta contre le flot de la foule et se fraya un chemin vers le shogun. Il fallait qu'il sache...

Par terre, un homme gisait, mort, une flèche en travers de la poitrine. Sano poussa un profond soupir de soulagement en s'apercevant que c'était un des gardes du corps. Tokugawa Tsunayoshi se dressait encore, au milieu de ses hommes, indemne mais visiblement ébranlé. Il montra le cadavre, pointa un doigt vers le toit, et lança un ordre en frappant ses gardes. Son costume de femme contrastait avec sa fureur virile ; il houspillait ses hommes, leur demandant sans doute qui étaient les assassins et comment ils avaient appris sa présence dans le Yoshiwara. Avec des gestes d'impuissance et d'étonnement, les gardes osèrent des réponses qui furent accueillies par de nouveaux coups de poing.

Soudain, Sano comprit toute l'étendue du plan de Niu. Ignorant le doshin qui le fixait d'un œil suspicieux, il se précipita vers le shogun, bousculant tout le monde sur son chemin. L'escarmouche n'était qu'une manœuvre de diversion, destinée à disperser la foule et à occuper les gardes, prélude à la véritable attaque. Sano devait prévenir Tokugawa Tsunayoshi que dix-huit autres assassins voulaient sa peau.

— Hé, vous, là !

Le doshin écarta deux ivrognes du coude et s'avança vers Sano.

— Venez donc ici !

Négligeant le danger, Sano scruta la rue. Parmi les passants qui s'enfuyaient en courant, il remarqua trois samouraïs qui marchaient paisiblement. Vêtus de kimonos sombres, les visages dissimulés sous des chapeaux de paille, ils s'écartaient pour laisser passer les fuyards. Ils avançaient sur toute la largeur de l'allée, distants les uns des autres d'une dizaine de pas. En approchant de l'entourage du shogun, ils commencèrent à réduire leur distance tout en accélérant le pas. Leur chef leva la tête vers les toits. Les lanternes éclairèrent un instant son visage. Sano reconnut le seigneur Maeda.

— Votre Excellence ! s'écria-t-il en bondissant en avant. Attention ! Derrière vous !

Plutôt que de se retourner, le shogun et les gardes le dévisagèrent avec incertitude. Maeda n'était plus qu'à quelques pas du garde qui le séparait de Tokugawa Tsunayoshi. Sa main se posa sur le pommeau de son sabre.

Alors, soit à cause de l'avertissement de Sano, soit parce qu'il avait senti le danger, le garde fit soudain volte-face. Le seigneur Maeda dégaina, fit tournoyer son sabre au-dessus de sa tête, mais avant qu'il n'en frappe le garde, celui-ci avait déjà sorti son arme. Il zébra avec fureur la poitrinc de son assaillant, qui poussa un cri strident et enfonça sa lame dans le cou du garde. Les deux hommes s'effondrèrent, mortellement blessés.

Un nouveau tumulte explosa. Tous ceux qui étaient restés dans la rue couraient se mettre à l'abri. Des maisons de plaisir parvenaient les cris aigus des femmes. Sano évita les fuyards, mais le doshin l'empoigna par le bras.

— Qui êtes-vous ? demanda-t-il. Que savez-vous de tout ceci ?

— Attention ! lança Sano au shogun, ignorant le doshin. Il y en a d'autres !

Mais l'heure n'était plus à la fuite. Des robes sombres apparurent de nulle part. La troupe du shogun fut vite encerclée ; les gardes du corps ne purent entraîner leur maître à l'écart. Soudain la rue grouilla de guerriers, les épées scintillèrent, les lames s'entrechoquèrent avec fracas. Des cris gutturaux et des jurons hardis percèrent la nuit. Au milieu du tumulte se dressait Tokugawa Tsunayoshi, le dictateur militaire qui préférait les beaux-arts aux arts martiaux, l'étude de Confucius aux affaires de l'État. Sans armes, il se blottissait derrière ses hommes, silhouette pathétique dans ses robes luxueuses et sa longue perruque. Son maquillage blanc donnait un aspect comique à son visage hébété par la peur.

Le doshin relâcha Sano et ordonna à ses hommes de se joindre au combat. Les gardes se défendaient avec la bravoure et l'adresse redoutables des troupes d'élite. Mais ils se battaient à un contre deux. Sano dégaina son sabre et se jeta dans la mêlée.

Un homme de Niu fonça sur lui, l'épée brandie. Sano fit un pas de côté et tournoya. Il frappa l'homme en travers des reins. Son agresseur gémit, puis s'écroula, tête la première, mort sur le coup. Sano sentit plus qu'il n'entendit un autre homme dans son dos. Il mit un genou à terre, pivota et porta une botte qui trancha le ventre de son ennemi qui s'affala à côté de son complice. Cela s'était passé si vite que Sano n'avait pas eu le temps de réfléchir. Des années d'entraînement avaient aiguisé ses réflexes. Mais il venait de tuer pour la première fois, et son âme accusa le coup.

Il avait fait ce qu'il aurait cru impossible peu avant... combattre au service de son seigneur et maître. Il était enfin un samouraï dans le vrai sens du terme. Brûlant d'excitation et d'ardeur, il se releva d'un bond et repartit au combat. Il sauverait le shogun, malgré tout !

Un regard autour de lui le refroidit. Le doshin et ses deux assistants étaient tombés. Les cadavres des gardes et des conjurés s'amoncelaient au milieu de la rue. Un homme de Niu transperça deux étrangers qui s'étaient mêlés au combat. Puis il rejoignit les trois complices encore en vie qui s'avançaient vers les quatre gardes entourant le shogun d'un écran protecteur. Le piège se referma tandis que les quatre assaillants repoussaient les gardes contre un mur. Le combat était égal ; les meilleurs contre les meilleurs. Alors, comme Sano se précipitait au secours des défenseurs, il vit une silhouette sombre sortir d'un pas de porte. Il ne distinguait pas son visage, mais l'homme boitait légèrement.

Le seigneur Niu !

Un garde s'écroula dans un cri. Son absence créa un vide dans le bouclier humain du shogun. Le seigneur Niu se précipita dans la brèche et dégaina son sabre.

— Non !

Au mépris de sa vie, Sano se jeta entre Niu et Tokugawa Tsunayoshi. Son sabre contra celui du félon dans un claquement d'acier.

Le seigneur Niu passa de la jubilation à la fureur. Ses

yeux brûlèrent encore plus que de coutume. D'un geste si prompt que Sano n'eut pas le temps de le parer, il arracha le masque de Sano avec la pointe de sa lame.

— Vous ! rugit-il, un sourire sauvage aux lèvres. Encore en travers de mon chemin ! Vous n'apprendrez donc jamais !

Paralysé par une terreur soudaine, Sano resta pantois. Niu Masahito aurait pu le tuer d'un simple coup. Sano sentit fuir la confiance que ses deux premières victoires lui avaient apportée. Malgré lui, il revit les prouesses impressionnantes du seigneur Niu dans la salle d'armes. Sa main trembla ; il humecta ses lèvres sèches et se força à parler.

— Moi, Sano Ichiro, je ne vous laisserai pas tuer le shogun, dit-il d'une voix qui lui parut timorée.

Niu rit franchement, un gloussement aigu, démoniaque, qui fit se dresser les cheveux sur la nuque de Sano. Ses narines s'élargirent comme s'il sentait la peur de son adversaire.

— Vous ne pouvez pas m'en empêcher, dit-il. Vous mourrez si vous essayez. Mais si c'est ce que vous voulez, soit.

Sans quitter Sano des yeux, il se mit en garde basse, prêt à jaillir.

Sano tenta de se concentrer. Il rechercha le calme, la clarté mentale, et l'harmonie intérieure qui dirigent le guerrier et accroissent son pouvoir. Mais il ne trouva que le chaos et un tumulte d'où toute énergie était absente. Il n'arriva pas à chasser la douleur, la peur, ni les souvenirs ; son esprit était trop dissipé pour se concentrer sur l'essentiel. Et sans concentration, il n'était qu'une machine privée de son guide. Il était perdu.

Niu se fendit. Son épée fouetta l'air avec un sifflement inquiétant.

Sano para, mais un peu tard. La lame lui entailla l'épaule gauche. Seul un retrait instinctif empêcha le coup de poursuivre sa route vers le cœur. La douleur cuisante lui arracha un cri. Il esquissa une riposte en flèche, mais rencontra le vide quand le seigneur Niu s'effaça. Les gardes, toujours occupés avec les autres conjurés, ne pouvaient intervenir. Ils ne savaient pas que le seigneur Niu constituait une menace autrement plus dangereuse pour leur maître que ses trois autres complices.

Sano s'écrasa quand la lame de Niu siffla au-dessus de

sa tête, et rasa son crâne. De sa main gauche, il dégaina sa courte épée. Le geste accrut la douleur de son épaule meurtrie ; des étincelles noires obscurcirent sa vision. L'espace d'un instant, il crut qu'il allait s'évanouir. Sans regarder, il lança l'arme derrière lui.

— Attrapez, Votre Excellence ! hurla-t-il.

Il n'eut pas de temps de vérifier si le shogun l'avait saisie au vol. La lame du seigneur Niu dessina un arc, Sano croisa, riposta, se couvrit, s'allongea. Niu portait deux attaques pour chacune des siennes. Sano n'échappa à la mort qu'en battant en retraite, à l'écart de l'homme qu'il était censé protéger.

Démoralisé, il eut recours aux attaques verbales.

— Votre mère est morte, lança-t-il à la face du seigneur Niu. Elle s'est tuée ce soir, lorsqu'elle a appris que vous étiez un traître !

Aucun signe sur le visage de Niu ne montra qu'il avait entendu. Obnubilé par la gloire qu'il sentait à sa portée, son regard enflammé transperça son adversaire.

— Vous n'avez aucune chance. Même si vous nous tuez, le shogun et moi, vous ne sortirez pas vivant d'Edo.

Le chef des conjurés semblait partout à la fois ; Sano ne vit pas venir le coup qui lui arracha son sabre des mains. Machinalement, il voulut tirer la courte épée qu'il avait donnée au shogun. Terrorisé, il s'aperçut de son erreur. Il recula prestement, jetant des coups d'œil à terre. Où était tombé son sabre ?

Niu le poursuivit. Une légère claudication trahit son infirmité quand il enjamba les cadavres. Le visage volontaire, il faisait tournoyer son sabre avec une puissance dévastatrice.

Sano ne vit pas le corps du doshin en travers de sa route. Il trébucha dessus et s'écroula sur son cadavre. Il tenta de se relever et d'empoigner le sabre hors d'atteinte.

Niu fondit sur lui.

— Vous êtes un véritable fléau, Sano-san, dit-il en haletant, mais vous ne me gênerez plus longtemps. Adieu, cher ennemi !

Avec un geste d'une lenteur calculée, il leva haut son sabre.

Sano vit la mort dans le regard brillant du seigneur Niu, dans l'éclat de l'acier. Puis, comme il s'apprêtait à l'affronter avec le courage stoïque du bon samouraï, sa main droite rencontra un bâton métallique. Deux dents pointaient au-dessus de sa garde. Le jitte, l'arme de parade de la police !

Dès qu'il reconnut l'objet, un processus interne se déclencha. La peur se dissipa ; la concentration revint. Le jitte : symbole de la loi et de l'ordre contre l'anarchie et le chaos ; du bien contre le mal ; de la vérité contre le mensonge ; c'était le combat de son âme juste contre l'âme corrompue du seigneur Niu. Ces pensées l'effleurèrent à la vitesse de l'éclair. Un savoir muet et instinctif le réveilla. Du centre vital des émotions, une énergie formidable commença à irradier. L'espace d'un instant, il affronta son destin.

Avec un rugissement déchirant, le seigneur Niu abattit son sabre en diagonale. Au même moment, Sano para d'un coup de jitte. Sous le choc, une douleur fulgurante lui traversa l'épaule. Le crochet du jitte arrêta la lame à deux doigts de sa gorge. Sano repoussa le sabre de côté, profitant de l'effet de surprise pour déséquilibrer son adversaire. Niu chancela. Avant qu'il ne reprenne ses esprits et libère son sabre, Sano dégagea le jitte et l'abattit violemment sur sa mâchoire. Niu trébucha. Sano comprit aussitôt qu'il n'était pas entraîné au jittejutsu. Sa confiance s'accrut quand il s'aperçut que sa pratique, bien que limitée, lui procurait un léger avantage. La victoire à sa portée, il bondit sur ses pieds.

Alors, il vit qu'il avait mal jugé l'angle du coup, la force nécessaire pour le rendre mortel, ou la détermination de son adversaire. Niu se releva avec agilité. Sa mâchoire brisée tordait son visage en une grimace féroce ; il toisa Sano avec une fureur décuplée. Puis, il se fendit, l'éclat de sa lame zébra l'air.

Son bras gauche quasiment invalide, Sano s'épuisa vite à parer de sa main droite les coups répétés de son adversaire. Niu ne lui laissa pas le temps de récupérer son propre sabre. Mais Sano parvint à un état de perception aiguë et de clarté mentale jamais atteint.

Il agit sans réfléchir, anticipant, parant, et ripostant à la vitesse de l'éclair. Tout en maintenant son attention sur son adversaire, il embrassait tout ce qui se passait alentour. La bataille faisait toujours rage. Sano vit — sans regarder — un garde trancher la gorge de deux hommes en deux coups rapides. Mais la douleur persistait, et Sano n'oubliait ni

O-hisa, ni Raiden, ni Tsunehiko, ni Glycine, ni son père, ni son horreur pour cet homme qui avait obligé sa propre mère à commettre de multiples meurtres avant de se suicider. Les souvenirs, les émotions, la douleur physique se fondaient dans l'unicité de son moi profond. Ils nourrissaient sa force, inspiraient son jugement.

Avec une agressivité renforcée, Sano utilisa son avantage sur Niu : la mobilité. Par de promptes attaques, suivies de retraits successifs, il obligea son adversaire à le suivre. Il frappa et frappa la poitrine de Niu avec son jitte, prenant risque sur risque qu'il paya de blessures aux bras et aux joues, mais la douleur décupla son énergie et sa sagesse. Il comprit soudain, dans une intuition fulgurante, l'ambivalence de Niu : il cherchait à tuer tout en souhaitant sa propre mort. Les deux désirs s'équilibraient et s'annulaient. C'était la vraie raison de sa tentative d'assassinat contre le shogun, et celle qui l'avait décidé à porter son attaque dans un endroit dont il avait peu de chance de s'enfuir.

D'un coup de revers sur la jambe valide de son adversaire, Sano mit Niu à genoux. Il sentit alors la lutte entre le désir de tuer et celui de mourir tourner à l'avantage du second. Grimaçant de douleur, Niu hésita avant de se relever... juste assez pour que Sano s'accroupisse, empoigne son jitte de la main gauche et récupère son long sabre incurvé.

Niu se fendit. Sano para avec le jitte, accrocha la lame. D'un coup de poignet sec, il la brisa à hauteur de la garde. Niu se figea. Il contempla son sabre tronqué, puis regarda Sano. Leurs yeux se croisèrent pendant un moment qui parut éternel. Sano vit la haine, la rage et la peur dans le regard de Niu. Puis la résignation.

Lâchant le jitte, Sano empoigna son sabre à deux mains, le brandit en le faisant tournoyer. Son épaule meurtrie lui arracha un cri, de douleur, certes, mais aussi de triomphe. Il abattit son sabre de toutes ses forces, et trancha la tête de Niu du sommet du crâne jusqu'aux sourcils.

Sano resta pantois, ses mains toujours crispées sur le pommeau de son sabre. Son énergie, tel un feu couvert, continua à se consumer en son centre, puis mourut. Sa clairvoyance l'abandonna. Le monde alentour perdit sa couleur et sa vie. Une seconde après la retombée de son exaltation spirituelle, il ne se souvenait déjà plus des émotions ressenties. Il était vide, hébété.

Puis le monde et ses soucis vinrent combler cette béance. Il considéra avec stupeur son ennemi vaincu. Niu Masahito gisait sur le dos, jambes écartées, le sabre brisé à la main. Du sang maculait le pommeau, ruisselait de son crâne et formait une mare sous sa tête. La mort avait éteint la flamme démoniaque de ses yeux. Son visage semblait étonnamment innocent et paisible.

Sano lâcha son sabre. Il recula en titubant. La douleur de son épaule se réveilla pleinement, la fatigue l'envahit, et il tomba à genoux. Il se força à regarder autour de lui.

Des corps parsemaient le sol ensanglanté. Tous les Vingt et Un, et tous les policiers. Plus un nombre impressionnant de samouraïs qui s'étaient joints au combat, parmi lesquels les gardes en armure de la porte. Des fêtards piétinés pendant le sauve-qui-peut. Son cheval gisait aussi, à côté de celui d'un des hommes des Tokugawa. Mais le shogun et deux gardes du corps l'observaient à distance. Hormis les murmures de spectateurs qui avaient assisté à la mêlée depuis les fenêtres, la rue était silencieuse.

Écœuré par le carnage, Sano ferma les yeux. C'est fini, se dit-il. Une sorte de lassitude, satisfaction du devoir accompli, engourdit son esprit comme une drogue soporifique. Il s'effondra. Il eut vaguement conscience, à travers un brouillard de douleur et d'épuisement, que les hommes du shogun le couchaient sur une litière, le recouvraient d'une courtepointe ; il devina qu'on le transportait hors du Yoshiwara, puis le long d'une route sombre ; il entrevit l'immense voûte étoilée. Il lutta pour rester conscient afin d'expliquer au shogun ce qui s'était passé avant la tentative d'assassinat, et les raisons de sa présence. Mais la brume envahissait son cerveau ; à demi éveillé, il rêva.

Il était mort. On portait son cercueil vers un bûcher funéraire.

— S'il vous plaît, murmura-t-il.

Il ne voulait pas mourir avant d'avoir raconté son histoire ; il avait besoin que quelqu'un, enfin, le crût.

— Reposez-vous, dit une voix bourrue. Vous parlerez plus tard.

Réveillé en sursaut, Sano contempla en bas de la route escarpée ce qu'il avait pris pour le bûcher. C'était un bateau qui tanguait sur la rivière noire, amarré aux quais du Yoshiwara. Des lanternes scintillantes éclairaient la cabine, et en haut des mâts flottaient les bannières frappées des armoiries des Tokugawa. La litière s'inclina quand les hommes la transportèrent à bord. Sano grogna quand ils l'étendirent sur des coussins moelleux. Il vit Tokugawa Tsunayoshi se pencher sur lui, entendit sa voix ordonner aux marins de larguer les amarres. On découpa ses habits, on pansa ses plaies avec une chose qui brûlait et piquait. Il ferma de nouveau les yeux.

Il plongea dans un sommeil bienheureux tandis que le bateau voguait vers Edo.

30

Le Setsubun était terminé. La Nouvelle Année commençait ; une sérénité tranquille enveloppait Edo. Dans les rues désertes, seules quelques ordures oubliées par les éboueurs — une couche de graines de soja, un masque abandonné, quelques rubans de papier multicolores — rappelaient qu'une fête débridée avait eu lieu la veille. Une neige tardive était tombée durant la nuit, enrobant les toits d'une mince pellicule blanchâtre. Le soleil étincelait dans un ciel bleu de glace, et donnait à la ville une atmosphère cristalline.

Sano chevauchait, en route pour la maison familiale. La veille, le shogun avait annulé l'ordre d'arrestation, Sano était donc un homme libre. Les yeux larmoyants de froid et brûlants de fatigue, il contemplait un monde qui lui semblait étrangement altéré. Les échoppes étaient fermées. Plus tard, les rues se rempliraient, chacun se rendrait aux visites rituelles de la Nouvelle Année, mais pour l'instant, la ville dormait ; les maisons étaient silencieuses, les portes, ornées des rameaux de pin et de bambou, solidement fermées. C'était la ville où il avait vécu toute sa vie. Il s'aperçut qu'elle n'était pas différente des autres lendemains de fête. C'était lui qui avait changé.

Il oublia la ville en repensant à la nuit qu'il avait passée au château d'Edo. Là, les médecins avaient soigné ses plaies superficielles, ses bleus, suturé son épaule profondément entaillée, et appliqué des cataplasmes d'herbes calmantes pour adoucir la douleur et prévenir l'infection. Des domestiques l'avaient baigné, peigné, habillé de vêtements propres, lui avaient servi le thé. Ensuite, sans le prévenir et sans lui laisser le temps de s'émerveiller, on l'avait amené devant le shogun, en présence du chambellan et du conseil des Anciens.

Tokugawa Tsunayoshi occupait l'estrade d'une immense salle de réception. Il avait ôté son déguisement et portait des robes noires classiques. Anxieux, les traits tirés, il faisait plus vieux que ses quarante-trois ans. Le chambellan Yanagisawa et les cinq Anciens étaient agenouillés au pied de l'estrade ; ils semblaient protéger le shogun, comme les gardes pendant la bataille.

— Vous m'avez sauvé la vie, Sano Ichiro, commença Tokugawa Tsunayoshi d'une voix plus aiguë et plus douce que celle qu'on aurait attendu du commandant militaire suprême de la nation. Pour cela, j'aimerais vous exprimer ma gratitude. Mais auparavant, voulez-vous nous expliquer comment vous en êtes venu à connaître le complot du jeune seigneur Niu ?

Sano raconta son histoire. Il exhiba la sandale et la corde — talismans auxquels il se raccrochait longtemps après qu'ils eurent perdu leur valeur. Il lut le parchemin et la lettre de Dame Niu.

Lorsqu'il eut fini, tout le monde parla en même temps.

— Scandaleux !

— Dame Niu, une meurtrière ?

— Niu Masahito devait être possédé par les démons ! Sinon, pourquoi aurait-il tenté une pareille folie ?

— Est-il possible que le magistrat Ogyu ait volontairement empêché l'investigation qui a conduit à la découverte du complot ?

Le chambellan Yanagisawa parla plus haut que les autres.

— Je suggère que nous laissions l'honorable magistrat présenter lui-même sa défense.

Il frappa dans ses mains. Aussitôt, deux gardes entrèrent, escortant un magistrat Ogyu chancelant. Sano le dévisagea bouche bée. On aurait dit que son ancien supérieur venait d'être tiré du lit. Ses yeux tombaient de sommeil et il avait jeté hâtivement un manteau sur ses vêtements de nuit. En voyant Sano, il gémit et recula d'un pas. Mais les gardes le poussèrent sans ménagement, et le forcèrent à s'agenouiller devant le shogun.

— Votre Excellence, quel honneur ! bredouilla Ogyu, qui se prosterna bien bas.

Le shogun le toisa d'un air sévère.

— Avez-vous essayé d'empêcher Sano Ichiro d'enquêter sur les meurtres de Niu Yukiko et de Noriyoshi ?

— Mais... euh... mais non, Votre Excellence, bafouilla Ogyu, visiblement trop éberlué pour mentir avec conviction.

Le shogun échangea un coup d'œil avec le chambellan Yanagisawa, qui fronça les sourcils.

— Vous ne savez donc pas que Dame Niu a ordonné les meurtres afin de protéger son fils ? demanda Tokugawa Tsunayoshi. Si Sano Ichiro n'avait pas persisté — enfreignant ainsi vos ordres — la tentative d'assassinat du seigneur Niu aurait réussi.

— Non, gémit Ogyu. Oh, non !

Tremblant, il se prosterna devant le shogun. On pouvait presque voir les vagues de terreur le submerger.

— Votre Excellence, je vous supplie de comprendre. Je vous assure que si j'avais su, je n'aurais jamais...

— Suffit ! coupa le shogun. Pour votre négligence coupable, le manquement à vos devoirs, votre trahison, je vous relève de vos fonctions de magistrat d'Edo et je vous condamne à l'exil perpétuel sur l'île Hachijo. Vous prendrez le prochain bateau, dans trois mois ; vous l'attendrez, en détention, à la prison d'Edo. Emmenez-le, ordonna-t-il aux gardes.

— Non ! s'écria Ogyu. Je vous en supplie, Votre Excellence, ayez pitié !

Les gardes l'empoignèrent. Il rua et se débattit, mais ils le portèrent vivement hors de la salle. Sano entendit ses sanglots hystériques résonner dans le couloir. Il baissa la tête, secoué par la chute impromptue de celui qui avait été un redoutable adversaire. Un élan d'horreur et de pitié lui gâcha la satisfaction que la punition du magistrat Ogyu aurait dû lui procurer.

Lorsque le silence revint, un des Anciens demanda :

— Qu'allons-nous faire pour cette triste affaire ?

Le chambellan intervint avant que le shogun ne puisse s'exprimer.

— Une chose est certaine. Le moins de gens possible doivent être autorisés à savoir que Son Excellence a failli périr ce soir, ou que notre système de sécurité n'a pas fonctionné avec l'efficacité voulue. Je vais vous expliquer pourquoi, et aussi comment nous pouvons y remédier.

Les Anciens et Tokugawa Tsunayoshi écoutèrent avec respect. Sano s'aperçut que le beau Yanagisawa exerçait en fait une grande partie de l'autorité du shogun. Ce que les yoriki avaient d'ailleurs suggéré lors d'un petit déjeuner, bien des jours auparavant.

— Nous ne pouvons nous permettre de laisser les daïmio penser que le shogun est vulnérable, commença Yanagisawa. Non seulement le clan des Tokugawa perdrait la face, mais une insurrection risquerait d'éclater sur une vaste échelle.

Murmures d'approbation.

— C'est pourquoi je propose que nous fassions courir l'histoire suivante, qui sera consignée dans les rapports officiels : une bande de malandrins a attaqué une bande rivale dans le Yoshiwara. Durant l'échauffourée qui a suivi, des passants innocents, qui s'étaient précipités pour aider la police, ont été tués, parmi lesquels le jeune seigneur Niu et vingt de ses amis. Les malandrins qui n'ont pas péri sur le coup ont été arrêtés et, par la suite, exécutés.

Le silence se fit quand chacun réfléchit aux implications de ce plan. Le shogun parut apprécier, et les Anciens se consultèrent du regard. Sano, bien qu'effaré par la distorsion de la vérité, comprit néanmoins les avantages du plan du chambellan.

— Oui, ça peut marcher, dit le chef des Anciens d'une voix hésitante. À part nous, très peu de gens savent que Son Excellence était dans le Yoshiwara... des gardes du corps, sa famille, et ses serviteurs les plus sûrs. Le jeune seigneur Niu et tous les conjurés ont péri. Mes assistants se sont rendus chez les Niu, et ils m'ont confirmé que Dame Niu et son serviteur Eii-chan étaient bien morts. Nous pouvons utiliser... certaines méthodes... (le ton sous-entendait « menaces et récompenses »)... afin que les témoins ne répandent pas de rumeurs. En outre, aucun des complices des Niu ou des autres clans n'admettra avoir participé au complot. Toutefois, la loi exige que les parents des traîtres soient punis. Devrons-nous la suivre ?

Le cœur de Sano flancha quand il imagina Midori et ses sœurs, le seigneur Niu Masamune, ses fils et petits-fils, les familles des autres conspirateurs — des centaines d'innocents — conduits sur la place des exécutions afin d'expier pour un crime qu'ils n'avaient pas commis. Ce fut donc avec soulagement qu'il entendit la proposition du chambellan.

— Comme vous l'avez souligné, dit Yanagisawa, les coupables sont tous morts. Des châtiments supplémentaires...

Il fit un geste éloquent, qui signifiait que des châtiments supplémentaires satisferaient la loi, mais nuiraient au secret nécessaire au gouvernement, et à la paix dont le pays avait besoin.

Les cataplasmes avaient soulagé les souffrances de Sano ; les drogues l'assoupissaient. Il n'entendit pas le shogun et les Anciens approuver le plan de Yanagisawa, puis discuter des moyens de le mettre en œuvre. Il se réveilla en sursaut quand le shogun prononça son nom.

— Sano-san, pardonnez-nous de vous garder si longtemps. Vous êtes fatigué. Mais je vous demande encore un instant afin de régler la question de votre récompense.

Sano fit un effort pour rester éveillé.

— Pour vous remercier du précieux service que vous m'avez rendu, je vous laisse choisir votre récompense.

— Je remercie infiniment Son Excellence, bredouilla Sano.

Mais comment faire le bon choix ? Il se décida finalement pour celui qui éliminerait sa plus récente source de culpabilité.

— Je demande que la courtisane Glycine soit affranchie du quartier des plaisirs et qu'on lui verse une somme suffisante à son maintien de femme libre.

Le shogun se pencha vers Sano, un pli soucieux au front.

— Accordé, mais voilà une faveur par trop triviale. Demandez-m'en une autre.

— Je voudrais qu'un monument commémorant la mort de mon secrétaire, Hamada Tsunehiko, tombé dans l'exercice de ses fonctions, soit érigé sur l'emplacement funéraire familiale.

La famille du garçon connaîtrait un grand réconfort et Sano serait ainsi soulagé d'un poids.

— J'aimerais aussi que Niu Midori soit libérée du couvent du temple de Kannon et qu'elle retrouve son foyer.

— Il n'exige rien pour lui, s'étonna le shogun avec admiration. Il ne pense qu'aux autres. (Puis, se tournant vers

Sano :) Ce que vous demandez sera fait. Mais pour votre générosité altruiste, je vous récompenserai comme je le jugerai bon.

Sano franchit la porte de son quartier. En traversant le canal, il contempla le splendide coursier noir que Tokugawa Tsunayoshi lui avait donné pour remplacer le cheval mort de Wada-san. Les sacoches débordaient de cadeaux de Nouvel An pour sa famille et ses amis — objets d'art en laque, en céramique, en argent ; luxueux coffrets de mochi et de mandarines. Puis il jeta un œil sur sa tenue. La riche cape doublée de ouatine et les robes de soie qu'il portait provenaient de la garde-robe personnelle du shogun ; elles étaient ornées des armoiries des Tokugawa. Il caressa la magnifique épée que son généreux bienfaiteur lui avait donnée : un travail du célèbre armurier, Yoshimitsu. Il tâta la bourse qui contenait dix pièces d'or — une avance sur la récompense qu'il toucherait après sa visite chez ses parents. Cet étalage de luxe semblait appartenir à un autre, à l'étranger qu'il était devenu. Et il ne supportait pas de penser à la véritable récompense qui l'attendait.

Il descendit de cheval devant la maison de ses parents. À peine avait-il mis pied à terre, que la porte s'ouvrit. Son père, frêle, voûté, l'air plus malade que jamais, parut dans l'encadrement. Il s'appuyait d'une main contre le chambranle, et tenait de l'autre la lettre que Sano avait remise au prêtre. Ses yeux caves reflétaient un mélange d'espoir, d'incertitude, de suspicion, de peur et d'amour.

Une bouffée de culpabilité étreignit le cœur de Sano. Quoi qu'il ait accompli la veille, il ne se pardonnerait jamais les souffrances qu'il avait infligées à son père. Il voulut parler, mais sa gorge se serra, des larmes de honte lui brûlèrent les yeux.

— Ichiro, dit son père.

Il tendit la lettre, puis l'abaissa, comme s'il hésitait entre inviter Sano à entrer ou lui fermer la porte au nez. Une quinte de toux plia son vieux corps en deux.

— Tu as l'intention de rester ? demanda-t-il quand la toux cessa.

La question en comprenait mille autres, non formulées.

Sano s'éclaircit la gorge.

— *Otosan,* dit-il en s'inclinant, je ne suis venu que pour les fêtes. Le shogun m'a nommé son investigateur particulier. Après ma visite, je résiderai au château d'Edo et je commencerai mon travail — pour un salaire dix fois supérieur à celui que je touchais comme yoriki.

Voilà, il l'avait dit. Sa nouvelle fonction prit alors une réalité dont Sano n'avait pas eu conscience quand le shogun la lui avait accordée et qu'il l'avait acceptée. Sano en ressentit une appréhension qui lui gâcha son plaisir.

— Si tu me laisses entrer, je t'expliquerai.

Son père parut incrédule. Puis ses yeux, qui n'avaient pas quitté le visage de Sano, se posèrent sur le cheval, les habits, l'épée. Il pâlit, son bras se mit à trembler et il s'affaissa.

— *Otosan !*

Lâchant les rênes, Sano se précipita et rattrapa son père avant qu'il ne tombe. En même temps, sa mère accourut. Sa joie se mua en désarroi quand elle vit la pâleur de son époux. Aidée de Sano, elle transporta le vieil homme dans la maison et le coucha sous de chaudes courtepointes, à côté du brasero. Sano sortit ensuite mener le cheval à l'écurie.

— Ichiro-san ! s'écria sa mère à son retour. Nous étions si inquiets, que t'es t-il arrivé ? Où as-tu été ?

Elle contempla avec effarement les vêtements de son fils, son épée, les sacoches de cadeaux.

— Que signifie tout ceci ?

Sano s'agenouilla devant ses parents. Tokugawa Tsunayoshi lui avait donné la permission de dire la vérité à ses parents. Après leur avoir fait jurer de garder le secret, il leur raconta tout.

— Si on vous interroge, vous devez dire que le shogun m'a promu pour un service que je lui ai rendu lorsque j'étais yoriki, ajouta-t-il quand il eut terminé.

C'était l'histoire que Yanagisawa et les Anciens avaient mise au point. Ah, comme ils s'étaient assurés de sa complicité dans la supercherie !

— Oh, Ichiro-chan ! s'exclama sa mère, transportée de joie. Mais tu es un héros ! Et quelle magnifique récompense pour ton courage ! Tout est bien qui finit bien, conclut-elle, rayonnante, les yeux embués de larmes.

Sano aurait aimé partager son enthousiasme. Il craignait, sans savoir exactement pourquoi, que ses nouvelles fonctions ne s'avèrent davantage une punition qu'une récompense. S'efforçant de chasser ce sombre pressentiment, il réussit à esquisser un sourire. Puis il examina son père. Le vieil homme hocha la tête avec gravité.

— Tu as apporté l'honneur sur notre nom, mon fils.

Puis il s'assit, le buste droit, reprit des couleurs à vue d'œil, de la vigueur et de la vitalité.

La mère de Sano se leva, et s'exclama en riant :

— Avec toute cette fièvre, j'ai oublié le repas !

Et elle se précipita dans la cuisine.

Durant le repas du Nouvel An, Sano fit de son mieux pour plaire à sa mère. La douleur et la fatigue lui ôtèrent son goût pour les haricots rouges et la soupe froide, le vin doux épicé et les autres mets traditionnels, mais il prit grand plaisir à voir son père manger avec un appétit qui présageait une guérison rapide. Il désirait surtout être seul afin de méditer sur tout ce qui lui était arrivé depuis qu'il avait entendu parler pour la première fois du shinju. Il voulait approfondir le sens de son inquiétant changement de fortune, comprendre les émotions qui commençaient à émerger de son choc initial et de sa torpeur.

Le long repas se termina enfin. Sano se leva, s'inclina, puis déclara :

— Je dois allez chez Wada-san et lui apporter son nouveau cheval.

Emportant des coffrets de mochi et de mandarines afin de les distribuer aux voisins, il s'éclipsa.

Il mena le fier coursier à Wada-san, qui l'accepta avec surprise et l'obligea à rester pour boire un verre en l'honneur de sa promotion. Il rendit visite à ses voisins, mais se contenta de leur souhaiter une agréable Année Nouvelle. Les informations voyageaient vite ; ils apprendraient assez tôt sa prétendue bonne fortune. Ensuite, il erra à pied à travers les rues, chargé du seul cadeau qui lui restait, l'esprit en ébullition. Ressassant les derniers événements, il se demanda s'il aurait pu agir autrement. Aurait-il pu prévenir une grande tragédie sans provoquer plusieurs drames ? Sa victoire finale l'emportait-elle sur ses nombreuses défaites ? Surtout, pourquoi cette hantise de sa nouvelle servitude ?

Il ne fut pas surpris de se retrouver une fois de plus devant la prison d'Edo. Après tout, il ne cherchait pas la solitude, mais une compagnie appropriée.

Cette fois, le Dr Ito ne parut pas étonné de le voir. Après avoir accepté le cadeau de Sano et échangé des vœux de Nouvel An, il déclara :

— Je dois avouer que je me demandais si je vous reverrais un jour, mon ami. De bien étranges rumeurs ont circulé. Quel bon vent vous amène, sain et sauf... ?

Il lorgna d'un air intrigué sur les armoiries des Tokugawa qui ornaient les vêtements de Sano.

— Avec en outre toutes les apparences de la richesse... poursuivit-il.

Sano ne répondit pas. Il avait tant besoin de se confier qu'il craignait de ne pouvoir s'arrêter s'il commençait. Mais comme le Dr Ito attendait qu'il lui explique les raisons de sa visite, il hésita. Comment formuler les craintes complexes, les regrets, les doutes qui le tourmentaient ?

Ce fut le Dr Ito qui brisa le silence.

— Je suis content que vous soyez venu, Sano-san. Vous arrivez juste a temps pour participer à mon rituel personnel de la Nouvelle Année. Venez.

Il conduisit Sano à travers une série de portes et de passages gardés, puis dans une cour où les baraquements des geôliers se dressaient au pied du mur d'enceinte. Dans un coin, une volée de marches menaient en haut du mur, sur le chemin de ronde, puis à la tour de garde occidentale.

En gravissant l'escalier, le Dr Ito expliqua :

— C'est le jour où je me repais de la vue magique d'Edo et de ses environs.

Les difficultés de son ami firent oublier à Sano ses propres soucis.

— Vous voulez dire que vous n'avez le droit de regarder hors de la prison qu'une seule fois par an ? s'étonna-t-il, scandalisé.

Comparées à cet emprisonnement à vie, l'épreuve qui attendait Sano lui parut bien mièvre et la récompense du shogun une bénédiction absolue.

— Oh, non ! s'exclama le Dr Ito avec un rire désabusé. Les gardes me laissent monter ici quand je veux. Je soigne leurs maux et, en retour, ils m'accordent les privilèges que notre illustre gouvernement me refuse. Non, je choisis moi-même de rationner mes plaisirs. Cela me donne un but que j'attends chaque année avec impatience. Et cela me permet de ne pas m'appesantir sur tout ce que j'ai perdu.

Ils parvinrent en haut des marches, suivirent le large chemin de ronde. Le vent s'engouffrait sous leurs robes tandis qu'ils contemplaient la ville.

— N'est-elle pas magnifique ? dit le Dr Ito d'une voix douce. Le commencement de la Nouvelle Année est propice aux vœux ; le mien est que je regagne un jour ma liberté. (Il se retourna pour considérer Sano d'un œil pénétrant.) Mais vous n'êtes pas venu jusqu'ici pour entendre mes lamentations.

Encouragé par la présence attentive et vivifiante de son ami, Sano raconta au Dr Ito comment il avait passé le Setsubun. Le médecin l'écouta en silence. Lorsque Sano eut terminé et qu'il voulut connaître la réaction du Dr Ito, le médecin hocha la tête d'un air entendu.

— Ainsi, vous êtes un héros. Mais vous ne semblez pas partager cette opinion.

La fine remarque libéra un torrent d'émotions que Sano avait retenues trop longtemps.

— Oh, si, je suis bel et bien un héros, dit-il avec amertume. J'ai sauvé la vie du shogun ; j'ai tué un traître. J'ai peut-être évité l'effondrement du régime et cinq siècles de guerre civile. J'ai découvert l'auteur des meurtres et provoqué sa mort. Cependant, trois innocents ont péri à cause de moi. Tsunehiko, Raiden, et O-hisa. Des sacrifices dus à ma soif de vérité. Quelle vanité !

« Si j'avais su, j'aurais peut-être agi autrement. J'aurais pu laisser le shinju rester un shinju. Je me suis conduit comme un imbécile — un paon stupide et égoïste — et j'en ai été remercié !

Dépité, révolté, Sano se mit à arpenter le chemin de ronde. Le Dr Ito le retint d'une main amicale.

— Je comprends ce que vous ressentez, dit-il. Mais vous êtes trop dur avec vous. Vous avez rempli votre devoir auprès du seigneur qui commande votre plus haute allégeance. Qui vous dit que ceux qui sont morts n'ont pas accompli leur destin, de même que vous avez accompli le vôtre en sauvant le shogun ? Vous ignorez les voies du destin.

Sano n'en fut pas apaisé pour autant. La sympathie du médecin et sa compréhension ne le réconfortaient pas, il ne se sentait pas absous. Mais il commença à saisir pourquoi la perspective de servir Tokugawa Tsunayoshi en tant qu'investigateur particulier le dérangeait à ce point.

— Lorsque j'ai sauvé la vie du shogun — lorsque j'ai tué le seigneur Niu — j'ai cru que mes soucis étaient terminés, dit-il, cherchant ses mots. Cette hantise d'avoir toujours à choisir entre mon désir personnel et le devoir, sans qu'aucune voie soit entièrement bonne ni entièrement mauvaise. Poursuivre des enquêtes sans savoir où elles mènent, ni qui en pâtira. Faire un travail pour lequel je n'ai pas été préparé, avec mon instinct pour seul guide. Risquer non seulement la vie, mais la disgrâce.

Il éclata d'un rire triste qui venait du tréfonds de son âme.

— Or, quelle récompense ai-je obtenue, sinon une position qui m'oblige à recommencer encore et toujours la même épreuve ? Dorénavant, ma vie ne changera plus.

— Vraiment ?

Sano croisa le regard cynique de son ami et comprit aussitôt ce que le Dr Ito voulait dire. Soutenu par l'autorité du shogun, Sano aurait des pouvoirs exorbitants sur la vie des gens. Il aurait encore davantage de possibilités de causer des tragédies, d'affronter des périls, et de découvrir de dangereux secrets. Son conflit intérieur ne ferait que croître. Sa soif de vérité n'était pas éteinte, mais malheur à lui s'il désobéissait aux ordres de son nouveau maître ! Les choses étaient les mêmes, certes, mais en même temps différentes, effroyablement différentes.

Sano hocha la tête avec tristesse et soupira.

— Oui, je comprends.

Il cessa d'arpenter le chemin de ronde, et s'arrêta pour contempler la ville. Par-delà les toits enneigés du Nihonbashi s'élevait la tour blanche du château d'Edo, où il avait passé une nuit et en passerait bien d'autres. Il évita le quartier des daïmio pour se concentrer sur les collines occidentales, l'entrelacs des canaux qui couraient dans toutes les directions, et la rivière Sumida aux eaux opaques veinées de boue. Il scruta le lointain, vers Ueno et le Yoshiwara, vers le quartier des théâtres. Il contempla les minuscules silhouettes humaines qui s'agitaient dans les rues. Finalement son regard suivit les minces lignes des routes qui partaient d'Edo vers les provinces lointaines.

— En ce moment même, il se passe quelque chose qui

réclame peut-être votre investigation, déclara le Dr Ito, en écho aux pensées de Sano.

— Sans doute, acquiesça Sano, qui s'avança jusqu'au parapet.

Il avait l'impression d'hésiter sur le seuil d'un avenir incertain. Peut-être un adversaire plus redoutable que Dame Niu ou le seigneur Niu l'attendait-il ?

— Je ne vous envie pas, Sano-san. Vous êtes en face d'un défi délicat.

Cependant, inexplicablement, Sano se sentit plus léger. La Nouvelle Année était propice aux vœux, avait dit le Dr Ito. Elle lui offrait la chance de réparer les torts qu'il avait causés. Ses blessures se cicatriseraient. Le temps et l'expérience lui apporteraient la sagesse qui l'aiderait dans sa poursuite de la vérité. Il s'imagina sauvant des vies, conduisant davantage de criminels devant la justice, apportant des honneurs supplémentaires au nom de sa famille. Un optimisme prudent commença à réchauffer son cœur, et avec lui, une hâte de prendre au plus vite ses responsabilités nouvelles en tant qu'investigateur particulier du shogun.

— J'accepte le défi, déclara-t-il.

Remerciements

Pour leur aide précieuse, j'aimerais remercier : George Alec Effinger, ami, mentor et maître de science-fiction ; mon agent, Pamela Gray Ahearn ; mon éditeur, David Rosenthal ; mon mari, Marty Rowland ; et les membres de mon atelier d'écriture.

Cet ouvrage a été composé
par l'Imprimerie BUSSIÈRE
et imprimé sur presse CAMERON
dans les ateliers de B.C.I.
à Saint-Amand-Montrond (Cher)
en avril 1995

N° d'édition : 172242. N° d'impression : 764-1/652.
Dépôt légal : avril 1995

Imprimé en France